ullstein

Das Buch

Für ihre große Liebe zieht Marit von Hamburg in die Kleinstadt. Doch dann wird sie von einem Tag auf den anderen sitzengelassen. Zähneknirschend nimmt Marit einen Job im *Coffeeshop* an, wo sie sich mit ihrem dauerentspannten Kollegen Moritz und den anderen skurrilen Kleinstadtbewohnern herumschlagen muss. Als sie im *Coffeeshop* einen USB-Stick findet, macht sie sich auf die Suche nach dessen Besitzer. Julian ist nicht nur sehr charmant, sondern hat auch noch Sinn für Humor. Aus einer E-Mail werden viele, und Marit merkt, dass sie mehr möchte. Von Julian, vom Leben. Aber kann das Knistern zwischen den Zeilen auch im wirklichen Leben bestehen?

Die Autorin

Julia Hanel, geboren 1987 in Ansbach, studierte Germanistik in Bamberg und arbeitete danach als Redakteurin in Fulda. Heute lebt und arbeitet sie in Würzburg.

Von der Autorin ist in unserem Haus bereits erschienen:
Zwei fürs Leben

Julia Hanel

Liebe, Zimt und Zucker

Roman

Ullstein

Besuchen Sie uns im Internet:
www.ullstein.de

Wir verpflichten uns zu Nachhaltigkeit

- Klimaneutrales Produkt
- Papiere aus nachhaltiger Waldwirtschaft und anderen kontrollierten Quellen
- ullstein.de/nachhaltigkeit

Originalausgabe im Ullstein Taschenbuch

1. Auflage September 2016
3. Auflage 2022

Umschlaggestaltung: Favoritbuero GbR, München
Titelabbildung: © avian / shutterstock (Kaffeebecher);
© whiteisthecolor / shutterstock (Mann auf dem Becher);
© Lyolya / shutterstock (Frau auf dem Becher)
Satz: LVD GmbH, Berlin
Gesetzt aus der Albertina
Druck und Bindearbeiten: CPI books GmbH, Leck
ISBN 978-3-548-28788-1

Für Harald, Petra, Laura, Nina und Lucas.
Weil ihr da seid, wenn das Leben mal nur schwarzen Kaffee bietet.

Prolog

Von: marit.jansen@web.de
An: j.a.@t-online.de

Hallo J. A.,

ich habe etwas, das Ihnen gehört. Und bevor Sie jetzt in einem Anflug von Panik die Polizei rufen: Das ist keine anonyme Erpressermail, sondern die Folge von zwei sehr vollen Gläsern Weißwein und einer seit Jahrzehnten andauernden Vorliebe für *Tatort*. Jetzt, wo ich diesen Satz endlich mal aussprechen konnte, verrate ich Ihnen, warum ich Ihnen wirklich schreibe:
Ich habe heute einen USB-Stick im Coffeeshop gefunden und vermute, dass er Ihnen gehört. Da ich noch nie in meinem ganzen Leben ein exklusiveres Exemplar gesehen habe (Edelstahl! Gravur!) und er einige Ordner mit persönlichen Dokumenten enthält, gehe ich davon aus, dass Sie ihn wiederhaben möchten. (Spätestens jetzt können Sie sicher sein, dass ich kein Erpresser bin, denn ich erwähne keine Gegenleistung.) Sie können ihn morgen zwischen 8 und 16 Uhr im Coffeeshop abholen.
Übrigens: Die Fotos, die Sie in Prag gemacht haben, gefallen mir sehr gut. Ich würde Ihnen allerdings raten, das nächste Mal

eine kürzere Belichtungszeit zu nehmen, wenn die Sonne scheint (das wäre bei Ihren Toskana-Fotos auch klug gewesen).

Mit freundlichen Grüßen
M. J. (Ich kann das auch ☺)

Von: j.a.@t-online.de
An: marit.jansen@web.de

Hallo Frau Jansen,

ich muss Sie leider enttäuschen: Sie können das nicht (Ihre Mailadresse ist, was Ihren Namen anbelangt, ein kleines bisschen aussagekräftiger als meine. Einen guten Erpresser würden Sie also eher nicht abgeben). Aber ich verstehe, was Sie meinen. Irgendwann möchte ich auch mal in ein Taxi steigen und »Folgen Sie diesem Wagen« schreien. ☺
Vielen Dank, dass Sie meinen USB-Stick gefunden und aufbewahrt haben – auch wenn ich mich gerade frage, woher Sie meine Mailadresse haben. Ich habe ihn bereits schmerzlich vermisst, weil ich darauf einige sehr wichtige persönliche und berufliche Dokumente abgespeichert habe – und Ihnen gerade wahrscheinlich einen Anlass gebe, meine Ordner noch ein wenig akribischer zu durchforsten. ☺
Wenn Sie mir noch kurz sagen, in welchem Coffeeshop Sie ihn gefunden haben, hole ich ihn morgen dort ab. Es ist schon eine Weile her, dass ich ihn verloren habe, insofern kommen da einige in Frage.

Mit freundlichen Grüßen
J. A.

PS: Vielen Dank für die fachmännische Einschätzung meiner Urlaubsfotos. Was hält Ihr geschultes Auge von der Holzskulptur, die ich in Kapstadt gekauft habe? (Ordner: »Südafrika 2015«) Zwei sehr volle Gläser Wein – ROTWEIN – und ich bin mir nicht mehr sicher, ob sie tatsächlich einen Elefanten darstellt.

Von: marit.jansen@web.de
An: j.a.@t-online.de

Hallo J. A.,

es ist eindeutig KEIN Elefant (Dazu brauchen Sie zwei Gläser Wein?). Ich finde das NASHORN trotzdem sehr hübsch. Wobei ich mich eher für die Giraffe entschieden hätte, die Ihre Freundin in den Händen hält. Geben Sie es zu, Sie haben sie zum Elefanten-Nashorn überredet und zweifeln jetzt an Ihrer Entscheidung! Ihre Mailadresse stand übrigens auf der Abholbestätigung für Ihre Urlaubsfotos, die Sie ebenfalls abgespeichert haben – wahrscheinlich, um sie vor Dienstende noch schnell im Büro auszudrucken. Zumindest würde ich das so machen. ☺
Viele Grüße
Marit Jansen

PS: Es ist der Coffeeshop in Altberg. Gibt nur einen.

Von: j.a.@t-online.de
An: marit.jansen@web.de

Hallo Frau Jansen,

an diesen Coffeeshop erinnere ich mich gut. Leider ist er nicht gerade um die Ecke. Würde es Ihnen etwas ausmachen, noch ein paar Tage länger auf meinen Stick aufzupassen? Vielleicht bis Freitag? Da wäre ich beruflich in der Gegend und könnte vorbeikommen …

VG
J. A.

Von: marit.jansen@web.de
An: j.a.@t-online.de

Hallo J. A.,

Freitag ist kein Problem, es gibt ja noch genügend Ordner zu erkunden! ☺ Zwischen 8 und 16 Uhr bin ich da.

Viele Grüße
Marit Jansen

PS: Ist Ihnen bewusst, dass Ihr Name etwas sehr Positives an sich hat – vor allem, wenn man die Punkte weglässt?

Von: j.a.@t-online.de
An: marit.jansen@web.de

Hallo Frau Jansen,

wohnen Sie in diesem Coffeeshop, oder trinken Sie nur sehr oft sehr gerne und sehr lange Kaffee? Ich werde um die Mittagszeit vorbeikommen, sobald mein Termin zu Ende ist.
Übrigens ist das nicht meine Freundin auf den Fotos, sondern lediglich eine sehr gute (und zufälligerweise sehr attraktive) Sandkastenfreundin, von der ich lange Zeit gehofft habe, sie würde irgendwann einmal als Frau an meiner Seite enden. Aber diesmal habe ich es mir scheinbar mit einer Nashorn-Skulptur versaut. Mal sehen, was der nächste Urlaub bringt.

Viele Grüße und bis Freitag
J. A., es ist mir aufgefallen (das ist witzig, oder?).

1.

Eine Woche zuvor

»Cappuccino und Expresso, bitte.«

Wer in einem Coffeeshop arbeitet, lernt fürs Leben: *86,9 Prozent aller Menschen können kein Italienisch.*

»Für hier oder zum Mitnehmen?«

»Zum hier«, antwortet der Mann auf der anderen Seite des Tresens.

86,9 Prozent können weder Italienisch noch Deutsch.

»Klein, mittel oder groß?«

»Normal.«

»Also klein?«, hake ich nach.

»Na, normal.«

Er sieht mich verständnislos an, und ich zwinge mich zu einem freundlichen Lächeln, einem, bei dem man sogar meine Zähne sieht. Routiniert schiebe ich eine kleine weiße Tasse unter den Vollautomaten, der wuchtig vor mir thront. So routiniert, als hätte ich mein Leben lang nichts anderes gemacht. Als wäre es meine Berufung, kleine weiße Tassen unter Vollautomaten zu stellen.

»Das ist doch aber der kleine«, bemerkt der Kunde grimmig, während sein wurstiger Zeigefinger auf die brummende Maschine deutet, aus der gerade ein brauner dünner

Strahl in die Tasse schießt und kleine Dampfwolken dabei erzeugt. Er ist groß und kräftig und sieht in seinem neongelben T-Shirt aus, als hätte er eine ganze Packung Textmarker zum Frühstück vertilgt.

»Ja, Sie haben *normal* gesagt.«

»Ich will aber den in der größeren Tasse, den mittleren!«

Er bläst die Backen wie ein Hamster auf, während auf seiner Stirn eine feine Ader hervortritt.

»Normal ist immer klein«, erkläre ich geduldig – zum gefühlten dreiundvierzigsten Mal in dieser Woche und füge ein gemurmeltes »zumindest bei uns« hinzu, weil mir diese Regel selbst nicht ganz einleuchtet. Aber wer längere Zeit in einem Coffeeshop arbeitet, lernt schnell, dass der Ausdruck *normal* so ziemlich alles heißen kann.

»Bei mir heißt *normal* aber mittel.«

»Tut mir leid, aber bei uns bedeutet *normal* immer klein.«

»Dann müssen Sie das schon hinschreiben«, wettert er.

Ich kämpfe gegen den Drang an, »Expresso« zu sagen, dass es keinen Sinn macht, unsere Kunden darauf aufmerksam zu machen, dass *normal* bei uns klein bedeutet, denn dann müsste ich ihm auch gleich erklären, dass *normal* nicht einmal auf unserer Karte steht, und dann würde er mir womöglich empfehlen, *normal* in die Karte aufzunehmen, und ich müsste diesen Vorschlag respektvoll ablehnen und wieder mein Zahnpasta-Lächeln aufsetzen, das mir erschreckenderweise von Tag zu Tag leichter fällt.

»Das gebe ich gern an meine Chefin weiter.«

So gern, wie Menschen Marder unter ihren Autos hervorspringen sehen.

»Expresso« scheint für den Augenblick besänftigt, legt

den passenden Betrag an Münzen auf den Tresen und balanciert die beiden Tassen ungelenk an Tisch drei, wo seine Frau geradezu ekstatisch mit dem Zuckerstreuer über ihren Cappuccino herfällt. Wahrscheinlich wünscht er sich in diesem Moment, sie würde sich nur einmal in ihrem Leben so auf ihn stürzen.

Ich kehre den beiden den Rücken zu und räume das Geschirr in die Spülmaschine, das mein Kollege Moritz zu so instabilen Türmchen gestapelt hat, dass ein einziger falscher Handgriff alles zum Einsturz bringen könnte. Ein bisschen wie beim »Jenga«-Spielen. Und wenn's schiefgeht, wie bei einem Polterabend.

»Da fehlt noch Ma-ze-do-nia.«

Ich weiß schon, bevor ich mich umdrehe, wer am Tresen steht und die Silben dieses Wortes so lange dehnt, als bestünden sie aus extra elastischem Kaugummi. Als ich nicht reagiere und fieberhaft überlege, was ein Balkanstaat mit Cappuccino zu tun haben könnte, bringt »Expresso« wieder den Wurstfinger ins Spiel und deutet auf die Coffee-Flavour-Flaschen, die in allen erdenklichen Farbtönen in einer akkuraten Reihe hinter mir auf einem Regal stehen.

»Das da«, murrt er ungeduldig.

»Meinen Sie die Flavours?«

Als mir das Wort »Flavours« über die Lippen kommt, rümpft er verdrießlich die Nase, als hätte er eine Allergie gegen die englische Sprache.

»Ja, meine Frau will dieses Mazedonia in ihren Cappuccino.«

Mein Blick wandert zu der Ansammlung von Flaschen,

vorbei an Vanille, Haselnuss, Amaretto, Karamell, Irish Cream, Tiramisu und … Macadamia.

»Meinen Sie Macadamia?«

»Hab ich doch gesagt.«

Nein, haben Sie nicht, möchte ich ihm ins Gesicht schreien. Stattdessen antworte ich mit ruhiger Stimme, dass das einen Aufpreis von 20 Cent macht, während das Lächeln auf meinem Gesicht so anstrengend wird, dass ich darüber nachdenke, mir in Zukunft eine Heath-Ledger-Gedächtnisfratze um die Mundwinkel zu malen und als Joker aufzutreten. Seine wurstigen Finger schieben wieder Münzen über den Tresen, bevor er mit Argusaugen beobachtet, wie ich zweimal auf den Spender drücke und ein goldbrauner Strahl Macadamia-Flavour in die Tasse seiner Frau schießt. Das Aroma steigt mir angenehm in die Nase und lässt mich an frisch gebackenen Nusskuchen denken. Er brummt etwas, das wie »Danke« klingt, und trägt seine Tasse davon.

»Einmal das Angebot der Woche. Diesen Cappuccino Tiramisu.«

Eine ältere Dame mit grauer Föhnwelle lächelt mich höflich an und erinnert mich dabei ein wenig an meine Großmutter aus Husum, die ich nur von Fotos kenne, weil sie vor meiner Geburt an Einsamkeit gestorben ist. So erzählte mir jedenfalls mein Vater die Geschichte, als ich ein kleines Mädchen war, aber ich glaube, es lag eher am Alkohol, den sie während der Einsamkeit getrunken hat.

Ich habe die Dame mit der Föhnwelle noch nie zuvor gesehen, was nicht allzu ungewöhnlich ist, da gerade einmal zwei Wochen vergangen sind, seit ich zum ersten Mal Milch hinter diesem Tresen geschäumt habe – seit ich Kafka gegen

Kaffee getauscht habe. Dennoch habe ich mich bereits an viele Gesichter der Menschen gewöhnt, die hier täglich ein und aus gehen. Der Anzugträger, der ein großes Glas Wasser zum Espresso bestellt, es dann aber nie anrührt, die langhalsige Frau, die immer viermal auf den Süßstoffspender drückt, die Schüler, die verlegen kichern, wenn sie Amaretto-Flavour ordern, weil sie denken, er enthalte Alkohol, die Dame im Hosenanzug, die immer schwarzen Kaffee bestellt und ihn heimlich mit Schnaps aus ihrem Flachmann streckt.

»Macht dann bitte 2,20.«

»Das ist aber günstig«, murmelt die alte Dame überrascht und kramt mit zartrosa lackierten Nägeln in einer altmodischen Geldbörse aus Krokodilleder, die größer ist als die Mehrheit meiner Handtaschen. Nachdem sie gefühlte fünf Minuten gekramt hat, drückt sie mir zwinkernd drei Euro in die Hand und murmelt etwas, das wie »Trinkgeld« klingt und wohl auch so viel bedeuten soll.

»Sie verdienen ja sicher auch nicht die Welt«, fügt sie mit dem gutmütigen Zwinkern älterer Damen hinzu und verstaut ihre Riesengeldbörse in einer Tasche mit goldener Schnalle.

Acht Euro fünfzig die Stunde, und wenn's gut läuft Trinkgeld. Aber das sage ich nicht. Stattdessen kippe ich den Rest der Milch in das kleine Metallkännchen und drehe die Düse voll auf. Ich mag das Zischen, das sich wenige Sekunden später einstellt und die Milch heiß und cremig werden lässt. Es ist eine Wissenschaft für sich, den perfekten Schaum zu kreieren. Einen Schaum, der so fest ist, dass er wie geschlagene Sahne aussieht. Wie frisch gefallener Schnee.

»Ist das eigentlich ein Beruf, was Sie da machen?«, fragt die ältere Dame skeptisch, während ich den Schaum auf ihren Cappuccino gieße. Ich nicke bestätigend, doch das scheint sie nicht zu befriedigen.

»Dann machen Sie den ganzen Tag Kaffee? Von morgens bis abends?«

Ihre Skepsis hat sich in Fassungslosigkeit verwandelt. Ich nicke ein zweites Mal und hoffe, die entwürdigende Fragestunde zur Trostlosigkeit meines Daseins auf diese Weise beenden zu können.

»Sie haben wohl keinen Schulabschluss?«, fragt sie mit bedauernder Stimme, während sich echtes Mitleid in ihren von tiefen Falten umgebenen Augen spiegelt.

»Doch, doch, ich habe einen Schulabschluss«, erkläre ich ihr mit hochroten Wangen. »Sogar einen Hochschulabschluss«, füge ich kleinlaut hinzu und zerstöre ihr Weltbild nun endgültig.

»Und warum arbeiten Sie dann in diesem … Kaffeegeschäft?«

Gute Frage. Warum arbeite ich, Marit Jansen, 28 Jahre, frischgebackene Diplom-Literaturwissenschaftlerin mit einem Master in Anglistik, in einem »Kaffeegeschäft« in der Provinz? Warum sitze ich in diesem Moment nicht vor einem Stapel Bücher in der Bibliothek meiner Hamburger Universität und schreibe an den ersten Seiten meiner Promotion über die Darstellung der Liebe in Kafkas Romanen? Lange Geschichte. Sie beginnt mit Zimtschnecken und endet mit einer Tür, die sich vor meiner Nase schließt.

»Na ja, es macht mir einfach Spaß.«

Genauso viel wie Fensterputzen, Impfungen und Anträge ausfüllen.

Immerhin lässt sie mich in Ruhe und greift nach ihrem Cappuccino.

»Und das Tiramisu?«

»Das ist im Cappuccino.«

Ihre dünnen Augenbrauen heben sich fast bis zum Haaransatz. Sie starrt erst mich, dann die Tasse an.

»Sie haben das Tiramisu in meinen Cappuccino … gekippt?«

»Äh, ja«, erwidere ich verständnislos, während ihr die Freundlichkeit wie eine Maske vom Gesicht zu rutschen scheint.

»Und wie soll ich es jetzt essen?«

Ich erkläre ihr geduldig, dass mit dem Tiramisu ein Flavour für den Cappuccino gemeint ist – und was ein Flavour ist –, und sie erklärt mir im Gegenzug, dass sie dachte, es handle sich um ein richtiges Stück Tiramisu und das nun sehr enttäuschend für sie sei. Dabei rümpft sie genauso verdrießlich die Nase wie der Mann mit den Wurstfingern.

»Das müssten Sie wenigstens hinschreiben«, bemerkt sie eingeschnappt, bevor sie mir den Rücken kehrt, wahrscheinlich auf Lebenszeit. *Immer alles hinschreiben.*

2.

Mein Leben war nicht immer so, würde es in einem kitschigen Spielfilm heißen. Und dann wäre da eine Frau, die einen sehnsuchtsvollen Blick aufsetzen und sich ihre Jugendjahre in Sepia vor Augen führen würde. Dazu würden sie »Mit 17 hat man noch Träume« von Peggy March spielen und eine Nahaufnahme von meinem Gesicht zeigen. Dabei bin ich nicht mal 17. Ich kenne nur keinen Song, in dem jemand 28 ist. 28 ist nicht gerade das Alter, über das man Songs schreibt. Zu nah an der 30, zu weit weg von der 20. Irgendwie unbedeutend.

So unbedeutend wie mein Job im einzigen Coffeeshop, den die Kleinstadt Altberg zu bieten hat. Eine Stadt, die so aufregend ist wie ihr Name, in der es noch Metzgereien gibt, die »Metzgerei« heißen, und Bäckereien, auf deren Hausfassaden »Bäckerei« steht. Und wenn darüber gesprochen wird, was in der Zeitung steht, weiß jeder, in welcher, denn es gibt nun mal nur eine.

Eine Stadt, die sich als Kulisse für Hollywoodfilme anbieten würde, in denen versnobte Großstadtmädchen auf der Suche nach dem nächsten Starbucks mit Highheels unbeholfen über das Kopfsteinpflaster stolpern und sich anschließend in den Dorf-Cowboy verlieben, nebenbei noch ihr Leben hinterfragen und sich von ihrem Großstadt-Verlobten trennen, weil sie erkennen, was im Leben wirklich zählt.

Manchmal habe ich das Gefühl, dass mein Leben so ein Film ist – bis mir einfällt, dass ich, abgesehen davon, dass ich ebenfalls aus einer Großstadt stamme, nichts mit diesen Mädchen gemeinsam habe. Keine Highheels, kein Dorf-Cowboy, kein Großstadt-Verlobter. Und schon gar keine Erkenntnis, was im Leben wirklich zählt.

In dieser Stadt hat meine Chefin Heike vor über zehn Jahren einen kleinen Coffeeshop eröffnet und ihn in einem sehr originellen Moment *Coffeeshop* getauft. Er liegt mitten in der Altberger Innenstadt, in einem hübschen alten Fachwerkhaus mit kohlschwarzen Balken, direkt am Marktplatz, und ist in etwa so groß wie eine öffentliche Toilette. Wer von außen durch die deckenhohen Schaufenster hineinsieht, entdeckt fünf kleine Holztische, um die sich Stühle und Sessel in den verschiedensten Größen, Formen und Farben gruppieren, die aussehen, als hätte man sie aus sämtlichen Flohmärkten der Region zusammengetragen. Schnörkelige pastellfarbene Rosen blühen auf einer Tapete, die zum Set einer Jane-Austen-Verfilmung gehören könnte. Ein Einrichtungsstil, der das große Glück hat, inzwischen als retro-hip zu gelten, und nur darauf hoffen kann, dass dieser Trend niemals endet.

Ausgefallene Kaffeekreationen oder Modegetränke, die »Soja«, »Chai« oder »Matcha« im Namen tragen, sucht man im *Coffeeshop* in Altberg vergebens. Das Angebot ist überschaubar und »den örtlichen Ansprüchen angepasst«, wie Heike es formuliert hat, als sie mich an meinem ersten Tag angelernt hat. Mit den Abläufen war ich schnell vertraut, denn Heikes Laden ist nicht der erste Coffeeshop, in dem ich arbeite – nur der erste, in dem ich nicht ganz freiwillig gelandet bin.

Während meines Studiums in Hamburg habe ich sechs Jahre lang montags und mittwochs in der *Kaffeebohne* gejobbt, einem kleinen Café im Schanzenviertel mit windschiefen Holztischen und löchrigen Ohrensesseln, das vor allem Studenten angelockt hat, weil man dort im Gegensatz zu *Starbucks* keinen Kredit aufnehmen musste, um sich einen großen Frappuccino mit Sahne und Schokostreuseln leisten zu können. Außerdem gab es in der *Kaffeebohne* die besten Zimtschnecken der ganzen Stadt. Als wäre es gestern gewesen, sehe ich mich Bleche voller buttrig-weicher Zimtschnecken aus dem alten rostigen Backofen ziehen, die einen geradezu himmlischen Duft aus Zimt und Zucker verströmen und ein wohliges Lächeln auf jedes Gesicht zaubern, das durch die Tür kommt. Eines dieser Gesichter war das von Toby.

Es war ein Tag im April, einer, der dem schlechten Ruf dieses Monats alle Ehre machte und ein Wechselbad aus Sonne, Hagel, Blitz und Donner bot. Ich sehe ihn noch vor mir, wie er sich klatschnass durch die Tür schob, den Regen aus den kurzen, blonden Haaren schüttelte und an seinem hellen Hemd zog, das sich wie eine zweite Haut um seinen Körper gelegt hatte. Mir war sofort klar, dass er nicht aus Hamburg kommen konnte, denn um diese Jahreszeit ohne Schirm und Jacke in der Hansestadt unterwegs zu sein, war, als würde man den Wettergott herausfordern. Fröstelnd rieb er sich die Hände, und ich hätte fast so etwas wie Mitleid empfunden, wären da nicht diese riesigen Wasserlachen gewesen, die sich um seine Füße ausbreiteten. Während er die Getränkekarte betrachtete, sah ich mich nach Feierabend den Boden wischen. Aber als er dann schließlich an der Reihe war und mir ein kurzes, freundliches Lächeln schenkte, während ihm der Regen aus den Haaren lief, entlang der Stirn, seitlich am Auge vorbei, über die Wange und den Hals hinab, hätte ich den Boden plötzlich gern für ihn gewischt, für diese stahlblauen Augen, das starke Kinn und die kleine Narbe unter der Lippe. Es schien, als würde die Zeit für einen Moment stillstehen. Einen magischen Moment lang.

Er bestellte zwei der noch warmen Zimtschnecken, die ich Minuten zuvor aus dem Ofen gezogen hatte, und schenkte mir dabei ein flüchtiges Lächeln, das ich am liebsten fotografiert hätte. Aber es war so schnell wieder verschwunden, dass ich nicht einmal Zeit gehabt hätte, auf den Auslöser zu drücken.

»Ich störe deinen Schönheitsschlaf ja nur ungern, aber vielleicht könntest du ihn auf heute Nacht verschieben? Frau Bogner hätte ihren Cappuccino gern heute noch.«

Ertappt zucke ich zusammen. Moritz wirft mir einen Blick zu, der Thermalquellen gefrieren lassen würde – und die Erinnerungen an meine erste Begegnung mit Toby wie mit einem Schwamm wegwischt. Als ich nicht reagiere, deutet er wortlos auf eine Frau mit blonder Föhnwelle, die so stark geschminkt ist, dass sie aussieht, als hätte man Wachsmalkreiden auf ihrem Gesicht getestet. Sie dankt es ihm mit einem zustimmenden Blick – und straft mich mit einem abschätzigen Lächeln, das ihr Gesicht noch maskenhafter erscheinen lässt. Betreten schnappe ich mir das kleine Metallkännchen und fülle es zur Hälfte mit Milch.

»Klein, medium oder groß?«

»Wie immer«, antwortet sie übertrieben süßlich und sucht Moritz' Blick, der hinter meinem Rücken Geschirr in die Spülmaschine einräumt. Auch wenn sie mindestens 25 Jahre älter sein muss als er, kommt es mir vor, als würde sie in diesem Moment ihr Revier markieren, und ich muss mich zwingen, nicht spöttisch aufzulachen.

»Und … was trinken Sie immer?«, frage ich geduldig, obwohl ich ihr am liebsten ins Gesicht schreien würde, dass sie den Titel »Treueste Kundin der Welt« gerne geschenkt haben kann, wenn sie mir nur sagt, in welcher Größe sie ihre verdammte Brühe trinken will.

»Medium«, höre ich Moritz hinter mir. »Frau Bogner trinkt ihren Cappuccino immer medium.«

Seine Stimme hat einen genervten Unterton, und ich bin mir sicher, dass er in diesem Moment seine Brauen übertrieben weit hochzieht – die gleiche Reaktion, die er gezeigt hat, als ich vor fast genau einer Woche zum ersten Mal vor ihm stand und dem misstrauischen Blick dieser dunklen Augen ausgesetzt war. Augen, die einen wie Pfeile durchbohren können und einem dabei das ungute Gefühl geben, eine lebendige Dartscheibe zu sein. Heike stellte mich ihm als neue Aushilfe vor, und ich konnte in seinem Gesicht lesen, dass sie mich keineswegs angekündigt hatte. Ich erinnere mich an das lautlose Pingpong ihrer Blicke, sein stummes »Was soll das?«, ihr beschwichtigendes »Ich erklär's dir später«. Ich weiß nicht, ob »später« je stattgefunden und wie diese Erklärung am Ende ausgesehen hat. Ob Heike ihm erzählt hat, dass ich vor ihr Auto gelaufen bin, einen Koffer in der rechten, einen in der linken Hand, das Gesicht tränenüberströmt. Ob sie Moritz gesagt hat, was ich bei einer Tasse Tee in ihrem Wohnzimmer nur stockend hervorgebracht habe. Dass sich mein Freund, für den ich in diese Stadt ziehen wollte, plötzlich nicht mehr sicher ist, ob er mich noch liebt – dass ihm das scheinbar erst aufgefallen ist, als ich mit zwei Koffern vor seiner Tür stand. Dass ich nicht weiß, was ich machen soll und nicht einmal genug Geld habe, um mir ein Zugticket nach Hause zu kaufen.

»Genau so ist es«, holt mich Frau Bogners Stimme zurück ins Jetzt. »Medium. Wie ein gutes Rindersteak. Ihr Kollege weiß das.«

»Sie ist neu.«

Seine Worte sind weder versöhnlich noch verständnisvoll und fühlen sich wie eine verbale Ohrfeige an. Mit einem Grummeln im Bauch beobachte ich, wie Moritz ihr einen entschuldigenden Blick zuwirft, als wäre ich eine 16-jährige Praktikantin, die ihren ersten Tag hat.

Während ich den cremigen Milchschaum in die Tasse gieße, plaudert sie mit Moritz über das herrliche Herbstwetter und lacht immer wieder affektiert auf, wie die Hauptfigur einer Sitcom, die alle 30 Sekunden ihren Einsatz hat. Als ich ihr schließlich die Tasse über den Tresen schiebe, zieht sie eine Schnute und fragt pikiert, wo denn das Herz sei, der Kollege mache doch immer so ein hübsches Kakao-Herz in den Milchschaum. Ich spüre erneut Moritz' Blick auf mir und male mir das abschätzige Lächeln aus, das in diesem Moment um seine Lippen spielt. Ein wenig spöttisch erwidere ich, dass ich über diese außergewöhnlichen Fertigkeiten leider nicht verfüge, woraufhin sie die gepuderte Nase rümpft und ihren Cappuccino gemeinsam mit ihrem unsichtbaren Pfauengefieder zu einem freien Tisch trägt.

»Das war ziemlich ... herzlos«, bemerkt Moritz und schüttelt mit gespielter Entrüstung den Kopf, während ich mir vorstelle, wie es wäre, ihm eine Ladung aufgeschäumte Milch überzukippen und anschließend Kakaopulver auf seinem Kopf zu streuen – natürlich in Herzform.

Auch nach einer Woche gibt sich Moritz nicht gerade Mühe zu verbergen, was er davon hält, dass mich Heike ohne sein Wissen als Aushilfe eingestellt hat, und ich habe es aufgegeben, die merkwürdige Stimmung zwischen uns durch banalen Small Talk auflockern zu wollen. Dass wir uns täglich gefühlt einen Quadratmeter hinter einer Theke teilen müssen, uns dabei regelmäßig anrempeln oder auf die Füße treten, macht die Situation allerdings nicht angenehmer.

»Ich hätte gerne zwei Smooooti zum Mitnehmen«, sagt eine blondgelockte Frau mit einem pummeligen Jungen auf dem Arm, was einem Kunden hinter ihr ein schwaches Seufzen entlockt, weil er zu ahnen scheint, dass die Zubereitung von Smoothies mehr Zeit in Anspruch nimmt, als er eingeplant hat.

»Erdbeere oder Pfirsich?«, zählt Moritz unsere beiden Sorten auf, während er hinter meinem Rücken bereits Eiswürfel in den Mixer schaufelt.

»Magst du deinen Smooooti mit Erdbeere oder Pfirsich?«, fragt sie das Moppelchen auf ihrem Arm geduldig. Der Kleine beginnt, seelenruhig zu überlegen, während der Kunde hinter seiner Mutter ein zweites Mal, diesmal lauter, seufzt und zu begreifen scheint, dass es nicht darauf ankommt, wie lang eine Schlange ist, sondern wer in dieser Schlange vor einem steht.

»Zweimal Pfirsich«, entscheidet die Frau und zwinkert mir zu, als würden wir in einer Art Geheimsprache kommunizieren.

»Zwei Pfirsich-Smoothies zum Mitnehmen«, wiederhole ich für Moritz in der Hoffnung, unserer Kundin auf diese Weise subtil zu vermitteln, wie dieses Wort ausgesprochen wird. Doch ich kann es ihr nicht einmal verübeln, weil »Smoothie« mit Abstand das dämlichste Wort ist, das ich kenne – neben Eidotter und Rhododendron.

Während ich einen Augenblick darüber nachdenke, womit sich die Liste der dämlichsten Wörter der Welt ergänzen ließe, kümmert sich Moritz um die Zubereitung der Smoothies. Vor ein paar Tagen musste ich noch auf einem Spickzettel nachlesen, was in welcher Menge in den Mixer kommt, inzwischen habe ich es im Kopf – genauso wie die Geburtsdaten von Thomas und Heinrich Mann, die Unterepochen der Romantik, die Prinzipien der Poststrukturalisten und die Entwicklung des deutschen Buchhandels zwischen 1900 und 1945. Aber zu wissen, wie man einen Smoothie macht, bringt einen im Leben auch weiter. Hoffe ich zumindest.

Der Mixer zermalmt das Eis geräuschvoll, während ich mit einem Schmunzeln vier Euro kassiere. In Hamburg würde mir niemand glauben, dass es noch Coffeeshops gibt, in denen man einen Smoothie für zwei Euro bekommt. Dafür kriegt man dort vielleicht einen Becher.

»Da kommt er, unser Smoooooti«, sagt die Kundin in einer für Mütter von Kleinkindern charakteristischen Tonlage. Ich muss einsehen, dass ich als Lehrerin auf ganzer Linie versagt habe. Wieder dieser grässlich langgezogene Vokal, der sich wie ein Fingernagel auf einer Schiefertafel in meinen Ohren anhört.

»Der ist ja gelb«, murrt der Junge und verzieht das Gesicht. »Ich wollte einen roten.« Die Frau grinst beschämt, drückt ihrem Sohn den Becher in die Hand und tritt zur Seite, so dass ich in ein rundes, rotwangiges Gesicht blicke.

Es gibt wenige Kunden, die ich nicht ausstehen kann, aber Titten-Toni ist einer von ihnen. Sein richtiger Name lautet Anton; Moritz und Heike haben ihm allerdings einen Spitznamen gegeben, der besser zu ihm passt, weil er jeder Frau in den Ausschnitt starrt und mit Vorliebe anzügliche Witze macht, über die er dann selbst am meisten lacht. Allein seine Anwesenheit löst in mir das Bedürfnis aus, mich zu verschleiern und knielange Rollkragenpullover herbeizusehnen.

»Hallo, Kaffeeböhnchen«, begrüßt er mich, als würde uns eine lebenslange Freundschaft verbinden, und seine Augen wandern wie gewohnt südlich. Er trägt ein graues Hemd, das früher einmal weiß war, und sich wie eine Plane über seinen Bierbauch spannt, der deutlich über seinem Hosenbund hängt. Auf seinem Kopf kleben pomadige schwarzgraue Strähnen, und zwischen dunklen Brusthaaren lugt ein Goldkettchen mit Kreuzanhänger hervor.

»Hast du was Heißes für mich?«

Ich zähle ihm auf, was wir im Angebot haben, wenngleich er es in- und auswendig kennt, weil er seit über zehn Jahren fast jeden Tag im *Coffeeshop* vorbeikommt und unser Angebot so beständig ist wie Stahl und Eisen. Toni entscheidet sich für einen doppelten Espresso, weil er, wie er sagt, eher auf die harten Sachen steht. Das findet er so lustig, dass er sich fast verschluckt und zu husten beginnt. Als er seinen Espresso bezahlt, bin ich fasziniert, dass er es schafft, gleichzeitig auf meine Brüste und in seinen Geldbeutel zu sehen. Er legt ein 50-Cent-Stück auf den Tresen und zwinkert mir zu.

Es sind genau diese Momente, die es mir am schwersten machen, mein Leben, so wie es gerade ist, zu akzeptieren. Momente, in denen ich in Versuchung gerate, raushängen zu lassen, dass ich es nicht nötig habe, mich von notgeilen alten Säcken angaffen zu lassen. Dass ich ein Diplom in Literaturwissenschaft und einen Master in Anglistik habe und auf seine schmierigen 50 Cent scheiße.

Doch das wäre gelogen, denn abgesehen davon, dass mein Kontostand nach zehn Semestern Studium unter dem Meeresspiegel liegt, sind ein Diplom und ein Master in Altberg überhaupt nichts wert. Es gibt dort keinen Lehrstuhl für Literatur, keine renommierten Medienhäuser oder Fachverlage, keine Firmen, die sich dafür interessieren, ob man Alliterationen von Anaphern unterscheiden kann, geschweige denn, diese rhetorischen Mittel überhaupt kennt. Literarisch ausgedrückt ist Altberg eine einzige Themaverfehlung – und ausgerechnet ich habe mir dieses Thema ausgesucht. Denn die bittere Wahrheit ist, dass ich keinen Moment lang gezögert habe, als Toby mir damals vorgeschlagen hat, ihn in seine Heimatstadt Altberg zu begleiten, Hamburg zu verlassen und dort ein gemeinsames Leben zu beginnen. Keinen Moment darüber nachgedacht habe, wie dieser Schritt mein Leben verändern würde. Dass ich meine Wohnung kündigen, meine Freunde verlassen und meine Karrierepläne umschmeißen müsste.

All das schien für mich keine Rolle zu spielen, als wir im Dämmerlicht dicht nebeneinanderlagen, nackt und aufgeheizt von all den Küssen und Berührungen. Es gab in diesem Augenblick nichts Schöneres für mich als die Aussicht, für immer mit diesem Menschen zusammen zu sein. Vielleicht lag es am Nachglühen des Hormonfeuerwerks, dass ich sofort eingewilligt habe, vielleicht an der Angst vor der immer näher rückenden Trennung. Denn Toby war nur für sein Masterstudium nach Hamburg gezogen. Ich wusste, dass Hamburg keine Option für ihn war. Zu Hause in Altberg wartete ein großes Familienunternehmen auf ihn. »Du könntest in ein paar Monaten nachkommen, wenn du mit deinem Studium fertig bist«, hat Toby mir in jener Nacht ins Ohr geflüstert, und es war der schönste Vorschlag, den mir je jemand gemacht hat.

Wenige Wochen später mussten wir uns am Bahnhof in Hamburg voneinander verabschieden, umringt von zwei Koffern, in die Toby unsere gemeinsame Zeit gepackt hatte.

»Du wirst sehen, die Zeit geht schnell vorbei«, hat er mir beruhigend zugeflüstert, während mir dicke Tränen aus den Augen kullerten. Als hätte ich gewusst, dass unsere Liebe nur vier Jahreszeiten andauern würde, dass es unser letzter Kuss sein würde, unsere letzte Umarmung. Dann stieg er mit seinen zwei Koffern in den ICE und fuhr davon. Und ich stand auf Gleis sechs wie Elsa in »Casablanca«. Nur dass Elsa keine Diplomprüfungen vor sich hatte.

3.

»Liebe Grüße aus Dubai«. »Liebe Grüße aus Bangkok«. »Liebe Grüße aus Kuala Lumpur«. Seit Wochen erhalte ich Postkarten von meiner besten Freundin Caro, die mich schmerzhaft daran erinnern, dass ihre Weltreise auch meine gewesen wäre. Auf der Aussichtsplattform des Burj Khalifa hätte auch ich stehen können, die Affen am Wat Tham Pla Tempel hätte auch ich fotografieren können, und die gigantische Aussicht von den Petronas Towers hätte ich ebenfalls genießen können. Wir hatten die Reise zusammen geplant, die Route gemeinsam festgesteckt, Reiseführer gewälzt und uns in Reisebüros informiert. Drei Monate lang sollte es nur uns beide geben, nur uns und das Abenteuer, nur endlos lange Nächte voller Wein und guter Gespräche. In den Flieger gestiegen ist Caro am Ende allein, denn ich habe entschieden, dass mich meine Weltreise nur nach Altberg führen soll, dass ich, statt die Welt zu entdecken, lieber ein kuscheliges Nest für mich und Toby einrichten möchte.

Geknickt falte ich die Postkarte, die ich an diesem Morgen aus dem Briefkasten gezogen habe, zusammen und lasse sie in der Hosentasche verschwinden. Mein Blick fällt auf die hölzerne Wanduhr, deren Pendel mit schier endloser Ausdauer von rechts nach links und wieder zurückschwingt. In etwas mehr als zwölf Minuten werde ich das Licht ausmachen, abschließen, auf mein Rad steigen und nach Hause fahren – eine Aussicht, die nicht gerade Begeisterungsstürme bei mir auslöst. Mein »Zuhause« in Altberg sind 15 Quadratmeter in Heikes Keller, die so gar nichts mit dem Liebesnest gemeinsam haben, das ich mir erträumt habe. Es ist ein fensterloser Raum mit kahlen weißen Wänden, ein paar alten Möbelstücken aus Eiche rustikal und einem Bett, neben dem noch immer nahezu unangetastet meine beiden Koffer stehen. Ich sträube mich dagegen, sie auszupacken, weigere mich, das von mir mühsam erschaffene Bild einer Übergangslösung zu zerstören. Denn genau daran soll mich dieses Zimmer permanent erinnern, dass es eine Übergangslösung ist. Bis Toby zu mir zurückkommt und mir wieder ein Lächeln schenkt, das ich fotografieren möchte.

Die Tür öffnet sich und lässt einen Schwall kühler Oktoberluft hinein. Eine junge Frau in engen ausgeblichenen Jeans, roten Chucks und einer schwarzen abgetragenen Lederjacke steht in der Tür und wirft zögernd einen Blick auf ihre Armbanduhr – eine Geste, die nicht zu ihrer Erscheinung passt. Sie fragt sich, ob man es um diese Uhrzeit noch wagen darf, einen Kaffee zu bestellen, ob sie zu den Menschen zählen will, die alles auf den letzten Drücker machen. Ich kann ihre Gedanken förmlich hören, weil sie jedes Mal durch *meinen* Kopf gehen, wenn ich kurz vor Ladenschluss einen Supermarkt betrete.

»Einen Cappuccino zum Mitnehmen«, sagt sie schließlich mit einem vorsichtigen Lächeln, und es klingt eher wie eine Frage. Sie trägt roten Lippenstift und eine wilde Lockenmähne in Kastanienbraun, die sie zu einem lockeren Dutt gebunden hat, so dass ein tätowiertes Fragezeichen hinter ihrem Ohr aufblitzt. In Kombination mit ihrer großen schwarzen Brille fällt sie in einer Stadt wie Altberg auf. Sie ist jemand, an den sich die Menschen erinnern, was bei mir höchstens an meinem Vornamen liegt, den ich meiner schwedischen Urgroßmutter zu verdanken habe. Außer ihrem Namen hat sie mir allerdings nichts vermacht. Zumindest sehe ich mit meinen langen dunklen Haaren und den rehbraunen Augen nicht gerade typisch schwedisch aus – und bin mit überschaubaren 1,66 Metern auch keine außergewöhnliche Erscheinung.

Als ich sie frage, ob sie einen kleinen, mittleren oder großen Cappuccino möchte, fällt mir auf, wie erschreckend roboterhaft mir diese Frage über die Lippen kommt.

»Groß. Ich habe eine Nachtschicht vor mir.« Sie lächelt entschuldigend. Vielleicht glaubt sie, ein großer Cappuccino sei um 18 Uhr 48 noch unhöflicher als ein kleiner. »Ich arbeite im *Ludwig*. An der Bar.«

Das *Ludwig* ist eine Kneipe in der Innenstadt, nicht weit vom *Coffeeshop* entfernt. Ich fahre jeden Abend mit dem Fahrrad daran vorbei und stelle mir manchmal vor, wie Toby zur selben Zeit an einem der Tische sitzt, wie sein Bein zum Takt der Musik wippt. Dabei weiß ich nicht einmal, ob das *Ludwig* zu den Kneipen zählt, die er besucht. Ob er jemals dort war. Ich weiß so wenig über Tobys anderes Leben. Das Leben, von dem er nie erzählt hat. Das Leben, in das ich zu früh geplatzt bin. In quälenden Flashbacks kommt die Erinnerung an unsere letzte Begegnung zurück.

»Was machst du denn hier?«, kam es schockiert aus seinem Mund, als ich mit zwei Koffern vor seiner Wohnungstür in Altberg stand, bereit, meinen Namen auf sein Klingelschild zu setzen und alles mit ihm zu teilen, was mir wichtig war. Er wirkte überrumpelt, fast bestürzt, und all das, worauf ich gehofft hatte, was ich mir im Zug ausgemalt hatte, die Freude, die Überraschung, die Sehnsucht, suchte ich vergeblich in seinem Gesicht.

»Überraschung«, krächzte ich unsicher, auf der Suche nach einem erlösenden Lächeln.

Stattdessen musste ich zusehen, wie sich ein betretener Ausdruck auf seinem Gesicht ausbreitete, wie sein Körper zunehmend steifer wurde.

»Du wolltest doch erst in drei Wochen kommen.«

Der vorwurfsvolle Klang in seiner Stimme bestätigte, was ich längst befürchtet hatte. Dass hier etwas gar nicht nach Plan lief. Dass ich in Zeitlupe von einem Hochhaus stürzte und der Aufprall unmittelbar bevorstand.

»Ich wollte dich überraschen. Bewerbungen schreiben kann ich ja auch von hier aus. Da dachte ich, ich komme einfach früher.«

Meinen erwartungsvollen, noch immer hoffnungsvollen Blick quittierte Toby mit eisernem Schweigen. Endlos langem Schweigen.

»Marit … Ich muss dir … Wir müssen reden.«

Die Worte und Sätze, die daraufhin aus Tobys Mund kamen, existieren nur noch bruchstückhaft in meinem Gedächtnis. Vielleicht, weil ich sie vor lauter Ohnmachtsgefühl gar nicht aufgenommen, vielleicht, weil ich sie verdrängt habe. *»Ich bin mir nicht mehr sicher«, »Meine Gefühle haben sich verändert«, »Es tut mir leid«.*

Ich erinnere mich an den bitteren Geschmack in meinem Mund, den Würgereiz, die Tränen, an blaue Augen, die mich mitfühlend ansehen. Ich erinnere mich an meine verzweifelten Versuche, ihn zu überzeugen, dass er sich irrte. *Du bist verwirrt. Du brauchst Zeit. Nimm dir Zeit.* Zeit. Zeit. Zeit. Immer wieder Zeit. Als wäre Zeit das Problem und gleichzeitig seine Lösung.

»Äh, Entschuldigung«, zerrt mich eine Frauenstimme zurück ins Jetzt. Mein Blick fällt auf ihre ausgestreckte Hand, in der ein paar Euromünzen liegen.

»Tut mir leid«, stammle ich verlegen.

Sie zuckt unbekümmert mit den Schultern und schickt ein Lächeln hinterher.

Nachdem sie gegangen ist, mache ich mich daran, die Spuren des Coffeeshop-Alltags zu beseitigen. Es fühlt sich an, als würde ich den Laden auf den Werkszustand zurücksetzen, wenn ich abends über die Tische wische, die Zuckerstreuer und den Kakaospender auffülle, die Kaffeemaschine reinige und den übervollen Müllsack aus dem Eimer ziehe.

Während ich an dem gelben Sack zerre, der sich im Mülleimer verkantet hat, werfe ich einen abwesenden Blick aus dem Fenster und stoße einen erstickten Schrei aus, als ich in ein blasses Gesicht mit weit aufgerissenen Augen sehe. Vor lauter Schreck taumle ich nach hinten und reiße im Fallen den Müllsack mit mir, der aufplatzt und seinen Inhalt über mich und den Boden verteilt. Und als wäre es nicht schmerzhaft genug, auf dem Hosenboden zu landen und Kaffeesatz, Asche und Zucker in den Haaren zu haben, starren mich Tobys Augen plötzlich kaleidoskopartig von allen Seiten an. Sein Gesicht ist auf sämtlichen Wurstverpackungen abgebildet und strahlt unter dem signalroten Schriftzug »Schindler – Fleischspezialitäten seit 1906«.

Ich erinnere mich noch an den Abend, an dem ich zum ersten Mal Tobys Kühlschrank in seiner Hamburger WG geöffnet habe und sein Gesicht mit einem irritierten bis entsetzten Ausdruck auf der Wurstverpackung entdeckt habe. Zuerst hielt ich es für einen Scherz. Man konnte heutzutage schließlich alles personifizieren, von Tassen über Schokolade bis hin zu Müslis und Bierflaschen. Aber als ich Tobys verlegenes Lächeln bemerkte, wusste ich, dass sein Gesicht nicht zufällig auf einer Wurstpackung gelandet war. Er erzählte mir von der Firma seiner Familie, einem Traditionsunternehmen in vierter Generation, das sich auf Fleischproduktion spezialisiert und sein Gesicht zur Marke gemacht hatte.

»Dann bist du wie das Kind auf der Kinderschokolade?«, fragte ich ihn mit großen Augen, und er lachte.

»Ja, so in etwa. Nur, dass mein Gesicht altert. Ich war schon als Baby drauf.«

Dann lachten wir beide.

Inzwischen weiß ich, dass Toby maßlos untertrieben hat, denn seine Familie hat keine Fleischfabrik, sondern ein Fleisch-Imperium. Altberg und die gesamte Region sind förmlich überflutet von Schindler-Metzgereien und Bratwurstbuden, und der rote Schriftzug ziert sämtliche Litfaßsäulen, Fußballbanden, Heißluftballons und Busse. Nahezu jeder in dieser Stadt scheint den Namen »Schindler« und die dazugehörigen Produkte zu kennen.

Seufzend stütze ich mich vom Boden ab und befreie mich von leeren Milchtüten, Plastikresten und Kaffeesatz, während sich mein Herzschlag langsam wieder normalisiert. Das Gesicht vor der Fensterscheibe ist nur noch vor meinem geistigen Auge vorhanden, trotzdem überkommt mich ein mulmiges Gefühl, als ich aus dem Fenster in die dunkle Nacht hinausblicke. Mach dich nicht lächerlich, ermahne ich mich. Sogar nachts ist Altberg so gefährlich wie ein Hamster. Die größte Gefahr für Frauen geht von den Fugen des historischen Kopfsteinpflasters aus, aber da mir meine Pumps im *Coffeeshop* nur wunde Füße verursachen würden, muss ich mir keine Sorgen machen.

Auch an diesem Abend fahre ich mit dem Rad am *Ludwig* vorbei, höre den Bass, der nach außen dringt, das Gelächter fremder Menschen. Für einen Augenblick spiele ich mit dem verrückten Gedanken, abzusteigen und hineinzugehen, doch mein Körper schreit zu laut nach Seife. Der Geruch von Kaffee hängt hartnäckig in meinen Haaren, die Halbmonde unter meinen Nägeln sind braun, und auf meiner Hose befinden sich Milchflecken, die wie Sperma aussehen. Allein die Vorstellung, Toby in diesem Aufzug zu begegnen, lässt mich meinen spontanen Einfall sofort verwerfen. Toby, dem großen Wurstkönig. Toby, der einfach so den Faden zu seinem Königreich durchgeschnitten hat und mich ins Bodenlose stürzen ließ.

Als ich nach Hause komme, liegt eine Postkarte vor meiner Zimmertür. »Greetings from Singapur«.

4.

Obwohl es sich frustrierend anfühlt, mit 28 Jahren und zwei Studienabschlüssen von Montag bis Freitag für den Mindestlohn in einem Coffeeshop zu jobben, erwache ich am Samstagmorgen mit einer quälenden Sehnsucht nach Arbeit. Vielleicht ist es auch die Sehnsucht nach einem Grund, das Bett zu verlassen und nicht weiter der unheimlichen Stille dieses Raums ausgesetzt zu sein, der einem dank fehlendem Tageslicht erstaunlich schnell das Gefühl gibt, eine Figur aus »Twilight« zu sein.

Im Dunkeln taste ich nach meinem Laptop, den ich am Abend zuvor neben mein Bett gelegt habe, und suche nach der Taste, die ihn zum Leben erweckt. Weder in meinem Posteingang noch auf Facebook warten Mails auf mich, so dass ich mich eine Weile gelangweilt durch ein paar Nachrichtenseiten klicke und schließlich wieder bei Facebook lande. Zwei lachende Gesichter grinsen mir von meinem Profilbild entgegen. Ein spontanes Selfie von Toby und mir in einem Strandkorb an der Nordsee. Ein bisschen schief, ein bisschen verwackelt und irgendwie perfekt. Minutenlang starre ich auf dieses Bild, genauso wie am vergangenen Abend und am Abend davor. Ich will nicht glauben, dass dieser Schnappschuss zur Lüge geworden ist, dass er ein Leben zeigt, das ich nicht mehr lebe: ein glückliches Leben mit Toby an meiner Seite.

In diesem Moment wünsche ich mir noch sehnlicher, er hätte auch einen Facebook-Account. Um weiterhin an seinem Leben teilhaben, um nach Erklärungen und Antworten suchen zu können. Um herauszufinden, was passiert ist zwischen unserem Abschied in Hamburg und unserem Wiedersehen in Altberg, das so anders verlaufen ist, als ich es mir ausgemalt hatte. Womöglich käme ich mir nicht so ausgesperrt vor, wenn seine Beiträge auf meinem Newsfeed erscheinen würden. Aber Toby lehnt soziale Netzwerke ab, weil er keinen Sinn darin sieht, sein Leben öffentlich zu machen. Womöglich, weil es von Geburt an öffentlich war – zumindest sein Gesicht.

Reiß dich zusammen, ermahne ich mich. Hör auf, dich in Selbstmitleid zu suhlen. Steh auf, und mach etwas aus deinem Tag. Mein Appell an mich selbst zeigt Wirkung.

Eine halbe Stunde später sitze ich bereits auf meinem Rad und genieße die morgendlichen Sonnenstrahlen, die meine Nase kitzeln, während der kühle Fahrtwind mir angenehm ins Gesicht bläst. Mit seinen gepflegten Fachwerkhäusern, dem historischen Marktplatz und dem kleinen Fluss, der sich durch die Innenstadt zieht, ist Altberg ein idyllisches Fleckchen Erde mit viel Lebensqualität – wenn man bereit ist, auf Sushi, drei Balken auf dem Handy und Hotspots zu verzichten.

»Du arbeitest heute nicht«, bemerkt Moritz nüchtern, als ich vor ihm stehe und unschlüssig die Getränkekarte auf der Wandtafel mit den Augen abfahre. »Heute ist *Samstag*, mein einziger Tag *ohne* dich«, brummt er und betont dabei jede Silbe, als würde er diesen Dialog mit einer Austauschstudentin aus Guatemala führen.

Ich lasse meine Augen durch den *Coffeeshop* wandern und entdecke nur einen einzigen Gast, einen älteren Herrn, der an Tisch eins die *Altberger Zeitung* durchblättert.

»Ich will einfach nur einen Kaffee trinken.«

Moritz runzelt die Stirn und mustert mich so eindringlich, dass ich meinen Blick von ihm abwende und vorgebe, mich mit der Karte zu beschäftigen, die ich längst auswendig kenne. Im Grunde könnte ich mir meinen Kaffee sogar selbst machen, doch etwas in mir sehnt sich nach dem Gefühl, wie eine ganz normale Kundin behandelt zu werden, die samstags einen Coffeeshop besucht.

»Mit wem denn?«

Seine Stimme hat einen herausfordernden Ton angenommen.

»Allein. Mir … war einfach nach einer guten … Tasse Cappuccino«, antworte ich und ärgere mich über meine steife Wortwahl und die Unsicherheit, die Moritz in mir auslöst. »Ist das verboten?«

»Nein, aber ich habe dich samstags noch nie hier gesehen.«

»Wo ich schon so viele Jahre hier lebe …«, bemerke ich zynisch.

Ein schwaches Lächeln huscht über sein Gesicht, und einen Moment lang bin ich irritiert.

»Wenn dir nach einer guten Tasse Cappuccino war, warum studierst du dann die Karte, Fischköpfchen?«

Ich beschließe, sowohl seine Frage als auch diesen albernen Spitznamen zu ignorieren, den er mir verpasst hat, als mein schwach ausgeprägter hanseatischer Dialekt verraten hat, aus welcher Region Deutschlands ich stamme.

»Möchtest du einen kleinen, mittleren oder großen Cappuccino?«, fragt Moritz übertrieben geduldig und legt den Kopf schief.

Etwas in mir hat genug von diesem Schmierentheater.

»Ich will gar keinen Cappuccino«, seufze ich genervt und marschiere, ohne einen weiteren Kommentar abzuwarten, zum Kühlschrank hinter der Theke. Mit Moritz' Blick im Rücken öffne ich die Tür und ziehe übereilt eine dunkle Flasche heraus, auf der ich das Wort »Cola« lese. Dass es sich um ein Cola*bier* handelt, bemerke ich erst, als die Flasche geöffnet ist und süßlicher Malzgeruch an meine Nase dringt. Angewidert verziehe ich das Gesicht, während Erinnerungen an die ersten Trinkerfahrungen einer 14-jährigen Marit mit Zahnspange lebendig werden. Irgendwie amüsiert es mich, dass man in diesem Coffeeshop scheinbar leichter an Bierfusel als an einen Frappuccino kommt.

Weil ich Moritz' amüsierten Blick spüre, lasse ich mich resignierend in den alten Ohrensessel fallen und nehme tapfer einen ersten Schluck, was dazu führt, dass ich bereits morgens um zehn Uhr meinen Tagestiefpunkt erreicht habe. Colabier aus der Flasche, auf nüchternen Magen – nur weil mein Stolz die Größe von Russland hat. *Was macht dieser Ort nur aus mir?*

Der ältere Herr am Tisch neben mir hat seinen Espresso inzwischen ausgetrunken und den *Coffeeshop* verlassen. Sein Geschirr hat er nicht zurückgebracht. Auch die *Altberger Zeitung* liegt zerfleddert auf dem Bistrotisch. Selbstbedienung bedeutet für die meisten Kunden, sich etwas zu holen, ohne es zurückzubringen, weil sie entweder zu faul sind – das ist die Mehrheit – oder mit dem Satz »Ich habe ja schließlich auch für etwas bezahlt« argumentieren. *Wer für etwas bezahlt, muss sein Geschirr nicht zurückbringen.*

Ich schnappe mir die Zeitung vom Nachbartisch und blättere sie lustlos durch – eine gute Entscheidung. Sonst wären mir wesentliche Schlagzeilen des Tages entgangen, etwa dass Beagle Cherry bei der Europasiegerausstellung für Rassehunde in Kaiserslautern zum drittbesten Hund der Schau gewählt wurde, dass die Theatergruppe des Obst- und Gartenbauvereins mit der heiteren Komödie »Hexenschuss« in die Theatersaison startet und der Schachklub fünfzehn neue Bretter für seine Jugendabteilung stiftet. Und als wäre der Morgen nicht schon schlimm genug, grinst mir Toby von Seite drei entgegen. »Wurst auf Rädern – Schindler beliefert Haushalte mit Fleisch-Mobil« steht in fetten Lettern über dem Artikel, der eine halbe Seite einnimmt. Darunter ein Foto in Schwarzweiß, auf dem vier grinsende Menschen affektiert ihren Daumen nach oben halten, während sie vor einem Lieferwagen posieren, auf dem Tobys Kopf in XXL prangt. Von links: der Wurst-König himself, der Wurst-König Senior, eine Pressesprecherin namens Therese Auth und der Auszubildende Konstantin Steinmüller. Es ist das erste Mal, dass ich Tobys Vater sehe. Die Ähnlichkeit zwischen ihm und seinem Sohn ist verblüffend. Die gleiche Statur, das gleiche starke Kinn, der gleiche entschlossene Blick. Trübselig greife ich nach der Flasche und nehme einen weiteren Schluck, doch der Geschmack hat sich in den vergangenen Minuten erwartungsgemäß nicht verbessert.

»Sicher, dass du nicht was Stärkeres brauchst?«, fragt Moritz, als er das Geschirr vom Tisch neben mir abräumt und dabei einen Blick auf den Artikel wirft. Ich schlage die Zeitung demonstrativ zu, was mir nur ein unbekümmertes Schulterzucken einbringt.

Während ich mir anschließend doch noch selbst einen Cappuccino mache, unterhält sich Moritz direkt neben mir mit einer jungen blonden Frau über den gestrigen Abend im *Ludwig*. Wie sie ihn anstrahlt und jeden seiner Sätze mit einem vergnügten Lachen quittiert, belustigt und verwundert mich zugleich. Für mich ist Moritz der Johnny Depp der Coffeeshops. Auch wenn Millionen von Frauen ihn attraktiv finden, sehe ich nur zotteliges Haar und ungepflegte Bartstoppeln. Was nicht heißen soll, dass Moritz zottelig und ungepflegt ist. Aber das dunkle Haar ist für meinen Geschmack eine Spur zu lang und auf eine Art verwuschelt, die man sowohl lässig als auch ungepflegt nennen könnte, und mit seinem Dreitagebart und den ausgewaschenen Shirts, die er zu Jeans und Boots trägt, ist er das komplette Gegenteil von Toby – und von jedem Mann, den ich jemals interessant gefunden habe.

Mit meinem Cappuccino setze ich mich wieder zurück auf meinen Platz und beobachte das Treiben auf dem Altberger Marktplatz, die Frauen und Männer, die mit gequälter Miene ihre Kinder und Einkaufstüten hinter sich herschleifen, als hätte man sie gezwungen, ausgerechnet am Samstag die Läden leer zu kaufen.

Im *Coffeeshop* ist es inzwischen voller geworden, und die Schlange vor Moritz' Theke wächst von Minute zu Minute. Ich frage mich, wo Heike bleibt, und werfe automatisch einen Blick zur Tür, doch statt Heike kommt in diesem Moment ihr Mann Daniel hindurch. Er betreibt, nur zwei Häuser weiter, ein Sport- und Adventuregeschäft, und ich habe mich inzwischen daran gewöhnt, dass er ausschließlich Trainingsanzüge und Turnschuhe trägt. Als er mich entdeckt, steuert er auf meinen Tisch zu und fragt scherzhaft, ob ich inzwischen im *Coffeeshop* wohne. Ich antworte, dass ich etwas Tageslicht gebraucht habe, und er hält es irrtümlicherweise für einen Witz und lacht.

»Arbeitet Heike heute nicht?«, frage ich Daniel, nachdem er bei Moritz einen Espresso bestellt hat und ihn im Stehen trinkt.

»Sie kommt später. Hat wieder so starke Schmerzen im Arm. Die Arbeit hier ist einfach nichts mehr für sie, das sagt ihr Arzt ja auch. Aber sie ist ja beratungsresistent.«

Heikes Schmerzen im Arm, die Folge eines schlecht verheilten Unterarmbruchs, sind der Grund, warum sie mir diesen Aushilfsjob angeboten hat, bevor ich auch nur ansatzweise darüber nachgedacht habe, ob ich in Altberg bleiben möchte. Aber die Hoffnung auf eine Versöhnung mit Toby ließ mich ihr Angebot ohne zu zögern annehmen. Und wenn ich ehrlich bin, hatte es auch etwas damit zu tun, dass ich keine Alternative gesehen habe, denn in Hamburg wartete nichts mehr auf mich. Meine Wohnung hatte ich gekündigt, meine beste Freundin war auf Weltreise, und alle Studienkollegen hatten die Stadt längst verlassen, um ihren Traumjobs nachzujagen. Sicher, ich hätte zu meinen Eltern aufs Land ziehen können, zurück in mein altes Kinderzimmer, in dem die Vorhänge noch so rosa sind wie vor zehn Jahren und lächerliche Boygroupsänger von den Wänden grinsen, aber diese Peinlichkeit wollte ich ihnen und mir vorerst ersparen.

»Na, schon Feierabend, Margit?«

Ich muss nicht mal meinen Kopf heben, um zu wissen, wer mit der Eleganz eines Faultiers auf meinen Tisch zusteuert und seinen Wanst in einem viel zu engen T-Shirt präsentiert. *Und wenn du glaubst, es geht nicht mehr, kommt von irgendwo Titten-Toni her.*

»Wie immer?«, ruft Moritz ihm von der Theke aus zu.

»Doppelter Espresso. Ich steh' auf die harten Sachen«, murmle ich intuitiv vor mich hin, weil ich diese Art von Dialog bereits mehrfach miterlebt habe.

»Doppelter Espresso.«

Ich wäre enttäuscht, würde Toni nicht ein »Nur die Harten kommen in den Garten. Stimmt's, Margit?« nachschieben.

Ich habe es aufgegeben, ihm zu erklären, dass mein Vorname ohne »g« auskommt. Toni nutzt die Gelegenheit, um seine Augen über meinen Ausschnitt wandern zu lassen und mir zuzuzwinkern. Während ich mich innerlich erbreche, drapiert Moritz ein kleines Stück Milka-Schokolade auf der Untertasse. Vollmilch.

»Ich tausch' die mal«, sagt Toni und wirft die Mini-Schokolade eigenmächtig zurück in die Box, um eine andere Sorte herauszufischen. »Es geht doch nichts über große Nüsse«, fügt er mit einem lüsternen Grinsen in meine Richtung hinzu, bevor er sich die Nussschokolade genüsslich in den Mund stopft und ein Schmatzkonzert veranstaltet. Was meinen Tagestiefpunkt anbelangt, habe ich mich gewaltig getäuscht. *Tiefer geht immer.*

Ich fasse den Entschluss, mein samstägliches Drama zu beenden, und greife nach meiner Jacke, die ich über die Lehne geworfen habe. Dabei stößt meine rechte Hand auf etwas kleines Hartes, das sich in die Ritze des braunen Ohrensessels geschoben hat. Im ersten Moment halte ich es für ein Feuerzeug, aber als es schließlich in meiner Hand liegt, sehe ich, dass es ein USB-Stick ist.

5.

J A ist in das silberne Metallgehäuse eingraviert. Zwei geschwungene Buchstaben, die elegant ineinander übergehen. Mit dem Zeigefinger fahre ich vorsichtig über die feine Gravur, die sich kaum von der glatten silbernen Oberfläche abhebt. Verglichen mit meinem neongrünen Plastikteil aus dem Mediamarkt ist dieses Ding definitiv der Porsche unter den Datenträgern und ein Indiz, dass jemand entweder zu viel Geld oder zu viel Ego hat. Instinktiv blicke ich zur Tür, als könne jeden Moment jemand hereinkommen und seinen Besitz zurückfordern. Aber nichts dergleichen passiert.

Unschlüssig mustere ich den kleinen silbernen USB-Stick in meiner Hand. Ich könnte ihn bei Moritz abgeben, der ihn in eine Schublade legen würde, die alles beherbergt, was in den vergangenen Jahren versehentlich vergessen wurde, von Schlüsseln, Ohrringen, Schirmen, Mützen und Sonnenbrillen bis hin zu Handschuhen, Halstüchern und Armkettchen. Allerdings ist die Schublade so brechend voll und die Abholquote so niedrig, dass ich nur wenig Hoffnung habe. Noch dazu weiß der Besitzer womöglich nicht einmal, wo genau er ihn verloren hat. Etwas in mir will nicht zulassen, dass das kleine silberne Ding im Dschungel der Fundsachen verlorengeht. Und etwas in mir ist zugegebenermaßen auch ein wenig aufgeregt. Ich habe noch nie in meinem

Leben etwas von Wert gefunden, etwas, das eine tiefere Bedeutung für einen anderen Menschen haben könnte. Noch dazu geht meine blühende Fantasie mit mir durch und entfaltet Szenarien von Geheimdokumenten und Beweismitteln, die besser in den sonntäglichen *Tatort* passen als in einen Coffeeshop in der Provinz.

Ich beschließe kurzerhand, den Stick mit nach Hause zu nehmen und herauszufinden, ob er Informationen über seinen Besitzer preisgibt. Sollte das nicht der Fall sein, würde ich ihn am Montag in die Schublade legen, nehme ich mir vor, während ich ihn in meine Jackentasche gleiten lasse und das Gefühl habe, von allen Seiten dabei beobachtet zu werden.

Auf dem Heimweg lege ich einen Stopp beim Supermarkt ein, um mich für den nächsten einsamen Abend zu wappnen. Baguette und Käse, eine Tafel Schokolade und eine Flasche Weißwein. *Picknick im Kellerloch.* Wehmütig denke ich an eine Zeit zurück, in der ich meine Samstagabende mit Toby verbracht habe, in der wir gemeinsam gekocht haben, ins Kino gegangen sind oder überteuerte Cocktails in Bars geschlürft haben. Eine Zeit, in der wir nachts in meine Wohnung gestolpert sind und uns die Kleider vom Leib gerissen haben, gierig übereinander hergefallen sind. Beim Gedanken an Tobys Lippen auf meiner Haut überkommt mich eine schmerzvolle Sehnsucht, die sich ins Unermessliche steigert, als ich die Tür zu meinem Zimmer aufschließe und das leere Bett betrachte. Das Bett, in dem ich seit zwei Wochen einschlafe und aufwache und das nicht annähernd so gemütlich ist wie das, in dem ich mit Toby gelegen habe.

Im Schneidersitz lehne ich mich gegen die kühle Wand

und ziehe den Laptop auf meinen Schoß. Mit dem aufregenden Gefühl, etwas Verbotenes zu tun, und in der Hoffnung, dass USB-Sticks mit Gravur grundsätzlich keine Trojaner enthalten, stecke ich das kleine silberne Ding in den Computer. Nachdem ein kurzes Signal ertönt ist, öffnet sich das Laufwerk, und eine Vielzahl von Ordnern, Dokumenten und Dateien ploppt auf meinem Bildschirm auf. Mein Herz schlägt plötzlich unregelmäßiger, was ich darauf zurückführe, dass ich nicht weiß, was mich erwartet – und im hintersten Eck meines Gewissens mit meinem Entschluss hadere, in den privaten Daten eines fremden Menschen zu schnüffeln. Dieses Gefühl unterliegt meiner Neugier, als ich den Inhalt des USB-Sticks überfliege, vorbei an zahlreichen mp3-Dateien, Word-Dokumenten, PowerPoint-Präsentationen und Ordnern, die mit Titeln wie »Prag 2014«, »Südafrika 2015«, »Toskana 2013« und »Kanada 2012« benannt sind. Allein diese Titel nur zu lesen lässt mich sogleich wehmütig an Caro denken. Ich frage mich, in welchem Teil der Welt sie sich gerade herumtreibt. Bis ich sie endlich wiedersehe, werden noch Monate ins Land gehen. Ob ich dann noch in Altberg bin? Ob ich mich bis dahin mit Toby versöhnt habe?

Ich habe es bisher nicht übers Herz gebracht, ihr die Wahrheit zu sagen. Weil ich sie in eine E-Mail hätte verpacken müssen, aber vor allem, weil Caro Toby von der ersten Minute gemocht hatte. Seine zuvorkommende Art, seinen Humor und die Wurst, die er sich von zu Hause schicken ließ. Die beiden konnten sich stundenlang über die perfekte Salami auslassen, über Räucheraromen diskutieren oder den Ekelgrad von Mettigeln, während ich schmunzelnd zwischen ihnen saß und mein Käsebrot mampfte, glücklich darüber, dass die beiden Menschen, die ich am meisten liebte, sich auch gernhatten.

Ich klicke auf den Prag-Ordner, weil ich dort selbst vor zwei Jahren war, um meine Professorin zu einem Literatur-Symposium zu begleiten. Während meines Studiums – und vor Altberg – habe ich einige Jahre als wissenschaftliche Hilfskraft am Lehrstuhl für Neuere Deutsche Literaturwissenschaft gearbeitet. Ich erinnere mich noch daran, wie begeistert ich darüber war, sie begleiten zu dürfen. Wir hatten drei Tage in dieser zauberhaften Stadt verbracht und trotz der zahlreichen Veranstaltungen und Vorträge Zeit gefunden, die schönsten Ecken und Sehenswürdigkeiten zu erkunden.

Der Ordner enthält mehr als 100 Fotos, und einen Augenblick zögere ich, sie mir näher anzusehen und so offensichtlich in die Privatsphäre eines fremden Menschen einzudringen. Unschlüssig kaue ich auf meiner Unterlippe herum. Dann siegt die Neugier.

Ich klicke mich durch die ersten Bilder, erkenne den Veitsdom, die Prager Burg und das Rathaus mit der berühmten Uhr. Man muss kein Meisterfotograf sein, um zu bemerken, dass die Fotos mit einer guten Kamera aufgenommen wurden. Sie sind gestochen scharf, mit kräftigen, satten Farben. Da einige ein wenig zu hell, fast überbelichtet erscheinen, gehe ich davon aus, dass ein Hobbyfotograf am Werk war. Jemand, der seine Kamera entweder nicht gut genug kennt oder nicht lange genug, um den richtigen ISO-Wert einzustellen. Auf dem fünften Foto sind erstmals Menschen zu sehen. Zwei junge Männer und eine Frau, die lachend vor einer der barocken Statuen auf der Karlsbrücke posieren.

»Ist einer von euch *J A*?«, murmle ich vor mich hin und zoome die Gesichter näher heran, als könnten sie es mir verraten.

Der Mann auf der linken Seite ist größer als die beiden anderen. Er hat eine sportliche Figur, blondes, leicht welliges Haar und graue oder blaue Augen. Zu seinen Jeans trägt er ein helles Hemd, das er an den Unterarmen lässig hochgekrempelt hat. Ein stimmiger, geschmackvoller Look. Die junge Frau in der Mitte lehnt an seiner Schulter. Sie hat ein hübsches schmales Gesicht, das von einem honigblonden Bob eingerahmt wird, und ihre beneidenswert langen Beine stecken in engen Röhrenjeans und teuer aussehenden Slippern. Rechts neben ihr lacht ein dunkelhaariger Mann in die Kamera. Es ist ein attraktives, überlegenes Lachen. Eines, das nur Männer haben, die sich ihrer Wirkung auf Frauen mehr als bewusst sind. Seine Haut ist leicht gebräunt und lässt mich an flüssiges Karamell denken. Zusammen mit seinen dunklen Augen und dem Bartschatten strahlt er südländischen Charme aus.

»Wem von euch gehört dieser Stick?«, murmle ich, während meine Augen zwischen den drei Menschen hin- und herwandern. »Oder stehst du am Ende hinter der Kamera?«

Es folgen weitere Bilder mit dem gleichen Trio. Mal sitzen sie in einem Straßencafé, mal teilen sie sich einen Palatschinken, mal stoßen sie vergnügt mit Longdrinks an. Ihr Lachen wirkt so fröhlich, so strahlend, dass es fast blendet, und ihre Kleidung ist so perfekt aufeinander abgestimmt, dass ich an Schaufensterpuppen denken muss. Zu jedem von ihnen würde ein Edelstahl-USB-Stick mit Gravur passen. Jeder von ihnen könnte J A sein.

Ich schließe den Ordner und öffne den nächsten. »Toskana 2013«. Auch dort war ich vor einigen Jahren schon einmal. Caro und ich sind damals nach Florenz geflogen und anschließend mit einem Mietwagen weiter nach Siena, Pisa, Lucca und Montecatini. Ich schwelge in Erinnerungen an malerische Landschaften, Zypressen und Olivenhaine, während ich mich durch die Fotos klicke. Der Geschmack von Rosmarinkartoffeln, gebratenen Auberginen und eingelegten Tomaten lässt meinen Magen knurren, so dass ich Baguette und Käse aus meinem Rucksack ziehe und die Flasche Pinot Grigio mit dem Korkenzieher öffne, der auf meinem Nachttisch liegt – der eigentlich ein Fernsehtisch ist. Mit einem Glas Wein in der Hand – das einzige Glas, das ich besitze, weil Heike es mir geliehen hat – klicke ich mich weiter durch die Schönheit der Toskana. Das siebte Bild im Ordner zeigt erstmals nur zwei Gesichter, und auch wenn sich die Frisuren der beiden verändert haben, erkenne ich in ihnen die Männer von der Prager Karlsbrücke. Während der Blonde sein Haar kürzer trägt, streckt der Dunkelhaarige ein glattrasiertes Kinn in die Kamera. Beide tragen Sonnenbrillen, die ihnen eine unglaubliche Lässigkeit verleihen. Selbstbewusst. Aber attraktiv. Es folgen weitere Fotos von Pisa: auf der Piazza del Campo, vor dem Schiefen Turm und beim Pizzaessen mit einer dunkelhaarigen Schönheit.

»La vita è bella«, murmle ich spöttisch vor mich hin und nehme einen großen Schluck Wein.

Als ich mich durch alle Fotos des Toskana-Ordners geklickt habe, bin ich mir ziemlich sicher, dass die Frau mit dem blonden Bob, die auf keinem der Bilder auftaucht, als *J A* ausscheidet, und diese Vermutung bestätigt sich, als sie auch auf den Kanada-Fotos fehlt, die beeindruckende Landschaften, Wasserfälle und sogar einen Bären zeigen. Ihren hippen Look haben die Männer in Kanada, wie es scheint, gegen bequeme Jeans und Boots eingetauscht, und auch ihre Bartstoppeln werden von Foto zu Foto länger, was mir ein Schmunzeln entlockt.

Ihr charmantes Lächeln hingegen taucht auf nahezu jedem Bild auf. Gut gelaunt posieren sie mal allein, mal zu zweit vor atemberaubenden Felsformationen, kristallklaren Seen und schneebedeckten, gigantisch hohen Bäumen. Nur schwer kann ich mich von der wunderschönen Natur auf diesen Fotografien lösen, doch ein Blick auf die Uhr verrät mir, dass es bereits 20 Uhr ist. Ich habe fast drei Stunden lang mehr als 500 Urlaubsfotos eines Wildfremden angesehen und dabei eine halbe Flasche Wein getrunken. Mit dem Ergebnis, dass ich keine Ahnung habe, wer *J A* ist und wie ich ihm seinen USB-Stick zurückgeben kann. *1,0 Promille mit 0,0 Ergebnissen.* Lediglich meine Liste der Länder, die ich in meinem Leben noch bereisen möchte, ist um einen Punkt reicher.

Mit einem Klick verschwindet die kanadische Landschaft vor meinen Augen. Unschlüssig überfliege ich die restlichen Dateien, die mit knappen, teils nichtssagenden Bezeichnungen wie »Music Berlin«, »Konzept Hotel«, »Shirtfactory24«, »Kessler Verlag«, »Foodblog« oder »Stream to enjoy« versehen sind. Ich entdecke PDFs von Artikeln aus verschiedenen Fachmagazinen, die thematisch so weit auseinandergehen, dass ich mir keinen Reim darauf machen kann, womit sich dieser *J A* beruflich beschäftigen könnte.

Unschlüssig nehme ich einen weiteren Schluck Wein und spiele mit dem Gedanken, meine kleine Schnüffelei an dieser Stelle zu beenden. Dann stoßen meine Augen plötzlich auf eine Abholbestätigung eines Drogeriemarkts, und ein vorfreudiges Grinsen tritt auf mein Gesicht.

»Ihr Auftrag liegt zur Abholung bereit. Auftragsbestätigung oder ein Ausweisdokument bitte bei der Abholung bereithalten«, lese ich laut, als sich das Dokument öffnet. Und ganz oben entdecke ich eine Adresszeile: j.a.@t-online.de. Heureka!

6.

Von: marit.jansen@web.de
An: j.a.@t-online.de

Hallo J. A.,

ich habe etwas, das Ihnen gehört. Und bevor Sie jetzt in einem Anflug von Panik die Polizei rufen: Das ist keine anonyme Erpressermail, sondern die Folge von zwei sehr vollen Gläsern Weißwein und einer seit Jahrzehnten andauernden Vorliebe für *Tatort*. Jetzt, wo ich diesen Satz endlich mal aussprechen konnte, verrate ich Ihnen, warum ich Ihnen wirklich schreibe: Ich habe heute einen USB-Stick im Coffeeshop gefunden und vermute, dass er Ihnen gehört. Da ich noch nie in meinem ganzen Leben ein exklusiveres Exemplar gesehen habe (Edelstahl! Gravur!) und er einige Ordner mit persönlichen Dokumenten enthält, gehe ich davon aus, dass Sie ihn wiederhaben möchten. (Spätestens jetzt können Sie sicher sein, dass ich kein Erpresser bin, denn ich erwähne keine Gegenleistung.) Sie können ihn morgen zwischen 8 und 16 Uhr im Coffeeshop abholen.
Übrigens: Die Fotos, die Sie in Prag gemacht haben, gefallen mir sehr gut. Ich würde Ihnen allerdings raten, das nächste Mal eine kürzere Belichtungszeit zu nehmen, wenn die Sonne

scheint (Das wäre bei Ihren Toskana-Fotos auch klug gewesen).

Mit freundlichen Grüßen
M. J. (Ich kann das auch ☺)

Ich drücke auf »Senden« und bereue es mit Blick auf die halbleere Flasche Wein nahezu im selben Moment. »Was du heute kannst besorgen« gilt wohl doch eher, wenn es um Wäschewaschen und Fensterputzen geht. Mit dem unguten Gefühl, etwas Dummes getan zu haben, schiebe ich mir das letzte Stück Baguette in den Mund und kaue gequält darauf herum. Währenddessen male ich mir aus, wie der dunkelhaarige Schönling in einer dieser hippen Bars mit Pendellampen und Ledersofas sitzt, einen eisgekühlten Martini trinkt und meine E-Mail vor all seinen hippen Freunden zum Besten gibt. Als ich mir anschließend die gleiche Szene noch einmal mit dem Blonden vorstelle, fällt sie nicht wesentlich positiver für mich aus. *Dumme Idee,* schreit die Stimme der Vernunft in mir.

In diesem Moment blinkt ein Umschlag auf der Taskleiste meines Bildschirms auf. Verdutzt starre ich auf das Symbol und klicke hastig auf den Umschlag. Als mein Blick auf den Absender fällt – caroline.k@yahoo.de – bin ich einen Moment lang enttäuscht und schäme mich sogleich dafür. Noch vor einer Stunde hatte ich furchtbare Sehnsucht nach meiner besten Freundin, und jetzt, wo mir das Schicksal den nötigen Balsam für mein einsames Herz schickt, schätzte ich ihn nicht ausreichend.

Caro schreibt, dass sie gerade im Abel-Tasman-Nationalpark ist, und ich habe unsere geplante Route noch gut genug im Kopf, um ihn sofort nach Neuseeland zu verorten. Sie berichtet von einer unglaublich sympathischen Amerikanerin namens Tammy, mit der sie gemeinsam die Gegend erkundet. Balsam ade. *Man wird schnell ersetzt, wenn man Weltreisen absagt.*

»Liebe Grüße an Toby. Ich vermisse seine Jagdwurst«, lese ich das PS ihrer Mail und lache kurz auf, bevor sich meine Augen mit Tränen füllen. Die Sehnsucht, Caro mein Herz auszuschütten, ist in diesem Moment überwältigend groß, und die Tatsache, dass sie mir nicht nachzutragen scheint, dass ich sie habe sitzenlassen, macht es noch schlimmer. Schließlich habe ich sie allein auf Weltreise geschickt, um Wurst-Königin zu werden ... und bin nicht mal im Königreich angekommen, weil Toby unsere Liebe durch den Fleischwolf gedreht hat.

Ein weiterer Umschlag ploppt auf.

Von: j.a.@t-online.de
An: marit.jansen@web.de

Hallo Frau Jansen,

ich muss Sie leider enttäuschen: Sie können das nicht (Ihre Mailadresse ist, was Ihren Namen anbelangt, ein kleines bisschen aussagekräftiger als meine. Einen guten Erpresser würden Sie also eher nicht abgeben). Aber ich verstehe, was Sie meinen. Irgendwann möchte ich auch mal in ein Taxi steigen und »Folgen Sie diesem Wagen« schreien. ☺
Vielen Dank, dass Sie meinen USB-Stick gefunden und aufbewahrt haben – auch wenn ich mich gerade frage, woher Sie meine Mailadresse haben. Ich habe ihn bereits schmerzlich vermisst, weil ich darauf einige sehr wichtige persönliche und berufliche Dokumente abgespeichert habe – und Ihnen gerade wahrscheinlich einen Anlass gebe, meine Ordner noch ein wenig akribischer zu durchforsten. ☺
Wenn Sie mir noch kurz sagen, in welchem Coffeeshop Sie ihn gefunden haben, hole ich ihn morgen dort ab. Es ist schon eine Weile her, dass ich ihn verloren habe, insofern kommen da einige in Frage.

Mit freundlichen Grüßen
J. A.

PS: Vielen Dank für die fachmännische Einschätzung meiner Urlaubsfotos. Was hält Ihr geschultes Auge von der Holzskulptur, die ich in Kapstadt gekauft habe? (Ordner: »Südafrika 2015«) Zwei sehr volle Gläser Wein – ROTWEIN – und ich bin mir nicht mehr sicher, ob sie tatsächlich einen Elefanten darstellt.

Grinsend lese ich die E-Mail ein zweites Mal. Dann öffne ich den entsprechenden Ordner und klicke mich so lange durch die Südafrika-Fotos, bis ich das passende Bild gefunden habe. Ohne zu zögern, beginnen meine Finger zu tippen.

Von: marit.jansen@web.de
An: j.a.@t-online.de

Hallo J. A.,

es ist eindeutig KEIN Elefant (dazu brauchen Sie zwei Gläser Wein?). Ich finde das NASHORN trotzdem sehr hübsch. Wobei ich mich eher für die Giraffe entschieden hätte, die Ihre Freundin in den Händen hält. Geben Sie es zu, Sie haben sie zum Elefanten-Nashorn überredet und zweifeln jetzt an Ihrer Entscheidung! Ihre Mailadresse stand übrigens auf der Abholbestätigung für Ihre Urlaubsfotos, die Sie ebenfalls abgespeichert haben – wahrscheinlich, um sie vor Dienstende noch schnell im Büro auszudrucken. Zumindest würde ich das so machen. ☺

Viele Grüße
Marit Jansen

PS: Es ist der Coffeeshop in Altberg. Gibt nur einen.

Von: j.a.@t-online.de
An: marit.jansen@web.de

Hallo Frau Jansen,

an diesen Coffeeshop erinnere ich mich gut. Leider ist er nicht gerade um die Ecke. Würde es Ihnen etwas ausmachen, noch ein paar Tage länger auf meinen Stick aufzupassen? Vielleicht bis Freitag? Da wäre ich beruflich in der Gegend und könnte vorbeikommen …

VG
J. A.

Von: marit.jansen@web.de
An: j.a.@t-online.de

Hallo J. A.,

Freitag ist kein Problem, es gibt ja noch genügend Ordner zu erkunden! ☺ Zwischen 8 und 16 Uhr bin ich da.

Viele Grüße
Marit Jansen

PS: Ist Ihnen bewusst, dass Ihr Name etwas sehr Positives an sich hat – vor allem, wenn man die Punkte weglässt?

Von: j.a.@t-online.de
An: marit.jansen@web.de

Hallo Frau Jansen,

wohnen Sie in diesem Coffeeshop, oder trinken Sie nur sehr oft sehr gerne und sehr lange Kaffee? Ich werde um die Mittagszeit vorbeikommen, sobald mein Termin zu Ende ist.
Übrigens ist das nicht meine Freundin auf den Fotos, sondern lediglich eine sehr gute (und zufälligerweise sehr attraktive) Sandkastenfreundin, von der ich lange Zeit gehofft habe, Sie würde irgendwann einmal als Frau an meiner Seite enden. Aber diesmal habe ich es mir scheinbar mit einer Nashorn-Skulptur versaut. Mal sehen, was der nächste Urlaub bringt.

Viele Grüße und bis Freitag
J. A., es ist mir aufgefallen. (Das ist witzig, oder?)

Von: marit.jansen@web.de
An: j.a.@t-online.de

Hallo J. A.,

nein, nein, nein und nein (meine Antworten auf Ihre Fragen). Verraten Sie mir eigentlich irgendwann Ihren richtigen Namen?

Viele Grüße
Marit Jansen

PS: Falls es noch nicht zu spät ist, würde ich Luisa NICHT den Toaster schenken, den Sie auf der Hochzeitsgeschenkeliste fett markiert haben. Es sei denn, Sie mögen Luisa nicht sonderlich, dann wäre es das perfekte Geschenk. ☺

7.

»Mach mir mal bitte zwei Espressi, Marit.«

Daniels Stimme reißt mich abrupt aus einem Anflug von Tagträumerei. Meine Augen wandern müde zu seinem signalgrünen Trainingsanzug.

»Heute gleich zwei?«, frage ich und ziehe eine Augenbraue übertrieben weit hoch.

»Nein, der zweite ist für dich. Du siehst aus, als würdest du gleich einschlafen.«

Meine Wangen färben sich rosa, als könnte er mir ansehen, dass ich bis spät in die Nacht meine persönliche Neuauflage von »E-Mail für dich« gedreht habe – mit mir als Meg Ryan und J. A. als Tom Hanks. Ich liebe diesen Film, auch wenn ich mich immer wieder frage, ob es wirklich möglich ist, sich im virtuellen Leben zu lieben und sich im realen Leben nicht ausstehen zu können. Ob die Anonymität des Internets eher hilfreich ist, unser eigentliches Wesen zu zeigen, oder uns am Ende dabei unterstützt, etwas vorzutäuschen, was wir nicht sind. Ich selbst lerne Menschen lieber persönlich kennen, statt darauf zu vertrauen, wie sie sich mir in drei Worten beschreiben, oder sie nach einem Foto zu beurteilen. Trotzdem kann ich nicht leugnen, dass die letzte Nacht das beste Mittel gegen Liebeskummer war.

Es ist schon eine Weile her, dass ich länger als eine Stunde nicht an Toby und das Chaos in meinem Leben gedacht habe.

Ich schiebe Daniel seinen Espresso über den Tresen und bin erleichtert, als ein Mädchen mit roten Dreadlocks hereinkommt und mir einen Vorwand liefert, nicht ebenfalls Espresso trinken zu müssen. Der intensive bittere Geschmack hat mich noch nie überzeugt.

»Latte zum Mitnehmen«, sagt sie emotionslos.

Einen Moment lang bin ich überrascht. Menschen mit Piercings und Dreadlocks trinken Kaffee. Immer. Das ist wie ein Gesetz. Wer lange genug in Coffeeshops arbeitet, sieht jedem irgendwann an, was er bestellen wird, bevor er es selbst weiß. Es steht in ihren Gesichtern, ihren Haaren, auf ihren Anzügen, ihren Schuhen, ihren Handtaschen oder Regenschirmen. Ich habe ein Spiel daraus gemacht, und meine Trefferquote ist ziemlich hoch. Früher hätte ich damit zu »Wetten dass ...?« gehen können und wäre mit Sicherheit Wettkönigin geworden.

Als Daniel sich verabschiedet, begegnet er Moritz in der Tür, der wie immer leicht verspätet zu seiner Schicht erscheint. Auch nach über zwei Wochen blitzt ein Anflug von Erstaunen in seinen dunklen Augen auf, als er mich hinter der Theke entdeckt. Als wäre ich ein Bild, an das er sich einfach nicht gewöhnen kann. Oder ein dunkler Fleck auf der weißen Wand, den er überstreichen möchte. Vielleicht hofft er auch immer wieder aufs Neue, dass ich das Handtuch werfe, wenn er mich lange genug wie Luft behandelt.

»Morgen«, brummt er und reibt sich das unrasierte Kinn.

In meinen Augen würde Moritz so viel besser in einen irischen Pub als in einen Coffeeshop passen. Seine raue Art würde zwischen Guinness und Whiskey womöglich weniger auffallen. Ich frage mich nicht zum ersten Mal, warum gerade Heike so große Stücke auf ihn hält. Warum sie all seine negativen Seiten nicht einmal wahrzunehmen scheint. Dass er unpünktlich ist, chronisch unausgeschlafen, launisch, zynisch und nicht gerade teamfähig – zumindest wenn ich Teil dieses Teams bin. Das macht ihn zum absoluten Gegenteil von Heike, die so viel Tatendrang und Elan ausstrahlt und den Plauderton besser beherrscht als ihre Muttersprache. Wie Moritz ist sie in Altberg aufgewachsen und kennt nahezu jeden unserer Kunden beim Vornamen, was für einen Stadtmenschen wie mich, der auch nach Jahren nicht einmal die Hälfte seiner Nachbarn kennt, äußerst erstaunlich ist.

»Eine kleine weiße Schokolade zum Mitnehmen«, sagt eine Frauenstimme und lenkt meinen Blick von Moritz auf sich.

Als ich ihr ein entschuldigendes Lächeln schenke, klingelt ihr Handy. »Hello« von Adele schallt laut durch den *Coffeeshop*.

»Sorry«, murmelt sie verlegen, während sie ihr Handy in ihrer Handtasche sucht und dabei alle Blicke auf sich zieht.

Ich zucke gelassen mit den Schultern, löffle das weiße Pulver in den Becher und gieße heiße Milch darauf. Ein köstlicher Schokoladenduft dringt an meine Nase.

»Mein Kollege holt gerade Deckel aus dem Lager«, sage ich im selben Moment, in dem sie den Anruf entgegennimmt und Adeles eindrucksvolle Stimme zum Verstummen bringt. Mit einem kurzen Nicken gibt sie mir zu verstehen, dass sie mich gehört hat, bevor sie ungebremst in ihr Telefon plappert. Ich komme nicht daran vorbei aufzuschnappen, dass sich ein gewisser Lukas nicht bei ihr gemeldet hat, obwohl er mehrmals online war und ihre Nachricht gelesen haben muss. Und dass sie sich eine blaue Winterjacke gekauft hat.

Mit Erleichterung sehe ich Moritz den Lagerraum verlassen, auch wenn er einen Blick aufsetzt, als hätte man ihm dort seine Kekse gestohlen.

»Ich brauche einen«, beginne ich, komme aber nicht dazu, den Satz zu Ende zu sprechen, weil er mir wortlos einen weißen Deckel auf den Tresen schmeißt. »Danke«, murmle ich nicht ohne Unterton.

»Macht 1,60 Euro«, sage ich etwas zu laut, in der Hoffnung, die Aufmerksamkeit der jungen Frau von ihrem Telefonat auf mich zu lenken. Sie nickt und kramt in ihrer Geldbörse, während sie immer wieder »ja« und »genau« in ihr Handy wispert und es gleichzeitig noch schafft, Moritz dabei zuzuzwinkern.

Ich kämpfe gegen den Drang an, mit den Augen zu rollen, und greife nach dem Zimtstreuer, um die Schaumkrone ihrer weißen Schokolade zu verzieren. Doch so weit komme ich nicht, weil Moritz und die junge Frau gleichzeitig so laut »Halt« schreien, dass ich den Streuer fallen lasse, der geräuschvoll auf die Ablage knallt, bevor er schließlich auf meiner hellen Jeans landet und sich in rostbraunen Spuren darauf verewigt. *Heute also nicht Sperma sondern Kackflecken auf der Hose. Super.*

»Willst du sie umbringen?«, fährt Moritz mich an und sorgt dafür, dass ich wie ein Magnet alle Blicke auf mich ziehe.

»Ich … äh … was …«, stammle ich perplex und spüre, wie mir die Röte ins Gesicht schießt.

Als würde ein Tischtennisball zwischen ihnen hin- und herfliegen, wandert mein Blick erst zu Moritz, dann zu der Kundin und wieder zurück zu Moritz.

»Ich bin allergisch gegen Zimt«, erklärt sie sichtlich verlegen und nimmt das Handy vom Ohr.

»Oh«, murmle ich betreten.

»Sie hätte einen Schock davon bekommen können«, wettert Moritz, während sich sein finsterer Blick in mein Gesicht bohrt.

»Das konnte sie doch nicht wissen, Moritz«, lenkt sie beschwichtigend ein. »Ich hätte ja auch was sagen können. Alles halb so wild.«

Ihr schwaches Lächeln erreicht mich nicht, denn in meinem Kopf duellieren sich Scham und Wut. Es ist mir unangenehm, einen Fehler gemacht zu haben, doch gleichzeitig weiß ich, dass ich nichts dafür konnte. Und das müsste auch Moritz klar sein.

»Dann soll sie gefälligst fragen«, brummt er, als wäre ich nicht im Raum.

Wut sticht Scham.

»Ist ja nichts passiert«, sagt die junge Frau und kramt hastig in ihrer Geldbörse. Es steht ihr deutlich ins Gesicht geschrieben, dass sie dieser Situation entfliehen möchte, und ich kann es ihr nicht verdenken, weil es mir genauso geht. Mit einer flüchtigen Handbewegung verabschiedet sie sich kurz darauf und verlässt schnellen Schrittes den *Coffeeshop*.

Ich wappne mich innerlich für eine hitzige Diskussion mit Moritz, für Vorwürfe und zynische Bemerkungen. Fast sehnsüchtig warte ich auf eine Gelegenheit, meinem angestauten Ärger Luft zu machen und ihm die Meinung zu sagen, doch er bietet mir keine Plattform und kehrt mir demonstrativ den Rücken zu.

Den Rest des Nachmittags kämpfe ich gegen das Gewitter in meinem Bauch. Das Gefühl der Demütigung, die Wut, unfair behandelt worden zu sein. Mein Groll lässt erst nach, als der Trubel im *Coffeeshop* zunimmt und ich keine Zeit mehr habe, an etwas anderes als Kaffee und Cappuccino zu denken. Gegen Abend, als die letzten Kunden den Laden verlassen und sich Türme von Geschirr hinter mir stapeln, entspannt sich die Lage – was nicht für meine Arme und Beine und noch weniger für meine Gefühlslage gilt.

Während ich Tassen und Teller in die Spülmaschine staple, frage ich mich, wie viele solcher Tage ich noch erleben muss, bis ich wieder ein normales Leben führen kann. Wie oft ich mich noch anblaffen lassen muss. Wie oft meine Kleidung noch verschmutzt ist, wenn ich nach Hause komme. Wie oft mich noch dieses Gefühl quält, in einer Sackgasse gelandet zu sein. Trübsinnig werfe ich einen Blick aus dem Fenster und zucke erschrocken zusammen, als mich erneut ein Mann durch die Fensterscheibe beobachtet. Es ist das gleiche Gesicht wie vor ein paar Tagen. Blass, alt, faltig, mit großen aufgerissenen Augen. Ein Teller gleitet mir aus der Hand und zerschellt in tausend Teile auf dem Boden.

»Mist«, fluche ich und versuche sogleich, die Scherben mit der Hand aufzusammeln.

»Nimm den, du schneidest dich noch.«

Moritz reicht mir einen kleinen Handkehrer, und einen

Moment lang bin ich überrascht, dass Vorwürfe ausbleiben. Aber unsere Obergrenze an Diskussionen ist für diesen Tag wohl einfach erreicht.

»Da war wieder dieses Gesicht«, platzt es aus mir heraus, bevor mir klar wird, dass ich diese Information besser für mich behalten hätte. Ich werfe einen Blick zum Fenster, und Moritz tut es mir nach.

»Ein Gesicht?«

Seine Braunen heben sich.

»Da ist so ein Mann, der mich immer durchs Fenster anstarrt«, murmle ich, den Blick auf die Glasscheibe gerichtet. »Ein älterer Mann.«

»Aha.«

Ohne auf seinen skeptischen Unterton einzugehen, kehre ich die Scherben auf die Schaufel.

»Vielleicht interessiert er sich gar nicht für *dich*? Bist du auf diese Idee auch schon gekommen?«

Ich streife Moritz mit einem grimmigen Blick.

»Wie konnte ich das vergessen! Er interessiert sich natürlich für *dich*. Wie alle hier. Mein Fehler«, spotte ich und rolle mit den Augen.

»Höre ich da einen Anflug von Eifersucht, Fischköpfchen?«

Ein Grinsen huscht über sein Gesicht, während sich meine Augen zu Schlitzen verengen.

»Muss ich mir um deinen Kopf Sorgen machen? Nicht, dass er plötzlich platzt, weil dein Ego zu groß ist.«

Entgegen meiner Erwartung spiegelt sich Belustigung in seinen Augen.

»Vielleicht wollte er einfach nur sehen, ob wir noch geöffnet haben. Oder er war neugierig, weil er ein alter, einsamer Mann ist.«

»Der stand aber vor ein paar Tagen schon mal am Fenster und hat mich angestarrt«, protestiere ich und ahne, wie albern ich klingen muss. Nur weil ein gelangweilter Rentner zweimal durch die Scheibe gafft, fühle ich mich bedroht. *Wo ist das Großstadtkind abgeblieben?*

»Vielleicht solltest du einfach langsam Feierabend machen«, sagt Moritz, als wäre der Mann am Fenster eine Folge von Überarbeitung. »Das ist Altberg, Fischköpfchen, nicht Hamburg. Die größten Verbrechen hier sind umgeschubste Kühe und abgebrochene Äste.«

»Nenn mich nicht immer so.«

Sein Schmunzeln wird nur noch breiter und lässt kleine Grübchen auf seinen Wangen erscheinen, die so gar nicht zu ihm passen.

»Wie soll ich dich denn dann nennen?«

»Marit?«

Er gibt vor zu überlegen, schüttelt dann aber den Kopf.

»Nein.«

»Nein?«, schnaube ich und blase die Backen auf, obwohl mir insgeheim klar ist, dass er mich nur provozieren möchte.

»Fischköpfchen passt eindeutig besser zu dir.«

»Gut, dann werde ich dir eben auch einen Spitznamen verpassen.«

Was wie eine Drohung klingen soll, kommt eine Spur zu piepsig aus meinem Mund und bringt Moritz nur zum Lachen.

»Du glaubst gar nicht, wie gespannt ich darauf bin.«

8.

Als ich mit dem Fahrrad nach Hause fahre, peitscht mir eisiger Oktoberwind entgegen, doch ich genieße die Kälte, die sich auf meine Haut legt und meine glühenden Wangen kühlt. Moritz' selbstgefälliges Gelächter hallt noch immer wie ein Echo durch meinen Kopf. Wie soll ich mit jemandem zusammenarbeiten, der so launisch ist wie das Wetter im April? Der stündlich Stürme in mir auslöst und dafür sorgt, dass ich Mühe habe, meinen Puls zu drosseln?

Als ich die Tür zu meinem Zimmer aufschließe, wird meine Wut abgelöst von einer unglaublichen Vorfreude darauf, meinen Laptop hochzufahren und meine E-Mails zu checken. Sie ist stärker als das Knurren in meinem Magen und die Sehnsucht nach einer Dusche und überdeckt meinen Groll über Moritz binnen Sekunden. Mit dem Laptop auf dem Schoß setze ich mich auf mein Bett und beobachte die kryptischen Buchstabenfolgen, die über den Bildschirm rasen.

Als ich mein Postfach öffne, macht sich Enttäuschung auf meinem Gesicht breit. Keine neuen Nachrichten. Einen Moment lang ärgere ich mich über meine Naivität. Wenn J. A. nur ansatzweise so aussieht wie auf seinen Fotos und nur ansatzweise dieses Leben lebt, dürfte er meine E-Mails in Lichtgeschwindigkeit in den gedanklichen Ordner »Unwichtig« verschoben haben. Er kann schließlich nicht ahnen, dass er die Schmerztablette gegen meinen Kummer war, dass er mir das Wochenende so viel erträglicher gemacht hat und ich ihn als Highlight meines Abends eingeplant habe.

Ich beschließe, auf Caros letzte E-Mail zu antworten und ihr von den abstrusen Haken zu erzählen, die mein Leben gerade schlägt. Doch als meine Finger die Tasten berühren, wird mir bewusst, dass ich weder Lust noch Kraft habe, die vergangenen Tage in Worte zu fassen. Dass Toby mich nicht bei sich haben will, dass ich trotzdem noch in Altberg bin, dass ich in einem Coffeeshop jobbe und mein Kollege meine Geduld strapaziert. All das würde so viele Fragen nach sich ziehen, Fragen, auf die ich selbst noch keine Antworten gefunden habe. Wie ein Wink des Schicksals blinkt ein kleiner Umschlag auf dem Bildschirm auf.

Von: j.a.@t-online.de
An: marit.jansen@web.de

Hallo Frau Jansen,

Luisa ist meine kleine Schwester. Sie heiratet erst im Dezember, es ist also noch nicht zu spät. Wobei ich nicht verstehe, was an diesem Toaster so schlimm ist. Er ist wirklich TEUER, was ich Ihnen aber nicht sagen muss, da Sie die Liste ja sicherlich bestens studiert haben.

Viele Grüße und einen schönen Abend
J. A.

Von: marit.jansen@web.de
An: j.a.@t-online.de

Hallo J. A.,

ich würde Sie ja gerne anders anschreiben, aber Sie haben die Frage nach Ihrem Namen radikal ignoriert. Wenn Luisa Ihre kleine Schwester ist, sollten Sie diese Liste sowieso ganz aus Ihrem Kopf löschen. Ich könnte sie ja schon einmal von Ihrem USB-Stick löschen? ;-) Schenken Sie ihr lieber etwas Persönliches und keinen völlig überteuerten Toaster. (Von dem Geld könnte sich Luisa 70 Latte Macchiato kaufen! 70 große Latte Macchiato!)

Ich wünsche Ihnen auch einen schönen Abend!
Marit

Von: j.a.@t-online.de
An: marit.jansen@web.de

Liebe Marit,

solange Sie meinen USB-Stick in Ihrer Gewalt haben, ist es mir lieber, Sie kennen meinen Namen nicht. Und bevor ich jetzt unnötig Ihre Fantasie anrege: Ich bin weder Mafiaboss noch Rockstar. Mir gefällt nur der Gedanke nicht, dass Sie mich googeln.

Viele Grüße
J. A.

PS: Luisa will aber keine 70 großen Latte Macchiato, sondern diesen Toaster ... Was ist das für eine Währung, in der Sie da rechnen? Bringt mich zurück zu der Frage, warum ich Sie nahezu Tag und Nacht im Coffeeshop antreffen kann. Arbeiten Sie dort?

Von: marit.jansen@web.de
An: j.a.@t-online.de

Aber doch nicht von ihrem Bruder. Ich habe zwar keinen, aber hätte ich einen, wäre das ein Grund, keinen mehr haben zu wollen. Und ja, ich arbeite in diesem Coffeeshop.

Viele Grüße
Marit

Von: j.a.@t-online.de
An: marit.jansen@web.de

Liebe Marit, sinf Sie jerzt beleidigt?

Von: marit.jansen@web.de
An: j.a.@t-online.de

Gegenfrage: Sind Sie betrunken, oder fährt Ihre Rechtschreibung ab 19 Uhr in den Ruhemodus?

Von: j.a.@t-online.de
An: marit.jansen@web.de

Sorry. Ich war auf dem Weg zur U-Bahn und habe mich fälschlicherweise für einen Multitasker gehalten (immerhin habe ich meine U-Bahn noch erwischt). Haben Sie einen Tipp, was man seiner kleinen Schwester zur Hochzeit schenken kann (die man viel zu selten sieht, weil sie in New York lebt, und die man dadurch nicht mehr so gut kennt wie früher?)

VG
J.A.

PS: Sie arbeiten tatsächlich in diesem Coffeeshop mit der Gruseltapete? Sind Sie am Ende Diplom-Barista oder so etwas? Können Sie das mit den Herzen im Milchschaum?

Von: marit.jansen@web.de
An: j.a.@t-online.de

Was haben nur alle immer mit diesen blöden Herzen im Milchschaum? Ich bin leider nur Gelegenheits-Barista und völlig talentfrei, wenn es um Kaffee-Kunst geht.
Wenn Sie sich nicht mehr so oft sehen wie früher, könnten Sie Luisa etwas schenken, das sie an früher erinnert. Etwas, das Sie beide verbindet … oder etwas, das für Heimat steht. Ich habe selbst mal eine Weile in New York gelebt und mich am meisten über Geschenke gefreut, die mich an zu Hause erinnert haben.

Grüße, Marit

9.

»So einen Beagle hätte ich gerne.«

Welpe oder ausgewachsen? Ich spare mir die Bemerkung. Weil der Mann gegenüber nette rote Pausbäckchen und eine Glatze hat. Und weil er aussieht wie Buddha. Und Buddha verspottet man nicht, sonst kommt alles doppelt zurück. Karma.

Ich setze also mein freundlichstes Lächeln auf, als ich den Bagel in eine kleine Papiertüte gleiten lasse. Er legt 50 Cent Trinkgeld auf den Tresen und wünscht mir noch einen schönen Tag. Karma.

Schön hat mein Tag allerdings nicht begonnen, und schuld daran waren zwei Postkarten, die im Briefkasten lagen. »Great Barrier Reef« stand in fetten Lettern auf der einen, »Meld dich mal wieder« auf der anderen. Weil der Anblick von weißem Sandstrand und türkisblauem Wasser einen frühmorgendlichen Neidanfall bei mir ausgelöst hat, habe ich meine Aufmerksamkeit ausschließlich der Postkarte meiner Mutter gewidmet, auf der ein altes schwarzes Drehscheibentelefon abgebildet ist. Ich verstehe die Botschaft, auch ohne zu lesen, was sie in ihrer krakeligen Handschrift auf die Rückseite geschrieben hat. Seit ich nach Altberg gezogen bin, habe ich mich lediglich mit einer SMS bei meinen Eltern gemeldet und ihnen meine neue Adresse geschickt – ohne zu erwähnen, dass diese zu einem kleinen Kellerzimmer einer Unbekannten gehört und nicht zu Tobys Wohnung, in die ich hätte einziehen sollen. Ich konnte mich nicht dazu durchringen, ihnen Toby auszuliefern. Denn auch die gutmütigsten und neutralsten Eltern mutieren zu echten Hyänen, wenn ihrem Kind das Herz gebrochen wird.

»Latte zum Mitnehmen. Medium.«

Vor mir steht ein tiefgebräunter Mann in Lederjacke, der duftet, als würde durch seine Venen Aftershave fließen. Mit dem Gel im Haar und der übergroßen Sonnenbrille, unter der sein Gesicht zu verschwinden droht, erinnert er mich an eine Kleinstadtversion von Cristiano Ronaldo. Als er, während ich Milch schäume, gelangweilt auf seinem iPhone tippt, muss ich an die vielen E-Mails denken, die *meine* Finger am vergangenen Abend getippt haben, und die daran schuld sind, dass ich alle zwei Minuten das Bedürfnis habe, wie eine Hyäne zu gähnen. E-Mails an einen Fremden, der in diesem Moment ähnlich arrogant in einem anderen Coffeeshop stehen könnte. Von dem ich kaum etwas weiß. Nicht einmal, ob er Cappuccino oder Kaffee bestellen würde.

Ich kann nicht leugnen, dass diese Aura des Unbekannten einen merkwürdigen Reiz auf mich ausübt und ich das Gefühl genieße, unter dem Deckmantel der Anonymität zu verschwinden, eine Frau ohne Vorgeschichte sein zu können.

Ich sehe Kleinstadt-Cristiano nach, als er durch die Tür geht und über den Marktplatz läuft und dabei Heike passiert, die sich mit einer jungen Frau unterhält, deren langes tizianrotes Haar in der morgendlichen Herbstsonne leuchtet. Sie steht mit dem Rücken zu mir, so dass ich ihr Gesicht nicht erkennen kann, doch die innige Art, mit der sie Heike umarmt, verrät mir, dass die beiden sich sehr nahestehen. Neugierig beobachte ich die Szene, bis sich die Frauen voneinander verabschieden und Heike auf den *Coffeeshop* zusteuert. Kurz bevor sie die Tür öffnet, blickt sie sich noch einmal um, doch die Frau mit den roten Haaren ist nicht mehr da.

»Alles o. k.?«, frage ich, als sie durch die Tür kommt und gedankenverloren aus dem Fenster sieht, als hätte sie eine Begegnung gehabt, die sie nicht loslässt.

Ein Anflug von Wehmut spiegelt sich in ihren Augen, während sie nickt.

»Ich habe nur … jemanden getroffen, den ich lange nicht mehr gesehen habe. Evelynn. Sie hat früher mal hier gearbeitet.«

»Hier im *Coffeeshop?*«

Heike nickt.

»Zusammen mit Moritz?«

»Ja, die beiden haben schon während der Schulzeit hier gejobbt. Meistens nur an den Wochenenden. Damals habe ich den Laden noch allein geschmissen. Als sie sich dann getrennt haben und Lynnie wegezogen ist, hat Moritz dann Vollzeit hier angefangen.«

»Die beiden waren ein Paar?«, platzt es eine Spur zu neugierig aus mir heraus.

»Ja, die waren lange zusammen. Sehr verliebt.«

Sie zieht das »sehr« übertrieben in die Länge. Ein fast rührseliger Ton hat sich in Heikes Stimme geschlichen. Ich versuche, mir Moritz »in verliebt« vorzustellen, und muss einsehen, dass meine Fantasie Grenzen hat. Ob das bedeutet, dass er rasiert ist? Gebügelte Shirts trägt? Nett ist?

»Was ist passiert?«

»Lynnie hat nach dem Abi in Köln studiert, Moritz ist hiergeblieben«, antwortet Heike, als wäre mit diesem einen Satz alles gesagt. Als wäre Köln in Neuseeland und Altberg in Ägypten.

»Und jetzt ist sie wieder hergezogen?«

»Nein, leider nicht. Sie ist nur auf Besuch bei ihren Eltern. Eigentlich schade. Ich hab sie immer sehr gemocht. Es war hart für Moritz, als … Na ja.«

Sie bricht ab und nimmt sich einen Bagel aus der Kühltheke.

»Trennungen sind einfach nie schön«, sagt Heike seufzend und beißt in den Kringel.

10.

Meine Diplomprüfung im Fach »Neuere Deutsche Literaturwissenschaft« habe ich über eine Kurzgeschichte von Wolfgang Borchert geschrieben, die »An diesem Dienstag« heißt und davon erzählt, was an einem einzigen Dienstag im Leben eines Menschen passieren kann. Gut, dass die Geschichte nicht von mir handelt, denn dann würde sie nur aus einem Satz bestehen: *An diesem Dienstag kocht Marit Kaffee.* Und auch diese Formulierung wäre im Grunde noch zu hochtrabend, da ich lediglich auf die Knöpfe einer Maschine drücke. Was nicht heißt, dass es da keinen Platz für Interpretationen gäbe. Ambitionierte Studenten würden jetzt deuten, dass dieser Satz die Monotonie in Marits Leben ausdrückt oder für ihre Flucht aus der Realität steht. Und dann würden sie ganz nebenbei Ausdrücke wie Eskapismus und Adoleszenz einflechten und über den literarischen Minimalismus diskutieren.

»Könnte ich bitte einen großen Cappuccino haben?«

Einen Moment lang bin ich genervt, dass sie mich aus meinen Gedanken reißt, aber ich verzeihe ihr, weil sie es auf höfliche Weise getan hat. »Könnte« und »bitte« in einem Satz sind für Coffeeshop-Verhältnisse nahezu der Gipfel der Kultiviertheit, vor allem, wenn man bedenkt, dass ich nicht gerade eine Wahl habe. Ich kann immerhin schlecht sagen:

Nein, können Sie nicht. Oder: *Das ist heute echt nicht drin.* Außerdem schwingt ein Hauch von Verzweiflung in ihrer Stimme mit, und das macht sie mir sofort sympathisch. Nicht, dass ich mich am Leid anderer Menschen ergötze, aber es tut irgendwie gut zu wissen, dass ich das Elend nicht für mich gepachtet habe.

»Für hier?«

Sie wirkt abwesend und kramt mit zartrosa lackierten Nägeln in einer hübschen cremefarbenen Geldbörse. Das Zittern ihrer Hände scheint ihre Suche zu erschweren. An ihrem Finger entdecke ich einen goldenen Ring, und mir wird schmerzlich bewusst, dass ich so etwas in naher Zukunft sicher nicht tragen werde. Alles, was ich von Toby gerade haben kann, ist ein Ring Fleischwurst, seufze ich innerlich.

»Ist der Cappuccino für hier?«, setze ich ein zweites Mal an, und diesmal hört sie mich. Ihr Blick wandert von ihrer Geldbörse zu mir. Ihre großen saphirblauen Augen sind glasig, als hätte sie vor nicht allzu langer Zeit geweint. Sie erinnern mich an zersprungene Murmeln. Als sie leicht errötet, nehmen ihre Wangen das zarte Rosa ihrer Nägel an.

»Für hier«, murmelt sie verlegen. »Tut mir leid, ich war mit meinen Gedanken ganz woanders. Ist nicht mein Tag heute.«

Sie schluckt.

»Das kenn ich gut.«

Es ist die ehrlichste Antwort, die ich in diesem Moment geben kann, und wir lächeln beide.

»Ich bin gerade gegen einen Betonpfeiler gefahren«, sagt sie stirnrunzelnd. »Mit dem Auto meines Verlobten.«

»Autsch.«

Sie zieht eine Grimasse und nickt. Ich stelle eine große Tasse unter die Maschine und drücke auf den Kopf, bis ein heißer Strahl Espresso hineinschießt.

»Ist der Schaden groß?«, frage ich, um die Zeit ein wenig zu verkürzen.

»Na ja, es ist ein neuer BMW«, antwortet sie einen Ton zu schrill. »Erst ein paar Wochen alt.« Ihre Hände zittern noch, als sie sich erschöpft mit den Ellbogen auf den Tresen lehnt.

»Autsch.«

Einen Moment lang schäme ich mich, dass mir schon wieder nichts Besseres eingefallen ist, aber mein Wortschatz ist in den vergangenen Tagen und Wochen so dermaßen geschrumpft, dass ich stolz bin, überhaupt noch andere Ausdrücke als »klein«, »medium« und »groß« zu kennen.

»Ich muss mich jetzt erst mal beruhigen«, flüstert sie mehr zu sich selbst und presst die Lippen aufeinander. Volle geschwungene Lippen.

Ich schiebe ihr die Tasse über den Tresen und lege drei kleine Schokoladentäfelchen auf die Untertasse. Normalerweise gibt es für jeden nur eine, aber wenn man den neuen BMW seines Verlobten zerdeppert, hat man sich auch mal drei verdient. Sie würdigt meine Geste mit einem dankbaren Lächeln und 50 Cent für unser Trinkgeld-Schweinchen. *Mehr Schoki, mehr Trinkgeld.*

Weil im *Coffeeshop* nichts los ist, bleibt sie noch eine Weile am Tresen stehen und erzählt mir, wie und wo sich das Malheur zugetragen hat, dass die Parklücke wesentlich größer gewirkt habe als sie am Ende war, und der Betonpfeiler wie aus dem Nichts aufgetaucht sei.

Ihre Stimme ist zittrig, und sie knirscht immer wieder nervös mit den Zähnen. Als sie ihren Cappuccino schließlich ausgetrunken hat und den Laden verlässt – mit einem Gesicht, als wäre sie auf dem Weg zu ihrer eigenen Hinrichtung –, rufe ich ihr noch »Viel Glück« nach. Dann frage ich mich, wie Toby wohl reagiert hätte, wenn ich seinen Audi gegen einen Betonpfeiler gesetzt hätte, und komme zu dem Schluss, dass ich der jungen Frau lieber zehn Schokoladentäfelchen hätte geben sollen.

»Was hat die denn gefressen?«, sagt Moritz, als er durch die Tür kommt und seine Jacke mehr über die Garderobe schmeißt als hängt. Seine dunklen Haare fallen ihm in strubbeligen Fransen in die Stirn, und sein Outfit wandelt ein weiteres Mal auf dem schmalen Grat zwischen lässig und *vernach*lässigt.

»Wer?«

»Tessa.«

»Tessa?«

»War doch eben hier«, sagt er und lehnt sich lässig an den Kühlschrank. »Groß, blond?«

Rosa Nägel tauchen vor meinen Augen auf, und einen Moment lang bin ich ihm dankbar, dass er mir Attribute wie »geil« und »sexy« erspart hat, die den meisten Männern wohl über die Lippen gekommen wären.

»Ach so. Sie hat den BMW ihres Verlobten angefahren, die Ärmste.«

Ein undurchschaubares Lächeln huscht über sein Gesicht.

»Was ist?«

Er quittiert es mit einem lässigen Schulterzucken, und ich

frage mich, ob es irgendeine Frau in Altberg gibt, die nicht irgendwann einmal in Moritz' Bett gelegen hat.

»Fräulein, ich hätte gerne eine Tasse Kaffee«, sagt plötzlich ein älterer Herr, der so aussieht, als würde er schon eine Weile vor mir stehen.

An diesem Dienstag kocht Marit Kaffee.

11.

»Ich weiß, du hattest andere Pläne, aber das mit dem Polterabend wird nichts mehr«, bemerkt Moritz mit Blick auf einen kleinen Scherbenhaufen zu meinen Füßen – die Hinterlassenschaft eines Fünfjährigen, der mit seiner kleinen Schwester im *Coffeeshop* Fangen gespielt und dabei einen ganzen Tisch abgeräumt hat.

Ich funkle ihn finster an, doch er streckt nur die Arme nach oben und gähnt, während ihm sein Haar in die Stirn fällt, als hätte es eine ganz eigene Vorstellung von einer Frisur. Es steht ihm ins Gesicht geschrieben, dass er in der letzten Nacht nur wenig Schlaf bekommen hat. Manchmal habe ich allerdings auch den Eindruck, dieser zerknautschte Look ist nicht die Folge von Nachlässigkeit, sondern Ausdruck eines Lebensgefühls. Ich mache mir den Spaß und stelle mir vor, wie Moritz morgens vor dem Spiegel steht, sein Shirt zerknittert und jede einzelne Strähne seines Haars so drapiert, dass sie etwas Widerspenstiges ausstrahlt. Ein spöttisches Grinsen umspielt meine Mundwinkel, als ich die Scherben zusammenkehre.

Gleichzeitig spüre ich den kleinen Teufel auf meiner Schulter, der mir ins Ohr flüstert, dass ich nur neidisch bin, weil ich selbst kein Sozialleben mehr habe, seit mich der Wurstfänger von Altberg in sein Königreich gelockt hat.

Dass es viel zu lange her ist, seit ich das letzte Mal in einer Bar war, getanzt, gelacht, getrunken habe, morgens um vier Döner gegessen habe oder mit einem schier unbändigen Heißhunger auf kalte Pizza aufgewacht bin. Meine Abende spielen sich in einem kleinen Kellerzimmer ab, meine einzige Gesellschaft ist ein kleiner USB-Stick und der Höhepunkt des Tages eine Mail seines Besitzers. Erbärmlich, flüstert das Teufelchen.

Als ich mich mühsam aufrichte, steht Moritz am Fenster und blickt gebannt hinaus. Neugierig folge ich seinem Blick, bis ich erkenne, was seine Aufmerksamkeit erregt hat. Oder wer. Sie schiebt ein Fahrrad über den Marktplatz, an dessen Lenker ein paar Einkaufstüten baumeln, während ihr grüner Schal im Wind flattert. Wie eine Flamme sticht ihr rotes Haar aus der Menschenmenge heraus, die sich auf dem Altberger Marktplatz tummelt.

»Tja, das mit deinem Polterabend wird wohl auch nichts mehr«, bemerke ich spitz und bereue es, als sein Kopf herumfährt und ich den Ausdruck in seinen Augen sehe. Es ist eine bedrückende Mischung aus Überraschung und Schmerz, die sich in ihnen spiegelt. In meinem Magen zieht sich etwas zusammen. Boshaftigkeit steht mir nicht – selbst, wenn es um Moritz geht. Einen Moment lang möchte ich etwas sagen, das meine Worte relativiert, doch ich lasse ihn verstreichen. Moritz wendet den Blick von mir ab und geht zurück hinter die Theke.

Als meine Schicht zu Ende ist und ich gerade mein Namensschild abnehme, stürmen mindestens 25 japanische Touristen den *Coffeeshop* – nicht ohne gleichzeitig Fotos von unseren Tischen, Stühlen, Lampen und Vorhängen zu machen – und bilden eine wuselige Schlange vor der Theke, die sich mal nach rechts, mal nach links bewegt und quirliges Geschnatter hervorbringt. Moritz' sonst so entspannte Gesichtszüge verhärten sich. Kurzerhand klippe ich mir das Namensschild wieder ans Shirt, was er mit einem leicht überraschten Blick registriert, aber nicht weiter kommentiert.

Die nächste halbe Stunde sind wir damit beschäftigt, Massenbestellungen von »Kaffi mit Molch« und »Caccauccino« entgegenzunehmen, Milch im Akkord zu schäumen und japanischen Touristen zu erklären, wie man mit Euro bezahlt. Auf unerklärliche Weise finden sie und ihre Kameras irgendwann alle einen Platz, auch wenn ich mir einbilde, dass auf manchen Barhockern am Ende drei Japaner sitzen.

»Danke«, murmelt Moritz, als die letzte Japanerin, ein junges Mädchen mit violetten Strähnen, ihren Kaffi mit Molch zu ihrem Tisch trägt.

»Schon o. k.«

Ich bemühe mich, gleichmütig zu wirken, aber insgeheim freue ich mich über das erste »Danke«, das ich aus Moritz' Mund höre, seit wir zusammen im *Coffeeshop* arbeiten.

»Geh nach Hause, Fischköpfchen.«

Mein Blick wandert zu den wild schnatternden Japanern, den Unmengen von Tassen, Gläsern und Löffeln, die sich auf ihren Tischen häufen, den leeren Zuckerstreuern.

»Und was, wenn sie auf die Idee kommen, eine zweite Runde zu bestellen? Oder die Molch ausgeht?«

Der Anflug eines Lächelns spielt um seine Lippen – ein Triumph, den ich nicht genießen kann, weil just in diesem Moment ein Ehepaar mittleren Alters hereintritt. Während mich der Mann mit seinem Pullunder in der zu Recht aus der Mode gekommenen Farbkombination Orange-Braun an einen Vertreter für Staubsauger erinnert, sieht seine Frau mit ihrem langen grauen Haar und dem abgewetzten Parka aus, als wäre sie auf dem Weg zu einer Anti-Atomkraft-Demo. Er bestellt zwei große Tassen Cappuccino zum Mitnehmen.

»Mit Sojamilch«, fügt sie hinzu und wirft ihrem Gatten einen rügenden Blick zu – ein Phänomen, das ich oft beobachte, wenn Paare Bestellungen aufgeben. Allerdings geht es immer von Frauen aus, als wären Sonderwünsche feminin.

»Sojamilch haben wir leider nicht. Nur laktosefreie.«

Sie legt die Stirn in Falten.

»Und für die wurde kein Tier gemolken?«

Moritz runzelt die Stirn.

»Meine Frau ist Veganerin«, erklärt ihr Mann, als wäre sie eine vom Aussterben bedrohte Tierart. Der Blick, den er uns dabei zuwirft, lässt erahnen, wie oft er diese Erklärung bereits geben musste.

»Das bedeutet«, betont sie mit ernster Miene, »dass ich Produkte ablehne, für die Tiere sterben müssen, gequält oder ausgebeutet werden.«

Moritz' Stirnrunzeln erzeugt immer tiefer werdende Furchen zwischen seinen Augenbrauen.

»Müssen Kühe nicht ohnehin gemolken werden?«, rutscht es mir eher beiläufig heraus. Sechs Augen wandern in meine Richtung.

»Damit eine Kuh Milch geben kann, muss sie einmal im Jahr kalben. Das Kalb wird der Mutter weggenommen und mit minderwertiger Nahrung schnell großgezogen, damit es zu Wurst verarbeitet werden kann. Es wird vollgepumpt mit Medikamenten und Antibiotika, steht in einem viel zu kleinen Stall, ist ständig unter Stress und hat alles andere als ein schönes Leben.«

Es klingt, als hätte sie es aus ihrem PETA-Mitgliedsmagazin auswendig gelernt.

»O. k., und was hat das jetzt mit der Milch zu tun?«

Wenn ich nach Moritz' Gesichtsausdruck gehe, hätte ich besser den Mund gehalten. Er sieht mich an, als hätte ich die Büchse der Pandora geöffnet.

»Eine Kuh würde unter normalen Umständen nur einen Bruchteil der Milchmengen geben, die sie in der modernen Massentierhaltung gibt«, antwortet die Kundin und streift mich mit einem scharfen Blick.

»Tja ... also wir haben keine Sojamilch«, sagt Moritz unbeeindruckt und zuckt mit den Schultern.

»Möchtest du dann vielleicht einen Tee, Schatz?«, fragt ihr Mann vorsichtig, aber sie wehrt sogleich mit der Hand ab.

Hinter jedem verunsicherten Mann steht eine schreckliche Frau.

Die beiden verlassen den *Coffeeshop* ohne Becher. Auch die japanischen Touristen steigen wenig später in einen Reisebus, der direkt vor unserer Tür hält, während sich auf sämtlichen Tischen gigantische Geschirrberge stapeln. Aus dem Augenwinkel bemerke ich die Verwunderung in Moritz' Gesicht, als ich mir ein Tablett schnappe und damit beginne, das Chaos zu beseitigen.

»Du musst das nicht machen«, bemerkt er hinter meinem Rücken. »Du hast längst Feierabend.«

»Ich weiß«, erwidere ich zwischen klappernden Tassen und Tellern.

Nach einer halben Stunde sind die Tische abgewischt und die Zuckerstreuer aufgefüllt. Die Spülmaschine gibt brummende Geräusche von sich, während Moritz die Flaschen im Kühlschrank auffüllt.

»Tut mir leid, was ich vorhin gesagt habe«, kommt es plötzlich aus meinem Mund. Beiläufig, unerwartet. Als hätte das Gute in mir die Kontrolle wiedererlangt und den alttestamentarischen Auge-um-Auge-Quatsch aus meinem Hirn verbannt.

Er hält inne und dreht den Kopf in meine Richtung. Gemessen an seiner Miene, scheinen ihn meine Worte zu erstaunen. Seine Augen mustern mich so forschend, dass ich den Blick abwende und mich dafür hasse, den Mund aufgemacht zu haben.

»Hast du dich gerade dafür entschuldigt, dass du mir die verdiente Retourkutsche verpasst hast?«

Sichtlich belustigt hebt er die Brauen, während er sich lässig am Kühlschrank abstützt. Der Ausdruck auf seinem Gesicht lässt mich unruhig werden.

»Vergiss es«, liegt mir auf der Zunge, doch am Ende kommt etwas Ehrlicheres aus meinem Mund.

»Das hat niemand verdient. Dieses Gefühl.«

Ich denke an den Ausdruck in seinen Augen, als er sie beobachtet hat, diesen wehmütigen Blick auf etwas Vergangenes, etwas Verlorenes.

Mit undurchschaubarer Miene mustert er mich, bevor ein wissendes Lächeln um seine Mundwinkel zuckt.

»Was hat Heike dir erzählt?«

Ich halte seinem Blick stand, diesem eindringlichen Blick, der mich schulmädchenhaft nervös werden lässt.

»Was hat sie *dir* erzählt?«, erwidere ich schmunzelnd.

Moritz nickt, als hätte ich die Mitte seiner Dartscheibe getroffen.

»Machen wir Feierabend, Fischköpfchen.«

12.

Ein Klingeln reißt mich mitten in der Nacht unbarmherzig aus dem Schlaf, und ich verfluche mich, meinen Wecker nicht ausgestellt zu haben, als mein Blick auf das leuchtende Display meines Laptops fällt, der wie ein Teddybär neben mir im Bett liegt und das Zimmer schwach beleuchtet. Ich muss eingeschlafen sein und vergessen haben, ihn auszumachen, stelle ich schlaftrunken fest.

»2.56 Uhr«, murmle ich.

Um diese Zeit klingelt mein Wecker nicht – erst recht nicht, wenn ich ausnahmsweise die spätere Schicht im *Coffeeshop* habe. Moritz und ich wechseln uns zwar ab, die spätere Schicht ist ihm aber deutlich lieber, was daran liegen könnte, dass sein eigentliches Bett im *Ludwig* steht. Und da ich meine Abende allein in einem fensterlosen Zimmer verbringe, ist es mir ziemlich egal, wann ich aufstehen muss. Wenn es nicht mein Wecker war, was hat dann geklingelt?, rätsele ich im Halbschlaf, bis meine Augen den kleinen Umschlag auf dem Display meines Laptops entdecken.

Von: j.a.@t-online.de
An: marit.jansen@web.de

Hallo Marit,

ich habe Sie noch nicht gefragt, woher Ihr ungewöhnlicher Name kommt. Mir ist aufgefallen, dass ich eigentlich gar nichts über Sie weiß, was nicht besonders fair ist, wenn man bedenkt, dass Sie mich bereits in Badeshorts gesehen haben (und wenn ich das Bild nicht gelöscht habe, auch in Unterwäsche – mein bester Freund Costa hat einen sehr südländischen Humor). Costa habe ich eben im Taxi nach Hause übrigens von Ihnen erzählt, daraufhin wollte er kurzzeitig einen Stopp im Bezirksklinikum einlegen, was zum einen an der Anzahl von Gin Tonics liegt, die ich heute getrunken habe, und zum anderen an der für ihn nicht nachvollziehbaren Tatsache, dass ich einer Wildfremden meine privaten Daten überlasse. Seitdem denke ich darüber nach, ob er vielleicht recht haben könnte. Würden Sie mir wenigstens ein bisschen was von sich erzählen, damit ich heute Nacht noch schlafen kann? ;-) Zum Beispiel über Ihre Arbeit im Coffeeshop? Und bitte versichern Sie mir, dass Sie nicht eine dieser Verrückten sind, die sich als jemand anderes ausgeben.

LG
J. A.

Obwohl es mitten in der Nacht ist, läuft mein Kreislauf plötzlich auf Hochtouren. Ich lese die E-Mail ein zweites Mal, ein drittes Mal und sitze schließlich kerzengerade im Bett. Meine Finger tippen, stoppen und beginnen wieder zu tippen, während ich immer wieder verärgert schnaube und den Kopf schüttle. Mein Grundsatz, nie Entscheidungen zu treffen, wenn ich in Rage bin, erweist sich als wankelmütig.

Von: marit.jansen@web.de
An: j.a.@t-online.de

Hallo J. A.,

hätte ich von diesem Dilemma gewusst, hätte ich mir natürlich den Wecker gestellt und Sie um 2.56 Uhr mit einer Beruhigungsmail in den Schlaf gewiegt bzw. geschrieben. Sagen Sie Ihrem Freund Costa, dass ich mich nicht darum gerissen habe, Ihren USB-Stick zu finden, und dass ich ihn Ihnen auch jederzeit per Post schicken kann. SIE wollten ihn persönlich hier abholen.

Marit Jansen
PS: Sie haben das Bild nicht gelöscht.

»Willst du jemanden damit verbrennen?«, fragt Moritz und runzelt die Stirn. Als ich ihn verständnislos ansehe, antwortet Daniel an seiner Stelle, der an der Theke lehnt und an einem Espresso nippt.

»Du schäumst diese Milch seit ungefähr fünf Minuten. Die dürfte inzwischen ungefähr 150 Grad haben und als Folterinstrument taugen.«

Er zieht eine Grimasse und sieht in seinem rotweißen Trainingsanzug plötzlich aus wie ein Clown.

»Was ist denn los?«

»Nichts«, brumme ich und sehe aus dem Augenwinkel, wie sich Moritz und Daniel einen fragenden Blick zuwerfen. *Dass ich einer Wildfremden meine privaten Daten überlasse.* Mein Ärger über diese Zeile ist auch am späten Nachmittag nicht verflogen. Als ob ich eine Bedrohung für die nationale Sicherheit wäre, weil ich weiß, dass er im Urlaub Budapester gegen Flipflops tauscht.

»Du färbst schon auf sie ab«, gluckst Daniel in Richtung Moritz, der ein schwaches Lächeln zustande bringt.

»Vorher erschieße ich mich«, knurre ich.

»Ja, ja, Fischköpfchen, aber bitte erst morgen. Ich habe jetzt dann nämlich Feierabend.«

Moritz wirft mir demonstrativ sein Geschirrtuch über den Kopf und fragt Daniel, ob er noch Lust auf ein Feierabendbier im *Ludwig* hat. Der verneint schweren Herzens, weil er Heike versprochen hat, mit ihr einkaufen zu gehen.

»Aber bei dir mache ich mir keine Sorgen, dass du dein Bier allein trinken musst«, bemerkt Daniel mit einem Grinsen und klopft Moritz zwinkernd auf die Schulter, während mein Mund sich genervt verzieht.

»In der Bahnhofstraße gibt es ein McDonald's«, sagt Moritz, während er seine Jacke vom Haken angelt.

Ich zucke verständnislos mit den Schultern.

»Kauf dir ein Happy Meal, vielleicht bringt's was.«

Meine Augen funkeln ihn böse an, aber da ist er bereits durch die Tür verschwunden. Die letzten beiden Stunden meines Arbeitstages vergehen wie im Flug. Um kurz vor 19 Uhr drücke ich zum letzten Mal an diesem Tag auf den Knopf der Spülmaschine und ziehe den wuchtigen Müllsack aus dem Eimer.

Als ich mit einem feuchten Lappen über die Theke wische, lässt mich ein dumpfes Geräusch zusammenzucken. Ich fahre erschrocken herum und erkenne trotz der Dunkelheit die Umrisse eines Mannes, der außen an der Fensterscheibe lehnt. Er trägt einen dunklen Mantel, der einen harten Kontrast zu seinem hellen, fast weißen Haar bildet. Als ich ein paar Schritte auf ihn zugehe, fällt mir auf, wie unnatürlich seine Haltung wirkt, gekrümmt, als suche er etwas zum Abstützen. *Ein Besoffener? Um 19 Uhr? Selbst für Kleinstadtverhältnisse früh.*

Ich klopfe vorsichtig gegen die Scheibe. Der Mann zuckt zusammen, fährt herum und starrt mich aus weit aufgerissenen Augen an. Augen, die geisterhaft durch mich hindurchsehen. Erschrocken weiche ich einen Schritt zurück. Er dreht sich hastig um, ehe mir bewusst wird, dass ich dieses Gesicht schon einmal gesehen habe.

Ohne zu zögern, haste ich aus der Tür. Er kniet und klaubt ächzend etwas vom Boden auf, das im Schein der Laterne wie Briefumschläge aussieht. Sein Atem geht flach.

»Kann ich Ihnen helfen?«, frage ich vorsichtig.

Der Mann hält inne, hebt langsam seinen Kopf und sieht mir mehrere Sekunden lang direkt in die Augen. Sein Blick lässt mich frösteln. Dann öffnen sich seine Lippen und murmeln etwas, das wie ein Name klingt.

»Was haben Sie gesagt?«

Er schüttelt den Kopf und tastet mit zittrigen Händen nach den Umschlägen.

»Warten Sie, ich helfe Ihnen.«

Ohne seine Reaktion abzuwarten, bücke ich mich und sammle die verbliebenen Umschläge vom Boden auf. Auch im schwachen Licht erkenne ich, dass es alte Umschläge sind. Das Papier fühlt sich dünn und abgegriffen an. Zu meiner Verwunderung sind sie unbeschriftet.

Als der Mann sich aufrichten will, keucht er so angestrengt, dass ich ihm eine Hand reiche, die er dankbar greift. Er muss deutlich älter sein, als ich zunächst angenommen hatte. Sein Arm fühlt sich dünn und knochig an und lässt mich an einen Ast denken. Ich gebe ihm die Umschläge, die er bestimmt an sich nimmt und sogleich in seiner Jackentasche verschwinden lässt.

»Danke«, murmelt er verlegen. »Vielen Dank.«

»Sie haben mich ganz schön erschreckt«, sage ich zu ihm mit einem Lächeln, von dem ich hoffe, dass es beruhigend auf ihn wirkt.

»Sie mich auch«, murmelt er zu meiner Überraschung und klopft sich den Mantel ab. Er ist klein und schmal, kaum größer als ich. Sein Atem geht noch immer hektisch.

»Brauchen Sie einen Arzt?«

Energisch schüttelt er den Kopf.

»Sind Sie sicher?«

Ein überzeugtes Nicken.

»Vielleicht ... ein ... Glas ... Wasser«, bringt er hervor.

»Wasser, o. k.«, murmle ich und deute mit dem Finger zur Tür.

»Kommen Sie mit rein, dann können Sie sich setzen und ein Glas Wasser trinken.«

Ein Anflug von Zögern blitzt in seinen Augen auf. Trotzdem lässt er ein Nicken folgen. Im Licht wirkt er noch schmächtiger auf mich, und ich schäme mich einen Augenblick lang, dass ich Angst vor dieser unscheinbaren Person hatte. Er muss mindestens 80 Jahre alt sein, und diese Jahre sind wie eine Geschichte in sein Gesicht geschrieben. Tiefe Falten und feine Linien ziehen sich im Wechsel über seine Stirn, die in schlohweißes dünnes Haar übergeht. Die Sonne hat sich mit Altersflecken auf seinem Gesicht verewigt, aus dem wache, fast hellgraue Augen hervorstechen. Der Duft von längst aus der Mode gekommenem Haarwasser dringt an meine Nase.

Während ich ihn beobachte, lässt er seinen Blick durch den Raum wandern, langsam, als wolle er jedes Detail aufnehmen. Eine Weile ruhen seine Augen auf der Theke, und ich glaube, ein sanftes Lächeln auf seinem Gesicht zu erkennen.

»Setzen Sie sich«, biete ich ihm an und deute auf den Tisch neben der Tür, während ich ihm ein Glas Wasser hole. Er lässt sich in einem Sessel nieder, ohne den Blick von mir abzuwenden.

»Waren Sie schon einmal hier?«, frage ich, als ich ihm das Glas reiche.

»Danke, sehr freundlich«, antwortet er, ohne auf meine Frage einzugehen.

Er lächelt bescheiden und nimmt einen Schluck Wasser, während sich seine Gesichtszüge entspannen.

»Ich hab's ein bisschen am Herzen.«

Ich auch.

»Wenn ich meine Tabletten zu spät nehme, dann … Na ja … fall ich manchmal gegen Fensterscheiben und lasse mich von jungen Damen retten.«

Er lacht ein warmes, herzliches Lachen, das früher einmal sehr charmant gewesen sein muss. Dann greift er zum Glas und trinkt noch einen Schluck.

»Unglaublich«, murmelt er, als seine Augen schließlich wieder meine suchen und forschend mein Gesicht abwandern.

»Was meinen Sie?«

Zögern flackert in seinen Augen auf.

»Sie … Sie sehen jemandem ähnlich, den ich mal kannte. Sehr ähnlich.«

Schmunzelnd schüttelt er den Kopf, als könne er es selbst nicht ganz glauben.

»Aber das ist sehr lange her. Da waren Sie noch nicht mal geboren.«

Sein Blick wird nun nachdenklich, fast starr, als würde ihn eine bestimmte Erinnerung in seinen Bann ziehen.

»Sie arbeiten hier in diesem … äh …?«

»Coffeeshop. Ja, ich arbeite hier. Zumindest für ein paar … Wochen … Monate. Ich weiß noch nicht, wie lange.«

Seine Augen mustern mich neugierig, und ich bereue es, nicht einfach mit »ja« geantwortet zu haben.

»Es gefällt Ihnen nicht.«

»Doch, doch. Aber …«

Meine Wangen erröten leicht.

»Es ist nur … Na ja … eine Übergangslösung. Eigentlich habe ich was anderes … gelernt.«

Ich senke den Blick und räuspere mich.

»Was haben Sie denn gelernt?«, fragt er interessiert. Seine Stimme ist lauter und gefestigter als noch wenige Minuten zuvor. Es ist, als hätte er Energie statt Wasser getrunken.

»Ich habe studiert. Literatur und Anglistik.«

Ich bin es gewohnt, dass diese Antwort Fragen nach sich zieht, die Wörter wie »brotlos«, »arbeitslos« und »chancenlos« beinhalten. Als wären sämtliche Adjektive, die auf »los«

enden, nur erfunden worden, um die Karriereaussichten meines Studiengangs auf den Punkt zu bringen. Doch der alte Herr nickt nur.

»Das ist wirklich etwas anderes. Und warum arbeiten Sie dann nicht als Literaturis …?« Er sucht nach dem richtigen Ausdruck, gibt es aber sogleich auf und gluckst verlegen.

»Ach, das ist eine lange Geschichte.«

Tobys Gesicht blitzt vor meinem inneren Auge auf.

»Auf mich wartet zu Hause niemand.«

Seine dünnen, leicht spröden Lippen formen sich zu einem Lächeln, während er sich zurücklehnt, als würde er in einem Schaukelstuhl sitzen.

»Ich bin wegen meines Freundes hierhergezogen. Aber er hat sich von mir getrennt, bevor ich wirklich angekommen bin.«

»Das nennen Sie eine lange Geschichte?«, entgegnet er und hebt die grauen, fast weißen Augenbrauen. »Gott sei Dank waren wir beide nicht zusammen im Luftschutzbunker. Das wären langweilige Nächte gewesen.«

Ich muss schmunzeln.

»Ich komme eigentlich aus Hamburg. Dort habe ich auch Toby, meinen Freund … Exfreund … kennengelernt. Wir haben beide an derselben Uni studiert, und als wir fertig waren, hat Toby mir vorgeschlagen, mit ihm in seine Heimatstadt zu ziehen. Nach Altberg.«

Nachdenklich senke ich den Blick.

»Ich war verliebt und dachte, es wäre die richtige Entscheidung. Also hab ich meine Wohnung gekündigt und meine Sachen gepackt, alle Zelte in Hamburg abgebrochen. Ich wollte mir hier einen Job suchen, etwas … aufbauen.«

Seine Augen ruhen aufmerksam auf mir.

»Aber irgendwie kam alles anders.«

Tobys Stimme hallt durch meinen Kopf.

Ich wollte es nicht am Telefon sagen. Es tut mir leid. Ich hoffe, du kannst mir irgendwann verzeihen. Lass es mich erklären. Mir ist vieles klargeworden.

»Er ist drei Monate früher als ich aus Hamburg weggegangen, weil ich noch Prüfungen hatte. Und in dieser Zeit, in diesen drei Monaten, ich weiß nicht … Irgendetwas muss sich verändert haben. Er sagte, seine Gefühle seien nicht dieselben und dass er sich nicht mehr sicher sei, ob das mit uns beiden funktionieren würde. Dass sich Hamburg … nicht einfach in einen Koffer packen und mit nach Altberg nehmen ließe.«

Nur schwer kommen mir diese Worte über die Lippen, und sie schmecken wie Galle.

»Und das hat er Ihnen erst gesagt, als Sie bereits hier waren? So ein Halunke!«

»Ich bin ein paar Wochen früher gekommen, wollte ihn überraschen.« Ein Seufzen dringt aus meinem Mund. »Keine gute Idee.«

»Wie haben Sie reagiert?«

»Ich habe es nicht akzeptiert. Habe ihm gesagt, dass ich uns nicht einfach aufgeben kann. Dass er noch einmal darüber nachdenken soll.«

»Und dann?«, fragt er aufmerksam, fast neugierig.

»Ich hatte nicht das Gefühl, zu ihm durchzudringen. Irgendwann bin ich gegangen. Aus der Tür gerannt, aus dem Haus, raus auf die Straße«, fahre ich stockend fort und habe zunehmend das Gefühl, diese Sätze nicht an diesen Mann, sondern an mich zu richten. »Und dann bin ich in ein Auto gelaufen ... Die Fahrerin ist die Besitzerin dieses Coffeeshops. Sie hat mich mit zu sich nach Hause genommen und sich um mich gekümmert. Wir haben geredet. Sie hat mir angeboten, dass ich eine Nacht in ihrem Gästezimmer übernachten kann. Und irgendwie wurden mehrere Nächte daraus.«

»Sehr freundlich von ihr«, bemerkt er.

»Ja, das stimmt. Ich wohne noch immer bei ihr.«

»Zurück nach Hamburg wollten Sie nicht?«, fragt der alte Mann.

»Doch. Nein ... Ich weiß nicht. Es ist kompliziert«, seufze ich. »Ich habe keine Wohnung mehr in Hamburg, müsste zu meinen Eltern ziehen.« Rosafarbene Vorhänge flattern vor meinem geistigen Auge. »Und ich habe die Hoffnung noch nicht aufgegeben, dass das mit mir und Toby wieder wird. Dass wir es irgendwie hinkriegen. Aber wenn ich zurück nach Hamburg gehe, dann war's das, verstehen Sie?«

»Haben Sie seitdem mit ihm gesprochen?«

»Ich hab's versucht. Am nächsten Morgen habe ich ihn angerufen. Er hat erst beim vierten Anruf abgenommen, meinte, er sei für eine Woche in Zürich auf Geschäftsreise. Dass er sich danach melden würde, um zu reden. Ich weiß nicht, ob das stimmt. Aber ich warte jetzt einfach ab. Was habe ich zu verlieren?«

Der alte Mann nickt.

»Ich war so überzeugt von alldem«, sage ich mehr zu mir selbst. »So sicher, dass es die richtige Entscheidung ist, hierherzukommen. Obwohl alle um mich herum anderer Meinung waren. Aber ich habe einfach nicht auf sie gehört.«

»Ich glaube, es ist normal, dass man in der Liebe auf niemanden hört.«

Wir schmunzeln beide.

»Manchmal trifft man eben falsche Entscheidungen. Aber auch zu denen muss man stehen.«

Er zwinkert mir väterlich zu.

»Ich weiß. Aber ich bin noch nicht so weit.«

»Wenn es Ihnen hier nicht gefällt, warum suchen Sie sich nicht eine andere Beschäftigung? Altberg ist vielleicht keine Großstadt, aber mehr als diesen … Kaffeeshop gibt es schon.«

»Es gefällt mir ja, aber … es erfüllt mich nicht. Ich habe das Gefühl, einen Rückwärtsschritt gemacht zu haben.«

Nachdenklich kaue ich auf meiner Unterlippe.

»Vielleicht brauchen Sie einfach eine andere Arena.«

»Eine … andere Arena?«, hake ich ungläubig nach.

Seine Mundwinkel verziehen sich zu einem altklugen Lächeln.

»Wenn man den Kampf in der einen Arena verliert, muss man sich einfach eine zweite suchen und in der gewinnen.«

Mein Gegenüber leert das Glas Wasser und stellt es vorsichtig vor sich ab.

»So, jetzt habe ich Sie lange genug aufgehalten, junge Dame.« Langsam erhebt er sich aus dem Sessel. »Nochmals vielen Dank für Ihre Hilfe.«

Sorgsam streicht er über seinen Mantel.

»Ich bin übrigens Emil. Emil Tischbein. Wie bei Erich Kästner«, sagt er sichtlich stolz und streckt mir seine knochige, faltige Hand entgegen. »Meine Mutter hat ihn sehr verehrt.«

»Marit Jansen.«

»Marit«, wiederholt er langsam. »Wie hübsch. Freut mich, Ihre Bekanntschaft gemacht zu haben. Sie sind die erste Marit, die ich kenne.« Ein spitzbübisches Lachen spielt um seine Lippen. Ich begleite ihn noch zur Tür und sehe ihm zu, wie er sich langsam von mir entfernt. Als er sich noch einmal umdreht und mir zuwinkt, fühle ich mich so gut wie lange nicht mehr. Seine Gegenwart hat sich wie eine wärmende Decke um mich gelegt. Mit einem zufriedenen Lächeln auf dem Gesicht schlüpfe ich in meine Jacke und schnappe mir den Schlüssel.

Kurz bevor ich auf den Lichtschalter drücke, fällt mein Blick auf etwas Weißes, das auf dem Boden neben dem Sessel liegt, in dem Emil kurz zuvor noch gesessen hat. Es ist ein schlichtes Briefkuvert, das ihm aus der Manteltasche gefallen sein muss. Meine Finger greifen vergilbtes, dünnes Papier. Kein Absender, kein Adressat. Unschlüssig halte ich den Umschlag in den Händen. Ich bin versucht, ihn zu öffnen, zu lesen, was darin steht. Dann muss ich an den USB-Stick in meinem Zimmer denken, und meine Neugier erfährt einen Dämpfer. Schließlich lege ich den Brief in die Schublade zu all den Sonnenbrillen, Feuerzeugen, Handschuhen und Mützen und gehe nach Hause.

13.

Von: j.a.@t-online.de
An: marit.jansen@web.de

Liebe Marit,

ich muss mich bei Ihnen entschuldigen. Es war eine ganz dumme Idee, Ihnen nachts bzw. morgens um drei diese E-Mail zu schicken. Und wenn Sie meinen Stick inzwischen verbrannt haben, werde ich Sie deswegen nicht verklagen – ich bin nämlich Jurist und könnte das. Ich hoffe allerdings, Sie passen nach wie vor gut auf ihn auf, eventuell auch ein paar Tage länger als geplant? Mein Termin hat sich nämlich leider um eine Woche verschoben, ich vertraue der Deutschen Post aber immer noch zu wenig und würde ihn daher gerne in Ihrer Obhut lassen, weil er mir sehr wichtig ist. Sie sehen also, ich vertraue Ihnen voll und ganz! ☺
Ich habe Luisa übrigens einen Schaukelstuhl gekauft (ja, einen Schaukelstuhl!). Wir haben uns als Kinder immer darum gestritten, wer im alten Schaukelstuhl unserer Großmutter sitzen durfte. Kurz nachdem unsere Großmutter gestorben ist, brach der Stuhl entzwei, und Luisa hat die halbe Nacht geweint. Als ich gestern an einem Antiquitätengeschäft vorbeigekommen bin, habe ich ein Exemplar gesehen, das genauso aussah wie dieser alte Stuhl, und ihn gekauft. Was meinen Sie? Besser als der Toaster?

Ich wünsche Ihnen einen schönen Abend.

J. A.

PS: Noch ein Zeichen meiner Reue: Ich heiße Julian.

Von: marit.jansen@web.de
An: j.a.@t-online.de

Hallo Julian,

Sie sind also Jurist. Das erklärt so manchen Ordner auf Ihrem USB-Stick. Ich habe mich schon gefragt, warum Sie sich Zeitungsartikel über Urteile des Oberlandesgerichts Köln abspeichern. Was genau ist Ihr Fachgebiet? Kennen Sie sich zufällig mit Mietrecht aus? (So jemanden wollte ich aus praktischen Gründen schon immer mal kennen.)
Schade, dass Sie es heute nicht schaffen, aber ich kann den Stick gerne noch eine Woche aufbewahren. Man entdeckt ja täglich Neues! ☺
Den Toaster durch den Schaukelstuhl zu ersetzen war übrigens eine sehr gute Idee. Ich frage mich jetzt nur, wie der Stuhl nach New York kommt. Oder findet die Hochzeit hier in Deutschland statt? (Dann müsste Luisa ihn aber trotzdem irgendwie mit nach Hause nehmen.)

Ihnen auch einen schönen Abend.
Marit

PS: »Julian« passt gut zu Ihnen.

Von: j.a.@t-online.de
An: marit.jansen@web.de

Hallo Marit,

wie schön, dass Sie mit meinem Namen einverstanden sind. Ich gebe das gerne an meinen Vater weiter. Die Hochzeit meiner Schwester findet in Berlin statt – dort wohnen mein Vater und ich und in naher Zukunft auch Luisa. Deswegen muss der Stuhl nicht auf Reisen gehen. Wie Sie sehen, habe ich alles bestens durchdacht.
Mit Mietrecht kann ich leider nicht dienen. Falls Sie mal darüber nachdenken, Bücher zu schreiben, Filme zu drehen oder Songs zu komponieren, bin ich Ihr Mann (Medien- und Urheberrecht!).
Und falls Sie diese Mail noch vor 20 Uhr lesen: blauer Anzug oder brauner? Ich bin heute noch auf eine Ausstellungseröffnung eingeladen und kann mich nicht entscheiden.

LG
Julian

Von: marit.jansen@web.de
An: j.a.@t-online.de

Hallo Julian,

falls es noch nicht zu spät ist: blau. Steht Ihnen besser als braun, wenn ich mir diese Bemerkung erlauben darf (die sich nach Sichtung Ihrer Urlaubsbilder einfach aufdrängt). Und nehmen Sie die graue Krawatte, die, die Sie auch in diesem schicken Restaurant in Kapstadt getragen haben (das an der Waterfront). Begleitet Sie Ihre attraktive Sandkastenfreundin? Vielleicht könnten Sie auf diese Weise das Nashorn-Elefanten-Giraffen-Dilemma wiedergutmachen ...

Viel Spaß bei der Ausstellung. Worum geht es da?
Marit

Von: j.a.@t-online.de
An: marit.jansen@web.de

Hallo Marit,

ich habe Ihren Ratschlag befolgt und sämtliche braunen Kleidungsstücke aus meinem Schrank verbannt. Außerdem bin in Blau auf diese Ausstellung gegangen (auf der ich auch gerade noch bin und die dritte Begrüßungsrede ertrage, es ist so langweilig!). Die Künstlerin ist eine unserer Klienten. Ihre Bilder sind allerdings so grässlich, dass ich nicht glaube, dass jemand auf die Idee kommen könnte, sie zu kopieren. Meine attraktive Sandkastenfreundin – sie heißt Svenja – ist übrigens gerade im Kino, mit meinem ebenfalls attraktiven Sandkastenfreund Costa. Und da wäre ich jetzt auch lieber.
Wissen Sie zufällig, was Kiaroschuro – oder so ähnlich – ist? Mein Google findet es nicht.

VG
Julian

PS: Gleich gibt es Häppchen!

Von: marit.jansen@web.de
An: j.a.@t-online.de

Julian, Sie jammern auf hohem Niveau. Ich wäre heute sehr gerne auf einer Ausstellung, statt zu Hause zu sitzen. Allerdings habe ich eine Pizza Margherita hier und Sie nur Häppchen …
Wenn Sie »Chiaroscuro« meinen, dann handelt es sich dabei um die Andeutung von Licht und Schatten. Scheint, als wäre MEIN Google ein wenig gebildeter als Ihres.

LG
Marit

Von: j.a.@t-online.de
An: marit.jansen@web.de

Ich sitze gerade im Taxi nach Hause, mit einem Pizzakarton auf den Beinen. Die Häppchen waren zwar sehr lecker, aber eben nur Häppchen, und Sie haben mich mit Ihrer Pizza unheimlich neidisch gemacht, auch wenn ich mich frage, warum Sie eine Pizza essen, auf der so etwa alles fehlt, was gut schmeckt.
Warum sitzen Sie zu Hause, wenn Sie lieber woanders wären? Hält Sie jemand fest? Wenn nicht, dürfen Sie auch nicht jammern. ;-)

LG
Julian

Von: marit.jansen@web.de
An: j.a.@t-online.de

Julian, das ist kompliziert. Wie alles im Leben.

Von: j.a.@t-online.de
An: marit.jansen@web.de

Marit, so kompliziert ist das gar nicht. Einfach Schinken, Salami und Peperoni dazubestellen! ☺

14.

»Danke für den Tipp. Hat geholfen«, begrüße ich Moritz übertrieben gut gelaunt. Seine dunklen Augen mustern mich skeptisch. »Das Happy Meal«, antworte ich augenzwinkernd und bilde mir ein, dass seine Mundwinkel leicht nach oben gehen.

»Ich weiß jetzt übrigens, wer der Mann ist, der mich immer durch die Scheibe anstarrt.«

»10 Punkte für Gryffindor«, murmelt Moritz gleichgültig.

Ich verkneife mir die Bemerkung, dass ich mich eher im Haus Ravenclaw sehe.

»Er heißt Emil Tischbein.«

Moritz' Brauen heben sich, und in seinen Augen erwacht plötzlich Interesse.

»Emil Tischbein?«, fragt er ungläubig. »Das ist …«

»… eine Figur von Kästner, ich weiß. Aber er heißt wirklich so. Und er hat hier was vergessen, das ich ihm gerne zurückgeben würde. Weißt du zufällig, wo er wohnt?«

Grüblerisch fährt er sich mit der Hand durchs dunkle Haar. In diesem Moment kommen drei Anzugträger durch die Tür und stellen ihre Aktentaschen demonstrativ auf Tisch zwei, bevor sie zur Theke kommen.

»Was hat er denn vergessen?«, fragt Moriz, während er intuitiv drei Espressotassen aus dem Regal zieht.

»Einen Brief.«

»Einen Brief?«

Ich deute auf die Schublade, in die ich den Brief gelegt habe.

»Steht da keine Adresse drauf?«

»Es ist ein alter Brief.«

»Du hast ihn gelesen?«, fragt Moritz, aber es klingt wie eine Feststellung.

»Natürlich nicht«, antworte ich entrüstet, in der Hoffnung, dass nicht mitschwingt, wie lange ich darüber nachgedacht habe. »Kennst du ihn jetzt oder nicht?«

Moritz seufzt genervt.

»Nur weil das hier nicht Hamburg ist, heißt das nicht, dass jeder jeden kennt.«

Ich verdrehe die Augen und schiebe den Männern drei Gläser mit Leitungswasser über die Theke.

»Vielleicht versuch ich's mit dem Telefonbuch«, denke ich laut. »Oder im Internet.«

Moritz' Blick macht mir mehr als deutlich, dass ihn mein Selbstgespräch nicht interessiert.

Als Heike mittags im *Coffeeshop* vorbeischaut, frage ich sie, ob sie jemanden bei der *Altberger Zeitung* kennt. Ich habe noch lange über Emils Worte nachgedacht und bin zu dem Entschluss gekommen, dass es an der Zeit ist, Klarheit in mein Leben zu bringen. Mir eine neue Arena zu suchen.

»*Altberger Zeitung*?«, quäkt Titten-Toni von Tisch drei.

Heike verdreht die Augen und ignoriert ihn.

»Ich kannte mal jemanden, aber der arbeitet nicht mehr da.«

»Ich kenne jemanden von der Zeitung«, quäkt Toni erneut.

»Vielleicht könnte ich den Peter mal fragen. Der hatte mal eine Cousine, die dort in der Anzeigenabteilung gearbeitet hat. Warum willst du das überhaupt wissen?«

»Ich kenne jemanden«, kommt es wieder vom Quäker der Nation. »Mein Sohn arbeitet da.«

»Seit wann hast du denn einen Sohn?«, bellt Heike.

»Der lebt bei seiner Mutter.«

»Du warst mal verheiratet?«

»Muss man verheiratet gewesen sein, um einen Sohn zu haben?«, raunt er. »Das geht auch gut ohne Ehering, das kannst du mir glauben«, fügt er hinzu und schenkt mir ein lüsternes Grinsen.

Bei dem Gedanken, dass es eine jüngere Version von Titten-Toni geben könnte, so eine Art Titten-Tönchen, verziehe ich angewidert das Gesicht. Ich stelle mir vor, wie die beiden im Partnerlook vor mir stehen, in meinen Ausschnitt glotzen und ihnen der Milchschaum aus dem Mund tropft. Kopfkino ausschalten! Sofort!

»Also, ich kann den Peter mal fragen«, wiederholt Heike, ohne auf Tonis Kommentare einzugehen. »Warum eigentlich?«

»Och, ich wollte mal anfragen, ob die freie Mitarbeiter brauchen.«

Sie wirft mir einen skeptischen Blick zu, und ich fühle mich ertappt.

»Brauchst du Geld?«

»Nein, darum geht es nicht. Ich würde einfach gerne schreiben. Das hab ich ja eigentlich auch studiert.«

Klar, ich habe Schreiben studiert. Was ich da von mir gebe, klingt nicht sonderlich glaubwürdig, aber Heike nickt.

»Dann willst du jetzt doch länger hierbleiben?«

»Nee«, kommt es wie aus der Pistole geschossen, während Moritz sich einen übertrieben erleichterten Seufzer hinter meinem Rücken nicht verkneift. »Ich bleibe nur noch … ein bisschen«, murmle ich, ohne darauf einzugehen.

Auch das klingt nicht glaubwürdig, aber Heike nickt erneut.

»Du kannst bleiben, solange du willst. Das weißt du ja«, sagt sie, während sie Geschirr in die Spülmaschine räumt. »Ich lass dich nur ungern gehen.«

Solange du willst, hallt es in meinem Kopf.

»Margit«, ruft Toni durch den ganzen Laden. »Mach mir mal noch einen Expresso.«

»Sie heißt Marit. Und schrei nicht immer so in meinem Laden herum«, bellt Heike und knallt die Spülmaschine geräuschvoll zu. Der ältere Herr an Tisch eins zuckt erschrocken zusammen.

»Bei mir hat sie noch ganz andere Namen«, säuselt Toni und packt sein Raucherlungen-Gelächter aus.

Die Tür geht auf, und Daniel joggt in einem senfgelben Trainingsanzug in den *Coffeeshop*.

»Espresso«, hechelt er, als wüsste ich nicht, dass er nie etwas anderes trinkt. Er drückt Heike einen verschwitzten Kuss auf die Wange und erzählt, dass er eine Lieferung Zehenschuhe bekommen hat, die er sofort testen musste. Heike scheint was mit Zehenschuhen anfangen zu können, Toni, der ältere Herr an Tisch eins und ich wandern neugierig mit unseren Augen zu Daniels Füßen, die in seltsamen zehenförmigen Tretern stecken. Bevor ich erfahre, warum man seine Füße jetzt in Handschuhe verpackt, fragt Heike Daniel, ob er jemanden bei der *Altberger Zeitung* kennt. Er schüttelt den Kopf, und Toni bringt wieder seinen Sohn ins Spiel.

»Seit wann hat der denn einen Sohn?«, fragt Daniel leise und runzelt die schweißnasse Stirn. Dann zieht er Heike zwinkernd an sich und drückt ihr einen zweiten feuchten Kuss auf die Wange.

Als Daniel seinen Espresso schlürft, will er wissen, was Heike von der *Altberger Zeitung* will, und betont, dass es um jeden Baum schade sei, der für dieses Käseblatt sein Leben lassen müsse. Toni wettert daraufhin empört, dass sein Sohn dort arbeite. *Niemals den Arbeitsplatz von Kindern von Kunden beschimpfen.*

»Marit will da arbeiten.«

»Du willst kündigen?«

Er sieht mich mit einer Mischung aus Entsetzen und Empörung an. Es rührt mich jedes Mal aufs Neue, dass Daniel mich behandelt, als wäre ich schon immer ein Teil seines Lebens gewesen.

»Nein, ich will mich als freie Mitarbeiterin bewerben.« *In einer anderen Arena siegen.*

»Brauchst du Geld?«

Für einen Augenblick frage ich mich, ob ich diesen Tag aus Versehen zurückgespult habe.

»Quatsch.«

»Dann willst du jetzt doch bei uns bleiben? Sauber, das gefällt mir.« Er nickt sich selbst zu. »Du wirst sehen, es gibt auch andere Männer hier.«

Ich lächle gequält, während Heike ihrem Mann einen tadelnden Blick zuwirft.

»Hör gar nicht hin. Du weißt ja, wie Männer sind. Als gäbe es keine wichtigeren Dinge im Leben einer Frau«, sagt sie zu mir gewandt und schüttelt den Kopf.

Wenn ich die Chronik meiner Beziehungspleiten bedenke, weiß ich das wohl eher nicht. Vor dem Fiasko mit Toby hatte ich nur zwei ernsthafte Beziehungen. Im ersten Semester war ich mit einem Französisch-Studenten namens Jan-Philip zusammen, der mich nach acht Monaten verlassen hat, weil er sich mehr auf sein Studium konzentrieren wollte – was er dann kurz darauf mit einer Austauschstudentin namens Françoise in die Tat umgesetzt hat. Ein Jahr später habe ich mich in meinen Nachbarn Adrian verliebt. Die Beziehung hat eineinhalb Jahre gehalten und ist daran gescheitert, dass wir uns zu oft über den Weg gelaufen sind. Zumindest hat Adrian das gesagt, als er Schluss gemacht hat. Ich wurde also in drei Beziehungen dreimal abserviert und weiß, wie Männer sind – wenn sie Schluss machen.

15.

Kurz nachdem ich aus der Mittagspause zurück bin, schiebt sich eine junge Frau mit drei prallgefüllten Einkaufstüten durch die Tür, und es dauert einen Moment, bis ich die goldblonden Wellen, das hübsche Gesicht und die manikürten Nägel zuordnen kann. Sie kommt mit einem Lächeln auf mich zu und stellt eine kleine Packung Pralinen, hübsch verpackt in Zellophan, auf den Tresen.

»Für Sie. Weil Sie neulich so nett zu mir waren.«

Ich bin gerührt, weil es eine Ewigkeit her ist, dass mir jemand etwas geschenkt hat. So lange, dass ich mich nicht mal mehr erinnern kann, was es überhaupt war. Das Kochbuch, das mir meine Eltern zum Einzug in die neue Wohnung überreicht haben (und das nie dort einziehen durfte)? Die Willkommen-in-Altberg-Tasse von Toby (die gelogen hat)?

»Das wäre nicht …«, setze ich an, aber sie kommt mir zuvor und bedankt sich ein zweites Mal für die »Notversorgung« nach der BMW-Panne. Ohne Sorgenfalten ist sie unverschämt hübsch, denke ich neidisch. Volles, kräftiges Haar, eine schmale, gerade Nase, hohe Wangenknochen und ein natürliches Lächeln. Sie passt gut in einen BMW, sogar, wenn er Dellen hat, denke ich neidisch.

»War es denn sehr schlimm?«

»Nicht so schlimm wie erwartet«, sagt sie und schmunzelt. »Zahlt ja Gott sei Dank die Versicherung. Und es ist ja auch nur ein Auto.«

In meinem Kopf höre ich Millionen von Männern aufstöhnen.

»Zuerst dachte ich ja wirklich, er reißt mir den Kopf ab. Ich wollte gar nicht mehr nach Hause. Aber nach dem Cappuccino ging's mir viel besser. Es hat gutgetan, mit jemandem zu reden. Das war sehr nett, dass Sie mir zugehört haben. Ich würde mich gerne revanchieren.«

»Haben Sie doch schon«, antworte ich und deute auf das kleine rote Schächtelchen mit der Schleife. Ich komme mir komisch dabei vor, jemanden zu siezen, der kaum älter ist als ich und meine beste Freundin sein könnte.

»Ist nur Schokolade«, sagt sie mit einem unbekümmerten Lächeln. »Kann ich Ihnen nichts Gutes tun? Auf einen Kaffee einladen oder so?«

Ich lasse meinen Blick amüsiert durch den *Coffeeshop* schweifen und hoffe, dass sie den Wink versteht.

»O. k., doof«, sagt sie und tippt sich mit dem lackierten Fingernagel an die Stirn. »Ich würde mich so gerne revanchieren.«

Ein flüchtiger Gedanke kommt mir, und er ist zu gut, um ihn für mich zu behalten.

»Kennen Sie zufällig jemanden bei der *Altberger Zeitung*?«

Einen Moment lang bin ich überrascht, dass Tonis Stimme aus dem Off ausbleibt.

»Klar. Warum?«

Sie hört sich mein Anliegen an und reagiert im Gegensatz zu allen anderen nicht mit der Frage, ob ich Geld brauche oder für immer in Altberg bleiben möchte. Es scheint sie auch nicht zu überraschen, dass jemand, der in einem Coffeeshop arbeitet, noch andere Ambitionen hat als Kaffeekochen und Zuckerstreuer auffüllen.

»Ich denke, das ist kein Problem. Die suchen da immer Leute. Ich frag mal nach und gebe Ihnen dann Bescheid, o.k.?«

Die Nachricht des Tages. Ein Hoffnungsschimmer. Festhalten, einfrieren, konservieren, an die Wand nageln.

»Wenn Sie mir Ihre Handynummer aufschreiben …?«

Ich kritzele die Nummer auf einen kleinen Zettel und schreibe meinen Namen darunter.

»Das ist ja ein schöner Name«, sagt sie spontan. »Ich bin Tessa. Eigentlich können wir uns auch duzen, oder?«

16.

Zu meiner Überraschung brauche ich keine zwei Minuten, um Emil Tischbein im Telefonbuch zu finden. Er wohnt in der Schulstraße 12 und hat noch eine dieser vorweltkrieglichen Telefonnummern, die aus drei Ziffern bestehen. Neben seinem Vornamen ist kein weiblicher Name eingetragen, so dass ich davon ausgehen muss, dass Emil entweder nicht verheiratet oder bereits verwitwet ist. Beides täte mir leid für ihn.

Ich überlege, ob ich ihn anrufen und vorwarnen soll, entscheide mich dann aber, direkt mit dem Rad zu ihm zu fahren und einfach zu klingeln. Schließlich möchte ich dem alten Mann nur schnell seinen Brief zurückgeben und vermeiden, ihn vorher unnötig in Aufregung zu versetzen.

Die Schulstraße ist laut Google Maps 14 Minuten von mir entfernt, und etwa diese Zeit brauche ich auch, bis ich mit meinem Rad vor dem gelben Haus ankomme. In der Dämmerung sieht es alt, aber gepflegt aus, mit einer Garage und einem kleinen Gartenstück, in dem eine Hollywoodschaukel steht, die schon bessere Tage gesehen hat. Eine schwarze Katze huscht über den Rasen, der übersät von Maulwurfhügeln ist.

»Tischbein« steht auf dem Klingelschild am Gartenzaun, und beim Klang dieses Namens muss ich erneut schmunzeln. Kurz nachdem ich geläutet habe, öffnet sich die Eingangstür einen Spaltbreit, und Emil Tischbeins Gesicht schiebt sich hindurch. Er sieht mich verdutzt, sogar ein wenig erschrocken an, und ich bereue sogleich, ohne Vorwarnung hier aufgetaucht zu sein.

»Hallo, Herr Tischbein. Ich bin Marit. Sie waren vor ein paar Tagen bei mir im *Coffeeshop*«, rufe ich ihm zu, vielleicht ein wenig zu laut.

»Ich weiß, wer Sie sind«, kommt es leicht pikiert, aber nicht unfreundlich zurück.

»Sie haben das hier verloren.«

Ich hole den weißen Umschlag aus meiner Tasche und wedle damit vor meiner Nase herum.

Ein Summen ertönt, und das Gartentürchen öffnet sich im selben Moment. Es sind nur ein paar Meter bis zum Haus, aber ich habe weiche Knie, weil ich mir plötzlich nicht mehr sicher bin, ob es eine gute Idee war herzukommen. Ich hätte den Brief auch einfach per Post schicken oder in seinen Briefkasten werfen können, denke ich.

»Vielen Dank«, sagt Emil und nimmt den Umschlag spürbar bewegt an sich, als würde er einen verloren geglaubten Schatz wiederfinden. Einen Moment lang ruhen seine klaren hellgrauen Augen auf dem Stück Papier, dann richtet er den Blick wieder auf mich und lächelt friedsam. »Wie nett von Ihnen, dass Sie extra hergekommen sind.«

»Er muss Ihnen aus der Jackentasche gefallen sein, als Sie bei mir im *Coffeeshop* waren.«

»Ja«, murmelt er leise und nickt. »Kommen Sie doch kurz herein. Auf eine Tasse Kaffee? Als kleines Dankeschön. Ich hab auch ein paar Kekse da.«

Im ersten Moment möchte ich ablehnen, aber Emils Augen strahlen eine Sanftmütigkeit aus, die sich wie ein kuscheliger Schal um mich legt. Ich nicke und folge ihm ins Haus. Zwei Paar Herrenschuhe stehen einsam im Eingangsbereich. Über ihnen baumelt der dunkle Mantel an der Garderobe, den Emil bei unserer ersten Begegnung getragen hat. Ohne ihn sieht er noch schmächtiger aus. Seine schwarze Stoffhose schlackert beim Gehen, und der moosgrüne Wollpullover ist ihm eine Nummer zu groß. Der Geruch von Haarwasser liegt in der Luft, als ich Emil ins Wohnzimmer folge, ein gemütlicher Raum, in dem die Zeit stehengeblieben ist. Wir setzen uns auf ein dunkelbraunes Ledersofa mit geblümten Kissen. Auf dem Couchtisch liegt ein aufgeschlagenes Exemplar der *Altberger Zeitung*, daneben eine Lesebrille. Ich muss ihn bei der Zeitungslektüre unterbrochen haben. Meine Augen wandern durch das Wohnzimmer, vorbei an der wuchtigen Schrankwand in Eiche Rustikal, die mit Büchern, Bildbänden, Videokassetten, CDs und Bilderrahmen gefüllt ist, und dem kleinen Esstisch, der Platz für vier Personen bietet. Eine Großfamilie hat hier nicht gelebt, denke ich.

Dann spüre ich plötzlich diesen Blick auf mir, seine Augen, die mein Gesicht absuchen.

»Sie sehen ihr so ähnlich«, sagt der alte Mann in einem wehmütigen Ton.

»Wem?«

»Der Frau, die diesen Brief geschrieben hat.«

Er deutet auf den Umschlag, den er neben die Lesebrille gelegt hat.

»Sie haben das gleiche dunkle Haar, die gleichen Augen. Und Ihr Lachen … es ist wie ihres.«

Seine Augen beginnen zu strahlen. »Sogar, wenn Sie sprechen, erinnern Sie mich an sie.«

Wie er da so vor mir sitzt, schmächtig und schmalschultrig, erinnert er mich an einen Schuljungen.

»Haben Sie ihn gelesen?«

»Nein, natürlich nicht«, kommt es einen Tick zu schnell aus meinem Mund. »Es ist Ihr Brief.«

»Ich wette, die meisten hätten ihn gelesen«, bemerkt Emil und lächelt schwach.

»Sie hieß Marie-Luise, die Frau, die diesen Brief geschrieben hat«, fährt er nach einem kurzen Moment des Schweigens fort, als wäre diese Information eine Belohnung für meine Diskretion. »Sie war älter als ich. Nur ein Jahr, aber wenn man jung ist, ist ein Jahr ja manchmal wie ein ganzes Leben.«

Er lächelt verschmitzt, und sein Gesicht ist von einem Moment auf den anderen um Jahre verjüngt.

»Haben Sie ein Bild von ihr? Von … Marie-Luise?«, frage ich vorsichtig, weil ich zu gern die Frau sehen würde, die mir angeblich so ähnlich sieht, dass sie einen alten Mann dazu bringt, seine Nase an einer Schaufensterscheibe plattzudrücken.

»Sie wollen wissen, ob sie Ihnen wirklich so ähnlich sieht«, errät er meine Gedanken. Ich nicke zustimmend, und er erhebt sich mit dem typischen Ächzen älterer Menschen vom Sofa.

»Ich habe ein Bild von ihr, warten Sie kurz, ich hole es«, sagt er sichtlich erfreut und geht aus dem Zimmer. Wenige Sekunden später höre ich, wie eine Tür, danach eine Schublade knarrend geöffnet wird.

Ich stehe vom Sofa auf und sehe mir die Fotografien an der Wand an. Mein Blick bleibt an einem Hochzeitsbild kleben, das im Gegensatz zu den anderen Fotos einen goldenen Rahmen hat. Im Bräutigam glaube ich eine jüngere Version von Emil zu erkennen. Größer und kräftiger, mit vollem hellen Haar. Seine Braut wirkt mädchenhaft jung an seiner Seite. Sie hat ein hübsches rundliches Gesicht und strahlt glücklich in die Kamera. Aber eines erkenne ich trotz Schwarzweißfotografie. Sie hat weder braune Haare noch braune Augen und ganz sicher keine Ähnlichkeit mit mir.

»Was machen Sie hier?«, durchbricht eine dunkle Stimme die Stille und lässt mich zusammenzucken. Eine bekannte Stimme. Mein Kopf fährt herum, und ich blicke in vertraute Augen. Meine Stimme versagt den Dienst.

»Das war ja klar«, seufzt Moritz und schüttelt den Kopf.

»W-w-was …«

Ich versuche vergeblich, den Kloß in meiner Kehle herunterzuschlucken, doch er erweist sich als groß und gefühlt sechseckig.

»Die Frage ist wohl eher, was du hier machst«, unterbricht er mich scharf und zieht seine Augenbrauen übertrieben weit hoch. Ich hasse es, wenn er das macht.

»Ich … äh …«

Ich kann mir keinen Reim darauf machen, warum Moritz plötzlich in diesem Wohnzimmer steht.

»Was machst du hier?«, wiederholt er übertrieben langsam und laut.

»Sie hat mir etwas gebracht, das ich verloren habe«, höre ich Emil antworten. Er steht in der Tür, ein Foto in der Hand, und lächelt uns freundlich entgegen. »Ihr kennt euch wohl schon?«

»Er ist … Wir sind Kollegen«, erkläre ich, weil Moritz es vorzieht zu schweigen.

»Richtig. Du arbeitest ja auch manchmal in diesem Kaffee-Shop«, sagt Emil zu Moritz, als wäre es ihm erst in diesem Moment wieder eingefallen, und ich frage mich, was das Wort »manchmal« in diesem Satz verloren hat.

»Deine Kollegin ist extra vorbeigekommen, um mir diesen Brief zu bringen. Ist das nicht nett von ihr?«

»Ja, sehr nett«, erwidert Moritz nicht ohne Ironie und streift mich mit einem finsteren Blick.

»Wir wollten gerade einen Kaffee trinken. Möchtest du auch eine Tasse?« Die Vertrautheit in Emils Stimme lässt mich aufhorchen. »Ich hab auch die Kekse da, die du so magst. Die mit dem Orangengelee.«

Ich habe eine Schwäche für Figurschädigendes, aber die Kombination aus Schokolade, Orange und Keks lässt mich einen Augenblick lang das Gesicht verziehen.

»Wag es nicht, meine Lieblingskekse schlechtzumachen«, sagt Moritz, als hätte er meine Gedanken gelesen. Ich kann mir das Lachen gerade noch verkneifen.

»Opa, du hast in fünfzehn Minuten einen Termin beim Arzt«, sagt er schließlich ungewohnt sanft. »Wir müssen jetzt los.«

Opa?

»Ach herrje. War das heute? Das hab ich ja ganz vergessen.«

Zerstreut fährt sich Emil durch das lichte weiße Haar und wirft mir einen entschuldigenden Blick zu.

»Dann müssen wir das wohl verschieben?«

»Das macht doch nichts.«

»Ich wollte Ihnen doch noch das Bild zeigen«, sagt er traurig und hält es hoch, ohne dass ich erkennen kann, was darauf zu sehen ist.

»Opa, wir sind wirklich spät dran, und Marit muss jetzt auch nach Hause.«

Ich fühle mich, als wäre ich Emils achtjährige Schulfreundin, die von ihrer Mutter zum Abendessen gerufen wird. Er nickt einsichtig und legt das Foto auf den Couchtisch – mit dem Bild nach unten. Ich würde es zu gern umdrehen, traue mich aber nicht, weil Moritz mir einen weiteren warnenden Blick zuwirft.

»Ich muss mir noch was überziehen«, sagt Emil zu Moritz und lässt mich mit seinem Enkel im Wohnzimmer zurück.

»Warum hast du mir nicht gesagt, dass Emil Tischbein dein Großvater ist? Ich habe dich doch nach ihm gefragt?«

»Weil ich ihn vor paranoiden, neugierigen jungen Frauen schützen wollte.«

»Paranoid?!«

»Wer hat ihn denn als perversen Stalker hingestellt, der dich durch Schaufensterscheiben angafft, als wärst du der Heilige Gral?«

»Pervers? Ich habe nie …«

»Du warst der Meinung, er würde dich verfolgen«, spottet Moritz und tippt sich mit dem Finger an die Stirn.

»Hat er ja auch. Irgendwie«, murmle ich kleinlaut.

»Er ist 84, Marit.«

Aus dem Nebenzimmer ruft Emil, dass er bereit ist zu gehen.

Sofort deutet Moritz auf die Tür und wirft mir einen eindeutigen Blick zu, der sich wie ein Rausschmiss anfühlt.

17.

»Für dich ist ein Paket gekommen«, sagt Heike und schüttelt sich den Regen aus den Haaren, der seit Stunden in Sturzbächen vom Himmel fällt und sich in lehmigen Tapsern auf dem Fußboden auch seinen Weg in den *Coffeeshop* gebahnt hat. »Aus irgendeinem Land, von dem ich noch nie gehört habe.«

Ich gehe im Kopf die Route der Weltreise durch, die Caro und ich eines Nachmittags auf ihrer Wohnzimmercouch geplant haben, und überlege, wo ich um diese Zeit sein könnte.

»Costa Rica?«

»Ich bitte dich«, straft sie mich mit einem tadelnden Blick. »Ich habe vielleicht nicht studiert, aber sehr wohl ›Stadt, Land, Fluss‹ als Kind gespielt.«

In diesem Moment vibriert mein Handy laut genug in der Hosentasche, um Heikes Aufmerksamkeit auf sich zu ziehen. Mit einer eindeutigen Handbewegung in Richtung Lager gibt sie mir zu verstehen, dass ich den Anruf entgegennehmen darf, und ich zögere nicht länger. Bevor ich die Tür des Lagerraums hinter mir schließe, habe ich bereits Tessa an der Strippe, die mich so vertraut begrüßt, als würden wir uns ein Leben lang kennen.

»Also, ich habe mit Michael gesprochen«, beginnt sie und scheint auf eine Reaktion meinerseits zu warten.

»Michael?«

»Ja, Michael. Mein Bekannter bei der *Altberger Zeitung.*«

»Ach, jetzt …«

»Genau. Michael ist stellvertretender Ressortleiter im Lokalen. Du wolltest ja, dass ich ihn mal wegen einer freien Mitarbeit frage, und jetzt hör gut zu«, sagt sie übertrieben geheimnisvoll und holt tief Luft. »Du sollst am Mittwoch um 13 Uhr zu ihm ins Büro in der Finkenstraße kommen.«

Wenn ich gerade trinken würde, wäre dies der Moment, in dem ich mich verschlucke. *Mittwoch. Das ist … bald.*

»Und es kommt noch besser«, sagt Tessa sichtlich vergnügt. »Er meinte, sie suchen sogar freie Mitarbeiter im Moment. Vor allem für Konzerte, Aufführungen und so was. Du sollst deine Unterlagen mitbringen und ein paar Arbeitsproben. Die hast du ja sicher, oder?«

»Öh … ja klar«, antworte ich, ohne nachzudenken, und hoffe inständig, dass sich der Ordner mit meinen Arbeitsproben in einem jener Koffer befindet, die ich mit nach Altberg genommen habe.

»Du fragst am Mittwoch dann einfach nach Michael Kiefernbacher.«

»Michael Kiefernbacher«, wiederhole ich und vertraue darauf, dass mich mein siebgleiches Gedächtnis ausnahmsweise nicht im Stich lässt. »O. k. Danke. Das ist echt … supernett von dir.«

»Ach, kein Thema. Wenn ich helfen kann …«

Ich stelle mir vor, wie sie an irgendeinem Schreibtisch sitzt, lächelnd ihre Beine übereinanderschlägt und ein Heiligenschein über ihrem Kopf aufploppt.

»Wenn du Lust hast, können wir demnächst ja mal einen

Kaffee zusammen trinken«, sagt sie und klingt erneut wie eine alte Schulfreundin. »Na ja, oder einen Wein. Kaffee trinkst du ja wahrscheinlich genug.«

»Ja, gern. Das wäre schön.«

Es ist Ewigkeiten her, dass ich eine Verabredung hatte. Ein vorfreudiges Lächeln schleicht sich auf mein Gesicht.

»Schön. Dann will ich dich gar nicht länger stören. Viel Glück, und richte Michael liebe Grüße aus. Wir telefonieren …?«

Als ich das Lager wieder verlasse, denke ich zufrieden, wie einfach alles sein kann, wenn man dem richtigen Menschen zur richtigen Zeit mehr Schokolade schenkt.

»Hast du ein Date?«, fragt Heike grinsend, als sie meinen Blick auffängt, und ich erröte sogleich, weil in diesem Moment Moritz' Kopf hinter ihr auftaucht.

»Ich hoffe, er ist unter 84«, bemerkt er, woraufhin mir Heike einen fragenden Blick schenkt, den ich wiederum mit einem genervten Kopfschütteln abtue.

»Nein«, murmle ich so leise wie möglich. »Kein Date.«

»Wäre aber vielleicht mal gut. Du bist viel zu viel allein. Jeden Abend sitzt du in diesem Zimmer. Geh doch mal unter Leute. Ein bisschen feiern. Ins *Ludwig*, zum Beispiel. Moritz, nimm sie doch mal mit!«

Moritz und ich werfen uns gleichzeitig einen erschrockenen Blick zu mit dem Unterschied, dass meine Wangen in diesem Moment den dunkelsten Rotton aller Zeiten annehmen. Ausgerechnet Moritz wie eine Austauschschülerin aufs Auge gedrückt zu werden ist der Gipfel der Peinlichkeit – vor allem nach unserem unglücklichen Aufeinandertreffen bei Emil. Die Situation ist mir unsäglich peinlich, so dass ich eine gefühlte Ewigkeit keinen Ton herausbringe.

»Mir ist momentan nicht so nach Leuten«, lüge ich.

»Du sollst auch niemanden heiraten. Aber ich treffe dich entweder zu Hause an oder hier im *Coffeeshop*. Da vereinsamt man doch auf Dauer.«

Verlegen wende ich den Blick ab.

»Mir ist es gerade einfach lieber so«, murmle ich in der Hoffnung, diesem Gespräch ein Ende setzen zu können. Ich fühle mich bereits jetzt wie eine dieser alten einsamen Frauen, die sich 50 Katzen in ihrer Wohnung halten und mit ihren Orchideen plaudern.

»Wenn du nicht ausgehen willst, könnte ich dich auch mal mit zum Zumba nehmen«, fährt Heike unbeirrt fort und lässt ihre Hüfte von links nach rechts und wieder zurück kreisen. Ich bin unendlich erleichtert, als in diesem Moment die Tür aufgeht und eine Gruppe Schüler vor dem Regen flüchtet.

Am Nachmittag fällt mir zum ersten Mal auf, dass Moritz sich mir gegenüber merkwürdig benimmt. Ich spüre mehrfach seinen Blick auf mir, doch es ist nicht der übliche argwöhnische Blick, an den ich mich bereits gewöhnt habe, sondern ein nachdenklicher, abwägender Blick. Etwas scheint ihn zu beschäftigen, und ich frage mich, was es ist. Die Antwort bekomme ich kurz vor Feierabend, als der Regen nachgelassen hat und sich die Sonne hoffnungsvoll einen Weg durch die dunklen Gewitterwolken bahnt.

»Wegen neulich«, setzt Moritz plötzlich an.

Überrascht hebe ich den Kopf und suche seinen Blick. Er lehnt mit dem Rücken am Kühlschrank und wirkt unentschlossen. »Das kam vielleicht ein bisschen … falsch … rüber.«

Abwartend sehe ich ihn an.

»Ich habe da wohl ein bisschen überreagiert«, fährt er mit gesenkter Stimme fort, während ich das Gefühl habe, mein Unterkiefer nähert sich Zentimeter für Zentimeter dem Erdboden. »Zumindest ist mein Großvater dieser Meinung. Ich habe eine ordentliche Standpauke kassiert.«

Er grinst, und ich muss beim Gedanken an einen 84-Jährigen, der seinem fast 30-jährigen Enkel die Leviten liest, schmunzeln.

»Ich wollte ihm wirklich nur den Brief zurückgeben.«

In seinen dunkelbraunen Augen blitzt etwas auf. Unschlüssig fährt er sich mit der Hand über die Bartstoppeln.

»Ja … ich weiß. Es ist nur so, dass du ihn … irgendwie aufwühlst.«

Mit einem Räuspern wendet er den Blick von mir ab.

»Aufwühlst?«

Seine Augen schnellen zurück zu mir.

»Du erinnerst ihn an jemanden aus seiner Vergangenheit. Er spricht von nichts anderem mehr, seit er dich zum ersten Mal hier gesehen hat.«

»Dann wusstest du die ganze Zeit, dass er es ist, der mich beobachtet?«

»Ja … nein. Ich hab es mir gedacht. Du siehst dieser Frau«, er überlegt einen Moment lang, »verdammt ähnlich. Dein Gesicht, deine Haare, diese Augen …«

Er mustert mich so unverhohlen, dass ich erröte und mir eine Haarsträhne aus dem Gesicht streiche, die mich nicht im Geringsten gestört hat.

»Ich kenne sie nur von diesem Bild. Es liegt manchmal auf seinem Nachttisch – seit meine Großmutter tot ist.«

Er runzelt die Stirn, und Ratlosigkeit macht sich in seinem Gesicht breit.

»Ihr steht euch nahe«, bemerke ich und bin gleichzeitig verwundert, dass er meine Neugier nicht mit einem gewohnt bissigen Kommentar straft. Stattdessen nickt er nur.

»Er hat mich aufgezogen. Meine Eltern sind bei einem Autounfall gestorben. Da war ich … dreizehn. Seitdem …«

Er bricht ab und seufzt, als wüsste er nicht, warum er mir all das erzählt, und ich sehe in seinen Augen etwas, dass ich dort nie zuvor vermutet hätte: Verletzlichkeit.

»Das tut mir leid«, flüstere ich betroffen, als sich unsere Blicke begegnen.

»Dreimal Latte mit Kokos«, quiekt plötzlich eine platinblonde junge Frau dazwischen und zerreißt den Moment wie ein Blatt Papier. Ihre beiden Freundinnen – ebenfalls platinblond – nehmen gleichzeitig einen Tisch in Beschlag und ziehen auffallend große Portemonnaies aus auffallend großen Handtaschen.

»Und bitte mit extra viel Schaum«, fügt sie mit einem Grinsen in Moritz' Richtung hinzu. »Aber das weißt du ja.«

Ein schwaches Lächeln erscheint auf seinem Gesicht, und normalerweise würde ich jetzt mit den Augen rollen. Aber dieses Lächeln ist anders. Maskenhaft, unecht. Und irgendwie müde.

18.

Den Termin mit Michael Kiefernbacher in meinen Kalender einzutragen und die weißen Seiten mit Leben zu füllen fühlt sich großartig an. Es ist lange her, dass ich einen Anlass hatte, einen Wochentag mit einem fetten roten Kreuz zu markieren, der nichts mit meiner Periode zu tun hat. Mein bisheriges Leben in Altberg ist zu ereignislos, um einen Kalender zu führen, aber mit ein wenig Glück könnte sich das bald ändern. Als freie Mitarbeiterin bei der *Altberger Zeitung* käme ich immerhin unter Leute, was ich laut Heike dringend nötig habe, um nicht als verzweifelte Katzenlady zu enden.

Meine Euphorie erfährt jedoch einen Dämpfer, als mir beim Anblick der Kalenderseiten bewusst wird, dass Toby längst von seiner Geschäftsreise zurück sein müsste, sich längst bei mir hätte melden können. Unser Telefonat war zwar kurz und emotionsgeladen gewesen, voller Verzweiflung meinerseits, voller Entschuldigungen seinerseits. Trotzdem hatte ich ihm geglaubt, als er versprochen hatte, sich bei mir zu melden, um noch einmal zu reden. *Wie viele Tage sind seitdem vergangen?* Vor lauter E-Mails habe ich vollkommen verdrängt, warum ich noch in dieser Stadt bin. Vor lauter Emil. Vor lauter Moritz. Vor lauter Kaffee, Zimt und Zucker.

Als ich Tobys Nummer in meinem Handy suche und gerade das grüne Anruf-Symbol drücken will, meldet mein Postfach eine neue Nachricht, und die beiden Buchstaben, die mir sogleich ins Auge springen, lassen mich innehalten.

Von: j.a.@t-online.de
An: marit.jansen@web.de

Hallo Marit,

genießen Sie die letzten Tage mit meinem USB-Stick, denn in genau vier Tagen gehört er wieder seinem rechtmäßigen Eigentümer. Mein Geschäftstermin am Freitag steht. Ich wäre dann gegen 13 Uhr bei Ihnen im Coffeeshop. Haben Sie eigentlich konkrete Vorstellungen, was Ihren Finderlohn anbelangt? Gesetzlich stehen Ihnen fünf Prozent zu (§ 971 BGB). Da der ideelle Wert den tatsächlichen übersteigt – ließe sich das aber verhandeln. Womit kann man Ihnen denn eine Freude bereiten?

MFG
Julian

Von: marit.jansen@web.de
An: j.a.@t-online.de

Wenn Sie mir nicht selbst verraten hätten, dass Sie Anwalt sind, hätte ich es spätestens jetzt erraten. Möchten Sie nicht gleich in medias res gehen und einen Vertrag aufsetzen, um alle Details festzuhalten? ☺

MFG auch an Sie
Marit

Von: j.a.@t-online.de
An: marit.jansen@web.de

Erwischt. Ich komme gerade direkt aus der Kanzlei und habe den Anwalt wohl nicht dort gelassen. Vielleicht bringt es ja was, wenn ich Jacket gegen Jogginghose tausche. Geben Sie mir 5 Minuten.

Von: j.a.@t-online.de
An: marit.jansen@web.de

Sorry, das waren 11 Minuten, aber mein Kumpel Costa hat währenddessen angerufen und versucht, mich zu einer Runde Squash zu überreden – ohne Erfolg, weil ich mein E-Mail-Date mit Ihnen unmöglich platzen lassen konnte. ☺

Von: marit.jansen@web.de
An: j.a.@t-online.de

Kein Problem, ich habe die Zeit genutzt und Ihren Entwurf für die Unterlassungsklage gegen dieses T-Shirt-Unternehmen gelesen. Die Kommafehler habe ich Ihnen rot markiert. Außerdem sollten Sie Zahlen bis 12 (bzw. zwölf) besser ausschreiben.
Einen Finderlohn habe ich in meinen Augen nicht verdient. Was soll das für eine Leistung sein, etwas zufällig zu finden, das jemand anderer zufällig verloren hat? Da Sie aber sicher keine Ruhe geben werden – und um zu vermeiden, dass Sie hier mit Pralinen auftauchen und die Kleinstadt-Gerüchteküche anschüren –, würde ich mich sehr über ein paar Zimtschnecken freuen. Ja, Zimtschnecken! Ich habe sie hier weit und breit in keiner Bäckerei gefunden, und da Sie in der größten Stadt Deutschlands leben, besteht die Chance, dass es dort welche gibt. Ich hoffe, das ist nicht zu viel verlangt.

VG
Marit

Von: j.a.@t-online.de
An: marit.jansen@web.de

Danke für den Hinweis, ich werde es in Zukunft berücksichtigen. Vielleicht sehen Sie sich auch gleich noch die beiden Verträge an? Meine 1–12-Zahlen-Schwäche hat sich bestimmt auch dort bemerkbar gemacht.
Zimtschnecken aufzutreiben ist ein Kinderspiel für mich. Die Bäckerei neben meiner Kanzlei macht die besten Zimtschnecken überhaupt. Die werde ich Ihnen am Freitag mitbringen.

VG
Julian

Von: marit.jansen@web.de
An: j.a.@t-online.de

Hm, da Sie eine eigene Kanzlei haben, sollte ich mir das mit dem Finderlohn vielleicht noch einmal überlegen! ☺

Von: j.a.@t-online.de
An: marit.jansen@web.de

Das wäre Ihr gutes Recht, aber ich muss Sie enttäuschen. Die Kanzlei gehört nicht allein mir, sondern meiner Familie. Mein Vater, mein Bruder und mein Cousin sind ebenfalls Teilhaber. Es bleibt also nur eine Viertel-Kanzlei übrig …

Von: marit.jansen@web.de
An: j.a.@t-online.de

Sie Ärmster. Wollen Sie mir damit sagen, Sie könnten viermal so viel auf dem Konto haben, wenn das Leben ein bisschen netter zu Ihnen gewesen wäre?

Von: j.a.@t-online.de
An: marit.jansen@web.de

Ich sehe schon, Ihr Mitleid hab ich mir damit nicht verdient. ☺

Von: marit.jansen@web.de
An: j.a.@t-online.de

Nur ein Viertel davon.

Gute Nacht.
Marit

Von: j.a.@t-online.de
An: marit.jansen@web.de

Gehen Sie immer so früh ins Bett?

Von: marit.jansen@web.de
An: j.a.@t-online.de

Wer sagt hier, dass ich ins Bett gehe?

Von: j.a.@t-online.de
An: marit.jansen@web.de

Sie haben »Gute Nacht« geschrieben. Das kann entweder heißen, dass Sie ins Bett gehen, oder mich höflich loswerden wollen, was ziemlich unhöflich wäre, wenn man bedenkt, dass ich für Sie auf ein Squash-Match mit Costa verzichte.

Von: marit.jansen@web.de
An: j.a.@t-online.de

Weder noch. Ich wollte mir heute »Shutter Island« reinziehen. Geht in zwei Minuten los.
Gute Nacht! ;-)

Von: j.a.@t-online.de
An: marit.jansen@web.de

Ist das der Film, bei dem am Ende rauskommt, dass Leonardo Di Caprio schizophren ist? ☺ Oooops.

Von: marit.jansen@web.de
An: j.a.@t-online.de

Das werde ich ja dann sehen! ☺

Eine Weile starre ich schmunzelnd auf den Bildschirm, bevor ich mein Mailprogramm mit einem Grinsen auf dem Gesicht schließe und den ARD-Livestream öffne.

Von: marit.jansen@web.de
An: j.a.@t-online.de

Sind Sie noch wach? Dieser Film ist ja abartig gruselig. Warum haben Sie mich nicht gewarnt? Wie finden Sie das Ende? Glauben Sie, dass Leo die ganze Zeit über fantasiert? Und was halten Sie von dem Arzt? Ich glaube, ich kann jetzt nicht einschlafen, was ziemlich ungünstig ist, weil ich morgen so eine Art Vorstellungsgespräch habe und mir den restlichen Tag im Coffeeshop die Füße platt stehen muss.

Von: j.a.@t-online.de
An: marit.jansen@web.de

Das haben Sie davon. Ich wollte Sie von diesem Film abhalten. Vorstellungsgespräch? Dann hören Sie im Coffeeshop auf? Warum? Gefällt es Ihnen dort nicht?

Von: marit.jansen@web.de
An: j.a.@t-online.de

Nein, leider nicht. Es geht eher um einen Neben-Nebenjob, also einen zweiten Nebenjob.

Von: j.a.@t-online.de
An: marit.jansen@web.de

Und warum suchen Sie sich nicht einfach einen Hauptjob statt Nebenjobs zu sammeln? ☺

Von: marit.jansen@web.de
An: j.a.@t-online.de

Julian, das ist kompliziert … viel zu kompliziert für diese Uhrzeit. ☺

Gute Nacht
Marit

19.

»Wie siehst du denn aus?«

Moritz' Augen mustern mich von oben bis unten, vorbei an der cremefarbenen Seidenbluse, der dunklen, enganliegenden Jeans und den hellbraunen Pumps mit Keilabsatz, die dafür sorgen, dass ich ihm ausnahmsweise bis zum Schlüsselbein reiche.

»Ich habe heute Mittag ein Vorstellungsgespräch.«

Etwas in seinem Blick verunsichert mich, aber ich bemühe mich, möglichst gleichgültig zu klingen. Seit ich im *Coffeeshop* arbeite, habe ich mich daran gewöhnt, bequeme Jeans und flache Schuhe zu tragen und meine langen braunen Haare zu einem zweckmäßigen Pferdeschwanz zu binden. Für den stellvertretenden Ressortleiter der *Altberger Zeitung* kam dieser Girl-Next-Door-Look allerdings nicht in Frage.

»Dann hörst du hier auf?«

Das Desinteresse in seiner Stimme ärgert mich mehr, als ich zugeben möchte. *Warum kann dieser Mann nicht einmal normal reagieren?* Er holt sich eine Cola aus dem Kühlschrank und leert sie in einem Zug. Ein kleiner Tropfen fällt auf sein graues Shirt und landet auf der Rolling-Stones-Zunge darauf. Für einen Moment bleibt mein Blick an diesem Bild kleben.

»Da muss ich dich enttäuschen. Ich bewerbe mich nur als freie Mitarbeiterin bei der Zeitung.«

»Bei der *Altberger Zeitung?*«, hakt er amüsiert nach, und ich nicke unbeeindruckt. »Warum das denn?«

»Vielleicht, weil ich nicht Kaffeekochen studiert habe, sondern eigentlich was anderes?«

Angesichts meiner forschen Antwort hält er sich kapitulierend die Hände vor die Brust.

»Und die warten ausgerechnet auf dich, Fischköpfchen?«

Er grinst schief und erwidert gleichzeitig den Gruß einer Blondine, die an Tisch eins in ihrem Latte Macchiato rührt und dabei ein Frauenmagazin durchblättert.

»Wie lange warst du gestern noch weg?«, ruft sie ihm zu und lacht ein überflüssiges Lachen.

»Bis drei oder so«, antwortet Moritz und fährt sich mit der Hand über die Bartstoppeln.

So siehst du aus.

»Eine Freundin hat den Kontakt hergestellt. Sie kennt da jemanden, der mich reinbringen kann«, lenke ich seine Aufmerksamkeit wieder auf mich.

Der mich reinbringen kann. Ich höre mich an, als wollte ich mich in den Inner Circle der Mafia einschleusen lassen. Einen Moment lang scheint Moritz zu überlegen, wovon ich spreche, was womöglich an den armseligen Ablenkungsversuchen der Blondine liegt, die scheinbar beschlossen hat, ihre Promi-News fortan in Moritz' Gesicht zu lesen.

»Ich dachte, du hast keine Freunde hier. Zumindest hat Heike das gesagt.«

Meine Wangen beginnen zu glühen. Gebt mir ein Erdloch und ein zweites, um Heike reinzuschmeißen.

»Doch, ich habe eine Freundin. Tessa«, schnaube ich und klinge dabei wie ein schmollendes Kind.

»Tessa«, wiederholt er sichtlich belustigt.

Seine Mundwinkel schnellen nach oben, und seine Augen glitzern dabei vor Schalk. In diesem Moment legt sich ein Schalter in mir um.

»Ich kann doch nichts dafür, dass du jede Frau flachlegst, die ich nett finde«, blaffe ich und erschrecke sogleich über den Ärger in meiner Stimme. Moritz starrt mich verdutzt an und öffnet den Mund, um ihn eine Sekunde später wieder zuzuklappen. Ihn sprachlos zu erleben gibt mir ein Gefühl der Genugtuung.

Den Rest des Vormittags arbeiten wir schweigend nebeneinander her. Ich gehe in Gedanken das bevorstehende Vorstellungsgespräch durch und bin froh, dass meine cremefarbene Seidenbluse auch um 12 Uhr noch fleckenfrei ist. Gegen halb eins verabschiede ich mich in die Mittagspause und mache mich auf den Weg zur *Altberger Zeitung*, die ihr Redaktionsgebäude in der Nähe der Innenstadt hat. Es dauert etwa 15 Minuten, bis ich vor dem grauen dreistöckigen Gebäude stehe, das einen Anstrich nötig hätte und mit seinen vergilbten Jalousien nicht gerade den Eindruck vermittelt, als würde hier seriöser Journalismus praktiziert.

Ich melde mich am Empfang und werde von einer älteren Dame im Tweedkostüm in ein muffiges kleines Zimmer im ersten Stock geführt. Die Wände zieren Fotografien, die das Redaktionsgebäude in den verschiedenen Jahrzehnten zeigen sollen, ich erkenne allerdings kaum Unterschiede zwischen den Aufnahmen. Es ist ein wenig wie bei diesem »Finde den Fehler«-Spiel. Sie bittet mich um einen Moment

Geduld, Herr Kiefernbacher sei bereits informiert und werde gleich für mich da sein.

Ich nicke lächelnd und bin überrascht, wie gelassen ich bin. Keine Spur von Nervosität oder Unsicherheit. Kein Herzklopfen. Aber wenn ich ehrlich bin, geht es ja auch um nichts. Ich will keine Festanstellung, nur einen Gelegenheitsjob, mit dem ich mir selbst vorgaukeln kann, mein Leben bestünde nicht nur aus Kaffee, Zimt und Zucker.

Als sich die Tür schließlich öffnet, bin ich doch etwas nervös. Michael Kiefernbacher ist deutlich jünger, als ich angenommen hatte, und zählt mit hoher Wahrscheinlichkeit nicht zur Sorte »Alte Schule«, die auf Wimperngeklimper und ein schüchternes Lächeln abfährt. Ich schätze ihn auf Ende 30. Er ist groß, schlank und trägt dunkle Jeans und ein weißblaugestreiftes Baumwollhemd mit dunkelblauem Sakko. Seine Brille ist nicht gerade Mailand-tauglich, passt aber gut in sein kantiges Gesicht. Ich bin mir sicher, er würde Kaffee bestellen. Schwarz.

»Frau Jansen?«, sagt er und streckt mir, ohne eine Antwort abzuwarten, seine Hand entgegen. Er hat ein freundliches, korrektes Lächeln und einen festen Händedruck.

»Ihrem Namen nach kommen Sie nicht von hier«, stellt er fest, als er sich einen Stuhl herzieht und sich neben mich setzt.

»Ich komme aus der Nähe von Hamburg.«

»Hamburg«, wiederholt er überrascht. »Tolle Stadt. Der Hafen, die Elbe … Und da verschlägt es Sie ausgerechnet in unser schönes, kleines Altberg?«

Schönes, kleines Altberg.

»Ja, der Liebe wegen.«

Verlegenheit schwingt in meiner Stimme mit.

»Ihr Partner kommt von hier?«

Einspruch, Privatfrage, schreit der kleine Anwalt in meinem Kopf. *Oder die Emanze.*

»Ja, er kommt von hier und … arbeitet auch hier.«

Ich ärgere mich, dass ich es erwähnt habe, und weiß zehn Sekunden später auch, warum.

»Darf ich fragen, wo? Als Lokalredaktion haben wir ja einen engen Kontakt zu den Arbeitgebern der Region.«

Ich ringe einen Moment lang mit mir, beschließe dann aber, bei der ehemaligen Wahrheit zu bleiben.

»Er … äh … arbeitet in der Fleisch … industrie.«

»Ah, sicher bei Schindler, oder? Hervorragend. Die Firma Schindler ist der größte Arbeitgeber der Region. Da kennt man sich natürlich.«

Mit einem Kloß im Hals ringe ich mir ein Lächeln ab.

»Das erklärt natürlich auch Ihre Verbindung zu Therese Auth.«

Als ich ihn fragend ansehe, fügt er »Tessa« hinzu. Mir wird bewusst, dass ich Tessa weder nach ihrem Nachnamen gefragt habe noch davon ausgegangen bin, dass Tessa eine Kurzform sein könnte, und ich ahne, dass diese Information von Vorteil gewesen wäre – zumindest für Google-Stalking-Aktionen.

»Frau Auth leitet ja die Pressestelle der Firma Schindler, wie Sie sicher wissen.«

Ich nicke und bin kurz davor, mich zu übergeben. Tessa dient dem Wurstkönig. Bevor ich mich in diesen Gedanken hineinsteigern kann, deutet Michael Kiefernbacher auf die Mappe mit Lebenslauf und Arbeitsproben, die ich auf den

Tisch gelegt habe, und bittet mich um einige Infos über mich und meinen Werdegang. Ich erzähle ihm von meinem Studium, das ich mit Bestnoten abgeschlossen habe, meiner Arbeit als wissenschaftliche Mitarbeiterin, von meinen Praktika bei namhaften Verlagshäusern und Zeitungen, meinen Auslandssemestern in Cambridge und New York und frage mich plötzlich, wie es so weit kommen konnte, dass dieselbe Frau, die all das erreicht hat, nun hier in diesem miefigen Zimmer sitzt und auf einen Nebenjob bei einer Provinzzeitung hofft.

Michael Kiefernbacher bekommt davon nichts mit. Er hört aufmerksam zu und macht sich Notizen auf einem Block, von denen ich mir sicher bin, dass sie nach unserem Gespräch in der Mülltonne landen oder zum Untersatz für seine Kaffeetasse werden.

»Das ist ein ziemlich beeindruckender Lebenslauf, Frau Jansen. Ich muss Ihnen sicher nicht sagen, dass wir nur eine kleine Lokalzeitung sind und ...«

»Das macht gar nichts«, unterbreche ich ihn und erröte, als mir bewusst wird, dass das nicht gerade höflich war. Michael Kiefernbacher scheint es mir nicht übelzunehmen und lächelt. Ich weiß nicht, ob ich ihn unterbrochen habe, weil ich nicht möchte, dass er mich für überqualifiziert hält oder weil ich nicht hören will, dass ich es womöglich bin.

»Es ist so, Frau Jansen. Wir suchen vor allem freie Mitarbeiter für Abendtermine wie Konzerte oder auch Aufführungen und Ausstellungen am Wochenende. Das bedeutet: hingehen, sich mit den Leuten unterhalten und ein paar Zeilen dazu liefern. Könnten Sie sich das vorstellen?«

Die Aussicht, meine Abende auf Konzerten und Ausstellungen zu verbringen, lässt mich euphorisch nicken. Mit meinen Arbeitszeiten im *Coffeeshop* dürfte sich das Ganze außerdem gut vereinbaren lassen.

»Sie werden nach Zeile bezahlt. 28 Cent pro Zeile wären das bei uns.« Er macht eine Pause, vielleicht, weil er eine Reaktion erwartet. »Ich könnte mir wirklich vorstellen, dass Sie dafür in Frage kämen. Ihre Referenzen sind sehr gut, Sie sind vor Ort und haben durch Ihren Partner auch einen Bezug zur Region.«

Hatten, korrigiert die Stimme des Pessimismus in mir, die sich in letzter Zeit häufiger durchsetzt.

»Wenn Sie damit einverstanden sind, würde ich Ihre Unterlagen hier behalten und mich mit dem Chefredakteur kurzschließen. Wir rufen Sie dann an, sobald wir Genaueres wissen. Aber ich kann Ihnen jetzt schon sagen, dass Sie gute Chancen haben.«

So einfach geht das also, wenn man die richtigen Leute kennt.

Mit einem festen Händedruck verabschiedet er sich von mir und begleitet mich aus dem Zimmer.

»Richten Sie Frau Auth schöne Grüße von mir aus – solange sie noch so heißt«, sagt er mit einem Augenzwinkern, und diesmal kann ich meine Ahnungslosigkeit nicht hinter einem Lächeln verbergen. »Sie wissen ja sicher, dass sie bald heiratet.«

»Wir … nein … So gut kennen wir uns dann auch noch nicht.«

»Ach so. Na ja, Ihr Partner hat es sicher mitbekommen. Frau Auth wird ja quasi seine Chefin.«

Der Kloß hat sich in einen Seeigel verwandelt. Ich hoffe, dass meine Ohren mir einen ganz fiesen Streich spielen.

»Chefin?«

»Frau vom Chef. Chefin. Ich weiß nicht, wie man es heute politisch korrekt ausdrückt.«

Er zuckt mit den Schultern und lächelt, aber ich fühle mich, als hätte er mir seine Faust in den Magen gerammt.

»Frau Auth heiratet Herrn … Schindler?«, frage ich piepsig und versuche, den galligen Geschmack in meinem Mund zu ignorieren.

»Ja, ich dachte, Sie wüssten das vielleicht schon.«

Tessas verzweifeltes Gesicht taucht vor meinem inneren Auge auf. *Ich bin gerade gegen einen Betonpfeiler gefahren. Mit dem Auto meines Verlobten.*

Niemals den Teufel mit Schokolade füttern.

20.

Auf dem Weg zurück zum *Coffeeshop* kann ich nicht einen klaren Gedanken fassen. Ich stolpere wie in Trance aus dem Verlagsgebäude, die Straße entlang, über die Kreuzung, remple ein Kind an, das auf den Hosenboden plumpst und zu weinen beginnt. »Hey«, ruft mir die Mutter der Kleinen empört hinterher, aber ich stapfe davon, ohne mich umzudrehen.

Eine Flut von Bildern ploppt vor meinem geistigen Auge auf. Momentaufnahmen von Toby, wie er sich in meinem Bad rasiert, Nutella auf seinen Toast streicht, mit einem Handtuch um die Hüfte zu Shakira tanzt, Mehlstaub auf der Nase hat, meinen Schrank aufbaut, wie er auf mir liegt, unter mir, in mein Ohr flüstert. Wie er auf ihr liegt, unter ihr, ihr ins Ohr flüstert.

Wie Schnellzüge rasen mir Wortfetzen durch den Kopf, bis meine Schläfen pochen, mein Schädel dröhnt. *Ich war noch nie so glücklich wie mit dir. Ich liebe es, wenn du dich aufregst. Wie soll ich so lange ohne dich auskommen? Ich werde dich so vermissen.*

Tränen der Verzweiflung schießen mir in die Augen und lassen die Welt vor mir verschwimmen. Es ist, als würde ich durch eine verregnete Fensterscheibe blicken, als ich Heike neben Moritz hinter der Theke stehen sehe, beobachte, wie sie über etwas lacht, das er sagt. Eine grenzenlose Wut breitet sich in meinem Bauch aus, gepaart mit der Gewissheit, dass ich diese Situation nicht mit Fassung meistern werde.

»Warum habt ihr nichts gesagt?«

Die Tür des *Coffeeshops* knallt geräuschvoll hinter mir zu und zieht Moritz' und Heikes Blick auf sich. Verdutzt starren sie mich an.

»Warum habt ihr nichts gesagt?«, kommt es erneut zornig aus meinem Mund.

Mir entgeht nicht, dass sich die Köpfe unserer Kunden in meine Richtung drehen und mich neugierig mustern.

Nein, nicht mit Fassung.

»Was ist … äh … was ist los?«, stakst Heike und wendet sich hilfesuchend an Moritz, dessen Augen mich fixieren. Sie wirft den Kunden einen verlegenen und entschuldigenden Blick zu, der sich wie Öl auf mein inneres Feuer auswirkt.

»Sie hat sich mit Tessa Auth angefreundet.«

Moritz' Stimme ist ruhig und sachlich.

»Tessa Auth?«

Heike sieht erst ihn, dann mich mit großen Augen an.

»Oh …«

Oh.

»Ihr wusstet es und habt nichts gesagt.«

Heike hält abwehrend die Hände vor die Brust.

»Ich habe doch gar nicht gewusst, dass du dich mit ihr …«

»Aber er«, schreie ich und deute auf Moritz. »Du hast auch noch so beschissen gegrinst, als ich dir davon erzählt habe. Warum hast du mir nicht gesagt, was Sache ist?«

»Ach, komm schon. Weil hier jeder weiß, dass Tessa und Toby Schindler …«

»Moritz«, mahnt Heike ihn.

»Du hättest es mir sagen müssen.«

Meine Stimme ist weinerlich. Nur mit Mühe kann ich die Tränen zurückhalten.

»Die waren schon zusammen, als Moses noch in Ägypten war«, entgegnet er seufzend und zuckt mit den Schultern, als würde er vor einem Naturgesetz kapitulieren.

»Moritz!«, kommt es wieder beschwichtigend von Heike, die nun ehrlich bestürzt wirkt.

»Das hättest du mir sagen müssen.«

Ich komme mir vor wie eine dieser sprechenden Barbies, die nur drei Knöpfe haben und immer wieder dasselbe vor sich hin plappern: *Das hättest du mir sagen müssen. Das hättest du mir sagen müssen. Das hättest du mir sagen müssen.*

»Was geht mich dein Liebesdrama mit diesem Wurst-Heini an?«, blafft Moritz und rollt mit den Augen.

Ein brennendes Gemisch aus Wut und Schmerz übernimmt die Kontrolle über mich. Meine Wangen glühen, während ich mich danach sehne, ihm meine Faust ins Gesicht zu rammen. Beide Fäuste.

»Stimmt. Was geht es dich an? Was geht dich überhaupt irgendwas an? Du bist ja so locker drauf, und dein Leben ist ja so chillig«, schreie ich wutentbrannt. »Was kümmert es dich da, was um dich herum passiert? Du mit deinem lässigen Dreitagebart, deinen scheiß löchrigen Jeans, deiner dämlichen Frisur, deinen blöden Weibern!«

Einen Moment lang sagt niemand etwas. Tausende von Blicken bohren sich plötzlich in mich, aber von mir aus können es noch tausend mehr werden.

»Du bist das Allerletzte, Moritz.«

Mein Blick wandert von ihm zu Heike.

»Du hast vielleicht nicht gewusst, dass ich mich mit Tessa angefreundet habe, aber sicherlich, dass Toby verlobt ist. Und *das* hättest du mir sagen müssen. Das hättest du mir von Anfang an sagen müssen. Dass er die ganze Zeit über eine Freundin hatte. Mich belogen hat. Dass es gar keine Hoffnung gab, dass er …« Ein schrilles Lachen dringt aus meinem Mund. »Dann wäre ich keinen Tag länger hiergeblieben. Keinen verdammten Tag.«

Sie sieht mich mitfühlend an.

»Du hattest schon genug daran zu knabbern, dass er dich … abserviert hat.«

Ich hole tief Luft und versuche, mich vor den Augen aller Kunden zu beruhigen, die betreten in ihren Kaffee glotzen – oder mich anglotzen. Als wäre ich ein Unfallort, an dem man vorbeifährt und nicht wegsehen kann.

Als ich einsehe, dass mein Puls seinen Sprint nicht beenden wird, drehe ich mich um und verlasse ohne ein weiteres Wort den *Coffeeshop*. Während die Tür hinter mir zuknallt, schießen mir Tränen in die Augen. Ich laufe blind in irgendeine Richtung, quer über den Marktplatz vorbei an der Kirche, weg von dieser Szene. *Die waren schon in der Grundschule verlobt*, hallt es in meinem Kopf. *Du hattest schon genug daran zu knabbern, dass er dich … abserviert hat. Na, weil hier jeder weiß, dass Tessa und der Schindler …*

Jeder. Jeder außer mir.

Irgendwann sitze ich auf einer Bank im Stadtpark und schluchze wie ein kleines Kind in ein zerfleddertes Taschentuch, das sich mit Wimperntusche vollsaugt, bis es schwarz ist und als feuchter Klumpen in meiner Hand zurückbleibt.

Ein älterer Herr mit Spazierstock sieht betreten weg, als er an mir vorbeiläuft, und ein junger Vater zieht seinen kleinen Sohn energisch mit sich, als wolle er ihm sagen, dass ihm noch genügend weibliche Gefühlsausbrüche in seinem Leben bevorstünden.

In meiner Handtasche vibriert pausenlos mein Handy. Ich lausche dem monotonen Brummen, bis es verstummt und wieder von vorne anfängt, und stelle mir vor, wie Heike im *Coffeeshop* steht und immer und immer wieder meine Nummer wählt – aus Sorge, schlechtem Gewissen, vielleicht auch aus Wut, weil ich ihr öffentlich eine Szene gemacht habe. Ich bereue nicht, was ich gesagt habe, nur die Lautstärke, in der es aus meinem Mund gekommen ist. Wenn Heike mich nicht ohnehin feuert, wird sie eine Entschuldigung fordern, und ich weiß jetzt schon, dass ich ihr die nicht geben kann, sosehr ich schätze, was sie für mich getan hat.

Als wollten sie sich solidarisch mit meiner Gefühlslage zeigen, ziehen dunkle Wolken am Himmel auf. Mir wird bewusst, dass ich schon zu lange auf einer viel zu kalten Bank sitze, dass die feuchte Herbstkälte nach und nach meinen Rücken hinaufkriecht, und ich sehne mich plötzlich nach einem warmen Ort – und etwas Hochprozentigem.

21.

Mit seinen roten Backsteinwänden, der geschwungenen Theke aus dunklem Holz, dem abgeschliffenen Dielenboden und zahlreichen tiefhängenden Pendellampen ist das *Ludwig* vollkommen anders, als ich es mir vorgestellt habe, wenn ich abends mit dem Fahrrad daran vorbeigefahren bin. Obwohl ein großer Billardtisch in der Ecke steht, erinnert es mich mehr an eine gemütliche Bar als an die rustikale Bierkneipe, die ich erwartet hatte.

Gedämpfte Musik dringt aus den Boxen, als ich durch die Tür trete und überwiegend leere Tische und Barhocker vorfinde. Ein blondes Mädchen mit Nasenpiercing verteilt routiniert Aschenbecher auf den Tischen, während in einem benachbarten Raum Gläser klirren. Sie wirft mir einen Blick zu, den ich nicht deuten kann, eine Mischung aus Neugier und Skepsis. Vielleicht weil sie mich noch nie zuvor gesehen hat und ich mit meiner Seidenbluse und den eleganten Pumps nicht wie jemand aussehe, der an einem Wochentag vor acht Uhr in einer Kneipe auftaucht. Vielleicht auch, weil der plötzliche Regen mich so kalt erwischt hat, dass ich aussehe, als wäre meine natürliche Umgebung der offene Ozean. Das Haar fällt mir in nassen Strähnen vom Kopf, und meine Bluse klebt wie Folie auf meiner Haut.

Einen Moment lang spiele ich mit dem Gedanken, wieder

umzudrehen und zu gehen, doch der Regen prasselt so unnachgiebig gegen die Fensterscheiben, dass sich allein beim Gedanken daran Schwimmhäute bilden. Noch dazu fällt mir kein Ort ein, an den ich flüchten könnte, ohne Heike zu begegnen.

Ich suche mir einen Platz an der Bar, weil ich gehört habe, wie voll es jeden Abend im *Ludwig* ist – und wie beliebt sich Menschen machen, die allein einen großen Tisch blockieren. Es ist das erste Mal, dass ich einsam an einer Bar sitze, und genauso fühlt es sich auch an. Unruhig rutsche ich auf dem Hocker hin und her, bis ich die bequemste Position gefunden habe, und selbst die ist unbequem. Ich spüre den beobachtenden Blick des blonden Mädchens auf mir und verschränke die Arme schützend vor der Brust. Ein Frösteln überkommt mich. Ich schnappe mir die zerfledderte Karte und blättere sie durch, obwohl mir längst klar ist, dass ich meinen Schmerz mit Alkohol betäuben möchte.

»Einen Gin Tonic, bitte«, rufe ich ihr zu, als sie hinter der Theke auftaucht. Sie nickt, und ich bilde mir ein, den Anflug eines Lächelns auf ihrem Gesicht zu erkennen. Es ist lange her, dass ich in einer Kneipe saß und Gin Tonic getrunken habe, und es kam noch nie vor acht Uhr vor. Wahrscheinlich sieht sie mir das an. Als sie mir den glasklaren Drink über den Tresen schiebt, notiert sie den Preis auf dem Bierdeckel. »Vier Euro«, seufze ich amüsiert. Dafür hätte ich in Hamburg drei Eiswürfel bekommen. Ich nippe an meinem Glas und verschlucke mich fast, weil der Drink so stark ist. Die Wahrscheinlichkeit, dass ich in zwei Stunden rausfliege, weil ich immer noch am selben Glas nuckle, ist hoch.

Die blonde Kellnerin schneidet giftgrüne Limetten in

kleine Stücke, und ich sehe ihr aus Langeweile dabei zu und nehme einen großen Schluck. Und noch einen. Der Alkohol strömt mir im Nu in Kopf und Beine, legt sich schwer auf meine Zunge. In zwei Stunden werden sie mich nicht rauswerfen können – sie werden mich raustragen müssen, denke ich, als ich den letzten Schluck nehme.

Aus Langeweile beginne ich, im Kopf französische Verben zu konjugieren, scheitere aber schon bei der 1. Person Plural. Ich spiele ›Stadt, Land, Fluss‹ mit dem Buchstaben x, finde aber weder Stadt noch Land, noch Fluss. Schließlich ziehe ich mein Handy aus der Tasche und entdecke sieben verpasste Anrufe auf dem Display. Heikes Nummer. Unschlüssig kaue ich auf meiner Unterlippe, bis ein kleiner Umschlag aufblinkt und Post ankündigt. *Julian*. Mein Herz hüpft aufgeregt.

Von: j.a.@t-online.de
An: marit.jansen@web.de

Hallo Marit,

wie ist Ihr Vorstellungsgespräch gelaufen? Sind Sie nun offizielle Neben-Nebenjob-Besitzerin und werden mir nie wieder E-Mails schreiben, weil Sie Tag und Nacht arbeiten und Monate darin investieren müssen, einen Überblick über Ihr Steuerchaos zu bekommen?

VG
Julian

Schmunzelnd lese ich seine Mail ein zweites Mal. Seine Worte sind wie Balsam für meine Seele, und das, obwohl sie keine Spur von Trost oder Mitleid enthalten. Einen Moment lang überlege ich, wie es wäre, wenn Julian ebenfalls in dieser Stadt leben würde. Wenn ich den USB-Stick eines Mannes gefunden hätte, der nur zwei Häuser weiter wohnt. Ob wir uns dann auch Tag für Tag geschrieben hätten? Mit Sicherheit wären wir uns längst begegnet. Vielleicht hätten wir einen Kaffee zusammen getrunken, uns unterhalten. Ich wüsste dann, ob er so aussieht wie auf seinen Bildern, ob er so lustig ist wie in seinen Mails, könnte ihn fragen, wie alt er ist, wo er studiert hat, was er am liebsten isst, welche Filme er mag. Ein Anflug von Sehnsucht überkommt mich. Sehnsucht nach Nähe.

»Noch einen?«, fragt die blonde Kellnerin und deutet auf mein leeres Glas.

»Jep«, antworte ich flapsig.

Es dauert keine Minute, bis ein weiterer Gin Tonic vor mir steht. Die Eiswürfel klimpern, als ich einen Schluck nehme. Und einen zweiten. Und einen dritten. Mit jedem weiteren Schluck fühle ich mich gelöster und schwereloser. Mit jedem weiteren Schluck verdränge ich den Kummer aus meinem Herzen.

An: marit.jansen@web.de
Von: j.a.@t-online.de

Wir alt sint sie Julian?

Von: j.a.@t-online.de
An: marit.jansen@web.de

Hallo Marit,

hat jemand Ihr Handy geklaut? Ein Legastheniker vielleicht? Oder fahren Sie gerade Auto und schreiben mir währenddessen? (60 Euro Strafe und ein Punkt, Paragraph 23 StVO!!!!)

VG
Julian

PS: Ich bin 31. (Das mit dem Legastheniker-Dieb glaube ich irgendwie nicht.)

Meine Finger tippen langsam und unkoordiniert über das Display, als hätten sich sämtliche Buchstaben-Tasten einen anderen Standort gesucht. Mit einer wohltuenden Gelassenheit spüre ich die Wirkung des Gins. Im *Ludwig* ist es inzwischen voller geworden. Die Tische um mich herum füllen sich mit fremden Gesichtern, und munteres Gelächter breitet sich nach und nach zwischen den Mauern aus.

»Noch einen?«, will die Kellnerin wissen und deutet auf mein fast leeres Glas. Mit einem Nicken gebe ich ihr zu verstehen, dass ich noch nicht genug habe.

An: marit.jansen@web.de
Von: j.a.@t-online.de

Wolln sie gar nicht wissen wie altich bin?

Von: j.a.@t-online.de
An: marit.jansen@web.de

Kann es sein, dass Ihr Handy gerade in irgendeiner Bar ist? Nein, ich will nicht wissen, wie alt Sie sind. Ich weiß es nämlich schon! ☺ Es gibt nicht viele Frauen namens Marit Jansen auf Facebook (mein Glück, dass Sie nicht Sabine Müller heißen, und mein Glück, dass Sie mit Ihren Daten so gutgläubig umgehen).

VG
Julian

»Gibst du mir ein Bier, Mimmi?«, zerrt mich eine vertraute Stimme vom Display meines Handys weg. Als ich mich umdrehe, starre ich direkt in Moritz' Augen, die sich bei meinem Anblick vor Überraschung weiten. Sein dunkles Haar lugt unter einer grobgestrickten khakifarbenen Wollmütze hervor, die ihm erstaunlich gut steht – eine spontane Feststellung, die ich noch im selben Moment bereue und zurücknehmen möchte.

»Ich hab meine schusssichere Weste nicht an«, sagt er und hält sich abwehrend die Hände vor die Brust.

»Und deinen Maulkorb leider auch nicht.«

Ein Hicksen begleitet das Ende meines Satzes. Das blonde

Mädchen, das Moritz Mimmi genannt hat, schiebt mir ein volles Glas über den Tresen. Er sieht erst zu mir, dann zu meinem Glas und setzt sich zu meiner Überraschung auf den Hocker neben mich. Der Abstand zwischen uns ist so gering, dass ich sein Aftershave riechen kann und automatisch ein Stück zur Seite rücke.

»Was machst du da?«, zische ich.

Meine Zunge fühlt sich schwer und pelzig an.

»Ich mache das, was erbärmliche Menschen so machen. Mit meinem lässigen Dreitagebart, meinen scheiß löchrigen Jeans, meiner dämlichen Frisur in einer Kneipe sitzen und auf blöde Weiber warten.«

»Das hast du dir gemerkt?«, schießt es aus mir heraus, aber er scheint meine ehrliche Verblüffung nicht ernst zu nehmen und grinst stattdessen. Wären da nicht drei Gin Tonics in meinem Magen, wäre ich vermutlich feuerrot angelaufen.

Mimmi stellt Moritz sein Bier hin, krakelt ein paar Zahlen auf einen Bierdeckel und wandert mit ihrem Blick von ihm zu mir und wieder zurück. Ich weiche ihr aus, indem ich an meinem Drink nuckle und mich mit dem letzten Eiswürfel in meinem Glas beschäftige.

»Wie viele davon hast du ihr gegeben?«, höre ich ihn neben mir fragen und hebe kurz den Kopf, weil ich intuitiv spüre, dass es um mich geht.

»Das ist der dritte«, antwortet die Frauenstimme hinter dem Tresen gleichgültig.

»Geht dich ... gar nix an«, knurre ich, während meine Augen zu schmalen Schlitzen werden.

Er wirft mir einen nachdenklichen Blick zu, greift dann jedoch nach seiner Bierflasche und kehrt mir den Rücken zu, um sich an einen der Tische zu setzen, an dem bereits ein Mann und zwei Frauen auf ihn zu warten scheinen. Aus dem Augenwinkel beobachte ich, wie einer der drei mit dem Finger auf mich zeigt, was mich aus einem Reflex heraus dazu bringt, mich wie eine Schildkröte klein zu machen und an meinem Strohhalm zu nippen. Mein Magen beginnt zu knurren. Seit heute Morgen habe ich nichts mehr ohne Promille zu mir genommen. Ich schnappe mir die Karte und suche nach etwas Essbarem, aber als ich das Schindler-Logo neben den Snacks entdecke, vergeht mir der Appetit. *Lieber in Würde hungern.*

Die beiden Frauen an Moritz' Tisch brechen in schallendes Gelächter aus, und ich spüre einen Anflug von Neid und verziehe genervt das Gesicht. Mutterseelenallein in einer Kneipe zu sitzen ist noch schlimmer, als in einem Kellerloch zu sitzen, denke ich frustriert und sehne mich nach meinem Laptop. In diesem Moment gibt mir jemand einen Klaps auf den Rücken, und mir wird ein weiteres Mal klar, dass es immer eine Negativsteigerung zum Gefühl »Tiefpunkt« gibt.

»Na, wenn das nicht mein kleines Kaffeeböhnchen ist.«

Ein kehliges Lachen ertönt aus Titten-Tonis Mund, und ich wünschte, ich hätte tatsächlich einen Schildkrötenpanzer, unter dem ich verschwinden könnte. Stundenlang allein an einer Bar zu sitzen war das eine, Toni außerhalb des Coffeeshops zu ertragen eine Aufgabe, die ich an diesem Abend nicht einmal in betrunkenem Zustand bewältigen kann. Er setzt sich auf den Hocker neben mich, und sein Wanst rutscht ihm über den Hosenbund. Die Knöpfe seines Hemds müssen einer unsäglichen Belastung ausgesetzt sein. Riesige Wolken von Aftershave steigen auf, ein penetranter, süßlicher Duft, ganz anders, als der von Moritz.

»Wusst ich's doch, dass du ein böses Mädchen bist«, sagt er mit einem breiten Grinsen, und ich überlege in einem Anflug von Panik, was Heike ihm erzählt haben konnte, bis er auf den fast leeren Gin Tonic vor mir deutet.

»Nach außen brav und unschuldig, ja, ja ...«, säuselt er und wandert mit seinen Augen meinen Hals entlang. An seinem Handgelenk blitzt eine goldene Uhr auf, die aussieht, als hätte er sie einem Strandverkäufer auf Mallorca abgeluchst.

»So jemand wie du hätte gut in meinen Klub gepasst. Ich hatte ja mal so ein Etablissement«, fügt er hinzu. »Da hättest du keinen Kaffee verkaufen müssen, wenn du verstehst, was ich meine.«

Er formt mit seinen Händen die Silhouette eines Frauenkörpers und lacht sein lautestes Lachen. Ich schließe beschämt die Augen und kämpfe plötzlich gegen einen Würgereiz an.

»Toni«, ertönt es hinter meinem Rücken. »Lässt auch keine Party aus!«

Ich öffne die Augen und sehe, wie Moritz Toni kumpelhaft auf die Schulter schlägt. Es gibt immer einen Tiefstpunkt.

»Junge, du weißt ja, an der Bar ist's wie beim Metzger: bestes Frischfleisch.«

Toni und Moritz brechen in lautes Gelächter aus, und ich kippe verzweifelt den letzten Schluck Gin Tonic hinunter. Betrübt starre ich auf den Boden des leeren Glases, als hätte dort jemand den Sinn des Lebens eingraviert.

»Wir sitzen da drüben«, sagt Moritz schließlich und fügt

»Marit« hinzu, als ich nicht reagiere. Verdutzt sehe ich ihn an. Meinen Namen aus seinem Mund zu hören fühlt sich merkwürdig an, besonders in diesem Moment.

»Wir haben schon auf dich gewartet.«

Ist das ein Witz? Eine Falle? Bin ich so betrunken?

»Ich muss sie dir leider entführen«, sagt Moritz zu Toni und zwinkert ihm zweideutig zu. Der sieht zu Moritz, zu mir, wieder zu Moritz und grinst.

»Du ... und ...? Oh, äh ... verstehe«, bemerkt er mit der Eloquenz eines Aschenbechers und wirft Moritz einen anerkennenden Blick zu.

Ich verfolge die Darbietung mit zunehmender Irritation.

»Kommst du?«

Er sieht mich fragend an, während Toni eine Bestellung aufgibt und einer anderen Frau in den Ausschnitt glotzt.

Ich nicke überfordert, quäle mich von meinem Hocker und tapse Moritz mit Glas und Bierdeckel wie ein kleines Kind hinterher, unfähig zu realisieren, was ich da gerade mache. Meine Beine fühlen sich gummiartig an, als wäre ich eine dieser Comicfiguren, deren Gliedmaßen sich verformen können. Als wir an seinem Tisch ankommen und Moritz sich auf seinen Stuhl fallen lässt, bleibe ich unschlüssig stehen. Acht Augen richten sich auf mich, und ich wünsche mich zurück zu Toni.

»Was ist?«, fragt Moritz und zuckt mit den Schultern.

»Ich ... äh ... danke fürs ... du weißt schon«, stammle ich und fühle mich benebelt. »Ich geh dann mal ...«

Er runzelt die Stirn und sieht sich erst nach rechts, dann nach links um.

»Zu ... deinen ... Freunden?«

Eines der Mädchen mustert mich skeptisch, und ich frage mich, ob meine Haare noch so feucht und strähnig sind, wie sie sich anfühlen. Moritz wartet meine Antwort nicht ab.

»Das ist Marit, eine Kollegin von mir.«

Die drei lächeln plötzlich. Falls sie überrascht sind, lassen sie es sich nicht anmerken.

»Hi«, sage ich mit einem bemühten Lächeln und setze mich zögerlich auf den Platz neben Moritz.

22.

Als ich zwölf war, bin ich im Schwimmbad ausgerutscht und mit dem Kopf auf den Beckenrand geknallt. Ich hatte eine leichte Gehirnerschütterung und musste zwei Tage lang im Bett liegen. An diesem Morgen fühlt sich mein Kopf genauso an. Meine Schläfen pochen, mein Schädel dröhnt, und als ich versuche, mich aufzurichten, wird mir schwarz vor Augen. Ein Anflug von Panik überkommt mich – und steigert sich ins Unermessliche, als ich die Augen wieder öffne und nicht weiß, wo ich bin.

Stöhnend stemme ich mich mit den Ellbogen hoch und lasse einen desorientierten Blick durch den Raum wandern. Das Bett, in dem ich liege, ist groß genug für drei und steht in einem hellen weißen Zimmer zwischen hellen weißen Möbeln, die durch die Fensterscheibe von der Sonne angestrahlt werden. Kahle weiße Wände umgeben mich und lassen mich einen Moment lang glauben, im Aufwachraum eines Krankenhauses zu liegen. Dann entdecke ich mein Handy auf dem Nachttisch – neben einer Musikzeitschrift und einer Männeruhr mit Lederarmband. Mir wird erneut schlecht.

Als ich meine Augen wieder öffne, liege ich immer noch im selben Bett, unter der gleichen grauweißgestreiften Bettdecke, in einem roten T-Shirt, auf dem »Nevermind«

steht – und das nicht mir gehört. Wieder überfällt mich eine Welle von Panik. *Wo bin ich?* Unter Kopfschmerzen versuche ich, mich an den vergangenen Abend zu erinnern, der langsam in grausigen Flashbacks zu mir zurückkehrt und all den verdrängten Kummer in gefühlt zehnfacher Potenz heraufbeschwört. Tränen brennen in meinen Augen, als ich an Tobys Betrug denke. Tränen, die in ein heftiges Schluchzen übergehen, als ich mir diesen Betrug in Bildern vor Augen führe. Als ich mir vorstelle, wie er sie umarmt, sie küsst, wie er sie zärtlich berührt, wie er … Übelkeit steigt mir bis in den Hals hinauf. Ich habe das Gefühl, mich übergeben zu müssen, und mache hastig einen Satz aus dem Bett, bei dem ich mit dem Fuß an der Kante hängenbleibe. Ein pochender Schmerz durchzuckt erst meinen großen Zeh, dann meinen Kopf. Mir wird schwarz vor Augen. Ich fahre mir mit den Händen durch die Haare, wische mir die Tränen vom Gesicht und versuche, wenigstens einen klaren Gedanken zu fassen. *Wo bin ich? Und wie komme ich auf dem schnellsten Weg nach Hause?*

»Moritz«, platzt es plötzlich aus mir heraus. Ich saß an Moritz' Tisch. Mit zwei Frauen. Und dann war da noch jemand. Tim? Tom? Blonde Haare, nettes Lächeln. Gut aussehend, in meiner Erinnerung. Ist das hier sein Schlafzimmer? Bin ich mit diesem Tim/Tom … abgestürzt?

Ich entdecke meine Bluse, Jeans und Pumps auf einem alten Schaukelstuhl in der Ecke und brauche keine 30 Sekunden, um sie gegen das Schlabbershirt einzutauschen. Dann schnappe ich mir mein Handy in der Hoffnung, einen Hinweis auf letzte Nacht zu finden, aber weder die Anrufliste noch meine Nachrichten verraten mir, wie ich in dieser

Wohnung gelandet bin. Und als ich schließlich die Nachrichten überfliege, die ich an Julian geschickt habe, fangen meine Wangen Feuer. *Oh Gott, oh Gott. Wie peinlich.*

Wenn heute Donnerstag ist, muss ich in 47 Minuten meine Schicht im *Coffeeshop* antreten. Wieder Panik. Ich weiß weder, wo ich bin, noch, ob ich überhaupt noch dort arbeite. An meinen Streit mit Moritz und Heike kann ich mich trotz Brummschädel erstaunlich gut erinnern. Hektisch öffne ich Google Maps auf meinem Handy, aktiviere mit zitternden Fingern GPS und warte auf die blaue Nadel, die mir verraten wird, wo ich gerade bin. »Mühlenstraße«, murmle ich. Zum *Coffeeshop* ist es von hier nicht weit, stelle ich erleichtert fest – was unsinnig ist, weil in Altberg nie etwas weit entfernt ist. Nicht für Menschen, die großstädtische Distanzen gewohnt und bereit sind, 50 Minuten zu fahren und dreimal umzusteigen, um mit einer Freundin eine Folge *Grey's Anatomy* anzusehen.

Vorsichtig öffne ich die Tür und lausche. Stille. Ich stehle mich in den Flur, tapse leise über den alten Holzboden und spitze die Ohren. Nichts. Außer mir scheint niemand in der Wohnung zu sein. Die Tür zum Wohnzimmer steht einen Spalt offen, und ich werfe einen Blick hinein, sehe Unmengen von CDs und Platten, die sich im Regal aneinanderreihen, eine abgewetzte dunkle Ledercouch, zwei Gitarren mit Wandhalterung, ein Kinoplakat vom Film »I'm not there«. Wer auch immer hier wohnt, steht auf Musik.

Beim ersten Versuch, das Bad zu finden, lande ich in der Küche. Sie ist klein und zweckmäßig und scheint auf einen Balkon hinauszuführen. Auf der Ablage stehen eine benutzte Tasse und ein Teller mit Nutella-Messer, daneben entdecke ich eine angerissene Packung Aspirin, auf die ich mich sofort stürze. Wer auch immer hier wohnt, ist entweder umsichtig oder selbst verkatert.

Als ich schließlich das Bad finde – ein kleiner Raum mit hellen Fliesen und türkisblauen Bradematten –, blickt mir ein bleiches Gesicht mit dunklen Augenringen aus dem Spiegel entgegen. So habe ich das letzte Mal ausgesehen, als ich Magen-Darm-Grippe hatte. Ich spritze mir kaltes Wasser ins Gesicht, genieße das kühle Nass auf meinem Gesicht und gurgle kurz mit der Mundspülung, die ich zwischen Aftershave und Parfum im Regal entdecke. Boss, Armani. Wer auch immer hier wohnt, riecht gut.

Erinnerungen an Toby kommen hoch, an seinen Geruch, sein Deo, die Bodylotion, die er manchmal benutzte. Fast ein ganzes Jahr lang hatte seine Zahnbürste neben meiner gestanden, sein Duschgel neben meinem. Er hatte in meiner Dusche geduscht, meine Handtücher benutzt. Meine Augen werden feucht, und ich fühle mich noch elender als zuvor.

In diesem Moment vibriert mein Handy in der rechten Hosentasche. *Kannst du mir meine Uhr mitbringen? Liegt noch auf dem Nachttisch.*

Als ich den Absender sehe, haste ich zur Toilettenschüssel und übergebe die Geschichte der letzten Nacht der Kanalisation.

23.

Der *Coffeeshop* ist gerammelt voll, als ich um kurz vor zehn durch die Tür trete. Alle Tische sind besetzt, vor der Theke hat sich eine lange Schlange gebildet, und der Lärmpegel ist hoch – die gerechte Strafe für jemanden, der sich an einem Wochentag wegschießt und in einer fremden Wohnung aufwacht.

Als ich Moritz hinter der Theke entdecke, zieht sich mein Magen unangenehm zusammen. Er schäumt Milch, füllt Becher mit Kaffee, kassiert, zieht Geschirr aus der Spülmaschine, und all das mit einer Energie, die ich an diesem Morgen nicht aufbringen kann. Für einen Moment bin ich enttäuscht, dass er nicht genauso müde und verkatert aussieht wie ich, dann wird mir klar, dass er an durchzechte Nächte und wenig Schlaf gewöhnt ist – zumindest mehr als ich.

»Hallo«, murmle ich kleinlaut, als ich an der Theke ankomme und mir das Namensschild an dieselbe Seidenbluse klippe, die ich am Tag zuvor getragen habe. Ich fühle mich ungewaschen und ungepflegt, und mein Kopf juckt. Was hätte ich an diesem Morgen für eine Dusche und frische Klamotten gegeben. Aber die Zeit war zu knapp, um nach Hause zu fahren und mich frisch zu machen. Noch dazu wollte ich Heike nicht über den Weg laufen.

»Morgen«, gibt er zurück und wirft mir einen flüchtigen Blick zu. »Kannst du schnell kassieren? Zwei große Latte und einen Tee.«

Nicht der Einstieg, den ich erwartet hatte. Ich versuche, es mir nicht anmerken zu lassen, und tippe die Beträge in die Kasse.

Die Kundin kramt in ihrem Portemonnaie, während ich Moritz aus dem Augenwinkel beobachte. Er wirkt ein wenig gestresst, aber sein Gesicht zeigt keine Spuren von Übermüdung. Die Kundin wedelt mit einem Zehneuroschein, um mich aus meinen Gedanken zu reißen, und wirft mir einen leicht vorwurfsvollen Blick zu, als ich ihr das Rückgeld gebe. Meine knittrige Bluse und die Ringe unter den Augen verraten mich. Niemand hat Mitleid mit verkaterten Menschen – auch nicht, wenn sie belogen und betrogen wurden.

»Zwei Espressi«, sagt Moritz und deutet auf einen Herrn im Anzug, als ich nicht reagiere.

»Zwei Espressi«, wiederhole ich apathisch. Ein säuerlicher Geschmack liegt mir auf der Zunge.

Dieser Tag würde grauenhaft werden.

»Marit?«

Moritz sieht mich fragend an, und ich überlege, was ich sage, wenn er mich auf die Uhr …

»Die Milch.«

»Die Milch«, wiederhole ich.

»Bist du über Nacht zum Papagei geworden?«

Er runzelt die Stirn und zeigt auf die leere Milchtüte in seiner Hand, während das Wort »Nacht« durch meinen Kopf hallt.

»Du sollst Milch holen.«

Dieser Tag würde nicht grauenhaft werden. Er war es jetzt schon.

»Klar …«, stammle ich vor mich hin und flüchte betreten in Richtung Lager. Ich schließe die Tür hinter mir, lehne mich gegen die kühle Wand und atme tief ein und aus. Wie soll ich diesen Tag nur überstehen? Und wie hatte ich nur dermaßen die Kontrolle über mich verlieren können, dass ich kratergroße Erinnerungslücken hatte? Was war am vergangenen Abend mit mir geschehen? Flüchtige Bilder ploppen vor meinem inneren Auge auf – und auf jedem ist ein Gin Tonic zu sehen. Mein Magen krampft sich unangenehm zusammen. Ich kann mich nicht mehr daran erinnern, wann ich zum letzten Mal etwas gegessen habe. Nur daran, dass ich meinen Magen mit Gin Tonic geflutet habe.

Mit einer Steige Milch in den müden Armen schleppe ich mich zurück. Als ich realisiere, wer bei Moritz an der Theke steht, würde ich mich am liebsten hinter den Milchtüten verstecken. Zusammen mit meinen Augenringen, den ungewaschenen Haaren, der knittrigen Bluse und meinem völlig dehydrierten Hirn. Wer hatte sich diesen Tag nur ausgedacht? Ihr Anblick lässt mein Herz eine ganze Etage tiefer sacken, und ich habe Mühe, gegen die Tränen anzukämpfen. *Nicht jetzt. Nicht heute. Ich kann nicht.*

Ehe ich mich umdrehen kann, hat sie mich bereits entdeckt und winkt mir zu. Sie trägt ihr Haar zu einem Pferdeschwanz, der ihr locker über die rechte Schulter fällt, und lächelt ein engelsgleiches Lachen, das mir wie eine Klinge in den Leib fährt. Einen Moment lang fürchte ich, die Fassung zu verlieren und dem hässlichen Drang nachzugeben, ihr weh tun zu wollen. Etwas auf sie schmeißen, in ihr Gesicht rammen zu wollen.

»Und, wie ist es gelaufen?« Ungekünstelte Neugier liegt in ihrer Stimme, als sie mich erwartungsvoll ansieht. »Ich habe dir die ganze Zeit über die Daumen gedrückt.«

Ich muss schlucken. Mein Kopf ist voller Worte, aber keines davon will mir über die Lippen kommen.

»Ich hab's gestern bei dir auf dem Handy versucht, aber …«, fährt sie munter fort, während sich mein Körper zunehmend versteift.

»Ihr Handy funktioniert manchmal nicht«, wirft Moritz dazwischen. »Zumindest, wenn ich anrufe, aber das liegt wahrscheinlich daran, dass sie keine Lust hat, meine Schicht zu übernehmen.«

Er grinst schief, und Tessa geht darauf ein.

»Oder es liegt an dir, Moritz«, sagt sie mit einem Schmunzeln. »Wenn du schon dabei bist: einen großen Cappuccino zum Mitnehmen.«

Moritz lacht, während Tessa ihre Aufmerksamkeit wieder mir zuwendet.

»Also, wie ist es gelaufen?«, fragt sie ehrlich interessiert, als gäbe es nichts Spannenderes auf der Welt.

»Äh … gut. Sehr gut. Ich darf morgen Abend gleich ran«, antworte ich einsilbig.

Michael Kiefernbacher hatte mich auf dem Weg zur Arbeit auf dem Handy angerufen und gefragt, ob ich spontan genug sei, am Freitagabend einen Konzertermin zu übernehmen. Ein Kollege wäre erkrankt.

»Das ist ja super! Wie schön, dass es geklappt hat.«

Ihre ehrliche Freude überfordert mich. Alles an Tessa

überfordert mich. Dieses viel zu hübsche Gesicht, diese unaufgesetzte Freundlichkeit, das zuckersüße Lächeln, die Wimpern, die in Lichtgeschwindigkeit zu klimpern scheinen.

»Wo sollst du denn morgen hin?«

»In die Turnhalle.«

»Das Frühjahrskonzert der Barmherzigen Schwestern? Wie schön. Ich hatte mir auch überlegt hinzugehen, aber leider ist mir was dazwischengekommen.«

Hinter mir beginnt Moritz zu lachen, und Tessa schenkt ihm ein abschätziges Lächeln.

»Genau«, antworte ich und tue so, als hätte ich die ganze Zeit gewusst, dass mir ein heiliger Abend bevorsteht.

»Vielleicht solltest du mitkommen«, sagt sie süffisant und wendet sich Moritz zu. »Ein bisschen Orientierung und Besinnung täte dir sicher gut.«

Er zieht eine Grimasse, während ich mir nur mit Mühe ein Lächeln verkneifen kann.

»Ich denke, sie hat auch so schon genug von mir«, gibt er schmunzelnd zurück und schiebt Tessa den Becher über den Tresen.

»Lass uns doch bald mal einen Wein zusammen trinken. Wir könnten ins *Ludwig*.«

Etwas in mir will »nein« in ihr hübsches Gesicht schreien. Etwas in mir will sich noch immer mit Kratzspuren auf ihrer makellosen Haut verewigen.

»Natürlich nur, wenn du Lust hast.«

Sie lächelt zaghaft, und plötzlich bricht die Erkenntnis wie eine Sturzwelle über mich herein. Nicht Tessa hat die Rolle der Mätresse in diesem Stück. Nicht Tessa ist in eine

Beziehung eingedrungen. Ich war es. Ohne es zu wollen. Ohne es zu wissen. Ich habe mit dem Mann einer anderen Frau geschlafen. Ich bin die Affäre. Ich bin Angelina Jolie. Ich bin Jude Laws Nanny. Der Ekel auf mich selbst überkommt mich schlagartig – gepaart mit einer unglaublichen Wut auf Toby. Weil er zwei Menschen hintergangen, zwei Menschen verletzt hat.

»O. k.«, antworte ich und bringe ein schwaches Lächeln zustande.

Aus dem Augenwinkel beobachte ich, wie sich Überraschung auf Moritz' Gesicht schleicht.

Den restlichen Nachmittag kämpfe ich mit allem, was gefühlte zehn Gin Tonics an Nachwirkungen mit sich bringen und ärgere mich über die Leichtigkeit, mit der Moritz hinter der Theke steht. Als er sich das Namensschild vom Shirt zieht und die Flaute im Laden nutzen möchte, um sich aus dem Staub zu machen, platzt es ungewollt forsch aus mir heraus.

»Wir müssen reden.«

Auf seinem Gesicht macht sich Überraschung breit.

»Reden?«

»Ja, reden«, wiederhole ich ungeduldig und spüre mein Herz in der Brust klopfen.

»Und … worüber?«

Worüber!?

»Na, über letzte Nacht.«

Es klingt fast empört aus meinem Mund, und er weicht reflexartig einen Schritt zurück.

»Und … worüber willst jetzt genau reden?«

Für einen Augenblick möchte ich »Ach, nichts« sagen, dann nehme ich allen Mut zusammen.

»Letzte Nacht …?«

Er wirkt ehrlich irritiert, was mich zögern lässt.

»Was soll letzte Nacht gewesen sein?«

Meine Wangen färben sich rot.

»Na ja, ich lag heute Morgen nicht in *meinem* Bett, und ich kann mich nicht mehr genau erinnern …«

»Ja, da hättest du auch nicht mehr hingefunden.«

Ein belustigtes Lächeln spielt um seine Lippen, und ich verfluche ihn dafür.

»O. k., für dich mag das total normal sein. Ich hingegen mache so was eigentlich nicht.«

»So was?«

»Na … Du weißt schon.«

Mit Fragezeichen in den Augen runzelt Moritz die Stirn.

»Du … und … ich«, beginne ich kleinlaut, bis er plötzlich anfängt zu lachen.

»Ach so. Du denkst, wir beide …?«

Einen Moment lang sagt niemand etwas, und ich spüre instinktiv, dass die nächsten Minuten peinlich für mich werden.

»Haben wir nicht?«, krächze ich.

»Nein. Gott, nein, das … nie«, stammelt er, während sich seine Hände abwehrend vor seine Brust schieben. Vielleicht sind es seine Worte, die mich kränken, vielleicht ist es das Entsetzen in seinen Augen, das mich verletzt.

»Du warst voll wie eine Haubitze, konntest kaum noch geradeaus laufen. Hast mir dauernd erzählt, dass du den Nachtzug nach Hamburg nehmen willst, wie in diesem Buch.«

»Welches Buch?«

»Irgendeins, das du gerade liest.«

Nachtzug. Buch. In meinem Kopf beginnt es zu rattern.

»Nachtzug nach Lissabon?«

»Kann sein«, sagt er gleichgültig. »Du wolltest nicht zu Heike, und ich konnte dich ja schlecht im *Ludwig* zurücklassen, so wie du drauf warst. Also hab ich dich mit zu mir genommen. Ich hab auf dem Sofa gepennt.«

Die dunkle Ledercouch und die Gitarren tauchen vor meinem inneren Auge auf.

»Ich hatte dein T-Shirt an«, flüstere ich pikiert.

»Tja, also … Nachdem du allein Strippoker gespielt hast, war ich froh, dass du *irgendetwas* anhattest. Und keine Sorge, ich wasche meine Shirts regelmäßig.«

Er zieht eine Grimasse, und meine Wangen brennen wie Feuer. *Ausgezogen? Vor Moritz?* Noch nie zuvor habe ich mich so geschämt wie in diesem Moment.

»Sorry, ich muss jetzt echt los.«

Er wirft einen Blick auf sein Handgelenk und sucht vergeblich seine Uhr.

»Äh, hast du die …?«

Ich nicke stumm und ziehe eine Uhr mit Lederband aus der Seitentasche meiner Jacke.

»Danke«, sagt er, bindet sich die Uhr um, wirft sich seine Jacke über und verlässt den *Coffeeshop*.

»Neuer Abend, neues Glück«, murmle ich zynisch.

24.

Von: marit.jansen@web.de
An: j.a.@t-online.de

Hallo Julian,

bitte tun Sie so, als hätten Sie niemals eine Mail von mir erhalten, in der ich »sind« mit t schreibe und keine Kommata setze. Danke im Voraus. Das Vorstellungsgespräch ist gut gelaufen, ich habe den Neben-Nebenjob bekommen. Das war allerdings nicht der Grund für den Ausflug an die Bar. Aber das ist eine andere Geschichte.
Bleibt es eigentlich bei morgen?

VG
Marit

PS: Ich muss zugeben, dass ich enttäuscht von Ihnen bin. Sie suchen mich auf Facebook, ohne mir eine Freundschaftsanfrage zu schicken?

Von: j.a.@t-online.de
An: marit.jansen@web.de

Ich arbeite eben lieber im Verborgenen. Warum wollten Sie eigentlich wissen, wie ich alt ich bin? Hat Ihr Horoskop vorausgesagt, dass ein geheimnisvoller 31-Jähriger Ihr Leben verändern wird? ☺

Von: marit.jansen@web.de
An: j.a.@t-online.de

Nein, es hat mich nur vor Männern mit Hang zur Selbstüberschätzung gewarnt. Um ehrlich zu sein, wollte ich einfach etwas von Ihnen wissen, das ich nicht aus Fotos und Dokumenten herauslesen kann. Ich weiß eigentlich kaum etwas über Sie.

Von: j.a.@t-online.de
An:marit.jansen@web.de

Das beruht auf Gegenseitigkeit, Miss »Lange Geschichte/Das ist kompliziert« … ☺

Bis morgen im Coffeeshop! Gegen 13 Uhr bin ich da.

LG
Julian

25.

Mit Anfang 20 habe ich mich für ein sechsmonatiges Praktikum beim Goethe-Institut in London beworben. Ich wurde abgelehnt, weil ich im Bewerbungsgespräch eine Bluse trug, die sich als durchsichtig erwiesen hat. Zumindest haben mir die beiden Herren, die das Vorstellungsgespräch geführt haben, den Rat mit auf den Weg gegeben, mich in Zukunft *dem Anlass gemäß* zu kleiden.

An diesen Ausdruck muss ich denken, als ich vor meinem Kleiderschrank stehe und darüber nachdenke, wie ich aussehen möchte, wenn Julian heute durch die Tür des *Coffeeshops* tritt. *Dem Anlass gemäß*. Ich bezweifle, dass Knigge oder irgendein Dresscode dieser Welt einen solchen Fall berücksichtigt haben. *»Was Sie tragen sollten, wenn der Mann, mit dem Sie eine Brieffreundschaft 3.0 führen, zum ersten Mal vor Ihnen steht.«*

Hilfreich wäre vielleicht auch der Eintrag *»Was Sie erwarten sollten, wenn der Mann, mit dem Sie eine Brieffreundschaft 3.0 führen, zum ersten Mal vor Ihnen steht«*. Den Moment, in dem er durch die Tür kommt, smart lächelt, ein paar Schritte auf mich zumacht, habe ich in Gedanken mehrfach durchgespielt, aber er endet immer am selben Punkt, und ich frage mich, was nach diesem Punkt passiert.

Was soll kommen? Er holt nur seinen Stick ab, ermahne ich

mich und greife nach einer bequemen dunkelblauen Jeans und einem karamellfarbenen dünnen Pullover, der gut zu meiner Haarfarbe passt. Aber da ist etwas anderes, eine Ahnung, eine Hoffnung, die nicht glauben will, dass Julian nur seinen Stick holt und wieder verschwindet. Nicht nach all den Mails, nach all den Abenden, die wir damit verbracht haben, uns zu schreiben.

Bevor ich mit dem Rad zur Arbeit fahre, klingle ich an Heikes Tür, um mich für mein Verhalten zu entschuldigen. Von allen Menschen in Altberg hat sie es am allerwenigsten verdient, angeschrien zu werden. Nicht, nachdem sie mir so frei von Vorurteilen geholfen und mich wie eine Tochter behandelt hat. Als ich ihr Gesicht im Türrahmen sehe, weiß ich bereits, dass sie mir kein Kündigungsschreiben in die Hand drücken wird. Sichtlich erleichtert versichert sie mir, sie habe nichts von meinem Zusammentreffen mit Tessa gewusst. Und dass Moritz eben Moritz sei – was es wohl am besten trifft. Dann nimmt sie mich mütterlich in den Arm und betont, wie gern sie mich um sich habe und wie froh sie sei, mich als Untermieterin zu haben. Ihre Worte treiben mir Tränen in die Augen, und ich bin so gerührt, dass ich es nicht übers Herz bringe, ihr zu gestehen, wie wenig mich in Altberg hält, seit ich weiß, dass Toby mich für eine Frau verlassen hat, die nicht nur seine Jugendliebe ist, sondern auch noch aussieht wie ein verdammter Victoria's-Secret-Engel.

Moritz schenkt mir das übliche belanglose »Hi«, als ich an diesem Morgen in den *Coffeeshop* komme. Ich fühle mich in seiner Gegenwart deutlich unwohler, seit ich weiß, dass er mich in Unterwäsche gesehen hat, aber Moritz scheint es längst vergessen zu haben. Nackte Frauen sind wohl für ihn ein alltäglicher Anblick – Arbeitskollegin hin oder her. Eigentlich sollte ich froh über diese Einstellung sein, aber mein Selbstwertgefühl sieht das anders.

Die Zeit bis 13 Uhr zieht sich wie Kaugummi, was zum einen daran liegt, dass ich permanent auf die Uhr sehe, zum anderen daran, dass es im *Coffeeshop* ungewöhnlich ruhig für einen Freitag ist. Moritz und ich streiten uns regelrecht darum, wer die Zuckerspender auffüllen, Becher aus dem Lager holen und Baguettes belegen darf.

Ein Anflug von Panik überkommt mich bei dem Gedanken, dass Julian in diese unangenehme Ruhe hineinplatzen und unserer Begegnung alle Aufmerksamkeit sichern könnte. So hatte ich mir dieses Aufeinandertreffen definitiv nicht vorgestellt. Auf der anderen Seite: Wie hatte ich es mir vorgestellt? Dass ich Julian klammheimlich den Stick überreichen würde, ohne dass Moritz etwas davon mitbekommen würde? Ohne dass irgendwer etwas mitbekommen würde? Unschlüssig kaue ich auf meiner Unterlippe, während sich der USB-Stick in meiner Hosentasche plötzlich schwer wie ein Ziegelstein anfühlt.

Das tut er auch drei Stunden später noch, als der kleine Zeiger der Uhr die zwei weit hinter sich gelassen hat. Ich kontrolliere im Dreiminutentakt mein Handy, aber der kleine Umschlag taucht nicht auf. Genauso wenig wie Julian.

»Du musst irgendwann mal Pause machen«, sagt Moritz, als es bereits nach drei Uhr ist.

Ich werfe erneut einen Blick auf die Uhr und nicke wortlos.

Weil die Gefahr zu groß ist, Julian zu verpassen, beschließe ich, meine Pause ausnahmsweise im *Coffeeshop* zu verbringen, und setze mich mit einem Glas Cola an den einzig freien Tisch. Ich ziehe mein Handy aus der Hosentasche und lese noch einmal seine letzten E-Mails. *Bis morgen im Coffeeshop! Gegen 13 Uhr bin ich da.* Ein Anflug von Frustration macht sich breit.

Seufzend stiere ich aus dem Schaufenster und beobachte die Menschen auf dem Marktplatz, suche nach bekannten Gesichtern, nach seinem Gesicht. *Wenn dir was dazwischengekommen ist, hättest du dich melden können. Wenigstens eine Mail schreiben.*

»Ist hier noch ein Platz frei?«, sagt irgendwann eine Stimme hinter mir. Widerwillig drehe ich mich um, weil ich in meiner Mittagspause keinen Small Talk mit Kunden führen möchte und meine Möglichkeiten, ihnen das höflich zu verklickern, äußerst begrenzt sind.

Das Gesicht, das mir entgegenblickt, ist fremd und vertraut zugleich. Tiefblaue Augen, die mich neugierig mustern, starke Wangenknochen und geschwungene Lippen, um die ein smartes Lächeln spielt.

»Ihr Kollege hat mir verraten, wo ich Sie finde.«

Er deutet mit dem Daumen hinter sich, und ich folge dieser Geste wie in Trance, bis meine Augen an Moritz haftenbleiben, der uns von der Theke aus beobachtet.

»Es tut mir sehr leid, dass ich so spät dran bin. Mein Termin hat wesentlich länger gedauert als geplant, und ich hatte keine Möglichkeit, mich bei Ihnen zu melden. Ich hoffe, ich habe Ihnen keine Umstände bereitet.«

Er trägt einen dunkelblauen Anzug, der wie maßgeschneidert sitzt, und seine klare, eloquente Stimme passt perfekt zu dieser Erscheinung.

»Darf ich?«, fragt er erneut und deutet auf den Stuhl neben mir.

»Ja natürlich«, stammle ich, immer noch überfordert von seiner Präsenz. Der Geruch seines Aftershaves liegt in der Luft, intensiv, aber nicht aufdringlich.

»Ich hoffe, ich halte Sie nicht von der Arbeit ab?«

Dass er so formell mit mir umgeht, irritiert mich, auch wenn ich trotz allem eine Fremde für ihn bin.

»Nein, nein. Ich mache gerade Mittagspause.« Mein Blick wandert zur Uhr, die gerade auf halb vier steht. »Oder sagen wir: Pause.«

Er lächelt galant und zieht wenige Sekunden später eine Papiertüte aus seiner kamelfarbenen Aktentasche, die er neben sich abgestellt hat. »Bäckerei Hanselmann« steht in geschwungenen Lettern auf der leicht zerknautschten Tüte.

Du verlierst keine Zeit.

Er öffnet die Tüte etwas und lässt mich hineinblicken, als wolle er mir beweisen, dass sich tatsächlich das darin befindet, was ich mir erhoffe. Aber ich muss nicht hineinsehen, weil sogleich ein köstliches Aroma aus Butter, Zucker und Zimt an meine Nase dringt und mir das Wasser im Mund zusammenlaufen lässt.

»Ihr Finderlohn.«

Finderlohn.

Obwohl wir uns in sämtlichen Mails gesiezt haben, fühlt es sich plötzlich unnatürlich und steif an.

Ich ziehe den USB-Stick aus meiner Hosentasche und schiebe ihn wie einen Pokerchip über den Tisch. Als würden wir ein Tauschgeschäft machen. Als wäre dies das Filmset des *Paten*. Er nimmt ihn und lässt ihn in die Brusttasche seines Jacketts gleiten. *Das war's?* Ein Anflug von Enttäuschung macht sich in mir breit.

Er wirft mir einen nachdenklichen Blick zu.

»Das ist ganz schön fies«, sagt er plötzlich und runzelt die Stirn.

»Fies?«, wiederhole ich perplex.

»Ja. Sie wussten die ganze Zeit, wie ich aussehe, und ich sehe Sie jetzt zum ersten Mal und muss so tun, als würde ich Sie nicht andauernd anstarren.«

Wir lachen beide, und es ist, als würde sich ein Knoten lösen.

»Sie sehen aber auch nicht eins zu eins wie auf Ihren Bildern aus.«

»Ich hoffe besser …?«

Oh ja.

»Zumindest nicht schlechter«, gluckse ich.

»Ich dachte irgendwie, Sie wären jünger. Und blond.«

»Haben Sie noch mehr verbale Ohrfeigen auf Lager?«

Ich setze einen übertrieben schockierten Blick auf, und er wehrt ihn mit den Händen ab.

»Oh Gott, nein … Das sollte keine Wertung sein.«

»Schon o. k.«, wehre ich lachend ab. »Ich dachte auch, Sie hätten …« Ich werfe ihm einen herausfordernden Blick zu. »… eine männlichere Stimme.«

Er schüttelt schmunzelnd den Kopf, und eine blonde Strähne fällt ihm in die Stirn. Sein Haar ist dunkler als auf den Fotos. Vielleicht trägt er es inzwischen auch einfach anders.

»Ich würde Ihnen was zu trinken anbieten, aber …«, beginne ich und deute auf die Uhr.

»Ihre Pause ist zu Ende.«

Ich nicke und strenge mich an, nicht allzu enttäuscht zu wirken.

Das war's dann wohl, Fremder.

»Tja, dann … nochmals vielen Dank, dass Sie auf meinen Stick aufgepasst haben. Und dass Sie sich gemeldet haben«, sagt er und lächelt mich aus seinen tiefblauen Augen an.

Er erhebt sich aus seinem Stuhl, und ich tue es ihm nach. Aus dem Augenwinkel sehe ich, wie Moritz uns beobachtet.

»Tschüs, Marit«, sagt er und reicht mir seine Hand, die sich angenehm warm anfühlt.

»Tschüs, Julian.«

Es ist das erste und einzige Mal, dass wir uns beim Namen nennen. Aber das fällt mir erst auf, als er durch die Tür verschwindet.

26.

Wer eine spontane Alterskrise hat, wird sie auf einem Konzertabend der Barmherzigen Schwestern garantiert los. Als ich um kurz nach halb acht in der Turnhalle eintreffe, bin ich die Einzige, die noch ihre zweiten Zähne hat. Um mich herum werden Rollstühle und Rollatoren geschoben, dazwischen tauchen vereinzelt ein paar Mittvierziger und Mittfünfziger auf. Ältere Damen in blauer Kluft weisen den Besuchern geduldig ihre Plätze zu und verkaufen Sekt, Getränke und Wurstschnittchen mit kleinen Gurken darauf. Hände werden geschüttelt, Schultern geklopft, und über allem schwebt ein gediegenes Gemurmel und Geflüster.

Einen Moment lang spiele ich mit dem Gedanken, auf der Stelle kehrtzumachen und wieder nach Hause zu fahren, mich unter meiner Bettdecke zu vergraben und wie ein kleines fettes Baby zu heulen. Ich hatte lange nicht mehr eine derart große Auswahl an Gründen für ekstatische Heulanfälle, und jeder Grund kommt mit einem Männernamen daher. Toby, Moritz, Julian. Personifizierungen von Herzschmerz, Demütigung und Enttäuschung.

»Sind Sie die Dame von der Presse?«, reißt mich eine Frau mit weißer Haube auf dem Kopf aus meinem Selbstmitleidsanfall. Ich frage mich, ob mich mein Alter oder die Unsicherheit in meinem Gesicht verraten hat. Sie stellt sich als

Schwester Rosa Maria vor und deutet auf die Stühle in der ersten Reihe.

Die Dame von der Presse. Wenn das nicht mal besser klingt als *Mädchen aus dem Coffeeshop.*

»Sie sitzen rechts außen. Wir haben ein Presseschild auf den Stuhl gelegt.«

Plätze in der ersten Reihe sind ein Todesurteil, wenn es nicht gerade um Konzerte von Bruno Mars geht. Ich mag die Vorstellung nicht, dass sämtliche Reihen hinter mir stundenlang auf meinen Kopf starren, jede einzelne Strähne meines Haares mustern und meine Bluse nach Knitterspuren absuchen. Ich mag die Vorstellung nicht, dass alle mich sehen, ich aber niemanden. Als ich mich auf meinen Platz gesetzt habe, tippt mir jemand auf den Rücken.

»Em … Herr Tischbein«, platzt es überrascht aus mir heraus, und der alte Mann lacht mir fröhlich entgegen. »Nennen Sie mich ruhig Emil.«

In seinem blütenweißen Hemd und dem schwarzen Jackett erinnert er mich einen Moment lang an den jungen Mann auf dem Hochzeitsfoto, den ich in seinem Wohnzimmer gesehen habe.

»Marit.«

Ich reiche ihm meine Hand, und er schüttelt sie kräftig. Seine Finger fühlen sich knochig an, wie Zweige eines Astes.

»Sind Sie allein hier?«

Emil nickt.

»Aber ich kenne fast jeden.«

»Im Gegensatz zu mir.«

Stirnrunzelnd lasse ich meine Augen durch die Turnhalle wandern, vorbei an all den fremden Gesichtern.

»Und was machen Sie hier so ganz allein an einem Freitagabend?«

»Ich bin für die Zeitung hier. Schreibe ein paar Zeilen über das Konzert.«

»Dann arbeiten Sie nicht mehr im Kaffee-Shop?«, fragt Emil überrascht.

»Doch, doch. Aber … Ich habe Ihren Ratschlag befolgt und mir eine zweite … Arena gesucht.«

In seinen wachen blauen Augen blitzt etwas Zufriedenes auf. Die Plätze um uns herum füllen sich langsam, und auf der Bühne werden Notenständer hin und her geschoben. Wenn die Turnhallenuhr richtig geht, beginnt das Konzert in zwölf Minuten.

»Wie schade, dass uns mein Enkelsohn neulich unterbrochen hat«, sagt Emil und macht ein bedauerndes Gesicht. Ich wollte Ihnen doch das Foto zeigen. Von Marie-Luise. Und einen Kaffee wollte ich Ihnen auch machen, weil Sie mir den Brief zurückgebracht haben.«

»Das können wir doch nachholen«, schlage ich vor und stelle mir wenige Sekunden später vor, wie Moritz an die Decke geht.

»Ja? Würden Sie mich denn noch einmal besuchen?«, fragt der alte Mann beschwingt.

»Ich komme Sie gerne noch einmal besuchen, Emil. Sehr gerne.«

Das Konzert beginnt kurz darauf mit einem Auftritt der Stadtkapelle, die Variationen der Lieder »Das ist der Tag den Gott gemacht« und »Eine feste Burg ist unser Gott« zum Besten gibt. Ich zücke meinen brandneuen Block und notiere auf der zweiten Seite »Das ist der Tag den Gott gemacht« und

»Eine feste Burg ist unser Gott«. Die erste Seite habe ich vorsorglich mit Einkaufsnotizen und Songzitaten vollgekrakelt, um professioneller und erfahrener zu wirken. *Niemand vertraut Journalisten mit unbeschriebenen Blöcken.*

Während die Barmherzigen Schwestern »Großer Gott, wir loben dich« singen und sich an einer deutschen Variante von »I will follow him« versuchen, schreibe ich fleißig mit und überlege fieberhaft, wie ich meinen Artikel schreiben kann, ohne ausschließlich Liedertitel aneinanderzureihen.

»Und, wie hat es Ihnen gefallen?«, fragt Emil, als das Konzert zu Ende ist, die Lichter angehen und um mich herum ein lebhaftes Gemurmel einsetzt.

»Na ja … Es war sehr … schön.«

Er lacht wissend, als würde er mir kein Wort glauben. Gemeinsam begeben wir uns zum Ausgang, wo uns Moritz entgegenkommt, der mich mit einem ungläubigen Kopfschütteln begrüßt.

»Wie Kaugummi am Schuh«, murmelt er in meine Richtung.

Sein frischrasiertes Kinn und der Hauch von Aftershave, der an meine Nase dringt, lassen mich vermuten, dass er noch Pläne für den weiteren Abend hat. Womöglich wacht morgen eine andere Frau im roten Nevermind-Shirt auf, denke ich spöttisch.

»Wie kommen Sie denn nach Hause, Marit?«, fragt Emil sogleich, als wir wie eine nette kleine Familie die Turnhalle verlassen.

»Zu Fuß. Ich hab's nicht weit«, antworte ich bemüht unbekümmert, weil ich ahne, in welche Richtung dieses Gespräch gehen könnte.

»Papperlapapp. Sie fahren mit uns. Moritz, du setzt sie zu Hause ab.«

Seine Stimme ist so entschieden, dass nicht mal Moritz es wagt, sich zu widersetzen, und ich folge den beiden stumm zu einem alten Mercedes, der Emil gehören muss. Eine angenehme Mischung aus Pfeifentabak und Leder kommt mir entgegen, als ich die Beifahrertür öffne, denn Emil behauptet, auf der Rückbank angenehmer zu sitzen, was Moritz mit den Worten »Das höre ich zum ersten Mal« kommentiert.

Während der kurzen Fahrt gibt Emil seinem Enkelsohn eine umfassende Inhaltsangabe des Konzertabends, ohne auch nur das kleinste Detail auszulassen, und einen Moment lang bewundere ich Moritz für die ungeteilte Aufmerksamkeit, die er ihm schenkt. Gegenüber Emil verhält er sich anders als zu mir, beinahe sanft. Ich muss daran denken, wie Moritz mir erzählt hat, dass er bei seinen Großeltern aufgewachsen ist, ohne Mutter, ohne Vater – eine Vorstellung, die mir plötzlich die Kehle zuschnürt und mir vor Augen führt, wie sorgenfrei ich aufwachsen durfte.

Vor Emils Haus kommt der Wagen zum Stehen. Ich beobachte Moritz dabei, wie er seinem Großvater die Tür aufsperrt und schließlich in schnellen Schritten zum Auto zurückkommt, als hätte er es eilig. Während der Fahrt, die mir endlos lange vorkommt, stellt er das Radio unnötig laut und konzentriert seinen Blick auf die Straße, so dass ich immer tiefer in den Autosessel rutschte und trotzdem nicht darin verschwinde. Ich fühle mich unwohl, und dieses Gefühl scheint auf Gegenseitigkeit zu beruhen.

»So, hier wären wir«, sagt Moritz, als wir schließlich vor Heikes Haus anhalten, das im Licht der Laterne heller wirkt als die benachbarten Häuser. Ich musste ihm den Weg nicht erklären.

»Danke«, murmle ich und löse hastig den Gurt, um möglichst schnell aus diesem Auto zu gelangen.

»Wer war das heute im *Coffeeshop*? Der Typ im Anzug?«

Die Frage kommt plötzlich und klingt dennoch beiläufig.

»Warum?«

»Nur so.«

Ich zögere die Antwort hinaus und überlege, ob es Moritz etwas angeht, mit wem ich mich wann unterhalte.

»Er hat was verloren, ich hab's gefunden und ihm wiedergegeben.«

Zwei Wochen in einen Satz gepackt. Unendlich viele Mails in ein paar Silben.

»Passiert dir ziemlich oft, oder? Dass jemand was verliert und du es ihm wiedergibst.«

Er runzelt die Stirn, während meine Gedanken zu Julian abschweifen. Was er in diesem Moment macht? Ob er auch nur einmal an mich gedacht hat, nachdem er den *Coffeeshop* und die Stadt verlassen hat? Nie wieder eine Mail von ihm zu erhalten fühlt sich merkwürdig an und versetzt mir einen kleinen Stich, obwohl ich gleichzeitig weiß, wie absurd diese Reaktion ist. Wie albern meine Enttäuschung ist.

»Tja, ich geh dann mal«, murmle ich wenige Sekunden später und will gerade aussteigen, als Moritz mich am Arm zurückhält. Seine Berührung ist sanft, aber sie fährt wie ein Blitz durch meinen Körper. Ich zucke zusammen, doch er scheint es nicht zu bemerken.

»Das war ein cooler Abend. Im *Ludwig*.«

Seine Hand ruht noch immer auf meinem Arm, und ich

kann mich plötzlich nicht entscheiden, ob ich sie abschütteln möchte.

»Ja, mit mir als Witzfigur«, spotte ich und ziehe eine Grimasse.

Er schüttelt den Kopf und lacht.

»Du kannst dich echt an nichts mehr erinnern, oder?«

Die fremde Wohnung, das fremde Bett und das rote T-Shirt tauchen vor meinem inneren Auge auf.

»Nicht wirklich.«

»Du warst … ziemlich gut drauf.«

»Ziemlich gut drauf?«, wiederhole ich hämisch. »Klar.«

»Doch. Du hast den ganzen Tisch unterhalten.«

»Eher alle unter den Tisch getrunken.«

Wieder schüttelt er den Kopf und lacht. Dann lässt er meinen Arm los und wendet seinen Blick von mir ab.

»Du findest jemand Besseren.«

Ich schlucke und werfe ihm einen fragenden Blick zu, von dem ich nicht weiß, ob er ihn überhaupt registriert.

»Besser als den«, er hebt die Hände und zeichnet mit den Fingern Anführungsstriche in die Luft, »Wurstkönig«.

Beschämt schließe ich die Augen, und er beginnt zu lachen.

»Oh Gott. Was habe ich dir erzählt?«

»Zu viel.«

Er lacht immer noch, und eine Hitzewelle bringt meine Wangen zum Glühen.

»Zwischendurch bist du auch mal in Tränen ausgebrochen.«

»Nein«, murmle ich gequält und vergrabe das Gesicht in den Händen, was ihn zu amüsieren scheint.

»Und dann wolltest du mit dem Taxi zu ihm fahren, bis dir eingefallen ist, dass er gar nicht zu Hause ist.«

»Nein, nein, nein«, sage ich ungläubig vor mich hin.

Dann schweigen wir einen Moment lang und starren durch die Frontscheibe auf die verlassene Straße vor unseren Augen.

»Schon hart, dass er dir nie etwas von ihr erzählt hat«, bemerkt Moritz, und seine Stimme hat einen ernsten, aufrichtigen Ton angenommen.

»Und ihr wohl auch nichts von mir«, kommt es höhnisch aus meinem Mund.

Er nickt und schiebt ein »Hm« nach.

»Was willst du jetzt machen?«

»Keine Ahnung«, murmle ich, weil es die passende Antwort auf all meine Fragen zu sein scheint.

27.

Mein Plan, am Samstagvormittag Großstadtfeeling in mein Leben zu bringen, indem ich mit Laptop und Latte im *Coffeeshop* sitze und an meinem Artikel über den Konzertabend feile, wird durchkreuzt, als ich feststelle, dass es dort weit und breit keine Steckdose für meinen Nachkriegs-Laptop gibt. Unter den neugierigen Blicken von Moritz und Heike setze ich mich an den einzigen freien Tisch und vertraue auf das Wohlwollen meines Akkus.

Während der Laptop hochfährt, gehe ich meine Notizen durch, die hauptsächlich aus Liedertiteln, Namen und Blumenkritzeleien bestehen und vergleiche sie mit den Punkten auf Schwester Rosa Marias handgeschriebenen Infoblättern. Als ich die ersten Buchstaben tippe, muss ich feststellen, dass es mir schwerfällt, den vergangenen Abend in sachliche Sätze zu packen – was weniger an den Barmherzigen Schwestern und vielmehr an Emil liegt. Der alte Mann ist mir sympathisch, auch wenn ihm seine Verwandtschaft zu Moritz ein paar Minuspunkte einbringt. Und ich bin unglaublich neugierig auf die Frau, die mir ähnlich sehen soll, auf die Geschichte, die diese Frau umgibt. Nach zwanzig Minuten starre ich noch immer auf einen weißen Bildschirm und lösche frustriert die einzigen acht Buchstaben, die ich zustande gebracht habe.

»Na, das Konzert scheint ja ereignisreich gewesen zu sein.«

Als ich den Kopf hebe, blicke ich in Tessas blaue Augen, die mich aufgeweckt durch eine Brille ansehen, die eindeutig eher Modeaccessoire als Sehhilfe ist. Ihr Anblick ist noch immer eine Rasierklinge auf meiner Haut, doch ich habe das Gefühl, sie ist etwas stumpfer geworden.

»Ich habe dich hier sitzen sehen und wollte schnell hallo sagen. Bin auch gleich wieder weg.«

Mit einem leicht verlegenen Lächeln deutet sie auf meinen Laptop.

»Ich komme eh nicht voran«, seufze ich und zucke mit den Schultern. »Kann mich nicht konzentrieren.«

Sie schmunzelt.

»Hat das was mit«, sie dreht den Kopf in Moritz' Richtung, »ihm zu tun?«

»Mit wem?«

»Na, mit Moritz«, antwortet sie, als wäre es offensichtlich.

»Moritz?«, wiederhole ich irritiert, während mich ein ungutes Gefühl beschleicht. *Was entgeht mir hier?*

Sie nippt an ihrem Cappuccino, der einen dünnen Schaumbart auf ihrer Oberlippe hinterlässt.

»Ich habe euch neulich zusammen im *Ludwig* gesehen.«

»Du warst auch da?«

Noch etwas, das ich scheinbar vergessen habe. Tessa lacht und mustert mich über die Gläser ihrer Brille hinweg.

»Ja, mit einer Freundin. Aber wir sind nur kurz geblieben.«

Beschämt schüttle ich den Kopf.

»Ich war wohl zu betrunken.«

Sie wischt meine Sorgen mit einer flüchtigen Handbewegung beiseite, und ich zwinge mich zu einem gequälten Lächeln, während ich innerlich vor Scham sterbe.

»Na ja, und ziemlich … abgelenkt«, bemerkt sie feixend.

Ich bemühe mich, die Fassung zu bewahren, auch wenn ich das Gefühl habe, dass mir tausend Fragezeichen ins Gesicht geschrieben stehen.

»Und läuft da jetzt was zwischen euch beiden?«, flüstert sie und deutet wieder mit dem Kopf in Richtung Theke.

»Zwischen Moritz und …? Oh Gott, nein. Wir … nein. Wir mögen uns nicht mal.«

Kleine Falten bilden sich auf ihrer Stirn.

»Das sah aber neulich anders aus«, gluckst Tessa.

Es ist das zweite Mal in wenigen Minuten, dass mir das Herz in die Tiefgarage meines Körpers rutscht.

»Nein, nein, er hat auf der Couch geschlafen«, stammle ich, während meine Wangen Feuer fangen. »Also, ich habe nur bei ihm übernachtet, weil … na ja, weil ich ziemlich betrunken war und meinen Schlüssel nicht gefunden habe. Aber da war gar nichts.«

Verunsichert sehe ich zu Moritz hinüber, und unsere Blicke treffen sich. Seinen Gesichtsausdruck kann ich nicht deuten.

»Das habe ich gar nicht gemeint«, sagt Tessa schmunzelnd. »Wobei es mich ziemlich überrascht, wenn man euch beide so gesehen hat. Das war ja …«

»Da war nichts zwischen Moritz und mir«, unterbreche ich sie hektisch, und hoffe inständig, dass er nichts von diesem Gespräch mitbekommt. »Er kann mich nicht mal leiden.«

Sie runzelt ungläubig die Stirn.

»Das hast du also auch vergessen«, bemerkt sie schockiert und spitzt die Lippen auf eine Weise, die mir alles andere als gefällt.

»Was?«

Das ist der Moment, in dem zwei Hände meinen Magen packen und mit ihm Ball spielen.

28.

»Wir beide müssen reden«, presse ich hervor und versuche, Moritz mit einem eindeutigen Blick zu verstehen zu geben, worum es geht. Er mustert mich unbeeindruckt und kräuselt die Stirn.

»Über den Nahostkonflikt?«

Ich rolle mit den Augen.

»Das Walsterben? Die Klimakatastrophe?«

»Ich mein's ernst.«

»Solltest du auch. Sind ernste Themen.

Er grinst, während meine Miene finsterer wird.

»Ich muss wirklich mit dir reden.«

»O. k.«

»Können wir vielleicht woanders hingehen?«

Ich flüstere, weil ich zum einen Heikes Aufmerksamkeit nicht auf uns lenken möchte und außerdem keine Lust habe, erneut in die Rolle einer Unfallstelle zu schlüpfen.

»Ich arbeite gerade, wie du siehst«, sagt Moritz und zeigt auf die Espressomaschine, aus der in diesem Moment ein brauner Strahl in eine kleine weiße Tasse schießt.

»Ich muss aber mit dir reden. Jetzt.«

Es klingt forsch und ungeduldig, scheint ihn aber eher zu amüsieren. Moritz zieht ein belegtes Baguette aus der Theke und drapiert es seelenruhig auf einem Teller.

»Sag doch einfach, was du willst.«

Heike wirft uns einen kurzen Blick zu. So viel zum Thema »keine Aufmerksamkeit erregen«.

»Nicht hier«, presse ich hervor.

»Dann eben später.«

»Es ist aber wichtig«, antworte ich ungestüm und halte ihn an seinem grauen Shirt fest – ein großer Fehler, wie sich herausstellt.

»Lass das«, fährt er mich an und kneift seine Augen zusammen.

Sowohl Heike als auch ihre Kundin starren uns erschrocken an, und ich bin mir sicher, dass die übrigen Gäste es ihnen nachmachen.

Unfallstelle.

Meine Wangen glühen. Wenn ich mich nach meiner ersten peinlichen Szene nicht fest ins Gedächtnis sämtlicher Kunden gebrannt habe, dann spätestens jetzt.

»Schrei doch noch ein bisschen lauter«, knurre ich hinter zusammengepressten Zähnen.

Er tippt sich mit dem Finger an die Stirn und schüttelt den Kopf.

»Was hast du eigentlich für ein Problem?«

»Was ich für ein Problem habe?«, töne ich aufgebracht. »Du bist das Problem!«

Meine Hände stoßen ihn mit einer ruckartigen Bewegung weg, und für einen Augenblick bin ich genauso erschrocken wie Moritz.

»Wowowo«, ruft Heike und gestikuliert wie ein Ringrichter zwischen uns, aber ich bin zu wütend, um auf sie Rücksicht zu nehmen.

»Du hast mich angelogen, du Vollidiot. Von wegen: Da war nichts.«

Meine Stimme klingt ungewohnt schrill und laut, so laut, dass ich Daniel nicht kommen höre, der plötzlich in meinem Blickfeld auftaucht.

»Was ist denn hier los?«, fragt er Heike verblüfft und dreht sich, als sie nicht reagiert, hilfesuchend zu der einzigen Kundin an der Theke um, die dankbar nach ihrem Latte-Becher greift und den Laden verlässt.

»Ich habe keine Ahnung«, seufzt Heike, während ich Moritz wütend an den Kopf werfe, was ich soeben erst erfahren habe.

»Erst nutzt du es schamlos aus, dass ich mich nicht wehren kann, und dann erzählst du mir, da wäre gar nichts gewesen?«

»Ach, was ist denn da auch groß gewesen?«, knurrt Moritz und verzieht genervt das Gesicht, während ich höre, wie Daniel und Heike rätseln, was zwischen uns vorgefallen ist. Als schließlich noch Tonis quäkende Stimme durch den *Coffeeshop* tönt, hat der Zirkus seinen Direktor gefunden.

»Die Turteltäubchen streiten wohl schon«, sagt er mit einem kehligen Lachen.

»Turteltäubchen?«, wiederholen Heike und Daniel synchron, und ich bin zu überfordert, um zu reagieren.

»Mein Gott, wie prüde bist du eigentlich? Soll ich dich jetzt heiraten, weil wir ein bisschen … rumgemacht haben?«

»Rumgemacht?«, kommt es gleichzeitig von mir, Daniel und Heike.

»Ich dachte, du findest sie spießig?«, wirft Daniel ein und erntet sowohl von Moritz als auch von Heike einen eindeutigen Blick. Entschuldigend hält er sich die Hände vor die Brust.

»Spießig, ja? Gut genug für dein Bett war ich ja scheinbar.«

»Du warst mit ihm im Bett?«, krächzt Heike. »Du hältst ihn doch für einen Totalversager.«

»Ich war nicht mit dir im Bett«, entgegnet Moritz und sieht aus, als würde er jeden Moment platzen. »Und einen Totalversager hast du mich in dieser Nacht übrigens nicht genannt«, fügt er mit einem überheblichen Lächeln hinzu.

»Das ist ja hier besser als ein Porno«, hüstelt Toni und klatscht in die Hände.

»Wer hat dich eigentlich ins Spiel gebracht?«, knurrt Heike.

»Hast du geglaubt, die kochen nur Kaffee zusammen?«, entgegnet Toni, während sich seine Mundwinkel nach oben schieben.

»Du hast mich angelogen«, fauche ich und deute mit dem Finger auf Moritz. »Du hast so getan, als würdest du niemals mit jemandem … jemandem wie mir …«

Ich breche den Satz ab, um mir die Demütigung zu ersparen. Spätestens jetzt dürfte jeder in diesem Zimmer begriffen haben, dass Selbstbewusstsein gerade Mangelware in Marits Supermarkt ist.

»Du warst doch sowieso schon bedient und wolltest abreisen.«

»Abreisen?«, quäkt Heike und sieht mich erschrocken an. »Du wolltest wirklich abreisen?«

»Hast du nicht gerade erst diesen neuen Job bei der Zeitung bekommen?«, wirft Daniel dazwischen.

Verzweifelt verberge ich meinen Kopf in den Händen und

versuche, die Stimmen auszublenden, die von allen Seiten auf mich einprasseln, die Bilder zu verdrängen, die ich vor mir sehe. Ausgerechnet Moritz, fluche ich innerlich. Warum ausgerechnet er?

»Die spinnt doch«, höre ich ihn klagen.

»Seit wann läuft das schon?«, ertönt Daniels Stimme.

»Ich weiß es schon länger«, mischt sich Toni ein.

»Da ist rein gar nichts«, höre ich mich kreischen.

»Schluss damit«, schreit Heike schließlich so laut, dass alle Stimmen verstummen und sämtliche Augen betreten zu Boden sehen. »Es reicht jetzt. Das ist ein Coffeeshop, kein Schlachtfeld und auch keine Paarberatung.«

»Wir sind kein«, setzt Moritz an, verstummt aber, als er in Heikes Gesicht blickt.

»Ihr beide reißt euch jetzt zusammen und klärt das. Und wenn ihr euch nicht wie Erwachsene benehmt, muss einer von euch gehen. Habt ihr das verstanden?«

Unangenehmes Schweigen breitet sich zwischen uns aus.

»Ist das klar?«, knurrt Heike und reißt mich unsanft aus meinen Gedanken.

Moritz und ich nicken beide, Daniel ebenfalls, obwohl es keinen Sinn macht. *Wenn Frauen Befehle erteilen, immer nicken.*

29.

Mein erster Artikel in der *Altberger Zeitung* erscheint an einem Montag – zu meiner Enttäuschung ohne meinen Namen. Stattdessen prangt das Kürzel »mj« unter dem Text, der um mehr als die Hälfte gekürzt und auf der letzten Seite der Lokalnachrichten platziert wurde. Er wirkt etwas verloren zwischen den Schlagzeilen »Altberger Sparkasse unterstützt die Jugendfeuerwehr« und »Frühjahrsfest nun doch auf Ludwigsplatz«. Vielleicht ist es bei der *Altberger Zeitung* üblich, die Artikel freier Mitarbeiter mit Kürzeln zu versehen. Vielleicht ist es auch zu meinem Vorteil. Der Gedanke, Toby könnte meinen Namen bei der Frühstückslektüre entdecken und sich an seiner Wurstsemmel verschlucken, ist nur einen Augenblick lang lustig, und die Konsequenzen könnten für ziemlich viele Menschen ziemlich böse ausfallen. Ich schneide den Artikel mit einer Nagelschere aus und stecke ihn zusammen mit einer Postkarte in einen Umschlag, auf den ich die Adresse meiner Eltern schreibe. Seit ich von Tessa weiß und mir klargeworden ist, dass aus Toby und mir kein Paar mehr wird, habe ich mehrfach die Nummer meiner Eltern gewählt. Es gibt keinen Grund mehr, ihn zu schützen, keinen Grund mehr, etwas anderes als die Wahrheit zu sagen. Trotzdem habe ich jedes Mal aufgelegt, bevor es ernst wurde. Genauso wie ich jede E-Mail an Caro gelöscht habe, in der ich ihr berichten wollte, was in den letzten Tagen vorgefallen ist. Dabei gäbe es so viel zu erzählen. Von Toby, von Tessa, von Julian – und von Moritz. Beim Gedanken an Moritz bleibt mir mein Croissant fast im Hals stecken. Ich kann noch immer nicht glauben, dass ich betrunken genug war, meine Zunge in seinen Hals zu stecken, mich vor ihm auszuziehen, in seinem Bett zu schlafen. Und dass ich nichts mehr davon weiß. Gar nichts. Keine Erinnerung daran, wie er sich anfühlt, wie er schmeckt, wie seine Lippen … *Stopp. Schluss. Sofort.* Gequält schließe ich die Augen.

Als ich mein Fahrrad vor dem *Coffeeshop* abstelle, ertappe ich mich dabei, wie ich ihn eine Weile durch die Fensterscheibe beobachte. Er steht hinter der Theke und bedient zwei Männer im Anzug, die dunkle Aktentaschen neben frischgewienerten Lederschuhen abgestellt haben und ihr Haar mit Gel zurückgekämmt tragen. Obwohl sie nicht wesentlich älter sein dürften als Moritz, wirkt er in seinem weißen Shirt mit der *Ramones*-Aufschrift und den abgetragenen Jeans mit Löchern an den Knien wie der ewige Student. Ich frage mich, wie Moritz mit Hemd und Krawatte aussehen würde, und stelle ihn mir für einen Augenblick hinter einem Bankschalter oder in einem Büro vor, bevor ich mich dazu ermahne, meine guten Vorsätze zu befolgen und sämtliche Gedanken an Moritz und sein Leben aus meinem zu verbannen. Das ist das Ergebnis meiner sonntäglichen Auseinandersetzung mit dem Chaos in meinem Leben und der Frage, ob ich meinen Job im *Coffeeshop* behalten möchte.

Als ich eintrete, blickt er kurz auf, konzentriert sich aber sofort wieder auf die beiden Cappuccini, die er den Anzugträgern serviert – als wäre er am gestrigen Tag zum gleichen Ergebnis gekommen wie ich.

»Hör zu«, beginnt er, als ich mir mein Namensschild an den Pullover klemme. Ich halte kurz die Luft an, weil ich mein nobles Vorhaben in Gefahr sehe. »Ich will meinen Job hier behalten, auch wenn ich nicht glaube, dass du ihn mir streitig machen kannst.«

Ich verspüre ein zaghaftes Grummeln in mir.

»Ich würde sagen, wir sind quitt. Lassen wir es gut sein und vergessen den ganzen Scheiß.«

Den ganzen Scheiß. Nette Formulierung.

»Du hättest es mir sagen müssen«, bemerke ich kühl, und zu meiner Überraschung nickt er.

»Ja, hätte ich. Aber ich wusste, dass dir das nicht gefallen würde, also hab ich's für mich behalten.«

Immerhin eine Viertel-Entschuldigung.

»O. k.«

»Dann kannst du ja jetzt die Nadel aus deiner Voodoo-Puppe ziehen.«

Verdutzt runzle ich die Stirn.

»Keine Voodoo-Puppe?«, hakt er nach und grinst. »Ich dachte nur … mein rechter Arm tut seit Samstag weh.«

Ein schwaches Lächeln erscheint auf meinem Gesicht.

»In deinen *Arm* hätte ich die Nadel ganz bestimmt nicht gesteckt.«

Wieder dieses Grinsen, von dem ich mich erst löse, als ein kleiner Junge vor dem Tresen auftaucht. Er hat flachsblondes struppiges Haar und trägt ein Trikot des FC Bayern. Seiner Größe nach zu schätzen, geht er in die erste oder zweite Klasse.

»Was kostet eine heiße Schokolade?«, fragt er ohne eine Spur von Unsicherheit.

»1,60.«

Moritz hat sich über die Theke gelehnt, um sein Gegenüber besser zu sehen, während ich aus dem Fenster blicke und nach seinen Eltern Ausschau halte.

»Ich hab aber nur Geld für eine halbe«, sagt der Knirps und beäugt die Münzen in seiner kleinen Hand mit einem Stirnrunzeln.

»Wie viel hast du denn?«, fragt Moritz sichtlich amüsiert. Es überrascht mich, wie einfühlsam er ist – und wie wenig er das gegenüber mir sein kann.

Der Junge beginnt angestrengt zu zählen, gibt aber auf und streckt Moritz die offene Hand entgegen, in der sich vor allem kupferfarbene Münzen befinden.

»Hm, das sind … 50 … 60 … Cent.«

Er nickt und schaut erst mich, dann Moritz mit großen Augen an.

»Das reicht nur für eine Drittel-Schokolade«, erklärt Moritz.

Der Kleine starrt uns unverändert an.

»Wo sind denn deine Eltern?«, frage ich vorsichtig.

»In München.«

»In München, hm. Und du bist ganz allein hier?«

Er schüttelt den Kopf. Im selben Moment öffnet sich die Tür, und Tessa stöckelt auf hochhackigen Pumps in den *Coffeeshop*. Sie trägt enge Röhrenjeans und einen dunkelblauen Trenchcoat darüber und steuert auf den kleinen Jungen zu, den sie schließlich hochhebt und zum Kichern bringt – ein Bild, das die meisten Menschen zuckersüß finden würden, auf mich aber verstörend wirkt. Der Gedanke, dieses niedliche Kind könnte der lebende Beweis für Tobys Betrug sein, drückt mir die Luft ab.

»Hast du dir schon was bestellt?«, fragt Tessa und wuschelt dem Jungen durchs Haar, nachdem sie uns mit einer flüchtigen Handbewegung begrüßt hat.

»Ich bekomm nur eine Drittel-Schokolade, weil ich nicht genug Geld habe.«

Tessas Augen wandern verdutzt zu Moritz und mir.

»Ich hätte sie schon noch bezahlt.«

»Wir haben doch nur Spaß gemacht«, sagt Moritz und zwinkert dem Jungen zu.

Tessas Gesichtszüge entspannen sich.

»Das ist mein Patenkind. Felix. Er ist zu Besuch aus München und übernachtet bei Tobias und mir.«

Tobias. Ich zucke kurz zusammen, als ich seinen Namen aus ihrem Mund höre. *Tobias.* So habe ich ihn nie genannt. Er hat sich mir als »Toby« vorgestellt, und diesen Namen hat er behalten.

»Onkel Tobias schnarcht«, schießt es aus dem Kleinen heraus, und er und Tessa kichern. Ich nicht. Die Vorstellung, dass Tessa, Toby und Felix Familienleben auf Probe führen, verletzt mich. *Onkel Tobias.* Ich spüre Moritz' Blick auf mir und erröte, weil es mir unangenehm ist, dass er weiß, was in mir vorgeht.

»Zweimal Schokolade?«, wirft er ein.

»Ja, aber bitte zum Mitnehmen. Und wenn's geht, nicht so voll machen.« Sie deutet auf Felix. »Der Onkel Tobias mag es nämlich gar nicht, wenn Schokolade auf seinen Sitzen klebt.«

Ich schnappe mir zwei Becher vom Stapel, fülle sie mit Schokoladensirup und schäume die Milch auf, während Moritz und Tessa über ihre Schwester, Felix' Mutter, sprechen, die inzwischen in München lebt. Was muss das für ein Gefühl sein, wenn die eigenen Schulfreunde Kinder im Schulalter haben, während man selbst das Leben eines Studenten lebt und in einem Coffeeshop arbeitet, frage ich mich.

Ich drücke Felix vier kleine Schokoladentäfelchen in die Hand und hoffe, dass er wenigstens eine davon auf Tobys Sitze schmiert.

»Dann macht's gut, ihr beiden«, sagt Tessa zum Abschied und zieht Felix hinter sich her, der uns zuwinkt und dabei seinen Becher gefährlich hin- und herschwenkt. Die Versuchung, den Becher besonders voll zu machen, war groß, aber am Ende bin ich auf Plan B und die Schokolade umgestiegen.

Als die Tür zufällt, bin ich erleichtert, dass mit Tessa und Felix auch Onkel Tobias den Laden verlassen hat. Durch die Fensterscheibe sehe ich den beiden nach, wie sie über den Marktplatz laufen und schließlich aus meinem Blickfeld verschwinden. Moritz räumt indessen Geschirr in die Maschine ein und erspart mir zu meiner Überraschung Kommentare, die ich nicht hören möchte. Wahrscheinlich will er unseren Waffenstillstand nicht gefährden.

Eine Stunde später strömt eine Seniorenbusgruppe in den *Coffeeshop*, die auf dem Weg nach Nürnberg einen Zwischenstopp in Altberg eingelegt hat, wie mir zwei pausbäckige Damen ausführlich – und synchron – schildern. Nachdem die Senioren es sich in den Sesseln bequem gemacht haben, packen einige sogleich Vesperbrotdosen aus ihren Rucksäcken und beginnen, ihre Käse- und Wurstbrötchen zu vergleichen. Mitgebrachtes Essen ist im *Coffeeshop* genauso wenig erlaubt wie Joints, Moritz und ich entscheiden uns nach einem Blickwechsel aber dagegen, auf das Schild an der Tür hinzuweisen. *Besser nicht mit dem Alter anlegen.*

Am späten Nachmittag zieht die Gruppe weiter und hinterlässt uns neben Bergen von Geschirr vor allem Krümel. Ich schnappe mir einen Besen und kehre kleine Bröselhäufchen zusammen, während Moritz Tassen und Teller in die Maschine räumt. Meine Knie schmerzen, als ich unter die Tische krieche, und meine Waden sind vom Stehen bleischwer geworden. Es kommt mir fast so vor, als hätten sich meine Sorgen vom Kopf in die untere Hälfte meines Körpers verlagert.

Ein energisches Klopfen gegen die Schaufensterscheibe lässt mich zusammenzucken und mit dem Kopf gegen die Tischplatte krachen. Wie ein Blitz schießt mir der Schmerz in den Schädel, und ich bin kurz davor, Besen und Schaufel mitsamt Bröselladung auf den Boden zu donnern.

»Bin gleich so weit«, ruft Moritz, offensichtlich nicht an mich gerichtet. Als ich wieder auftauche und mir mit gequälter Miene den Kopf reibe, sehe ich, wer gemeint ist. Eine Frau mit schwarzem glatten Haar und olivefarbenem Teint presst ihre Stirn grinsend gegen die Scheibe und klopft ein zweites Mal dagegen. Sie trägt einen hellen Mantel und einen roten Wollschal, den sie sich mehrfach um den Hals geschlungen hat.

»Ich mach dann mal Feierabend«, ruft mir Moritz im Gehen zu, zieht sich seine Jacke über und begrüßt wenige Sekunden später draußen vor dem Schaufenster die Krawalltante mit dem Schal, die von mir einen Blick erntet, von dem ich hoffe, dass er Voodoo-Kräfte hat. Weil sie mir einen blauen Fleck eingebracht hat und weil die Art, wie sie Moritz ansieht, mir in diesem Moment einfach nicht gefällt. *Was ist los mit dir, Marit?* Ich sehe den beiden noch nach, wie sie dicht nebeneinander über den Marktplatz schlendern, bis sie aus meinem Blickfeld verschwunden sind.

Als ich kurz darauf den Boden kehre und die letzten Überbleibsel der Rentnergruppe beseitige, öffnet sich die Tür.

»Ich hab einen Spaziergang gemacht und zufällig noch Licht gesehen.«

Leicht verlegen lächelt mich Emil an. In seinem dunklen Mantel wirkt er stattlich. Er deutet auf den Besen in meiner Hand und fragt, ob er mich beim Saubermachen stört, und auch wenn es so ist, schüttle ich den Kopf und bitte ihn herein.

»Ich habe Ihren Artikel gelesen«, sagt er und setzt ein anerkennendes Nicken auf. »Haben Sie gut geschrieben. So lebendig.«

Wenn dieser Abend eines nicht gewesen ist, dann lebendig, aber den Lesern diese Stimmung vorzugaukeln, erfordert sicherlich auch ein gewisses Talent, denke ich mit Genugtuung.

»Ich habe Ihnen was mitgebracht.«

So viel zu »Zufällig noch Licht gesehen«, schmunzle ich. Der alte Mann greift in seine Jackentasche und zieht ein leicht vergilbtes Foto heraus.

»Das ist sie. Meine Marie-Luise.«

Seine Stimme hat einen ehrfürchtigen, feierlichen Ton angenommen, und der Glanz in seinen Augen rührt mich. Als er mir das Foto reicht, zittert seine Hand leicht. Vielleicht eine Alterserscheinung, vielleicht etwas ganz anderes.

Die junge Frau, die mir von dem Foto entgegenblickt, lässt mich an eine Schwarzweißfotografie von Katherine Hepburn denken, die lange Zeit in meinem Schlafzimmer hing, direkt neben einer ähnlichen Version ihrer Namensverwandten Audrey. Ich habe ein Faible für die Hollywoodklassiker der 50er und 60er Jahre. Diese Frau wirkt, als wäre sie einem dieser Filme entsprungen. Tiefer Seitenscheitel, dunkles gelocktes Haar und sinnlich geschwungene Lippen, um die ein selbstbewusstes Lächeln spielt. Sie trägt ein helles Kleid, das ihre schmalen Hüften betont, und lehnt lässig an einer Backsteinmauer. Dass sowohl Emil als auch Moritz Ähnlichkeiten zwischen dieser klassischen Schönheit und mir zu erkennen glauben, kann ich nicht nachvollziehen, schmeichelt mir aber enorm.

»Sie sieht aus wie Sie, finden Sie nicht?«

»Ich weiß nicht …«, murmle ich und betrachte das leicht vergilbte Foto genauer.

»Sie hat hier gearbeitet.«

Mit seinem Zeigefinger deutet Emil in Richtung Theke und lächelt.

»Hier?«

»Ja. Das war früher mal eine Bäckerei.«

»Eine Bäckerei?«

»Sie gehörte einem Bäckermeister namens Engel.« Überrascht lasse ich meine Augen durch den Raum wandern.

»Und Marie-Luise«, fährt Emil fort, »war seine Nichte.«

30.

Mit zwei Tassen dampfender heißer Schokolade sitzen Emil und ich uns zehn Minuten später gegenüber. Er hat es sich in einem der abgewetzten Sessel gemütlich gemacht, als säße er zu Hause vor dem Fernseher, und es fehlen nur noch Pantoffeln, und das Biedermeiersche Gemälde wäre vollkommen.

»Sie kam jeden Sommer nach Altberg. Fünf Jahre lang. Das erste Mal«, er überlegt kurz »im Juli 1949. Der heißeste Sommer, an den ich mich erinnern kann. So heiß, dass wir im dreckigen Fluss gebadet haben, um uns abzukühlen.«

Er lacht in sich hinein.

»Sie kam aus der großen Stadt, das hat man ihr angesehen. Alles an ihr war … anders. Der Lippenstift roter, die Kleider kürzer, das Haar anders frisiert, der Blick so … selbstbewusst. Ganz anders als die anderen Mädchen.«

Die Bilder, die in diesem Moment vor Emils Auge lebendig werden, zaubern ein Lächeln auf sein altes, faltiges Gesicht, und ich frage mich, ob er auch mir anzusehen glaubt, dass ich aus einer großen Stadt komme. Ich selbst hatte nie das Gefühl, in Altberg aufzufallen, und halte es sogar für ein lächerliches Klischee, dass man am Kleidungsstil der Menschen ihre Heimat ablesen kann. Aber zu früheren Zeiten, als Fortschritt und Mode den Städten vorbehalten waren, mochte es durchaus so gewesen sein.

»Ihr Vater hat sie Jahr für Jahr hergeschickt. Zu seiner Schwester aufs Land. Deren Ehe mit dem Bäckermeister war kinderlos geblieben. Er war … Anwalt in Westberlin, hatte sich nach Kriegsende eine Kanzlei aufgebaut. Ein wohlhabender Mann.«

Emils Augen wandern zu dem Foto, das zwischen uns auf dem Tisch liegt. Ein Foto, das die Jugend und Schönheit eines Mädchens für immer auf Papier gebannt hatte.

»Als ich Marie-Luise das erste Mal gesehen habe, war ihr Haar voller Mehlstaub«, erinnert er sich schmunzelnd. »Sie kam mit einer Schürze um die Hüften aus der Backstube ihres Onkels und hat mich keines Blickes gewürdigt. ›Der Briefträger‹, hat sie ihrem Onkel zugerufen. Als wäre ich ein Ungeziefer.«

Er lacht vergnügt. Damals hatte er das sicher nicht getan.

»Sie waren Briefträger?«

Stolz blitzt in seinen klaren blauen Augen auf. »48 Jahre lang. Damals war ich 17 und noch schrecklich unerfahren. Ein Jungspund«, bemerkt er lachend. »Ich bin jeden Tag mit dem Rad gefahren, manchmal war ich auch zu Fuß unterwegs, und immer gab es irgendwo ein Stück Kuchen für mich, ein Glas Saft oder ein Marmeladenbrot. Das war früher so, wenn man die Post gebracht hat. Bei Bäcker Engel habe ich immer eine Zimtschnecke bekommen.«

»Ich liebe Zimtschnecken.«

Ich muss sogleich an Julian denken, die leere Papiertüte in meinem Zimmer, die ich aufbewahrt habe, weil sie immer noch herrlich duftet, wenngleich ich die drei Zimtschnecken längst verputzt habe.

»Ich mochte sie auch sehr gerne«, sagt Emil sanft, und wieder sieht er aus, als würden ihn die Erinnerungen überfluten. Er nimmt einen Schluck heiße Schokolade und stellt die Tasse vor sich auf den Tisch.

»Für mich war Marie-Luise das schönste Mädchen, das ich je gesehen hatte, und dass sie mich ignorierte, machte sie in meinen Augen noch viel interessanter.«

Und da soll einer noch mal sagen, früher wäre alles anders gewesen.

»Wie ging es weiter?«

»Wie es weiterging?«, fragt Emil amüsiert und lacht kurz auf. »Ich bin von da an jeden Tag in die Bäckerei gegangen, selbst, wenn ich keine Briefe hatte. Manchmal war ich dreimal am Tag dort, nur um sie ein paar Sekunden lang zu sehen. Mein ganzer Lohn ging weg für Zimtschnecken, Rosinenbrötchen und Nussschnecken.«

»Und Marie-Luise?«

»Die hat das herzlich wenig beeindruckt«, erwidert Emil schmunzelnd. »Ich war ja nur der junge Briefträger. Es hat lange gedauert, bis sie das erste Wort mit mir geredet hat.«

So wie ich Emil auf seinem Hochzeitsbild in Erinnerung habe, ist er ein attraktiver junger Mann gewesen. Wahrscheinlich hatte es viele Mädchen gegeben, die sich seine Aufmerksamkeit gewünscht hätten, und ebenso viele, die Marie-Luise verflucht hatten, weil sie sie bekam und nicht schätzte.

Als das Läuten der Kirchenglocken von draußen zu uns dringt, wirft Emil einen Blick auf seine goldene Armbanduhr, die ihm lose um das Handgelenk schlackert.

»Schon so spät«, bemerkt er überrascht und mehr zu sich selbst. »Ich habe meine Tabletten noch gar nicht genommen.

Und Sie habe ich jetzt viel zu lange mit meinen alten Kamellen aufgehalten.«

Zu meiner Enttäuschung greift er nach dem Foto von Marie-Luise und lässt es in seine Manteltasche gleiten. Dass die Geschichte an diesem Punkt einfach abbrechen soll, will ich nicht hinnehmen.

»Erzählen Sie mir, wie es weiterging?«

»Sehr gerne, wenn es Sie interessiert«, antwortet Emil, ohne zu zögern. »Aber jetzt muss ich nach Hause und meine Tabletten nehmen.«

Er trinkt seine heiße Schokolade aus und erhebt sich langsam aus dem Sessel. Die Biedermeier-Idylle verschwimmt.

»Kommen Sie doch zum Tee vorbei. Wo ich wohne, wissen Sie ja. Ich bin eigentlich immer zu Hause. Und freue mich auch immer über Damenbesuch.«

Er setzt ein jungenhaftes Lächeln auf und knöpft sich mit zittrigen Händen, über die sich blassblaue Adern ziehen, den dunklen Mantel zu.

»Wegen meines Enkels müssen Sie sich übrigens keine Sorgen machen. Der ist zahmer, als er tut.«

Auch wenn »zahm« nicht gerade zu den Eigenschaften zählt, die ich Moritz zuschreiben würde, nicke ich lächelnd und erinnere mich an die Standpauke, die er mir gegenüber erwähnt hat.

»Er ist ein guter Junge, wissen Sie.«

Wieder nicke ich.

»Aber das mit seinen Eltern, meiner Tochter und ihrem Mann, war schlimm. Er war noch so klein, als sie den Unfall hatten.«

»Er hat mir davon erzählt.«

Überraschung spiegelt sich in seinen Augen.

»Hat er?«

Ich nicke, und Emil runzelt die Stirn. Seine Hände halten inne.

»Eigentlich spricht er nie darüber. Mit niemandem.«

Ein Anflug von Beklommenheit überkommt mich.

»Ich glaube, Evelynn ist … war die Einzige«, sagt er nachdenklich, »die in dieser Hinsicht an ihn herangekommen ist.«

»Evelynn war seine Freundin«, fügt er hinzu, als sich Schweigen zwischen uns ausbreitet. »Ein liebes Mädchen. Ich hatte sie sehr gern.«

Wehmut schwingt in seiner Stimme mit.

»Ich glaube, er hat die Trennung von ihr nie ganz verwunden.«

Unbeholfen rutsche ich auf meinen Stuhl hin und her, was Emil falsch deutet und sich eine Spur schneller den Mantel zuknöpft.

»Vielen Dank für den Kakao«, sagt er und reicht mir zum Abschied die Hand. Sie fühlt sich warm und knochig an, und ich würde sie gerne noch einen Moment länger halten. Meine beiden Opas sind gestorben, bevor ich auf die Welt kam. Großväterliche Fürsorge und Liebe habe ich nie kennengelernt.

Als Emil in die Nacht verschwunden ist, sitze ich noch eine Weile im Halbdunkel und denke darüber nach, was Emil mir erzählt hat. Der alte Mann wirkt so unglaublich glücklich, wenn er von Marie-Luise erzählt, und das, obwohl ich ahne, dass die Geschichte der beiden kein gutes Ende genommen hat. Geheiratet hat er jedenfalls eine andere Frau. Ob ich irgendwann auch an diesen Punkt komme? Ob die gemeinsame Zeit mit Toby irgendwann auch zur liebevollen Erinnerung wird? Ob ich ihm verzeihen kann, dass ich nur eine Phase in seinem Leben war? Ein einjähriger Ausrutscher?

In diesem Moment vibriert mein Handy in der Handtasche. Als ich sehe, wer mir eine Nachricht geschickt hat, schleicht sich ein Staunen auf mein Gesicht, gemischt mit einem Kribbeln im Bauch.

Von: j.a.@t-online.de
An: marit.jansen@web.de

Hallo Marit,

Sie fragen sich wahrscheinlich, warum ich Ihnen diese E-Mail schreibe, und ich kann Ihnen gleich versichern: Ich habe nichts liegenlassen. Obwohl ich dann wenigstens einen guten Vorwand hätte, Ihnen zu schreiben! ☺ (Wo wir gerade bei Vorwänden sind: Ich muss unbedingt wissen, wie Ihnen die Zimtschnecken geschmeckt haben und ob Sie freiwillig zugeben, dass es die besten sind, die Sie jemals gegessen haben.)
Aber um ehrlich zu sein, schreibe ich Ihnen aus einem anderen Grund. Ich wollte Sie fragen, ob Sie mit mir ein Glas Wein trinken gehen würden. Das Beste daran: Sie müssten dafür nicht mal nach Berlin kommen. Ich bin nächste Woche wieder geschäftlich in der Gegend.

Viele Grüße
Julian

Von: marit.jansen@web.de
An: j.a.@t-online.de

Hallo Julian,

was sind das nur für Geschäfte, die Sie Ärmsten ständig in die Provinz verbannen? Die Zimtschnecken waren übrigens himmlisch, geradezu gigantisch. Aber nicht die besten, die ich je gegessen habe.

Marit

Von: j.a.@t-online.de
An: marit.jansen@web.de

Ist das ein Ja? (Ich bin Anwalt und brauche Fakten …) Wo bitte in aller Welt haben Sie bessere Zimtschnecken gegessen?

Von: marit.jansen@web.de
An: j.a.@t-online.de

In Hamburg – wo ich herkomme – gibt es ein kleines Café namens *Kaffeebohne*. Dort werden jeden Tag frische Zimtschnecken gebacken, die Sie die Welt vergessen lassen.

LG
Marit

PS: Es ist ein »Ja«.

Von: j.a.@t-online.de
An: marit.jansen@web.de

Habe eben einen Flug nach Hamburg gebucht. Aber bevor ich auf Zimtschneckenjagd gehe: Passt Donnerstagabend bei Ihnen? Und wo soll ich Sie abholen? Oder wollen wir uns irgendwo treffen?

Von: marit.jansen@web.de
An: j.a.@t-online.de

Donnerstagabend passt wunderbar. 20 Uhr im *Ludwig*? (Das ist hier weit und breit die einzige Kneipe, in der der Altersdurchschnitt unter 50 liegt.) Und bitte erwarten Sie keine exquisite Weinauswahl.

VG
Marit

PS: Ich werde Sie ab jetzt duzen.

Von: j.a.@t-online.de
An: marit.jansen@web.de

Dann bis Donnerstag um 20 Uhr.

VG
Julian

PS: Ich werde das zulassen.

31.

Das Klingeln meines Handys reißt mich unsanft aus dem Schlaf, und die Tatsache, dass der Grund dafür nicht eine weitere E-Mail von Julian ist, macht es noch schlimmer. Der Anrufer stellt sich als Michael Kiefernbacher heraus, der gut gelaunt ins Telefon blubbert und mich mit seinem morgendlichen Elan überfordert. Erst nach ein paar Sekunden begreife ich, dass er einen Auftrag für mich hat. Es geht um eine Schülerband aus der Region, die ihr zehnjähriges Jubiläum feiert. Ich soll eine Art Porträt schreiben und sie zu einem Auftritt begleiten.

»Natürlich sind die Jungs inzwischen nicht mehr in der Schule«, erklärt er. »Sie haben sich zu Schulzeiten gegründet und spielen nach wie vor zusammen, was ja schon eine Besonderheit ist in unserer kurzlebigen Zeit.«

Ich unterdrücke ein Gähnen und murmle etwas, das nach Zustimmung klingt.

»Am Freitag haben die Jungs einen Auftritt in Großbärenbach. Das ist etwa 40 Minuten entfernt. Sie könnten hinfahren, ein paar Eindrücke sammeln, Interviews führen und dann ein nettes Porträt daraus basteln. Wir hatten an eine halbe Seite gedacht.«

Meinen Freitagabend in einem Ort namens Großbärenbach zu verbringen klingt nicht gerade berauschend, allerdings passen jede Menge Zeilen auf eine halbe Zeitungsseite. Ich höre eine Kasse in meinem Kopf klingeln.

»Ich habe Freitagabend Zeit und kann die Band gerne begleiten«, antworte ich. »Allerdings habe ich kein Auto.«

»Das macht nichts. Ich habe mit Herrn Krämer, das ist der Sänger, bereits ausgemacht, dass die Band Sie nach Großbärenbach mitnimmt und wieder nach Hause fährt. Sie sollen ihn einfach anrufen.«

Er diktiert mir eine Handynummer, die ich auf den Rand einer alten Ausgabe der *Altberger Zeitung* notiere.

»Vielleicht kennt Ihr Lebensgefährte Herrn Krämer sogar. Er arbeitet auch bei Schindler.«

»Ja, vielleicht.«

Ich bin froh, dass er nicht sehen kann, wie ich kurzzeitig erstarre.

»Das Zehnjährige ist in zwei Wochen, wir würden die Geschichte aber gern vorab bringen. Kriegen Sie es bis Mitte nächster Woche hin?«

»Ja, das schaff ich auf jeden Fall. Ähm, wie sieht es mit Fotos aus?«

»Wir haben genug Bildmaterial von der Band. Die gibt es ja schon ein paar Jahre.«

Als ich um kurz vor zehn in den *Coffeeshop* komme, verziert Moritz gerade Frau Bogners Cappuccino mit einem Herz.

Ihre Föhnwelle sitzt perfekt, und die Perlenohrringe kommen mir noch größer als beim letzten Mal vor. Sie schenkt ihm ein strahlendes Lächeln und steckt ihm mit einem Zwinkern fünf Euro zu. Als sie mich bemerkt, grüßt sie mich gönnerhaft, bevor sie ihre Tasse zu einem der Tische trägt. Ein Wunder, dass sie das trotz Trinkgeld noch selbst machen muss.

»Keine Sorge, du kriegst die Hälfte«, sagt Moritz und deutet auf den Schein in seiner Hosentasche.

»Lass nur, hast du dir ja hart verdient«, stichle ich mit Blick auf Frau Bogner, die gerade großzügig Zucker in ihren Cappuccino streut. »In Herzensangelegenheiten kann ich einfach nicht mit dir mithalten.«

Er wirft mir einen Blick von der Seite zu und grinst. Just in diesem Moment kommt Heike durch die Tür.

»Waffenstillstand im Kriegsgebiet?«, fragt sie und streckt den Daumen wie ein Taucher nach oben. Ich weiß nicht, ob sich das auf die Situation zwischen Moritz und mir bezieht oder einen Espresso andeuten soll. Ich entscheide mich für den Espresso.

»Alles o. k.«, gibt Moritz zurück.

»Gut zu wissen. Dann könnte Marit ja vielleicht meine Schicht am Samstag übernehmen. Ich habe wieder die lästigen Schmerzen im Arm.«

Ich nicke.

»Was hättest du jetzt gemacht, wenn ich nicht o. k. gesagt hätte?«, fragt Moritz.

»Dasselbe«, antwortet Heike unbekümmert. »Aber jetzt fühle ich mich besser dabei.«

Mir fällt zu spät ein, dass ich am Freitagabend mit der Schülerband unterwegs bin, aber ich gehe davon aus, dass es nicht allzu spät werden wird. In der Mittagspause rufe ich bei Herrn Krämer an. Ich habe Glück, dass auch er gerade Pause macht und an sein Handy geht. Er meldet sich als Alex, und der Stimme nach ist er kaum älter als ich, was beim zehnjährigen Jubiläum einer Schülerband durchaus Sinn macht. Nachdem ich ihm zweimal erklärt habe, wer ich bin und was ich will, scheint er langsam zu kapieren, worum es geht. Er erzählt mir, dass die Band einen VW-Bus hat, in dem ich mitfahren kann, und ich um ca. 20 Uhr abgeholt werde.

»Wir sind erst für 22 Uhr gebucht«, fügt er hinzu und ich beginne zu rechnen, wann ich dann wohl zu Hause sein werde. Ich gebe ihm noch durch, wo ich wohne, und er behauptet, es sich zu notieren, was ich nicht glaube, weil er eher wie jemand wirkt, der seinen eigenen Geburtstag vergisst.

Als ich von Tisch zu Tisch gehe, um die Zuckerstreuer aufzufüllen, höre ich, wie sich zwei ältere Damen angeregt über einen Zeitungsartikel unterhalten, der vor ihnen ausgebreitet auf dem Tisch liegt. Das Wort »Schindler« schrillt wie ein Warnsignal aus ihrem Gespräch heraus. Ich frage mich, über welche Wurst-Innovation wohl diesmal berichtet wird. Ein Online-Wurstverkauf? Als ich bei ihnen angekommen bin und den Zuckerstreuer öffne, fällt mein Blick auf das überdimensional große Bild, das sie zu bewundern scheinen. Einen Moment lang fühle ich mich wie erstarrt.

»Ein echtes Traumpaar. Wie im Märchen«, schwärmt die ältere der beiden Damen und sieht mich an, als erwarte sie eine Bestätigung.

»Der neue Mann an der Spitze – Tobias Schindler über seinen Chefposten, das Familienerbe und die Hochzeit mit seiner Jugendliebe« prangt in fetten Lettern über dem Foto, das einen strahlenden Wurstkönig neben einer noch strahlenderen Wurstkönigin zeigt, die Hand in Hand vor einem mächtigen Eisentor stehen, hinter dem sich ein großer Gebäudekomplex abzeichnet. »Im September wird Tobias Schindler nach zwölf Jahren seine Pressesprecherin Therese Auth heiraten«, lese ich unter dem vierspaltigen Bild und bemerke zu spät, dass ich es laut ausgesprochen habe.

12 Jahre.

»Die Hochzeit findet bestimmt auf einem Schloss statt«, brabbelt die Jüngere verträumt. »Bestimmt fährt sie in einer Kutsche«, überlegt die andere.

»Ich wüsste ja zu gern, was es da zu essen gibt.«

Wie in Trance fülle ich den Zuckerstreuer randvoll. Die beiden Damen sind so in ihr Gespräch vertieft, dass sie gar nicht mitbekommen, als ich ihn zurück auf den Tisch stelle. Ich weiß nicht, warum es mich so umhaut, schwarz auf weiß zu lesen, was ich ohnehin längst wusste. Warum es so weh tut, ihn neben ihr stehen zu sehen, seiner *Jugendliebe*. Vielleicht weil mir die 12 so dermaßen ins Gesicht spuckt, vielleicht aber auch, weil sie so verdammt glücklich nebeneinander wirken. So strahlen. Und ich insgeheim nicht weiß, ob er neben mir auch so gestrahlt hätte.

32.

»Wie wäre es morgen Abend? Wir könnten ins *Ludwig*. Ich lade dich ein.«

Vergnügt zwinkert mir Tessa zu und streicht ihren perlmuttfarbenen Blazer glatt. Das Bild aus der Zeitung ploppt vor meinem inneren Auge auf. Diese Frau wird eine atemberaubend schöne Braut abgeben, seufze ich innerlich.

»Da muss ich leider arbeiten.«

Mein »leider« ist nur zu 50 Prozent aufrichtig. Die Phase, in der ich Tessa die Augen auskratzen wollte, habe ich zwar überwunden, einen ganzen Abend mit ihr zu verbringen stellt jedoch eine größere Herausforderung für mich da.

»Abends auch?«

»Ja, für die Zeitung.«

Sie zieht eine Schnute, die ihre Lippen noch voller wirken lässt.

»Du bist aber ganz schön eingespannt.«

Ich zucke mit den Schultern und setze ein trauriges Gesicht auf.

»Dann eben am Samstag. 20 Uhr im *Ludwig?*«

Weil ich weiß, dass sie Sonntag vorschlagen wird, wenn Samstag nicht geht, und Montag, wenn Sonntag nicht passt, kapituliere ich und nicke tapfer. Niemand verlangt, dass du den ganzen Abend mit ihr verbringst, ermutige ich mich innerlich. Ein Glas Wein und danach wieder heim.

»O.k., dann Samstag. Schön, ich freu mich.«

Ein zufriedenes Lächeln tritt auf ihr Gesicht.

»Puh, diese Frau ist immer noch so heiß«, sagt Moritz' Kumpel Tom grinsend, nachdem er Tessa in der Tür begegnet ist, und sich mit den Ellbogen auf unserer Theke abstützt. Ich drehe mich weg und tue so, als müsste ich dringend Espressobohnen auffüllen.

»Aber vergeben«, bemerkt Moritz und klopft ihm kumpelhaft auf die Schulter. »Solltest mehr Zeitung lesen, mein Lieber.«

»Dazu brauch ich keine Zeitung«, seufzt Tom. »Wann war die denn jemals nicht vergeben?«

Ich erinnere mich daran, dass Moritz etwas Ähnliches gesagt hat, als ich ihn wütend beschimpft habe. Aber es zweimal zu hören macht es nicht angenehmer.

»Es gibt noch andere Frauen da draußen«, sagt Moritz unbeeindruckt.

»Schon klar. Und sie haben rote Haare«, zieht Tom ihn auf.

Ich bin mir sicher, dass er auf Evelynn anspielt, und muss wieder an diesen einen Moment denken, als Moritz sie durch die Fensterscheibe beobachtet und so gebrochen gewirkt hat.

»Komm, halt die Klappe, und geh wieder arbeiten.«

»Wusstest du, dass sie momentan hier ist?«

Ich höre, wie Moritz sich räuspert. Wahrscheinlich passt es ihm nicht, dass ich dieses Gespräch mitbekomme.

»Nein, aber dank dir weiß ich es ja jetzt«, lügt er.

»Besucht ihre Eltern. Ich bin ihr vorgestern kurz begegnet.«

Moritz erwidert nichts darauf. Vielleicht hat er Tom mit einer stummen Geste zu verstehen gegeben, dass er in meiner Anwesenheit nicht über sein Seelenleben sprechen möchte, was ich verstehe.

»Ciao, Marit«, sagt Tom kurz darauf, und als ich mich umdrehe, sehe ich gerade noch, wie er mir zuzwinkert und mit seinem Becher den Laden verlässt. Seit dem berüchtigten Abend im *Ludwig* habe ich den Eindruck, dass wesentlich mehr Menschen mich kennen als ich sie.

Um zwölf Uhr habe ich das Gefühl, bereits den ganzen Tag gearbeitet zu haben. Meine Beine sind schwer wie Blei, meine Schuhe drücken, und im Nacken zieht es unangenehm. Hinter uns stapelt sich bergeweise Geschirr, die Spülmaschine wartet darauf, ausgeräumt zu werden, und die Theke mit den Snacks ist wie leer gefegt. Eine Mittagspause ist für keinen von uns drin – auch wenn das gegen die Regeln ist. Einen derart stressigen Tag hatten wir lange nicht.

»Mir reicht's«, stöhnt Moritz, zieht die Arme hinter den Nacken und dehnt sich. Sein ausgeblichenes grünes T-Shirt spannt sich über seinen Körper und gibt den Blick auf ein guttrainiertes Stück Bauch frei. Als wäre ich 13 Jahre alt, schießt mir die Röte ins Gesicht. Ich zwinge meine Augen, wieder nördlich zu wandern.

»Mir auch«, seufze ich müde.

»Dabei kannst du dich doch jetzt auf deine Verabredung freuen«, feixt er. Die Art, wie er »Verabredung« betont, lässt mich erneut erröten. Oder immer noch.

»Woher …?«

»Habt ihr doch gerade ausgemacht. Du und deine neue beste Freundin.«

Er grinst breit.

»Ach so. Tessa«, murmle ich erleichtert. »Was soll ich denn machen?«

»Sag ihr doch, dass ihr Verlobter ein blödes Arschloch ist, das fremde Frauen flachlegt und sie dich mal kreuzweise kann?«

Ich muss lachen, aber er scheint es ernst zu meinen.

»Ich dachte, sie ist so heiß?«

»Kann sie ja trotzdem sein. Wobei ich das nicht gesagt habe. Das war Tom. Und du hast uns ganz klar belauscht.«

Ich erröte augenscheinlich.

»Sie ist einfach so nett«, seufze ich. »Viel. Zu. Nett.«

»Na ja, die nette Frau geht mit deinem Ex ins Bett.«

»Danke für die Erinnerung«, brumme ich.

Er zuckt mit den Schultern.

»Ich wollte dir nur helfen, Tessa nicht zu mögen. Was wirklich schwer ist, das muss ich zugeben.«

»Sie ist so perfekt«, jammere ich, als wäre Moritz meine beste Freundin und nun an der Reihe, etwas zu sagen wie »Du bist auch toll« oder »Niemand ist perfekt«.

»Ich habe sie schon mit Zahnspange und Bärchenschlafanzug gesehen.«

»Und?«

Ich sehe ihn mit großen Augen an.

»Auch da sah sie perfekt aus.«

Mein Kopf sinkt theatralisch nach unten, und er grinst.

»Hey, macht es dir was aus, wenn ich zehn Minuten früher abhaue? Ich hab heute noch was vor.«

Ich ignoriere die Tatsache, dass er die entspannte Stimmung zwischen uns schamlos ausnutzt, und werfe einen Blick auf die Uhr. In einer Viertelstunde wäre seine Schicht zu Ende.

»Nein, kein Problem.«

Als ich an diesem Abend zu Hause bin, fühle ich mich zu müde, um die Tür zu meinem Kellerloch aufzuschließen. Ich rieche wie eine menschliche Kaffeemaschine, und meine Nägel haben braune statt weiße Halbmonde. Dass ich mich in diesem Moment mit Julian, seinem maßgeschneiderten Anzug, den schicken Wildlederschuhen und diesem betörend-männlichen Aftershave vergleiche – und mit Tessa, ihren blonden Engelswellen, den manikürten Fingernägeln und vollen Lippen –, ist eindeutig ein Zeichen für stark ausgeprägten Masochismus. Erschöpft lasse ich mich auf mein Bett fallen und schließe die Augen.

33.

Die Verabredung mit Julian ist die erste, die ich seit Monaten habe, und das stimmt mich sowohl euphorisch als auch nervös. Es ist ein Schritt in die Zukunft und gleichzeitig ein Schritt in die Vergangenheit, weil ich mich mit einem Mann treffe, der mich allein durch seine Anwesenheit daran erinnern wird, dass es in meinem Leben keinen Toby mehr gibt.

Ich komme zehn Minuten zu früh an unserem vereinbarten Treffpunkt an. Aus der Kneipe dringt Gelächter und die Akustikversion von »I will wait« von *Mumford&Sons,* was mich zum Schmunzeln bringt. Ich weiß nicht, ob ich draußen oder drinnen auf Julian warten soll, entscheide mich dann aber für die erste Variante. Die Dunkelheit hat sich bereits über die Altstadt gelegt, sie in ein schlafendes Kind verwandelt, und ich genieße es, keinen neugierigen Blicken ausgeliefert zu sein, während ich auf einen Mann warte, den ich kaum kenne.

Kurz darauf hallen Schritte durch die Fußgängerzone, und mit jedem Schritt werde ich nervöser. Im Schein der Straßenlaternen erkenne ich die Umrisse eines Mannes, und je näher er kommt, desto sicherer bin ich, dass es sich um Julian handelt. Als er schließlich vor mir steht, läuten die Kirchturmglocken, als würden sie die Ankunft des Messias ankündigen. Verlegen grinsen wir uns an, als hätten wir dieselbe Assoziation gehabt.

»Wartest du schon lange?«, fragt Julian und wirft einen Blick auf seine Armbanduhr, was angesichts des imposanten Glockenläutens einen Beigeschmack von Absurdität hat.

»Nur ein paar Minuten.«

»Kein Vergleich zum letzten Mal«, ergänzt er, und wir schmunzeln. Dann deute ich mit dem Zeigefinger auf die Tür, und Julian nickt zustimmend. Der Duft seines Aftershaves umfängt mich, als ich ihm hineinfolge.

Das *Ludwig* ist auch an diesem Abend gut besucht, aber es gibt noch freie Tische. Julian deutet auf einen Tisch im hinteren Bereich, und wenige Sekunden später lassen wir uns dort nieder. Er hilft mir aus der Jacke, was ich galant und befremdlich zugleich finde. Den eleganten blauen Anzug hat er an diesem Abend gegen eine dunkle Jeans und ein legeres khakifarbenes Hemd getauscht, ein Outfit, das ihn lässiger und jünger wirken, ihn aber nicht weniger aus der Masse herausstechen lässt. Ich sehe es am Blick der jungen Kellnerin, der länger auf ihm als auf mir ruht, als sie die Bestellung aufnimmt, und ich lese es in den Gesichtern der beiden Frauen an unserem Nachbartisch. *Wer ist das, und wo kommt er her?*

Schlagartig muss ich an Marie-Luise denken und was Emil mir über ihre Wirkung auf ihr Umfeld erzählt hat. Ob er damals genau das beobachtet hat, was ich nun beobachte? Ob ihn genau das so fasziniert hat an der fremden Frau aus der großen Stadt?

Wir bestellen eine Flasche trockenen Weißwein, die teuerste, die die Karte zu bieten hat.

»Nett«, sagt Julian und wandert mit seinen Augen durch die Kneipe. Es ist ein »nett«, das entweder für provinziell oder gemütlich stehen kann, doch ich kenne Julian nicht gut genug, um das zu beurteilen. »Bist du oft hier?«

Dass er mich duzt, fühlt sich ungewohnt, aber gut an.

»Ab und zu«, erwidere ich und hoffe, dass er mir nicht anmerkt, wie stark ich übertreibe.

»Ich hoffe, ich bin nicht zu neugierig. Aber was hat dich in diese Gegend verschlagen? Du hast geschrieben, dass du ursprünglich aus Hamburg kommst. Das ist ja nicht gerade um die Ecke.«

In seinem Gesicht lese ich ehrliches Interesse, auch wenn ich zugeben muss, in diesem Moment viele andere nette Dinge darin zu entdecken. Große blaue Augen, leicht geschwungene Brauen, ein glattrasiertes Kinn, gepflegte Zähne, weiche Lippen.

»Ich bin wegen meines Freundes … meines damaligen Freundes … hierhergezogen«, antworte ich, ohne darauf hinzuweisen, dass dieser Schritt nur ein paar Wochen zurückliegt. »Aber es hat nicht geklappt zwischen uns. Und dann war ich hier.«

Ich zucke lächelnd mit den Schultern, als hätte ich nur Geld für ein One-Way-Ticket gehabt.

»Und du willst hier bleiben?«

Auch wenn seine Frage nicht abwertend klingt, höre ich Erstaunen aus ihr heraus. In diesem Moment bringt die Kellnerin unsere Flasche Wein und stellt zwei Gläser auf den Tisch. Ihr Blick streift Julian, bevor sie uns wieder allein lässt.

»Nein. Aber solange ich nicht weiß, wie und wo es hingehen soll, bleibe ich«, antworte ich ausweichend, während Julian die Gläser füllt. Ich habe nicht das Bedürfnis, die letzten Wochen meines Lebens für ihn zusammenzufassen und ihn an meiner Zerrissenheit teilhaben zu lassen, sosehr mich diese Augen, diese Haare, dieses Aftershave auch anziehen. An diesem Abend möchte ich einfach nur Marit sein, ein unbeschriebenes Blatt, eine Frau ohne Geschichte.

»Wie lange bleibst *du* hier?«, wechsle ich das Thema.

»Bis morgen früh.«

Julian greift nach seinem Glas und will mit mir anstoßen, was ich lächelnd zulasse.

»Übernachtest du im Hotel?«

Er nickt und setzt sein Glas wieder ab.

»Im *Goldenen Schwan*. Ist ganz nett.«

Keine Überraschung. Der *Goldene Schwan* ist das beste Hotel der Stadt – und auch eines der wenigen, die Altberg zu bieten hat. Ein kleines denkmalgeschütztes Gebäude im Herzen der Innenstadt mit einem historischen Schild über dem Eingang, das einen vergoldeten Schwan zeigt und zu den schönsten Bauten der Region zählen dürfte.

»Du meintest, du bist in nächster Zeit häufiger in der Gegend?«

Einen Moment lang zögert er, und ich frage mich, ob meine Frage zu aufdringlich war.

Vielleicht macht er sich jetzt Sorgen, dass er dann regelmäßig mit mir Wein trinken muss.

»Möglich, ja«, antwortet Julian und wechselt wieder zu seinem förmlichen Ich. »Einer unserer Mandanten hat hier in der Region eine Immobilie geerbt, und ich regle die Dinge für ihn vor Ort. Da gibt es immer einiges zu klären.«

Moritz und sein Kumpel Tom kommen durch die Tür. Unsere Blicke begegnen sich kurz, bevor ich tiefer in meinen Stuhl rutsche, weil ich gerade in Moritz' Gegenwart kein unbeschriebenes Blatt bin. Tom grüßt mich, bei Moritz ist es eher ein Nicken. Die beiden setzen sich mit dem Rücken zu uns an die Bar.

»Ist das nicht dein Kollege aus dem *Coffeeshop*?«

»Ja«, antworte ich überrascht. »Du hast ein … ziemlich gutes Gedächtnis.«

Seine Lippen verziehen sich zu einem Lächeln, und ich erröte, ohne zu wissen, warum.

»Macht dir die Arbeit im *Coffeeshop* Spaß?«

Er stützt sein Kinn auf die rechte Hand.

»Es ist nur eine Übergangslösung. Aber … na ja, es ist o. k. Ich bin immer unter Leuten, und manchmal finde ich auch USB-Sticks mit brisantem Inhalt.«

Julian fängt an zu lachen, und die kleinen Falten um seine Augen werden tiefer.

»Eigentlich war es gar nicht der Inhalt, der mir so wichtig war. Ich habe den Stick von meiner Mutter zum Examen bekommen. Sie ist vor einem Jahr gestorben, daher … ist er vor allem eine Erinnerung an sie.«

»Das tut mir leid«, flüstere ich betroffen.

»Sie hatte Krebs. Wir konnten uns darauf einstellen. Zumindest dachten wir das. Aber am Ende kommt es dann doch immer überraschend.«

Ich nicke, weil es das Einzige ist, was in diesem Moment Sinn ergibt.

»Jedenfalls bin ich sehr froh, dass du ihn gefunden hast«, sagt Julian schließlich, als wolle er einen radikalen Schlussstrich unter dieses Thema setzen. Er nippt an seinem Glas und lächelt schwach.

»Wenn *J A* deine Initialen sind, wofür steht das ›A‹?«, sprudelt es schließlich aus mir heraus.

Julians Augen flackern und verraten sein Zögern.

»Äh, für …«, stottert er und fährt sich verlegen mit dem Zeigefinger über sein Kinn, »… meinen Nachnamen.«

»Na so was«, erwidere ich frech und trinke einen Schluck Wein.

Ein schiefes Grinsen erscheint auf seinem Gesicht.

»Ich heiße Julian von Ahrenstein«, kapituliert er schließlich. »Aber keine Sorge, ich bin weder blaublütig noch millionenschwer.«

»Sorgen machen würde mir das jetzt nicht unbedingt«, feixe ich und spüre den letzten Schluck Wein, der sich lähmend auf meine Zunge gelegt hat. »Von Ahrenstein. Nicht schlecht.«

»Ist nur ein Überbleibsel irgendwelcher Ahnen.«

Dass er seinen durchaus beeindruckenden Namen kleinredet, macht ihn mir noch sympathischer. Ich hatte etwas in diese Richtung geahnt, bin aber dennoch einen Moment lang eingeschüchtert. »Julian von Ahrenstein« klingt eben nicht gerade wie, nun, Thomas Müller.

»Ich muss gestehen, das ist ein erstaunlich guter Tropfen«, sagt Julian überrascht und deutet auf die Flasche. Er klingt dabei wie einer dieser reichen alten Herren, die in Sternerestaurants speisen. Oder wie jemand aus *Downton Abbey*. »Das nächste Mal testen wir den roten.«

Das nächste Mal?

»Natürlich nur, wenn du Lust hast«, schiebt er nach, als er

die Überraschung in meinen Augen bemerkt. »Nächste Woche bin ich eventuell noch einmal hier.«

Seine tiefblauen Augen suchen meinen Blick, und ich muss mich zusammenreißen, mich nicht in ihnen zu verlieren. Meine Wangen glühen, als ich zustimmend nicke.

»Ist das ein Ja? Du weißt ja, ich bin Anwalt und brauche Fakten.«

»Es ist ein Ja. Melde dich doch einfach, wenn du weißt, wann du ... Zeit hast.«

»O. k., werde ich machen.«

Er lächelt smart.

Irgendwann wirft Julian einen Blick auf seine Armbanduhr und macht ein gequältes Gesicht.

»Mein Zug nach Berlin geht morgen um 6.18 Uhr, und ich hab nachmittags noch eine Verhandlung. Ich fürchte ...«

Dass unser Abend bereits um 22 Uhr zu Ende ist, irritiert mich. Wenn Julian mich nicht nach einem zweiten Treffen gefragt hätte, würde ich mich wie eines dieser Dates fühlen, das mit einem Notfall-Anruf des bestens Freundes, der Mutter oder des Mitbewohners abgeschossen wird beziehungsweise mit Sätzen wie »Ich muss sofort nach Hause, unsere Wohnung brennt« oder »Ich muss dringend ins Krankenhaus, meinem Vater geht es schlecht«.

Er winkt die Kellnerin an unseren Tisch und bezahlt die Flasche Wein, wobei er ihr ein Trinkgeld gibt, das ihr einen verdutzten Blick aufs Gesicht zaubert. Nachdem Julian mir in meine Jacke geholfen hat – was mich erneut peinlich berührt –, gehen wir zum Ausgang, vorbei an Moritz und Tom, deren Blicke sich in meinen Rücken bohren. Wahrscheinlich glauben sie, wir setzen den Abend an einem gemütlicheren Ort fort. Ein amüsiertes Grinsen macht sich auf meinem Gesicht breit, und es ist zu schade, dass sie es nicht sehen können.

»Ich muss da lang«, sagt Julian und deutet in die entgegengesetzte Richtung von der, in die ich muss.

»Ich nicht.«

Betretenes Schweigen.

»O. k., dann …«, murmle ich und überlege, ob ich ihm die Hand geben, ihn umarmen oder die Hand zum Gruß heben soll. Julian nimmt mir die Entscheidung ab, drückt mich sachte an sich und haucht mir einen zarten Kuss auf die Wange, so zart, dass ich mir nicht sicher bin, ob seine Lippen meine Haut nur gestreift oder tatsächlich berührt haben.

»Schlaf gut«, haucht er mir ins Ohr, bevor er sich von mir löst und in schnellen Schritten davongeht.

Benommen sehe ich ihm nach und fahre mit der Hand vorsichtig über meine rechte Wange.

34.

Julians Hauch von einem Kuss lässt mich den ganzen Freitagvormittag wie auf Watte laufen. Ein Zustand, der sich nicht gerade gut verträgt mit langen Warteschlangen, Massenbestellungen, Touristengruppen und Frauen mit Föhnwellen. Für jeden Preis, den ich falsch berechne, für jede Tasse, die mir aus der Hand gleitet, für jede Milch, die ich überschäumen lasse, straft mich Moritz mit Blicken, die Lava zum Gefrieren bringen könnten, bei mir aber an einer Wand aus Gelassenheit abprallen.

Erst als ich am späten Nachmittag realisiere, dass mir ein Abend mit einer ehemaligen Schülerband bevorsteht – an einem Ort namens Großbärenbach –, sinkt meine Laune im Sekundentakt. Vor lauter Julian habe ich vollkommen vergessen, was ich mit Michael Kiefernbacher vereinbart habe. Und dass ich Moritz nicht, wie geplant, gebeten habe, mit mir die Schicht zu tauschen.

So bleiben mir nur knapp 40 Minuten, um zu duschen, eine trockene Laugenstange zu verschlingen und Klamotten auszusuchen, die zu einem Dorfkonzert passen. Gequält schlüpfe ich in meine bequemste Jeans, ein dunkelblaues Shirt und meine abgetragenen Sneakers. Meine Haare binde ich zu einem Pferdeschwanz, den ich bestmöglich verwuschele, um ein bisschen lässiger auszusehen. Ein wenig Mascara, etwas Parfum, fertig. Um 20 Uhr stehe ich mit meiner vollbepackten Handtasche – Handy, Schreibblock, Stift, Notfallstift, Müsliriegel, Taschentücher – vor dem Haus und warte auf den angekündigten VW-Bus. Als der kurz darauf in knalligem Rot um die Ecke biegt, bin ich erleichtert – ein Gefühl, das nur so lange anhält, bis ich erkenne, wer darin sitzt.

»Wer ist das denn?«, höre ich eine Frauenstimme sagen, als sich die Bustür öffnet und mich sechs Paar Augen anstarren, von denen mir eins sehr bekannt vorkommt.

»Hallo, Frau Jansen. Wir haben telefoniert«, begrüßt mich Alex Krämer, der am Steuer sitzt. Mit seinem rundlichen Gesicht und den schulterlangen schwarzgefärbten Haaren erinnert er mich an eine pummelige Version von Ozzy Osbourne.

»Das ist der Rest der Band: Moritz, Paddy, Simon und Lucas.«

Die letzten drei Namen nehme ich nicht mehr wahr, so überrascht bin ich noch immer, Moritz in diesem Auto zu entdecken. *Moritz? In einer Band? Erklärt immerhin die Shirts.*

»Ach ja, und das ist Ela. Sie ist meine Schwester und fährt immer mit, wenn wir einen Gig haben.«

Eine junge Frau mit kurzen schwarzen Haaren wirft mir einen finsteren Blick zu, bevor sie sich desinteressiert an Moritz lehnt und ihre Hand auf seinen Oberschenkel legt. Sie hat große, dunkle Augen, die mit schwarzem Kajal umrandet sind, und durch ihre linke Braue zieht sich ein kleiner silberner Stab. Etwas an ihr erinnert mich an eine Figur aus einem dieser bescheuerten Computerspiele, die angeblich süchtig und realitätsfremd machen.

»Und das ist die Frau von der Zeitung, von der ich euch erzählt habe.«

Ich nicke zurückhaltend und setze mich zaghaft auf den einzigen freien Platz: neben Moritz. Wir sitzen so dicht nebeneinander, dass sich unsere Arme berühren und ich mich versteife.

»Du hast nie erzählt, dass du in einer Band spielst«, murmle ich, als sich der Bus in Bewegung setzt.

»Du hast nie gefragt«, kommt es in typischer Moritz-Manier zurück.

»Ihr kennt euch?«, fängt Ela unsere Unterhaltung ab.

»Marit arbeitet mit mir im *Coffeeshop*.«

»Ach die.«

Ich schlucke. *Die. Was hat er ihr von mir erzählt?* Ich verkrieche mich in meinen Sitz und bete, dass der Abend schnell zu Ende geht – bevor er überhaupt angefangen hat.

Alex Krämer unterbricht das unangenehme Schweigen und beginnt, von der Band zu erzählen. Wie sie sich in der 12. Klasse gegründet hat, ihre ersten Auftritte, wann geprobt wird. Weil es im Auto zu dunkel zum Mitschreiben ist, versuche ich, mir möglichst viel einzuprägen. Das hält mich halbwegs wach, während wir durch Käffer und Dörfer fahren und Altberg hinter uns lassen.

»Sie sind nicht von hier, oder?«, fragt Alex, und ich schlage vor, dass wir uns duzen.

Ich erzähle ihm, dass ich in Hamburg studiert habe und jetzt in Altberg wohne. Kein Wie, kein Warum.

»Warum schreibst du für so ein Provinzblatt, wenn du studiert hast?«, fragt Ela und erntet betretenes Schweigen. Neben mir räuspert sich Moritz.

»Das ist nur vorübergehend.«

Ich bin froh, dass niemand meinen Gesichtsausdruck sieht.

»Also ich bin hier weg, sobald meine Ausbildung zu Ende ist. Wie man freiwillig in dieses Kaff ziehen kann, ist mir ein Rätsel.«

Ich schlucke. Mein Entschluss, Ela zu verabscheuen, steht fest.

»Ela ist unsere kleine Kratzbürste«, sagt jemand, der hinter mir sitzt und lacht. »Darf man nicht so ernst nehmen.« Ich bin ihm dankbar für den Versuch, die Situation zu entschärfen, an meiner Entscheidung, Ela zu verabscheuen, ändert sich jedoch nichts.

»Man darf ja wohl seine Meinung sagen.«

»Wie lange fahren wir noch?«, wirft Moritz ein und beendet die Diskussion auf diese Weise.

»Viertelstunde.«

Die weitere Autofahrt verläuft nahezu schweigend. Ein paar Schlaglöcher halten meine Augen glücklicherweise davon ab, im Minutentakt zuzufallen. Als wir schließlich in Großbärenbach ankommen, ist alles noch schlimmer als erwartet. Das Konzert findet in einer Art Scheune statt, die renoviert wurde – allerdings, ohne die nötige Heizanlage einzubauen. In meinem T-Shirt und der dünnen Jeansjacke ist mir bereits nach wenigen Minuten eiskalt, und das, obwohl um mich herum hunderte Menschen in schwarzen Lederhosen und -kleidern ihre dunkel gefärbten Mähnen zu martialischen Klängen schütteln. Die Erkenntnis trifft mich wie ein Ball am Kopf: Ich bin auf einem Heavy-Metal-Konzert gelandet. Einen Moment lang möchte ich losheulen.

Abgesehen davon, dass ich Heavy Metal hasse und mit meinem spießigen Outfit peinlich aus der grölenden Menge heraussteche, mir kalt ist und ich niemanden kenne außer der Band, die den Rest des Abends über auf der Bühne stehen wird, nervt mich der stechende Blick, den Ela mir permanent zuwirft. Als sie an der Bar steht und sich eine Flasche Bier bestellt, fällt mir auf, dass sie deutlich größer ist als ich. Aus ihrem hautengen schwarzen Tanktop ragt die Spitze eines Tribals heraus. Ihre langen, schlanken Beine stecken in dunklen Röhrenjeans, ein mächtiger Nietengürtel schlingt sich wie eine Schlange um ihre Hüften. Ihr düsteres Make-up verleiht ihrem Gesicht etwas Bedrohliches. Ich bin mir sicher, dass die meisten Menschen auf diesem Konzert sie sexy nennen würden. Mir macht sie eher Angst.

»Du hattest keine Ahnung, welche Musik wir spielen, oder?«

Moritz hat sich mit einer Flasche Bier neben mich gestellt und beobachtet Ela, während im Hintergrund eine Band auf der Bühne grölt und der harte Sound durch die Halle fegt. Im Vergleich zu seinen Bandkollegen entspricht sein Outfit weniger gängigen Metal-Klischees. Er trägt eine dunkle Jeans mit Nietengürtel, schwarze Chucks und darüber ein moosgrünes T-Shirt, auf dem in verschlungenen Lettern »Judas Priest« steht. Es würde mich nicht wundern, wenn er genau dieses Outfit morgen im *Coffeeshop* tragen würde. Außerdem ist er das einzige Bandmitglied mit kurzen Haaren, stelle ich fest.

»Doch, das wusste ich«, schreie ich gegen die Musik an, deren Bass meinen Körper beben lässt.

Ich bemühe mich, gelassen zu klingen und mir nicht ansehen zu lassen, wie unwohl ich mich fühle – und wie sehr ich mich selbst verfluche, diese Veranstaltung nicht gegoogelt zu haben.

Ela kommt mit ihrem Bier auf uns zu und schlingt die Arme wie selbstverständlich um Moritz' Hüften. Ich fühle mich unbehaglich neben den beiden, besonders als Ela mich mit ihren Blicken scannt.

Ja, ich weiß, dass ich spießig aussehe. Ja, ich weiß, dass ich hier nicht hergehöre.

»Die sind so geil«, sagt sie und deutet auf die Band, die auf der Bühne steht. Moritz nickt anerkennend. Ich finde die Musik grauenhaft. Ein einziges Gebrülle, Geschreie und Gejaule. Zu laut, zu hart, zu unmelodisch.

»Voll dein Ding, oder?«, flüstert mir Moritz ins Ohr, und ich weiche automatisch einen Schritt zurück, weil es mich irritiert, dass er mir so nahe ist – so nahe, wie Julian mir am Abend zuvor war. Der Gedanke an ihn verursacht ein mulmiges Gefühl in meinem Magen. Vielleicht liegt es auch eher daran, dass heute keine Mail von ihm im Posteingang war, was ich nach dem gestrigen Abend irgendwie erwartet hatte.

»Ich find's gut«, schreie ich mit den Dezibel einer Autohupe.

Er schüttelt ungläubig den Kopf und lacht.

Auf meiner Uhr ist es 21.30 Uhr. Noch eine halbe Stunde, bis es losgeht. Ich weiß nicht, ob ich weinen oder an die Bar flüchten möchte. Ela flüstert Moritz etwas ins Ohr, woraufhin er grinst und ihr durch die kurzen Haare wuschelt. Ob da was läuft zwischen den beiden? Ob er sie attraktiv findet? Ich habe Moritz mit so vielen Frauen gesehen, dass ich es nicht einschätzen kann. Und dass ich eine von vielen war, fühlt sich nicht gut an. Noch dazu eine, die ihm sicherlich peinlich wäre vor Leuten wie diesen.

Als die Band loslegt – sie werden unter Kreischen und Grölen angekündigt als *Deamons of the Drums* –, habe ich mich mit einer Flasche Bier auf einen Barhocker gesetzt. Ihre Musik finde ich genauso schrecklich wie alles andere, was ich zuvor gehört habe. Sie schreien und krächzen ins Mikrofon, wirbeln ihre Instrumente durch die Luft und trommeln wie wild auf einem Schlagzeug herum. Die Masse vor der Bühne ist außer sich, übt sich im Headbanging, reißt die Arme in die Luft, grölt und kreischt mit. Es dröhnt aus allen Ecken. Ich beobachte Ela, wie sie vor der Bühne abrockt, ihre nicht vorhandene Mähne durch die Luft schleudert, ekstatisch lacht und dabei bewundernde Blicke einfängt, wie ihre leuchtenden Augen dabei immer wieder zu Moritz wandern, der eine schwarze E-Gitarre um den Hals trägt, die ihm tief auf den Hüften sitzt.

In meinem ganzen Leben habe ich mich noch nie so fehl am Platz gefühlt. Dieser Abend ist ein Fiasko. Demütigend, blamabel. Ich spüre süffisante Blicke auf mir, möchte mich am liebsten verkriechen, zurück in meine Welt, selbst wenn sie derzeit aus einem Kellerzimmer besteht.

Um Mitternacht, als die Stimmung auf dem Höhepunkt ist und die Jungs verschwitzt und ohne Shirt auf der Bühne rocken, falle ich vor Müdigkeit fast vom Stuhl. Weil ich mich nicht bewege, ist mein Körper durchgefroren und steif, was absurd erscheint bei all den schweißnassen Menschen um mich herum. Gequält lege ich den Kopf auf den Tresen und schließe die Augen.

»Aufwachen, Fischköpfchen.«

Jemand rüttelt mich sachte.

»Hey! Aufwachen.«

Die Stimme wird lauter. Ich schrecke hoch und blicke in Moritz' dunkle Augen.

»Wasss passiert?«, stammle ich schlaftrunken und werfe einen desorientierten Blick durch die Halle, die sich größtenteils geleert hat. Nur noch vereinzelt stehen Leute an der Bar, bauen die Bühne ab oder sammeln Gläser ein. Ein paar Schnapsleichen sitzen am Boden und starren mit glasigen Augen ins Leere.

»Du bist eingepennt, das ist passiert.«

»Wie spät ist es?«, murmle ich schläfrig.

»Halb zwei.«

»Mist.«

Ich reibe mir die Augen.

»Wo sind die anderen?«

»Schon am Bus. Wir wollten dich schlafen lassen, bis wir abgebaut haben.«

Ich spüre, wie ich knallrot anlaufe.

»Lass mich hier«, jammere ich gequält und verberge das Gesicht in meinen Händen.

Zu meinem Erstaunen beginnt Moritz zu lachen.

»Komm«, sagt er und zieht mich am Arm, auf dem sich trotz meiner dünnen Jacke eine Gänsehaut gebildet hat.

»Du bist ja eiskalt.«

»Es ist ja auch kalt hier«, brumme ich und verschränke automatisch die Arme vor der Brust.

»Ja, das haben die 500 nassgeschwitzten Konzertbesucher, die bis vor kurzem noch hier waren, sicher auch so gesehen«, bemerkt er und reicht mir einen grauen Sportpullover. »Hier, nimm den.«

Als er mein Zögern bemerkt, rollt er mit den Augen.

»Der ist ungetragen.«

Einen Moment lang möchte ich ihm sagen, dass mein Zögern andere Gründe hat, dass es mir unangenehm ist, schon wieder eines seiner Kleidungsstücke zu tragen, doch stattdessen siegt die Frostbeule in mir. Ich ziehe mir den Pullover über den Kopf und genieße das wohlige Gefühl, das sich sogleich einstellt. Er ist weich und flauschig und duftet so angenehm nach Waschmittel und Männerparfum, dass ich Mühe habe, nicht zufrieden die Augen zu schließen.

»Komm jetzt. Ab nach Hause.«

Missmutig laufe ich mit ihm zurück zum Bus und bringe vor lauter Scham über mein Nickerchen kein Wort heraus. Wie konnte mir das nur passieren? Wie peinlich.

»So, die Partykönigin wäre dann auch da«, sagt Moritz, als wir auf die anderen Bandmitglieder treffen, die mit Ela vor dem Bus stehen und ihre Glimmstängel in die dunkle Nacht halten. Gelächter setzt ein.

»Es tut mir so leid«, murmle ich verlegen. »Ich hatte einen unglaublich langen Arbeitstag und war einfach so fertig … Sorry. Das ist keine Entschuldigung, aber … Es tut mir echt leid.«

»Krieg dich ein, ist doch halb so wild«, sagt jemand im Dunkeln. »Ich find's super, dass du überhaupt mit bist. Ist ja schon eher was für eingefleischte Metal-Fans. Hoffe nur, dass du genug Stoff für deinen Artikel hast.«

»Ich hab nur die letzte Stunde geschlafen«, entgegne ich todernst, und plötzlich lachen alle noch lauter.

Als ich im Bus sitze, bin ich wieder hellwach. Ich verkrieche mich in Moritz' Pullover, lehne meinen Kopf gegen die Scheibe und versuche, das leise Schnarchen hinter mir auszublenden. Plötzlich kullern mir Tränen über die Wangen. Tränen der Müdigkeit, der Scham, der Demütigung. Wie bin ich nur hier gelandet? Wie bin ich nur an diesen Punkt in meinem Leben gekommen, an dem mich ein misslungenes Dorfkonzert zum Weinen bringt? Ich schniefe leise und wische mir mit dem Ärmel die Tränen aus dem Gesicht, bis mir einfällt, dass es Moritz' Pullover ist, den ich gerade mit Mascara besudele. *Nicht auch noch das.*

Als hätte er meine Gedanken gehört, nehme ich plötzlich ein leichtes Zucken neben mir wahr, gefolgt von einem müden Seufzer. Hastig tupfe ich mir die Augen trocken, während Moritz neben mir in seiner Hosentasche kramt. Er stupst mich an und drückt mir etwas Weiches in die Hand, das ich im Dunkeln nicht sehen, aber fühlen kann. Ein Taschentuch.

35.

Am nächsten Morgen möchte ich gleich weiterheulen. Die Erinnerungen an den vergangenen Abend überrennen mich wie eine Herde Büffel, erst recht, als ich ein zerknittertes Taschentuch neben meinem Bett entdecke. Meine Augen sind so verquollen und verklebt, dass ich sie mit zwei Fingern öffnen muss, und mein Nacken ist steif vom Schlafen auf dem Tresen. Ich fühle mich wie ein gefällter Baum. Und als ich enttäuscht feststelle, dass Julian sich immer noch nicht gemeldet hat, wie ein zersägter, gefällter Baum. Ein zersägter, gefällter Baum, in einem herrlich weichen Baumwollpullover. Wie passend.

Weil ich Heike in einem Moment von Selbstzerstörungssucht versprochen habe, ihre Schicht zu übernehmen, schleppe ich mich und mein Fahrrad in den *Coffeeshop*. Ich schiebe es wie einen Rollator neben mir her, weil sich mein Körper wie 80 fühlt – oder wie 80 Jahresringe. Wie jemand, der Canasta spielt und Topflappen häkelt.

Als ich die Tür öffne, bin ich erleichtert, dass der Laden relativ leer ist. Nur zwei Tische sind überhaupt besetzt, und vor der Theke herrscht gähnende Leere. Moritz schäumt Milch und sieht kurz auf, als ich eintrete. Er wirkt nicht im Entferntesten so müde wie ich, und das, obwohl er bereits seit zwei Stunden arbeitet.

»Espresso?«

Ich nicke wortlos.

»Eigentlich hast du kein Recht, müde zu sein. Du hattest zwei Stunden mehr Schlaf, sogar drei, wenn man dein Nickerchen auf dem Tresen mitzählt.«

»Haha«, murre ich und schleppe mich hinter die Theke. Ob ich mir den ganzen Tag solche Sprüche anhören muss? Ob irgendwann das Wort »Heulsuse« fällt? Ich könnte sofort im Erdboden versinken, wenn ich daran denke, dass ich vor Moritz den Bus geflutet habe.

Er reicht mir kurz darauf eine kleine Tasse, die ich in einem Zug leere und dabei angewidert das Gesicht verziehe. Ich mag Espresso nicht, aber für den heutigen Tag müssen wir uns wohl anfreunden.

»Deinen Pullover bring ich dir morgen mit. Ich will ihn erst noch waschen.«

Obwohl ich ihn lieber behalten würde, weil er so flauschig ist und nach Mann duftet.

»Kein Stress, ich hab noch ein paar andere im Schrank.«

Vier junge Frauen schlendern mit großen Handtaschen und vollbeladenen Einkaufstüten in den *Coffeeshop*. Eine von ihnen ist schwanger und schiebt einen mächtigen Bauch vor sich her. Sie steuern Tisch zwei an, während sie schnattern wie Gänse und immer wieder kichern und lachen. Mädelstag. Darauf hätte ich auch mal wieder Lust. Hinter ihnen taucht Elas Kopf auf. Sie trägt dasselbe Outfit wie am Abend zuvor. Der Kajal um ihre Augen ist ein wenig verwischt, und ihr Gesicht sieht genauso müde aus wie meins, was mir eine gewisse Genugtuung verschafft.

»Vier große Cappuccini, einen davon bitte koffeinfrei«,

sagt die schwangere Frau und deutet lächelnd auf ihren Bauch, als würde dort ein »Baby an Bord« – Schild kleben.

Ich beobachte von der Seite, wie Ela auf Moritz zugeht und mit einem Schlüssel wedelt.

»Was macht das?«, fragt die Schwangere, als wolle sie mir demonstrieren, wem ich meine Aufmerksamkeit schenken soll.

»11,20«, murmle ich apathisch.

Sie kramt in ihrer Geldbörse. Münzen klimpern.

»Hättest ihn auch in den Briefkasten werfen können«, sagt Moritz indessen zu Ela.

»Hätte ich«, gibt sie schelmisch zurück und zieht eine Schnute.

Die schwangere Frau gibt mir zwölf Euro und murmelt »passt so«, während ich die Milch aufschäume und vier große Untertassen mit Löffeln und Schokolade versehe.

»Du warst ziemlich schnell weg heute Morgen.«

Heute Morgen. Läuft da etwas zwischen den beiden?

»Ich musste arbeiten«, gibt er knapp zurück und wirkt ungeduldig.

Wenn sie enttäuscht ist, lässt sie es sich nicht anmerken. Stattdessen wirft sie ihm eine Kusshand zu und verabschiedet sich.

»So«, sagt Moritz mit Blick auf die vier großen Tassen, deren Schaumkronen ich besonders gut hinbekommen habe. »Welcher ist der koffeinfreie?«

Ich weiß nicht, was mich mehr schockiert. Dass auch Männer Multitasking beherrschen oder dass ich keine Ahnung habe, welcher Cappuccino »FSK schwanger« ist.

»Äh.«

Er zieht eine Augenbraue hoch.

»Welcher?«

»Ich ... hab nicht aufgepasst.«

Die schwangere Kundin bläst die Backen auf, Moritz rollt mit den Augen.

»Du hast nicht aufgepasst? Marit, hier stehen fast zwölf Euro.«

»Tut mir leid«, murmle ich verlegen und senke den Blick.

»Sie nehmen die hier mit«, sagt er zu ihr und deutet auf die Tassen. »Und ich mache Ihnen noch einen koffeinfreien. Der geht natürlich aufs Haus. Wäre das o. k.?«

Sie ist einverstanden, wenn auch nicht begeistert.

»Kannst du dich bitte mal auf deine Arbeit konzentrieren?«, fährt Moritz mich an, als sie bei ihren Freundinnen sitzt und die Geschichte gestenreich wiedergibt.

»Das sagt der Richtige.«

Ooops.

»Wie bitte?«

Er wedelt mit der Hand vor seiner Stirn, als könne er nicht glauben, was ich ihm gerade vorwerfe, und ich verfluche mich für mein vorlautes Mundwerk, das immer zwei Sekunden schneller ist als mein Hirn.

»Was soll denn das jetzt?«

Hättest du nicht wieder deine Weibergeschichten vor meiner Nase ausgelebt, hätte ich mich auf meine Arbeit konzentriert.

»Sorry, war meine Schuld. Ich hätte besser aufpassen sollen. O. k.?«, murmle ich demütig.

Ich bin zu müde für Diskussionen mit Moritz und hoffe, dass ich sie auf diese Weise noch abgefangen habe. Die Spülmaschine blinkt. Perfektes Timing. Ich deute auf das leuchtende Lämpchen und zucke unschuldig mit den Schultern. Ohne seine Reaktion abzuwarten, kehre ich ihm den Rücken und räume das Geschirr aus.

In der nächsten Stunde werde ich unfreiwillig Zeugin einer Diskussion über die Antibabypille zwischen einer Mutter und ihrer Teenager-Tochter, die darin gipfelt, dass die Mutter mich fragt, wann ich denn die Pille genommen hätte, weil ich ja näher am Alter ihrer Tochter wäre als sie. Ich bin so überfordert, dass ich, obwohl Moritz direkt neben mir steht, »15« antworte, was bei ihm Kopfschütteln und bei der Tochter Triumphgefühle auslöst.

Obwohl ich den Tag nur mit viel Koffein überstehe und die Sehnsucht nach meinem Bett und einer Mütze Schlaf überwältigend ist, sage ich das Treffen mit Tessa im *Ludwig* nicht ab. Ich habe das Gefühl, es hinter mich bringen zu müssen, und kann nicht leugnen, dass meiner geschundenen Seele ein Abend mit Frauengesprächen guttun könnte – auch wenn ich den Gedanken ausblenden muss, dass gerade Tessa ein Grund für meinen Zustand ist.

Weil ich sie nur topgestylt kenne, ist es außerdem eine gute Gelegenheit, mal wieder etwas anderes als bequeme Jeans und Sneakers aus dem Kleiderschrank zu ziehen. Ich entscheide mich für einen kurzen Rock, braune Stiefel und ein Shirt, das gut zu meinen Haaren passt, die ich locker über die Schultern fallen lasse. Es fühlt sich gut an, länger als fünf Minuten vor dem Spiegel zu stehen, und noch besser, weil es nicht für einen Mann, sondern mich selbst ist.

Als ich im *Ludwig* ankomme, ist es schon ziemlich voll. Ich entdecke ein paar bekannte Gesichter unter den Gästen, darunter Tom, der einen Moment lang zu überlegen scheint, wer ich bin. Irgendwann macht es klick, und er hebt die Hand. Ich suche die Tische nach Tessa ab, kann sie aber nirgendwo finden. Meine Uhr zeigt zwei vor acht.

Ich nehme am selben Tisch Platz, an dem ich auch mit Julian saß. Der Julian, der sich immer noch nicht gemeldet hat, obwohl er mich angeblich noch diese Woche wiedersehen wollte.

»Hi. Da bist du ja.«

Ich habe Tessa nicht kommen sehen. Sie umarmt mich zur Begrüßung, wobei ein Schwall ihres süßlichen Parfums an meine Nase dringt. Ihr Haar trägt sie zu einem lockeren Pferdeschwanz, der ihr etwas Mädchenhaftes verleiht, und ihre Beine stecken in Jeans und bequemen hellen Sneakers.

So viel zu topgestylt.

»Du siehst super aus.«

Sie lässt ihren Blick bewundernd an mir hinabwandern.

»Ehrlich, sehr schick. Ich kenne dich ja immer nur im Arbeitsoutfit. Du hast tolle Haare, solltest du öfter so tragen.«

Ausgeschlossen, diese Frau nicht zu mögen!

Sie fragt, ob ich schon bestellt habe, und schlägt, als ich verneine, eine Flasche Rotwein vor. Ich muss wieder an Julian denken, schlage mir den Gedanken aber sofort aus dem Kopf.

»Super, dass es endlich geklappt hat mit uns beiden. Du bist ja ziemlich eingespannt mit deinen beiden Jobs. Willst du das eigentlich länger durchziehen? Stell ich mir sehr stressig vor.«

»Nein, nur noch ein paar Wochen ... oder Monate. Dann gehe ich wieder zurück nach Hamburg.«

»Du kommst aus Hamburg?«

Ich nicke.

»Warum bist du nach Altberg hergezogen?«

Gott sei Dank kommt genau in diesem Moment die Bedienung, um unsere Bestellung aufzunehmen. Sie wechselt ein paar Worte mit Tessa, die sie gut zu kennen scheint, während ich meinen Blick durch die Kneipe wandern lassen, und schließlich Moritz an der Bar entdecke.

Ich rolle mit den Augen, und Tessa bemerkt es.

»Du kannst ihn nicht sonderlich gut leiden.«

Es ist eine Mischung aus Frage und Feststellung.

»Das unterscheidet mich wohl von den anderen 50 Frauen hier«, spotte ich. »Vielleicht muss ich auch mit ihm schlafen, um das anders zu sehen.«

Sie legt den Kopf in den Nacken und lacht, während mein Blick noch immer auf Moritz haftet.

»Na ja, so weit entfernt warst du …«

»Stopp«, unterbreche ich sie und mache ein gequältes Gesicht. »So weit ist es Gott sei Dank nicht gekommen.«

»Ach, so schlimm ist er gar nicht.«

»Outest du dich gerade?«

Lächelnd schüttelt sie den Kopf. »Wir waren früher mal gut befreundet. Daher kenne ich auch einen anderen Moritz. Einen ganz zahmen.«

Ich beobachte ihn, wie er sich mit zwei Frauen an der Bar unterhält, und kann mir nicht vorstellen, dass er je anders war als in diesem Moment.

»Als er mit Lynnie zusammen war, gab's für ihn keine andere Frau. Das war seine Exfreundin.«

»Ja, Heike hat mir von ihr erzählt.«

»Der war so in sie verschossen. Wir waren damals alle in

derselben Klasse. Moritz, Lynnie, Tom, ich und Tobias, mein Verlobter.«

Ich zucke zusammen, als ich seinen Namen höre, aber sie bemerkt es nicht.

»Was ist passiert?«

»Das Leben«, antwortet sie, ohne lange nachzudenken. »Die Schule geht nicht ewig. Lynnie hat nach dem Abi studiert und war nur noch an den Wochenenden in Altberg, und Moritz …«, sie überlegt kurz, »Moritz hatte keine Lust zu studieren. Er wollte nicht weg von hier. Das ging noch eine Weile gut, aber irgendwann eben nicht mehr. Lynnie ist in ihrem Studium aufgegangen, hat Praktika im Ausland gemacht, und Moritz saß hier und hat auf sie gewartet. Als Lynnie dann für ein Jahr nach Lyon wollte, kam das große Aus.«

Ich sehe die Frau mit den roten Haaren vor mir und versuche, sie mir neben Moritz vorzustellen.

»Die zwei haben sich einfach auseinanderentwickelt, wollten verschiedene Dinge im Leben.«

»Was wollte er denn?«

»Moritz«, überlegt sie, »hat es hier immer gefallen. Ich glaube, er hätte am liebsten eine Bar aufgemacht. Das hätte auch zu ihm gepasst.«

»Warum hat er es nicht gemacht?«

Sie zuckt mit den Schultern.

»Keine Ahnung. Er hat fest im *Coffeeshop* angefangen, und dort arbeitet er seitdem. Und dann hat er ja noch seine Band.«

Erinnerungen an den vergangenen Abend kommen hoch. Zottelige Männer, Frauen in Lederkleidern, verschwitzte Mähnen und dazu Geschrei und Gekrächze.

»Ich verstehe nicht, wie einem das reichen kann«, bemerke ich. »Das ganze Leben nichts anderes zu machen, als hinter dieser Theke zu stehen.«

»Ich auch nicht. Aber ihn macht es wohl glücklich. Und das ist das Einzige, was zählt, oder?«

Tessa zuckt mit den Schultern und wirft einen Blick in Moritz' Richtung.

»Ich weiß ja nicht, wo dein Problem ist«, murmelt sie schelmisch. »Wenn ich nicht verlobt wäre …«

»Moritz?!«, sage ich entsetzt und reiße die Augen ungläubig auf, als könnte ich nicht glauben, was ich da eben gehört habe.

»Komm schon, sieh ihn dir an … Du kannst mir nicht erzählen, dass du ihn nicht ein kleines bisschen sexy findest. Diese Haare, dieser Bart, diese Augen, diese Schultern.«

Sexy?

»Nee, nicht mein Typ. Echt nicht.«

Ich schüttle den Kopf, als müsste ich diese Aussage unterstreichen – oder mir selbst einreden, dass sie immerhin einen Wahrheitsgehalt von 95 Prozent hat.

»Wer ist denn dann dein Typ?«, neckt sie mich.

Dein Verlobter.

Ich weiß nicht, warum ich es nicht einfach ausspreche. Stattdessen erkläre ich ihr, wie sehr ich auf geradlinige, erfolgreiche Männer stehe, die wissen, was sie wollen, Ziele verfolgen, Pläne haben. *Wie Julian,* denke ich insgeheim.

»So einen hab ich daheim«, bemerkt sie unbeeindruckt. »Auch nicht alles Gold, was glänzt.« Einen Moment lang möchte ich ihr den Wein über die Haare kippen. Stattdessen flüchte ich mich auf die Toilette und stoße heftig mit Moritz zusammen, was mich erröten lässt, weil Tessas »sexy« in meinem Kopf hallt.

»Aufpassen«, sagt er und fasst meine Handgelenke. Die Berührung fühlt sich wie Strom auf meiner Haut an, jagt eine Hitzewelle durch meinen Körper. Sein Blick ist plötzlich so eindringlich, dass ich ihm nur mit Mühe standhalten kann. Für einen kurzen Moment verliere ich mich in seinen dunklen Augen, ehe mich der plötzlich einsetzende laute Bass aus den Boxen zusammenzucken lässt. Ich entziehe ihm mit einem Räuspern meine Handgelenke, schiebe mich an ihm vorbei und flüchte auf die Toilette. Nachdem ich die Tür hastig hinter mir geschlossen habe, scheint es, als wolle mein Herz einen Rekord im Schnellschlagen aufstellen. Als ich meine feuerroten Wangen im Spiegel erblicke, fahre ich mir mit den Händen übers Gesicht, doch der kühlende Effekt bleibt aus.

Ich fühle mich wie eine lebende Glühbirne, als ich auf unseren Tisch zusteuere, und dass ausgerechnet Moritz und Tom mit einem Bier in der Hand bei Tessa stehen, lässt die Wattzahl nach oben schießen.

»Marit, Tom hat gerade gesagt, dass er dich vorhin kaum erkannt hat, weil du so scharf aussiehst«, sagt Tessa aufgedreht und nippt an ihrem Glas Wein, während Tom ihr einen eindeutigen Blick von der Seite zuwirft und mich entschuldigend anlächelt.

»So habe ich es nicht formuliert.«

»Doch«, bestätigt Moritz, und alle drei lachen.

Ich spüre seinen intensiven Blick auf mir, als ich mich setze, und greife eilig nach meinem Weinglas, weil sich mein Mund plötzlich staubtrocken anfühlt.

»Ich hoffe, wir stören euch nicht«, fragt Tom und sieht uns fragend an.

»Quatsch«, antwortet Tessa eine Spur zu schnell. Sie wirft mir einen unsicheren Blick zu, als sei ihr zu spät klargeworden, dass ich anderer Meinung sein könnte.

»Nein, nein«, bemerke ich mit einem schwachen Lächeln.

Als hätte ich den Startschuss gegeben, stellt Tom seine Bierflasche auf unseren Tisch, und Moritz tut es ihm zögerlich nach.

»Also ... was gibt es Neues von der Hochzeit des Jahres?«, flachst Tom und schneidet damit ausgerechnet eines der wenigen Themen an, die ich an diesem Abend nicht ertrage. Ich spüre, wie sich mein Körper versteift und ich unruhig auf meinem Platz hin- und her rutsche.

»Hey, könnt ihr Mitleid mit zwei Singles haben und das ein anderes Mal bequatschen?«, wirft Moritz ein und nimmt einen tiefen Schluck von seinem Bier. Ich könnte ihm in diesem Moment um den Hals fallen, bringe aber nur ein schwaches Lächeln in seine Richtung zustande.

»Ich bin auch Single«, beschwert sich Tom und zuckt mit den Schultern.

»Ja, aber meistens nur für ein paar Wochen«, kontert Moritz und grinst.

»O. k., o. k., aber das kostet dich eine Runde. Tequila für alle, wie in alten Zeiten«, verkündet Tessa und macht sich grinsend auf den Weg zur Bar, bevor ich sie davon abhalten kann. Schnaps ist das Allerletzte, was mein müder Körper heute braucht, und ein erster Hinweis darauf, dass der Abend nicht nach einem gemütlichen Glas Wein um 22 Uhr enden wird.

Nach zwei Tequila-Runden sitzen Tom und Moritz immer noch an unserem Tisch. Aus unserem Mädelsabend ist eine Art Cliquen-Revival geworden. Tom und Tessa schmeißen sich Anekdoten aus der Schulzeit um die Ohren, die Moritz mit Detailwissen ergänzt. Ich erfahre, dass Tessa in der neunten Klasse einen Verweis wegen vulgärer Ausdrucksweise bekommen hat, Tom in der elften gleichzeitig drei Freundinnen hatte und Moritz in die Schule eingebrochen ist, um eine CD wiederzubekommen, die ihm abgenommen wurde.

Dabei genieße ich es, nur zuzuhören und in keine Peinlichkeit involviert gewesen zu sein, und spüre, wie mir der Tequila sämtliche Steine vom Herzen schwemmt. Keine trübsinnigen Gedanken an Julian, keine an das vermasselte Konzert. Auch wenn ich es ungern zugebe, entwickelt sich dieser Abend von Minute zu Minute zu einem der lustigsten seit langem.

Als wir den vierten Tequila auf ex getrunken haben und die Stimmung im *Ludwig* auf dem Höhepunkt ist, deutet Tom mit dem Finger auf Tessa und mich.

»Wisst ihr zwei eigentlich, dass ihr was gemeinsam habt?«

Seine Sprechweise hat sich durch den Alkohol verlangsamt, und in seinen Augen leuchten Promillezahlen.

»Tom, lass gut sein«, brummt Moritz und kickt ihn sachte in die Seite.

»Was denn?«, will Tessa wissen, eine Spur zu laut.

»Ihr zwei«, flüstert Tom mit alkoholgeschwängerter Stimme und lacht, während Panik in mir ausbricht. Ich kann plötzlich erstaunlich klar denken und ahne, in welche Richtung diese Aussage gehen könnte. *Tom darf Tessa auf kei-*

nen Fall von Toby erzählen. Das würde alles ruinieren, den Abend, mein Leben, Tessas Leben.

»Tom«, wiederholt Moritz angestrengt. »Wir zwei gehen jetzt mal eine rauchen.«

Unsere Blicke streifen sich kurz.

»Ich will's jetzt wissen«, quengelt Tessa schrill und zieht eine Schnute. »Je-he-tzt.«

»Marit und du«, lallt Tom amüsiert und deutet anschließend auf Moritz, der seinen Kopf kurz in den Händen vergräbt, als wolle er ausblenden, was gerade passiert.

Puh. Gerade noch mal gut gegangen.

»Du und er und ich und er«, kreischt Tessa und bricht in Gelächter aus.

Moritz wirkt genauso erleichtert wie ich, auch wenn ein betretener Ausdruck in seinen Augen liegt.

»Bei uns ist das ... äh ... dreizehn Jahre her?«, sagt sie. »Aber bei euch ...«

»Hier«, lallt Tom euphorisch. »Hier in diesem Raum. Da hinten im ... äh ... Eck.«

Unsere Augen folgen seinem Zeigefinger. Ich habe das Gefühl, einen Tatort zu betrachten, und runzle die Stirn.

»Die hallllbe Nacht«, ergänzt Tom, der in seiner Rolle als Geschichtenerzähler regelrecht aufblüht. »Das war vielleicht eine Darbietung.«

»Ich brauch noch einen Tequila«, murmle ich entsetzt und sehne mich nach einem Gefrierfach für meinen Kopf.

»Hast du nicht vorhin gesagt, du findest ihn gar nicht ... absolut nicht ... sssexy?«, lallt Tessa und hält sich theatralisch die Hand vor den Mund. »Ups.«

»Danke für die Blumen«, brummt Moritz mit einem Schmunzeln auf dem Gesicht.

»Macht nix. Er findet sie ja auch überhaupt gar nicht sexy. Zu spießig. Und … prüde … und … nicht rothaarig … und …«

»Ist gut, Junge«, geht Moritz dazwischen, schnappt sich Tessas Weinglas und leert es in einem Zug.

»Hey, das war meins.«

Ungläubig schüttle ich den Kopf. *Im Wein liegt zu viel Wahrheit.*

36.

Um kurz nach eins stellen Tessa und Tom, die seit gefühlten zwei Stunden durchkichern, fest, dass sie Hunger auf Würstchen mit Senf haben. Bei mir ist genau das Gegenteil der Fall, seit ich weiß, wie und wo und wie lange ich mit Moritz geknutscht habe, der jetzt noch dazu weiß, dass ich ihn absolut nicht sexy finde und der mich für prüde hält. Erkenntnisreicher Abend.

»Ich bin verlobt mit einer Wurstfabrik. Da gibt's Würstchen … rund um die Uhr … Und ich hab einen Schlüssel. Generalschlüssel«, verkündet Tessa. Ihre Frisur ist inzwischen so durcheinander, dass sie ihr in wilden Strähnen vom Kopf hängt, und ihre Augen sind glasig vom vielen Alkohol.

»Auf in die Wurstfabrik«, ruft Tom und richtet sich wie ein Soldat auf.

Bei mir schrillen alle Alarmglocken. Mit Tessa Tequila zu trinken, war das eine, in Tobys Wurstimperium einzudringen eine grauenhafte Vorstellung und ein Garant für Drama und Chaos.

»Ohne mich. Ich bin müde und hab auch gar keinen Hunger.«

»Vergiss es, du kommst mit«, tönt Tessa, und Tom nickt wie ihr Wackeldackel. Moritz streift mich mit seinem Blick, als würde er die Panik spüren, die mich überkommt.

»Nein, wirklich. Ich will nach Hause …«

Tessa lässt mich nicht zu Wort kommen.

»Wir gehen alle. Du auch. Sei kein Spielverderber. Gibt auch … alles«, sie hickst, »umsonst.«

»Ich bin doch Vegetarierin«, versuche ich es.

»Dann holen wir vorher Käse von mir zu Hause. Wir haben auch … Käse. Viel Wurst, aber auch … Käse.«

Sie wirft den Kopf zurück und lacht, und ich kann mir ein Schmunzeln nicht verkneifen.

»Geht ihr mal zu zweit«, schaltet sich Moritz ein. »Mir ist auch nicht nach Würstchen. Ich bring sie noch nach Hause und hau mich dann aufs Ohr.«

Ein Hoffnungsschimmer. Der erwartete Protest bleibt überraschenderweise aus. Tessa und Tom zucken mit den Schultern und bestellen sich ein Taxi, während Moritz und ich betreten auf die leeren Schnapsgläser vor uns starren.

Nachdem wir die Zeche bezahlt haben, wanke ich mit unsicheren Schritten aus der Kneipe und genieße die frische Luft, die mir kühl und klar entgegenströmt. Das Taxi für Tessa und Tom steht bereits da. Wir verabschieden uns voneinander, dann sind die beiden weg. Für Toby kann ich nur hoffen, dass seine Verlobte morgen in seinem Bett aufwacht.

»O. k., ich fahr dann mal«, seufze ich, während ich mir die Jacke zuknöpfe und das Fahrradschloss aufsperre.

»Ich hab gesagt, ich bring dich nach Hause, also mach ich das auch.«

Er hat wieder seinen Befehlston angenommen, und für einen Moment ist die kurzzeitige Sympathie, die ich für ihn empfunden habe, Geschichte. Aber weil ich zu müde bin, etwas Emanzipiertes von mir zu geben, zucke ich kapitulierend mit den Achseln. Es ist nicht weit, bis zu meinem Kellerloch, das überlebe ich sogar neben Moritz. Er zieht den Reisverschluss seiner Jacke zu und reibt sich die Hände.

»Danke für vorhin«, sage ich, als wir ein paar Schritte gegangen sind.

»Für was?«

»Das mit der Hochzeit … und dass du eingelenkt hast, als Tessa in die Fabrik fahren wollte. Mein ›nein‹ hätte sie bestimmt nicht akzeptiert.«

Er sagt nichts, läuft wortlos neben mir her, während ich das Fahrrad schiebe und die Griffe fest umklammere. Die Innenstadt ist wie ausgestorben, menschenleer. Unsere Schritte hallen auf dem Boden.

»Ich dachte, Tom weiß Bescheid«, sagt Moritz plötzlich. »Als er anfing mit … der Gemeinsamkeit zwischen Tessa und dir.«

»Oh ja, das war die Hölle. Ich dachte, er sprengt den ganzen Abend. Gott sei Dank war's dann nur … na ja …«

»Du sahst trotzdem ziemlich blass um die Nase aus.«

Er klingt amüsiert, und ich spüre, wie ich rot werde. Immerhin ist die Straße schlecht beleuchtet.

»Na ja, wir haben nie darüber geredet. Ich wusste nicht … was genau passiert ist. Aber … Wir waren eben beide furchtbar betrunken. Also … was soll's.«

Ich atme tief ein und wieder aus und hoffe, er hört es nicht. Im Vergleich zu Tom und Tessa kommt er mir sehr klar im Kopf vor.

»Ich nicht.«

Mein Blick schnellt in seine Richtung.

»Was meinst du?«

»Betrunken. Ich nicht.«

Ich werfe ihm irritiert einen Blick von der Seite zu, aber er sieht unbeeindruckt auf seinen Weg.

»Aber du hast doch gesagt …«

»Ich hatte zwei Bier, nicht mehr. *Du* warst betrunken, ich nicht.«

Ich öffne den Mund, um ihn zwei Sekunden später wieder zuzuklappen. Als wäre ich einer dieser Nussknacker, die an Weihnachten im Wohnzimmer meiner Eltern stehen. Verdattert setze ich einen Fuß vor den anderen, doch als wir in die Straße einbiegen, in der ich wohne, halte ich das Schweigen nicht mehr aus.

»Was soll das heißen?«

Es klingt vorwurfsvoll, und er sieht mich fragend an.

»Du warst nicht betrunken, o. k. … Aber warum …?«

Moritz lacht, und in meinem Bauch breitet sich wieder diese Wut aus, die ich so oft in seiner Gegenwart verspüre.

»Du willst jetzt nicht ernsthaft eine Erklärung von mir, warum ich dich geküsst habe, obwohl ich nicht betrunken war …?! Hast du auch so was wie ein Selbstwertgefühl?«

Seine Worte treffen mich, und ich spüre, wie ich innerlich zusammensacke.

»Hat ein bisschen gelitten in letzter Zeit«, murmle ich kleinlaut vor mich her.

»Mein Gott, schau dich an, Marit. Nur weil dich dieser Wurst-Spacko abserviert hat, bist du doch nicht weniger …«

Er bricht ab, und ich starre ihn erwartungsvoll an.

»Na …«

Er sucht nach Worten und rollt dabei mit den Augen.

»Na?«, wiederhole ich irritiert.

»Attraktiv«, er gestikuliert wild mit den Armen, »hübsch, sonst was!«

Wer ist dieser Mann? Und warum sieht er aus wie Moritz?

Wir schweigen einen Moment lang. Dann schiebe ich wieder mein Fahrrad weiter. Bis zum Haus von Heike und Daniel sind es noch etwa 50 Meter.

»Ich dachte, du findest mich spießig und prüde?«

Es rutscht mir plötzlich heraus und klingt angriffslustiger als gewollt.

»Sagt das die Frau, die mich – Zitat – absolut nicht sexy findet?«

Unsere Blicke treffen sich, und wir lachen beide.

»Hier ist es.«

»Ich weiß. Und du wohnst echt in dieser kleinen Kellerkammer?«

»Es ist gar nicht so schlimm«, lüge ich.

»Doch, ist es. Ich habe da auch schon die ein oder andere Nacht gepennt.«

Im selben Bett wie ich? Ich frage nicht weiter nach.

»O.k., ich werd dann mal …«, sagt er und deutet mit dem Finger in die Richtung, aus der wir gekommen sind.

»Danke fürs Heimbringen.«

Moritz nickt, als wäre es keine große Sache.

»Schlaf gut.«

»Schlaf gut.«

Er dreht sich um und geht davon. Zwei Schritte, drei Schritte.

»Moritz?«

Ich hole tief Luft, als müsste ich Mut inhalieren.

»Als wir … du und ich … Wer hat da wen, also … Von wem ging das aus?«

Die Straßenlaterne wirft ihren Schein auf sein Gesicht und offenbart ein Grinsen.

»Sicher, dass du das hören willst?«

Flaue Leere in meinem Magen.

»Von mir«, antwortet er mit ruhiger Stimme.

Dann dreht er sich um und geht endgültig.

37.

Sonntage waren früher einmal meine Lieblingstage. Sie waren gleichbedeutend mit Frühstück im Bett, faulenzen auf dem Sofa, Abendessen beim Inder bestellen, stundenlang mit Caro telefonieren und *Tatort* gucken. Ich mochte das Gefühl, dass die Welt ein wenig verschlafener war als sonst, die Möglichkeiten, Großes zu erreichen, begrenzter waren. Wie ein Freischein für Ruhe und Entspannung.

An diesem Sonntag kann ich mich nicht einmal dazu motivieren aufzustehen. Um zehn Uhr liege ich immer noch wie ein Mehlsack im Bett, bemitleide mich für meinen Brummschädel und spiele die vergangene Nacht wie eine Dauerschleife in meinem Kopf ab. Ich frage mich, ob Tessa und Tom tatsächlich noch Würstchen essen waren, und denke eine ganze Zeit über mein Gespräch mit Moritz nach, das mich vom Einschlafen abgehalten hat. *Es ist von ihm ausgegangen*. Der Kuss. Die Küsse. Was auch immer da zwischen uns gelaufen ist. *Hat das was zu bedeuten?* Ich beiße mir auf die Lippe, weil mir nicht gefällt, dass meine Gedanken ein Eigenleben entwickeln.

Als mein Handy einen Ton von sich gibt, der sich in meinem Kopf wie 50 Alarmanlagen auf einmal anfühlt, verziehe ich gequält das Gesicht, bevor mir der Gedanke kommt, dass es eine Nachricht von Julian sein könnte. Ist es aber nicht. Stattdessen erwartet mich eine endlos lange Mail von Caro, die im Wesentlichen aus dem Männernamen Benicio besteht. Beim Lesen der E-Mail wird mir schummrig, so dass ich in der Mitte abbreche und die Augen schließe.

Als ich sie wieder öffne, ist es bereits Mittag. Ich bin mir sicher, dass Heike und Daniel in diesem Moment ein Stockwerk über mir in ihrer Küche stehen und damit beschäftigt sind, Zwiebeln zu schälen, Gemüse zu schnippeln und Fleisch anzubraten. Die beiden haben es sich zu einem partnerschaftlichen Ritual gemacht, sonntags gemeinsam zu kochen. Sie weisen mich regelmäßig darauf hin, dass ich herzlich eingeladen bin, mich ihnen anzuschließen, aber abgesehen davon, dass sich mein Magen zusammenzieht, sobald ich an Essen denke, möchte ich ihre Gastfreundschaft nicht überstrapazieren. Ich greife nach meinem Handy mit der Absicht, den Rest von Caros E-Mail zu lesen und endgültig herauszufinden, was es mit Benicio auf sich hat.

Nachmittags fühle ich mich fit genug, um Emil endlich den versprochenen Besuch abzustatten. Draußen ist es kühl und regnerisch, ein ungemütlicher Herbstsonntag, der ältere Herren mit Sicherheit nicht auf die Idee bringt, Spaziergänge zu unternehmen. Um nicht umsonst meine gemütliche Kissenlandschaft zu verlassen, rufe ich ihn dennoch vorher an. Er nimmt beim vierten Läuten ab und ist sofort hellauf begeistert, als ich ihm vorschlage, auf eine Tasse Tee vorbeizukommen. Emil verspricht mir außerdem Marmorkuchen, was meinen nüchternen Magen zum Knurren bringt.

Eine Stunde später stelle ich mein Fahrrad vor der Garage

neben seinem Haus ab und klingle am Gartentor, das sich sogleich öffnet. Mein Haar ist nass vom Nieselregen. Ein paar braune Strähnen kleben an meiner Wange.

»Als Marie-Luise zum ersten Mal mit mir gesprochen hat, sah sie genauso aus wie Sie jetzt«, sagt Emil belustigt, als ich ihm ins Haus folge. Auf dem Wohnzimmertisch warten eine Kanne Tee, zwei Porzellantassen und ein Teller mit vier gleichmäßig geschnittenen Stücken Marmorkuchen auf uns. Inmitten von all dem brennt ein kleines Teelicht und verleiht der Szenerie eine wohltuende Gemütlichkeit. Emil deutet fragend auf die Teekanne, und ich nicke zustimmend. Ein dampfender Strahl brauner Flüssigkeit schießt in die weiße Tasse. Das vertraute Aroma von schwarzem Tee steigt mir in die Nase und lässt mich einen Moment lang an zu Hause denken. Ich sehe meinen Vater vor mir, wie er Kandiszucker in seinen Ostfriesentee löffelt, der sich mit einem kurzen Krachen darin auflöst, wie er mir von meiner Großmutter erzählt, die in ihrem ganzen Leben keine einzige Tasse Kaffee angerührt hat, weil sie Tee für den einzig wahren Wachmacher hielt.

»Ihr Fahrrad hatte einen Platten. Es kann ein Stein gewesen sein, aber ich glaube, jemand hat sich einen Spaß erlaubt und die Luft herausgelassen.«

Emil schmunzelt.

»Sie war wütend, hat fuchsteufelswild gegen ihr Rad getreten. Da hat es schon wie aus Kübeln geregnet. Ihr Kleid war ganz nass. Rot war es, rot mit weißen Punkten.«

»Sie haben ihr geholfen?«, frage ich neugierig und verbrenne mir die Zunge am zu heißen Tee. Ein pelziges unangenehmes Gefühl bleibt zurück.

»Na ja, ich habe es ihr zumindest angeboten. Hab ihr gesagt, dass ich sie auf meinem Gepäckträger mitnehmen kann.«

Die Erinnerung zaubert dem alten Mann ein Schmunzeln aufs Gesicht. Ich wette, er hört diesen Dialog noch heute in seinem Kopf. Klarer als klar. Ich bin gerührt. In diesem Moment öffnet sich die Wohnzimmertür, und ein Kopf mit Baseballmütze schiebt sich hindurch.

»Oh …«, murmelt Moritz, als unsere Blicke sich treffen. Eine Mischung aus Verlegenheit und Überraschung huscht über sein Gesicht, das zur Hälfte unter dem Schirm seiner grauen Cap verschwindet.

»Moritz, komm doch rein. Iss ein Stück Kuchen mit uns«, fordert Emil ihn beschwingt auf und deutet auf den Teller, der sich in der vergangenen halben Stunde deutlich geleert hat. Moritz quittiert dieses Angebot mit einem Stirnrunzeln.

»Ich wollte eigentlich nur die Bierzeltbank holen.«

»Ach, ja, stimmt, für deinen Geburtstag. Das habe ich ganz vergessen«, murmelt Emil. »Sie ist in der Garage, ganz hinten an der Wand bei den Fahrrädern. Aber sie ist schrecklich staubig, nimm dir lieber einen Lappen mit.«

Geburtstag?

Moritz nickt. In seinem weiten grauen Sweatshirt und der Jogginghose sieht er aus, als würde er gerade vom Sport kommen, aber ich kann nicht leugnen, dass ihm dieser Look irgendwie steht. Als er meinen musternden Blick bemerkt, sehe ich verlegen weg.

»Morgen ist dein Fest, oder?«, erkundigt Emil sich, und Moritz brummt etwas, das wie ›Ja‹ klingt, was mich vermuten lässt, dass er diese Information lieber für sich behalten hätte. Sein distanziertes Verhalten sollte mich nicht wundern, enttäuscht mich aber trotzdem. In der vergangenen Nacht haben wir zusammen getrunken, zusammen gelacht und uns wie normale Menschen unterhalten. Warum nur kann das nicht immer so sein?

»Er hat nämlich morgen Geburtstag. 30. Geburtstag. Aber das wissen Sie bestimmt. Sie gehen ja sicher auch zu der Feier.«

Feier?

Ich zwinge mich zu einem höflichen Lächeln, das verbirgt, wie wenig ich von einem Geburtstag und einer Feier weiß, während Moritz seinem Großvater einen Blick zuwirft, der einem Stoppschild gleichkommt. Ein Stoppschild, das Emil sichtlich vergnügt überfährt.

»Du hast deine Kollegin doch eingeladen, oder?«, fragt er mit Unschuldsmiene. *Und die rote Ampel dazu.*

Moritz holt tief Luft, und ich möchte vor Scham im Erdboden versinken, was mich dazu verleitet, mir ein zu großes Stück Kuchen in den Mund zu stopfen und unbeholfen darauf herumzukauen.

»Natürlich ist Marit eingeladen«, presst Moritz zwischen den Zähnen hervor und schenkt mir ein übertrieben süßes Lächeln.

Emil nickt zufrieden. *Null Punkte in Flensburg.*

»Brauchst du Hilfe bei der Bierzeltbank?«, fragt er seinen Enkelsohn. »Marit kann dir bestimmt …«

Moritz schüttelt energisch den Kopf und verabschiedet sich – als wäre er nicht auf dem Weg zur Bierzelt-, sondern zur Henkersbank.

38.

Moritz tritt ohne Geburtstagslächeln zu seiner Schicht an. Auch ohne Geburtstagsoutfit. In seiner Jeans klafft ein Loch, und seine Haare verstecken sich unter einer dunkelbraunen Strickmütze, die erahnen lässt, welche Farbe sein T-Shirt vor vielen Jahren gehabt haben könnte, bevor es in die Waschmaschine eingezogen ist und seine Farbe verschenkt hat. Sein Anblick löst Unbeholfenheit in mir aus, was zum einen daran liegt, dass ich seinen Look an diesem Morgen für den Hauch einer Sekunde attraktiv finde, zum anderen, dass ich fieberhaft überlege, wie ich ihm zum Geburtstag gratulieren soll. Heike oder Daniel würde ich herzlich umarmen und drücken, bei Moritz scheue ich diese Berührung. Gott sei Dank sind wir nicht in Frankreich, denke ich. Sonst müsste ich ihm jetzt zwei Küsse auf die Wange hauchen. Ihm förmlich die Hand zu reichen kommt mir allerdings genauso lächerlich vor. Wir sind schließlich keine Broker an der Wallstreet.

»Da ist ja das Geburtstagskind.«

Heike drückt Moritz heftig an sich und wuschelt ihm liebevoll über die Wollmütze auf seinem Kopf, eine Geste, für die er mich mit Sicherheit unter die Guillotine stecken würde. *Marit Antoinette.* Einen Augenblick lang wirken die beiden wie Mutter und Sohn auf mich.

»Ich wusste, dass sie dir gut steht«, sagt Heike zufrieden, während Moritz die Mütze wieder an den rechten Ort rückt und »Danke« murmelt.

»Auch von mir alles Gute.«

Ungelenk lege ich die Arme um ihn, was sich merkwürdig anfühlt und wahrscheinlich auch so aussieht. Er riecht nach Dusche und Pfefferminzkaugummi, und der Stoff seines hellbraunen Shirts fühlt sich überraschend weich unter meinen Fingern an. Wir wirken beide gleichermaßen erleichtert, als ich mich wieder von ihm löse, und das war's auch schon mit dem Geburtstagsmoment.

Bei mir geht die Vorstellung, 30 zu werden, einher mit Endzeitstimmung, tiefsitzenden Bindegewebsveränderungsängsten und der Sorge, nicht mehr hysterisch auflachen zu dürfen, wenn jemand fragt, ob ich darüber nachdenke, Kinder zu bekommen. Wenn ich mir Moritz hingegen ansehe, scheint es ihn nicht zu stören, die Demarkationslinie zwischen Party und Altersvorsorge zu überschreiten. Vielleicht liegt es daran, dass ergraute Bachelor in unserer Gesellschaft als sexy gelten, während man über likörsüffelnde Katzenladys RTL2-Dokus dreht. Vielleicht auch daran, dass Moritz sich lediglich darüber Sorgen machen muss, dass seine Premiummitgliedschaft bei Tinder teurer wird, während in den Tiefen meines Uterus eine Uhr tickt. Oder es liegt daran, dass Moritz zufrieden ist mit seinem Leben, während ich zu beschäftigt bin, das, was ich will, mit dem, was ich habe, zu vergleichen und die mickrige Schnittmenge zu beweinen.

»Wie weit bist du mit dem Artikel?«, fragt Moritz beiläufig, als ihm der dritte Kunde an diesem Tag ein Gespräch über die schwerwiegende Bedeutung des 30. Geburtstags aufdrängen will und dabei Wörter wie »Golf«, »Bausparvertrag« und »Torschlusspanik« einfließen lässt.

Ich bin kurz davor »Welcher Artikel?« zu fragen, als ein Mosaik aus Lederhosen, Nietengürteln und schweißnassen Mähnen vor meinem Auge auftaucht und martialische Klänge in meinem Kopf dröhnen. Mist. Der Artikel ist mir zwischen Julian, Tessa, Emil und Tequila durchgerutscht. Ich krame in meinem Gedächtnis, welchen Tag Michael Kiefernbacher als Abgabe-Deadline genannt hat, und komme auf Mittwoch. Das ist ... bald. Viel zu bald.

»Läuft gut«, antworte ich eine Spur zu selbstbewusst.

»Du hast noch keine Zeile geschrieben.«

Moritz verschränkt die Arme vor der Brust und hebt erwartungsgemäß die Augenbrauen.

»Doch. Ich bin fast fertig.«

Er sieht nicht aus, als würde er mir glauben – was ich selbst auch nicht tun würde. Ich zähle einfach zu den Menschen, die sich beim Lügen eher lächerlich machen.

»Dann bin ich mal gespannt. Vor allem, was du über die zweite Hälfte des Konzerts schreibst.«

Ein belustigter Ausdruck macht sich auf seinem Gesicht breit.

»Na ja, wenigstens kann ich mir sicher sein, dass die Altersangabe hinter meinem Namen stimmt«, murmelt Moritz und beäugt stirnrunzelnd eine kleine Packung Potenzpillen mit FSK-30-Aufschrift, die ihm Titten-Toni an diesem Morgen überreicht hat. Er legt sie zurück zu den Geschenken, die ihm einige Kunden an diesem Tag vorbeigebracht haben, darunter hauptsächlich Scherzartikel mit Zone-30-

Abbildungen und ein paar Sektflaschen. Wer es nicht besser weiß, könnte meinen, der *Coffeeshop* und nicht Moritz feiere Jubiläum – wobei die beiden in meinen Augen ohnehin als Synonyme taugen. Ob Moritz auch die nächsten 30 Jahre in diesem Coffeeshop arbeiten wird? Ob er irgendwann mit 60 hinter dieser Theke steht – als ergrauter Bachelor – und Kaffee an Katzenladys verkauft? Und wo bin ich dann? Und vor allem wer? Eine zufriedene Oma mit drei Enkeln? Eine zweifach geschiedene Karrierefrau?

»Ich kann dir den Artikel mailen, wenn er fertig ist.«

Seine Augenbrauen heben sich schon wieder.

»Schick mir einfach deine E-Mail-Adresse.«

»Ich hab keine«, antwortet Moritz mit einem Stirnrunzeln. Als würden wir über eine 140 Meter lange Luxusyacht oder eine Rolex mit Saphirglas sprechen.

»Wie, du hast keine E-Mail-Adresse?«

Er zuckt unbeeindruckt mit den Schultern.

»Wofür brauch ich die?«

Ich fürchte, ich sehe ihn in diesem Moment an, als hätte er soeben einen Raum betreten und das N-Wort benutzt statt »Afroamerikaner« zu sagen.

»Na ja, ... um ...«

Eigentlich hatte ich erwartet, mir würden Tausende von überzeugenden Gründen durch den Kopf jagen und schließlich auf meiner Zunge landen, doch das war wohl eine Fehleinschätzung.

»... mit Freunden in Kontakt zu bleiben?«, bringe ich nicht gerade eloquent hervor.

»Meine Freunde sind hier.« Er deutet mit dem Finger nach unten, als würden all seine Freunde in diesem Moment zu seinen Füßen sitzen. »Wenn ich will, kann ich sie jeden Tag sehen. Warum soll ich ihnen da E-Mails schreiben?«

»Du hast keinen einzigen Freund, der nicht in dieser Stadt lebt?«

»Doch, habe ich. Genauso wie einen Festnetzanschluss. Und ein Handy.«

Punkt für ihn. 1 zu 0. Vielleicht schon 2 zu 0.

Abwartend sieht Moritz mich an, und ich suche fieberhaft nach Fangfragen.

»Und wenn du dich beim Kundenservice beschweren willst, weil … ähm … weil … dein Paket …«

»Ich bestelle eigentlich nie was online«, unterbricht er mich. »Zumindest nichts, was ich nicht auch im Laden bekomme.«

Jetzt schwingt er auch noch die Moralkeule. Held des Einzelhandels. 3 zu 0.

»Wenn du ein Hotelzimmer buchen …?«, beginne ich wenig überzeugend, breche jedoch wieder ab. »Lass mich raten. Reisebüro.«

Moritz nickt und grinst.

»Fotos verschicken! Was machst du, wenn du jemandem Fotos schicken musst?«

Ha! Jetzt hab ich dich.

»Ich hab nicht mal eine Kamera.«

4 zu 0.

Ich hätte nie gedacht, dass es so wenig triftige Gründe für eine E-Mail-Adresse geben könnte. Entmutigt gebe ich auf.

»O. k., dann drucke ich dir den Artikel eben aus. Oder bevorzugst du Schreibmaschinen?«

Grinsend lässt er meinen Spott über sich ergehen.

»Telegrafie wäre natürlich auch eine Option«, füge ich übertrieben ernst hinzu.

Mit einem Blick auf die Uhr ziehe ich mein Namensschild vom Shirt.

»Ich hau jetzt ab.«

Eigentlich hätte ich erst in zehn Minuten Feierabend, doch der *Coffeeshop* ist so leer gefegt und mein Überstundenkonto derart im Haben, dass ich mir diese Freiheit herausnehmen kann.

»21 Uhr«, höre ich Moritz hinter mir, als ich mich zur Tür bewege.

Ich drehe mich um und blicke ihm verständnislos ins Gesicht.

»Heute Abend. Um 21 Uhr geht es los. Wo ich wohne, weißt du ja.«

Ein Grinsen huscht über sein Gesicht, während mein Gehirn Mühe hat zu folgen.

»Äh … o. k.«, stammle ich und verlasse wie in Trance den *Coffeeshop*.

39.

Nichts ist o. k. Auf dem Weg nach Hause realisiere ich panisch, dass Moritz mich erneut – oder zum ersten Mal richtig – zu seinem Geburtstag eingeladen hat und dass ich keineswegs abgesagt habe, was die einzig vernünftige Reaktion gewesen wäre. Allein bei dem Gedanken an eine Party voller fremder Gesichter beschleunigt mein Puls. Noch dazu wird mir bewusst, dass ich nicht einmal ein Geschenk für Moritz habe – und keine Ahnung, was man jemandem wie ihm schenken könnte. Ich kenne ihn nicht gut genug, um zu wissen, ob er eine Flasche guten Wein schätzt, gerne ins Kino geht, Bücher liest oder Schokolade mag. Genauso wenig weiß ich, ob es eine Party ist, zu der man überhaupt Geschenke mitbringt. Die Vorstellung, als Einzige mit einem Päckchen vor der Tür zu stehen, ist nicht weniger unangenehm als die Vorstellung, ein zu mickriges Geschenk mitzubringen.

Als mir Heike zufällig vor dem Haus in die Arme läuft, nutze ich die Gelegenheit und frage sie, was ich Moritz zum Geburtstag schenken könnte.

»Keine Ahnung«, ist ihre spontane und ehrliche Antwort. Falls sie überrascht ist, dass ich auf Moritz' Party eingeladen bin, lässt sie es sich nicht anmerken. »Ich weiß nur, dass er Schokoladenkuchen liebt.«

»Kuchen«, wiederhole ich skeptisch.

»Schokoladenkuchen«, korrigiert Heike bestimmt.

»Kuchen ist aber kein Geschenk.«

»Ich würde mal sagen, Kuchen ist die Lösung all deiner Probleme«, bemerkt sie mit einem Zwinkern. »Wenn niemand Geschenke mitbringt, ist es eine nette Geste, und wenn alle Geschenke mitbringen, punktest du mit etwas Selbstgemachtem.«

Ich will aber nicht bei Moritz punkten.

Ich muss zugeben, dass Heike nicht ganz falschliegt.

»Ich habe aber weder einen Ofen noch ein Rührgerät, noch Backzutaten, noch …«

»Aber ich«, unterbricht mich Heike und deutet mit dem Finger in Richtung Haus. »Du kannst den Kuchen in meiner Küche backen. Ich zeige dir, wo alles steht. Und ein Rezept habe ich sicher auch irgendwo. Ach was, lass ihn uns einfach zusammen backen. Macht eh mehr Spaß.«

Zwei Stunden später duftet es bis in mein Kellerloch nach frisch gebackenem Schokoladenkuchen. Der Geruch ist so herrlich, dass ich mir am liebsten selbst ein Stück gönnen würde. Stattdessen leiht mir Heike eine ihrer Tupperboxen, damit ich den Kuchen mit dem Fahrrad transportieren kann.

Um sämtliche Backaromen aus meinen Haaren zu waschen, springe ich kurz unter die Dusche. Anschließend überlege ich eine ganze Weile, was ich anziehen soll, zumal ich nicht weiß, wer überhaupt eingeladen ist. Wenn es eine Party mit Elas ist, lasse ich die Pumps im Schrank, wenn es eine Party mit Tessas ist, können sie gar nicht hoch genug sein. Am Ende entscheide ich mich für flache Ballerinas, eine helle Jeans und ein weinrotes Top, über das ich meine

Jeansjacke ziehe. Die Haare lasse ich offen, weil es mir immer noch schmeichelt, dass Tessa sie »toll« genannt und mir geraten hat, sie öfter so zu tragen. Aus dem Spiegel blickt mir ein zufriedenes Gesicht entgegen.

Als ich mich mit dem Fahrrad auf den Weg zu Moritz mache, ist es kurz vor neun. Immer auf der Suche nach der goldenen Mitte, will ich nicht die Erste sein, aber die Verspätung in Grenzen halten.

Das Haus, in dem Moritz wohnt, erkenne ich sofort wieder. Es ist hellblau, und die insgesamt vier Wohnungen, die ich von der Straße aus entdecke, haben ausladende Balkone. Neben der Haustür im Erdgeschoss entdecke ich Moritz' Klingelschild, aber die Tür steht bereits sperrangelweit offen. Musik dröhnt durch das Treppenhaus, als ich mit zaghaften Schritten Stufe für Stufe hinaufgehe. Es fühlt sich seltsam an zu wissen, dass ich den gleichen Weg schon einmal gegangen bin und keine Erinnerung mehr daran habe. Ich weiß nicht mal mehr, in welchem Stockwerk er wohnt, aber je mehr Stufen ich hinter mir lasse, umso näher kommt die Musik. Immerhin ist es kein Heavy Metal, denke ich erleichtert.

Im zweiten Stock drücke ich zaghaft auf die Klingel, als könnte ich auf diese Weise meine Anwesenheit auf Moritz' Party hinauszögern. Musik und Stimmen dringen nach draußen, als sich die Tür öffnet und Elas schwarz umrandete Augen mich sichtlich überrascht mustern.

»Hallo«, sagt sie, und meine Intuition übersetzt es mit »Was willst du hier?«.

Sie stiert erst auf mich, dann auf die Kuchenbox in meinen Armen, und ich beginne sogleich, mein Geschenk zu hinterfragen. *Vielleicht wäre eine Flasche Wein doch besser gewesen.* Hinter ihr auf dem Flur entdecke ich ihren Bruder Alex, der die Hand zum Gruß hebt und etwas ins Wohnzimmer ruft, das ich nicht verstehe, weil die Musik zu laut ist. Einen Moment später taucht Moritz auf und kommt auf mich und Ela zu. Für eine Sekunde möchte ich mit meinem Kuchen zusammen wegrennen.

»Hi«, sagt er und lässt seinen Blick zwischen Ela und mir hin- und herwandern, als versuche er die Situation einzuordnen. Er ist frisch rasiert und trägt seine Haare irgendwie anders, so dass er auf mich wie eine adrette Version von Moritz wirkt.

»Ich hab nur die Tür aufgemacht«, sagt Ela und hebt die Hände abwehrend vor die Brust, als müsse sie sich schützen. Dann dreht sie sich um und lässt uns stehen.

»Willst du hier draußen bleiben?«, fragt Moritz und hebt eine Augenbraue.

Statt einer Antwort reiche ich ihm den Kuchen und schiebe mich an ihm vorbei durch die Tür.

»Ist der für mich?«

»Hat noch jemand Geburtstag?«

Er öffnet den Deckel der Kuchenbox, und ein ganzer Schwall süßes Schokoladenaroma breitet sich aus.

»Du hast mir einen Kuchen gebacken?«, fragt Moritz irritiert, und ich wappne mich innerlich für Spott und Sprüche. Aber sie bleiben aus.

»Danke«, murmelt er perplex und starrt einen Moment lang auf den Kuchen in seinen Händen.

»Ich wusste nicht, was du so magst. Und Heike hat mir verraten … na ja, … dass du Schokoladenkuchen magst.«

Er nickt und wirkt immer noch überrascht.

»Ich bring ihn mal in die Küche«, sagt er und deutet auf den Kuchen. »Nimm dir was zu trinken, im Wohnzimmer steht Bier. Wein ist im Kühlschrank. Kaffee ist verboten.«

Mit einem Grinsen verschwindet er in der Küche, während meine Augen durch den Flur wandern. Ich erinnere mich an den alten Holzboden, die Tür zum Badezimmer, den Weg ins Schlafzimmer. Bei diesem Gedanken zieht sich mein Magen unangenehm zusammen. *War vielleicht doch keine gute Idee hierherzukommen.*

Ich gehe ins Wohnzimmer, wo mein Blick sogleich auf die vielen Platten und CDs fällt, die mich schon das letzte Mal fasziniert haben. Die Gitarren an der Wand, das große Kinoplakat. Auf der alten Ledercouch sitzen, neben ein paar fremden Gesichtern, die Jungs von der Band und unterhalten sich mit Ela, die einen Schluck aus ihrer Bierflasche nimmt. Als sie mich sehen, grüßen sie mich kurz.

Weil ich keine Lust auf Bier habe und nicht weiß, zu wem ich mich setzen soll, beschließe ich, mir ein Glas Wein aus der Küche zu holen. Auf dem Weg dorthin begegne ich Tom, der sich gerade mit zwei Mädels unterhält, die ich noch nie gesehen habe. Er grüßt mich flüchtig, widmet sich aber zu meiner Enttäuschung wieder seinen Gesprächspartnerinnen.

In der Küche, die in meiner Erinnerung kleiner ist, steht Moritz mit zwei Männern, von denen ich mir einbilde, sie schon einmal im *Ludwig* gesehen zu haben. Er hat mir den Rücken zugewandt und sieht mich nicht kommen. Einer der beiden hält eine glühende Zigarette in der Hand und haucht immer wieder Rauchwolken durch die geöffnete Balkontür.

Als es schließlich an der Tür klingelt, eilt Moritz aus dem Raum, während ich den Kühlschrank öffne und eine bereits geöffnete Flasche Weißwein herausziehe.

Ich höre eine, zwei, dann drei Stimmen und sehe kurz darauf im Flur die Gesichter dazu. Sie überreichen Moritz Weinflaschen in Zellophanpapier und lachen über irgendetwas, das er sagt. Ich schnappe mir ein Weinglas und mache es fast voll. Dann nehme ich einen großen Schluck und lasse ihn mir geräuschvoll die Kehle hinunterlaufen, während sich die beiden hinter mir über ein Konzert in München unterhalten. Es klingelt ein zweites, ein drittes Mal. Der Blick auf die Uhr verrät mir, dass es erst 21 Uhr 20 ist. *Wie soll ich diesen Abend überstehen?* Ich fühle mich wie die neue Schülerin, die allein auf dem Pausenhof steht. Einen Moment lang spiele ich mit dem Gedanken, mich einfach davonzustehlen. Inzwischen sind so viele Leute in der Wohnung, dass es nicht mal auffallen würde. Ich könnte nach Hause fahren, mich in meinem Bett verkriechen. Oder Julian schreiben, darauf hoffen, dass er an diesem Abend nichts Besseres zu tun hat, als E-Mails hin- und herzuschicken.

In diesem Moment kommt Alex in die Küche und fragt mich nach dem Artikel über die Band. Er trägt ein schwarzes T-Shirt mit einer Art Drachen darauf, seine schwarzgefärbten Haare hat er zu einem Pferdeschwanz gebunden. Ich erzähle ihm, dass ich noch daran arbeite und ihn am Mittwoch abgeben muss. Er hört aufmerksam zu und lächelt mich dabei immer wieder freundlich an, wodurch ich mich für ein paar Minuten nicht ganz so fehl am Platz fühle. Als Ela nach ihm ruft und er zurück ins Wohnzimmer geht, folgen ihm die beiden anderen und ich stehe allein in der Küche, nehme einen weiteren großen Schluck Wein und bemitleide mich. Ich öffne die Balkontür und atme die kühle, klare Luft ein. Dann trete ich hinaus auf den großen Balkon, der durch das Küchenlicht spärlich beleuchtet ist. Ein paar Stühle sind um einen Tisch gruppiert, außerdem steht da ein großer Liegestuhl, in den ich mich träge hineinfallen lasse.

Ich schnappe mir eine karierte Decke, die über dem Balkongeländer hängt, und ziehe sie mir bis zum Kinn, als könnte ich darunter verschwinden. Was für eine dumme Idee hierherzukommen.

»Lass uns rausgehen«, höre ich eine fremde Frauenstimme in der Küche. Sie klingt quengelnd. Eine Männerstimme antwortet, sie gehört Moritz. Dann öffnet sich die Tür, und der Holzboden des Balkons knarrt unter Schritten. Die Stimmen sind direkt hinter mir. *Oh nein.*

»Endlich sind wir mal ungestört«, sagt sie mit ausgelassener, leicht angetrunkener Stimme.

Da mein Liegestuhl mit der Lehne zur Tür steht, können sie mich nicht sehen. Ich überlege, ob ich mich bemerkbar machen soll, weiß aber nicht, wie.

»Du hast dich nach letzter Woche gar nicht mehr gemeldet«, flüstert sie und klingt gekränkt. Stoff raschelt, und ich mache mich klein in meinem Liegestuhl. Mein Atem geht flach.

»Ein Königreich für deine Gedanken, Moritz«, säuselt sie und lacht. Dann raschelt wieder Stoff, und ich will mir nicht vorstellen, wessen Stoff.

»Nicht hier«, brummt Moritz. Wieder raschelt Stoff. Sie

haucht etwas, das ich nicht verstehe, und ich verziehe beschämt das Gesicht, weil ich fürchte, Zeugin eines Open-Air-Pornos zu werden. Ein mädchenhaftes Kichern hallt durch die Nacht.

»Lass das«, sagt Moritz energischer, während ich mir die Decke über den Kopf ziehe. Seine Stimme klingt jetzt genervt.

»Du weißt echt nicht, was du willst«, zischt sie. Kurz darauf knallt die Tür zu, Absätze klackern auf dem Küchenboden. Stille breitet sich aus.

»Du kannst jetzt wieder atmen, Fischköpfchen.«

Mein Herz bleibt fast stehen.

»Ich hab dich vorhin rausgehen sehen, und mein Stuhl steht normalerweise anders.«

Ich presse meine Lippen peinlich berührt aufeinander, rühre mich aber nicht.

Gebt mir ein Erdloch.

»Ich wollte euch nicht …«

»Belauschen?«, wirft er ein, ohne verärgert zu klingen.

»Stören«, presse ich kleinlaut hervor und drücke meinen Kopf fest gegen die Lehne.

»Mir wäre es lieber gewesen, du *hättest* uns gestört.«

Ich erhebe mich langsam aus dem Liegestuhl und sehe ihn lässig am Balkongeländer lehnen. Es ist dunkel, aber hell genug, um seinen Gesichtsausdruck zu erkennen. Langeweile spiegelt sich in seinen Augen. Überdruss. Am liebsten würde ich durch die Tür gehen und ihn allein lassen. Ich widersetze mich dem Drang und stelle mich neben ihn.

»Solltest du nicht da drinnen auf deiner Party sein?«

»Und solltest *du* nicht da drinnen auf *meiner* Party sein?«

Ein spöttisches Grinsen spielt um seine Mundwinkel. Sein Blick wandert von meinem Gesicht zu meinen nackten Schultern, und ich spüre, wie meine Haut zu kribbeln beginnt. *Was ist nur mit mir los?*

»Ist dir nicht kalt?«

»Du trägst doch auch nur ein T-Shirt.«

In diesem Moment fällt mir auf, dass es das rote Nevermind-Shirt ist, jenes, das ich getragen habe, als ich in seinem Bett aufgewacht bin.

Nervermind. Vergiss es. Wie passend.

Er trinkt einen Schluck Bier und stellt die Flasche neben sich auf das Geländer. Dann verschwindet er kommentarlos und lässt mich allein zurück. Für einen Augenblick bin ich zu perplex, um mich zu ärgern. Ich schüttle den Kopf und seufze. Dann schlägt die Verwunderung in Wut um.

Arsch.

Ich will mich gerade wieder auf den Liegestuhl setzen, als er mit zwei Stücken Kuchen in der Hand zurückkommt. Meinem Kuchen. Er reicht mir ein Stück auf einer Serviette und beißt anschließend in seines.

»Das ist das Beste an diesem ganzen Tag«, sagt er mit vollem Mund und grinst zufrieden. Ein kleiner Schokoladensplitter bleibt auf seiner Lippe zurück.

Ich breche mir ebenfalls ein Stück ab und schiebe es mir hastig in den Mund, als könnte ich auf diese Weise verdrängen, was mir beim Anblick seiner Lippen in den Sinn gekommen ist.

Die Schokolade zergeht langsam auf meiner Zunge. Der Kuchen schmeckt köstlich, und ein Anflug von Zufriedenheit überkommt mich.

»Und, war's noch nett?«

»Bei … äh … Emil?«, stammle ich.

»Na, deinen … Freund aus dem *Ludwig* mein ich wohl kaum.«

Die Art, wie er »Freund« betont, hat etwas Spöttisches, und ich spüre, wie mir die Hitze ins Gesicht schießt.

»Er ist nicht …«, protestiere ich, breche aber ab.

Seine Augen funkeln belustigt, doch ein Kommentar bleibt aus.

»Ich habe nur …«

»Etwas gefunden, das ihm gehört. Ja, ich weiß.«

Überrascht sehe ich ihn an.

»Das hast du mir schon erzählt. Neulich im Auto.«

»Na ja, jedenfalls ist er nicht mein Freund. Wir schreiben uns nur E-Mails.«

Fehler. Das Blut schießt mir ins Gesicht, während mir diese Worte über die Lippen kommen.

»Ihr schreibt euch E-Mails?«, wiederholt Moritz übertrieben beeindruckt und grinst breit. »Dann seid ihr so was wie Brieffreunde.«

Hochrot schnappe ich nach Luft.

»Brieffreunde? Nein … Ich meine, was ist daran so komisch?«

»Gar nichts. Ich dachte nur … Na ja, die meisten Menschen, die Brieffreunde haben, sind zwölf oder … im Knast.«

Sein Grinsen wird noch breiter, während es in mir brodelt.

»Das gilt auch für die meisten Menschen, die keine E-Mail-Adresse haben.«

Moritz mustert mich mit hochgezogenen Brauen, während ein schwaches Lächeln um seine Mundwinkel spielt.

»Habt ihr euch neulich im *Ludwig* auch Briefe geschrieben?«, feixt er und duckt sich sogleich weg, als ich scherzhaft mit der Hand aushole.

»E-Mails. Es sind E-Mails. Und das geht dich gar nichts an. Ich weiß ja selbst noch nicht, was … ach … egal.«

»Darüber solltest du vielleicht mal in Ruhe nachdenken«, bemerkt er süffisant.

»Sagt der, der nicht weiß, was er will?«, platzt es forsch aus mir heraus.

Moritz seufzt amüsiert. Er dreht seinen Kopf zu mir und sieht mich eindringlich an. Ich muss schlucken, als seine braunen Augen regelrecht durch mich hindurchsehen. Ob er so all die Frauen rumkriegt? Wundern würde es mich nicht. Diese Augen sind eine Waffe. Betreten wende ich den Blick ab.

»Ich weiß ziemlich genau, was ich will. Es ist nur nicht das, was die meisten wollen.«

Ich schlucke angesichts dieser Ansage.

»Verstehe.«

Er leert sein Bier mit einem letzten Zug und stellt es auf den Boden.

»Nein, verstehst du nicht. Du verstehst gar nichts, Fischköpfchen.«

»Wie meinst du das?«

»Du verstehst das hier nicht.« Er deutet mit seinem Finger um sich herum. »Mein Leben. Das passt nicht in dein hübsches, kleines Weltbild. Wie ich lebe, was ich mache, wie ich denke.«

Ich bin zu perplex, um zu protestieren, und spüre, wie ich mich innerlich versteife.

Hübsches, kleines Weltbild?

»In deiner Welt läuft alles nach Plänen, die du sorgfältig schmiedest und einhältst. Schule, Studium, Karriere, Hochzeit, erfolgreicher Ehemann, Kinder, kleines Häuschen. Du hast dir über alles Gedanken gemacht und glaubst zu wissen, was du tun musst, um dorthin zu kommen«, sagt Moritz in einem hämischen Tonfall.

»Was ist daran falsch?«, bäume ich mich vor ihm auf. Meine Stimme zittert leicht.

»Dass dein ganzes Kartenhaus zusammenbricht, wenn ein klitzekleines Detail aus dem Ruder läuft. Dann sitzt du plötzlich hier in Altberg, jammerst deinem Wurstprinzen hinterher und kommst mit deinem Leben nicht mehr klar.«

»Ich komme sehr wohl …«, setze ich verärgert an.

»Ah ja? Und was machst du dann noch hier?«

Seine Worte treffen mich wie Pfeile.

»Also … ich …«

Meine Stimmbänder verweigern sich.

»Dein Märchenprinz ist ein Frosch, das dürftest selbst du langsam begriffen haben. Trotzdem sitzt du hier rum und wartest auf bessere Zeiten. Oder auf eine E-Mail von deinem E-Mail-Traummann.«

Sein Spott lässt mich innerlich zusammenzucken.

»Das muss ich mir echt nicht anhören. Schon gar nicht von …«, ich breche ab und atme tief ein und aus.

»Von jemandem wie mir!«

Ich schweige.

»Das wolltest du doch sagen.«

»Nein, ich …«

»Du siehst auf Menschen wie mich herab. Menschen, die nicht nach Zeitplänen leben, die spontan sind, sich treiben lassen. Ich sehe es in deinen Augen, hab es vom ersten Tag an gesehen. Dieses Unverständnis. Dieser versnobte Blick auf alles, was ich mache.«

»Ich bin nicht versnobt«, protestiere ich und bäume mich vor ihm auf. »Nur weil ich es nicht normal finde, dass du jeden Tag mit einer anderen in die Kiste springst, bin ich noch lange nicht versnobt.«

»Ich springe nicht jeden Tag mit einer anderen in die Kiste.«

»Ach nein? Dafür sehe ich dich aber erstaunlich oft mit irgendwelchen Tussis.«

»Ja, und eine davon warst übrigens du«, wettert er.

»O. k., ich werde jetzt gehen«, sage ich barsch, aber er hält mich zurück. Ich spüre seine Hand auf meinem nackten Oberarm, und seine Berührung fährt wie ein Blitz durch meinen Körper. Für eine Sekunde halte ich den Atem an.

»Lass mich«, fauche ich, aber er lässt nicht davon ab. Dann greift er nach meiner Hand und zieht mich an sich, so schnell, dass mein Herzschlag nicht mitkommt und ins Stolpern gerät. Er presst seinen Körper an meinen, so fest, dass ich glaube, jeden seiner Muskeln zu spüren. Unsere Gesichter sind keine zehn Zentimeter voneinander entfernt. Ich kann seinen warmen Atem auf meiner Haut spüren, die Mischung aus Alkohol und Schokolade, fühle die Hitze seiner Wangen. Meine Emotionen fahren Achterbahn. Empörung, Erregung, Wut, Anziehung. Ich will mich von ihm lösen und ihn gleichzeitig noch mehr spüren, kann den Blick nicht von seinen Lippen abwenden. *Ich hasse dich, aber meinem Körper muss ich das erst noch beibringen.*

»Marit?«

Ich zucke zusammen, als sich Tessas Gesicht durch die Tür schiebt.

»Da steckt ihr«, sagt sie breit grinsend und begrüßt Moritz mit einer Flasche Wein. »Tut mir leid, dass ich so spät bin.«

Sie haucht ihm einen Kuss auf die Wange. Mir wird flau im Magen, und ich spüre den Wein säuerlich auf meiner Zunge.

»Der ist für dich. Happy Birthday!«

Er bedankt sich mit einem schwachen Lächeln und wirft mir einen letzten Blick zu.

»Und, was hab ich verpasst?«

»Nichts«, antworte ich eine Spur zu schnell.

»Gar nichts«, brummt Moritz.

40.

Den Rest des Abends verbringe ich mit Tessa. Wir setzen uns zu den anderen ins Wohnzimmer und vernichten zusammen eine Flasche Weißwein. Es tut gut, mein Unbehagen mit Alkohol zu betäuben, und zu meiner Erleichterung lässt sich Moritz nur selten im Wohnzimmer blicken. Seine Stimme dringt, begleitet von weiblichem Lachen, aus der Küche zu mir, und ich wehre mich heftig gegen den Anflug von Eifersucht, der mich plötzlich überfällt, die Sehnsucht, wieder auf diesen Balkon hinauszugehen.

Ich beneide Tessa um ihre Gabe, sich in kürzester Zeit in die Gruppe einzufügen. Es gelingt ihr nahezu mühelos, Gespräche aufzubauen, sogar mit Ela, die nur finstere Blicke für mich übrig hat. Mit jeder Sekunde, die verstreicht, fühle ich mich unwohler auf dieser Party.

Als Tessa weit nach Mitternacht einen Blick auf die Uhr wirft und entsetzt feststellt, dass sie in fünf Stunden aufstehen muss, löst sie allgemeine Aufbruchstimmung aus, und ich muss mich beherrschen, nicht erleichtert aufzustöhnen. Wir verlassen die Party mit ein paar anderen Gästen.

Weil die Gruppe groß ist, fällt nicht auf, dass Moritz meinen Blick meidet, als ich »Tschüs« und »Bis morgen« sage. Bei dem Gedanken an »morgen« zieht sich mein Magen unangenehm zusammen. *Wie soll ich mich verhalten? Und war-*

um muss ich mir ständig diese Frage stellen, wenn es um Moritz geht?

Als ich in meinem Bett liege, bekomme ich kein Auge zu. Ich wälze mich von einer Seite auf die andere, schlage vergeblich Beulen in mein Kopfkissen, drehe und wende meine Decke und starre Löcher ins Dunkel. Moritz' Worte hallen wie ein Echo in meinem Kopf. *Du siehst auf Menschen wie mich herab. Ich sehe es in deinen Augen, hab es vom ersten Tag an gesehen. Dieses Unverständnis. Dieser versnobte Blick auf alles, was ich mache.*

Ich schüttle meinen Kopf, als könnte ich ihn und alles, was er gesagt hat, auf diese Weise herausschütteln, aber es funktioniert nicht. Es kommt mir so vor, als wäre mein ohnehin schon kompliziertes Leben in den vergangenen Stunden zu einem einzigen Wirrwarr aus Emotionen geworden. Da ist dieses lästige Brennen in meiner Herzgegend, wenn ich an ihn denke, aber auch diese unsägliche Wut. Wut auf ihn, Wut auf mich selbst, weil ich mich nicht gut genug verteidigt habe, weil ich zu perplex war, um schlagfertig zu kontern. Weil ich ihm nicht gesagt habe, dass ich sehr gut mit meinem Leben klarkomme, dass er sich seine Ansichten sonst wohin stecken kann. Weil ich diesen einen Moment nicht vergessen kann, diesen Moment, in dem uns nur Zentimeter getrennt haben, dieses Knistern in der Luft lag, diese unerträgliche Spannung. Allein der Gedanke daran jagt einen Stromstoß durch meinen Körper.

Als die Zeiger meiner Uhr auf zwei stehen und ich noch immer kein Auge zubekommen habe, fasse ich einen Entschluss der übelsten Sorte. Der intuitiven, emotionalen, unberechenbaren Sorte. Der Alles-oder-nichts-Sorte. Ich springe regelrecht aus dem Bett, schlüpfe in Jeans und Sneakers und ziehe mir einen warmen Pullover und eine Jacke über. Leise schleiche ich mich aus dem Haus. Ich schließe die Tür nahezu geräuschlos ab und wünschte, ich könnte dasselbe mit meinem Herzschlag machen. Die Welt liegt im tiefen Dornröschenschlaf, als ich mich, mit der Gewissheit, etwas absolut Unvernünftiges zu tun, auf mein Rad setze und energisch in die Pedale trete.

Du machst dich lächerlich, wispert eine böse Stimme in mir. Ich weiß, dass diese Stimme recht hat. Ich weiß, wie dumm es ist, mitten in der Nacht zu ihm zu fahren. Und ich habe keine Ahnung, was ich machen soll, wenn ich vor dieser Tür stehe, wenn sie jemand wie Ela öffnet. Und wenn sie am Ende nichts anhat. Der Wein stößt mir säuerlich auf, und einen Moment habe ich Angst, mich zu übergeben. Ich trete schneller in die Pedale, und die kühle Nachtluft treibt mir Tränen in die Augen. Mein Haar flattert in alle Richtungen. *Du bist verrückt. Du bist vollkommen durchgeknallt, hallt es in meinem Kopf.*

Als ich kurz darauf vor seinem Haus absteige, sehe ich, dass kein Licht mehr in der Küche brennt. Es ist Viertel nach zwei, die Party kann noch nicht zu Ende sein, beruhige ich mich. Und falls doch, muss Moritz sicher noch aufräumen. Zumindest würde ich das machen. Ich hadere mit mir.

Fahr nach Hause, zischt die Stimme. *Du benimmst dich wie ein Teenager.*

Ich atme tief ein und aus und trete durch die Haustür, die noch immer offen steht. Es sind scheinbar noch Leute da. Wenn mir jemand anderes als Moritz die Tür öffnet, werde ich ihn nach draußen bitten und ihm die Meinung sagen, denke ich, während ich die Treppen hinter mir lasse. Dass ich kein Snob bin und nicht auf ihn herabsehe, dass er mich kaum kennt und nicht weiß, was ich durchgemacht habe.

Ich drücke mit meinem zitternden Zeigefinger auf die Klingel neben seiner Tür. Stille. Weder Musik noch Stimmen dringen nach außen. Mein Puls rast. Ich warte einen Moment ab, dann drücke ich ein zweites Mal auf die Klingel. Stille. *Noch kannst du umdrehen. Noch kannst du zurück.*

»Was mache ich hier«, murmle ich verstört und will mich gerade umdrehen, als die Tür aufgeht und Moritz' verschlafenes Gesicht vor mir auftaucht. Er trägt nichts außer karierten Boxershorts, die unanständig tief auf seinen Hüften sitzen, und mein Blick streift unfreiwillig seinen nackten Oberkörper, der erstaunlich gut in Form ist. Verlegen lenke ich meinen Blick wieder nach oben. Ich habe das Gefühl, er starrt mich minutenlang an, ohne etwas zu sagen, aber in Wirklichkeit können es nur Sekunden sein.

»Du hast schon geschlafen«, presse ich hervor.

»Und du bist vor«, er wirft einen Blick auf seine Armbanduhr, »über zwei Stunden nach Hause gegangen.«

Er wartet, sichtlich irritiert, auf eine Reaktion, aber ich bringe kein Wort hervor. Mein Herz hämmert so wild in meiner Brust, dass ich kaum atmen kann.

Was mache ich hier nur?

»Willst du reinkommen?«, fragt Moritz irgendwann, und ich folge ihm zögerlich durch die Tür in seine Wohnung. Im Flur stehen noch vereinzelt Bierflaschen, einige leer, einige halb voll. Es kommt mir vor, als wäre es eine Ewigkeit her, dass ich hier gewesen bin, dabei sind nur wenige Stunden vergangen.

Er geht ins Wohnzimmer, und ich folge ihm. Der Holzboden knarrt unter seinen nackten Füßen. Auf dem Couchtisch stehen Flaschen, eine angebrochene Packung Chips und Weingläser. Eins davon muss meins sein.

Ich spüre seinen Blick auf mir, müde und gleichzeitig aufgewühlt. Er hatte bereits geschlafen. Im Vergleich zu mir, konnte er schlafen. Ich bemühe mich, nicht auf seinen nackten Oberkörper zu starren, aber meine Augen wandern immer wieder in diese Richtung. Die Hitze steigt mir in den Kopf, mein Puls beschleunigt wieder. Er deutet mit dem Finger auf die Couch und sieht mich fragend dabei an, aber ich schüttle nur den Kopf.

»Willst du was trinken?«

Noch mal Kopfschütteln. Die Irritation übernimmt endgültig die Kontrolle über seine Gesichtszüge.

»Warum bist du hier?«, fragt er irgendwann.

Ich hole tief Luft.

»Weil es nicht stimmt, was du sagst. Ich bin kein Snob. Und ich sehe auch nicht auf dich herab. Und ich bau mir auch kein … Kartenhaus. Und meine Welt ist auch nicht klein und heil. Und ich weiß, dass Toby … ein Frosch ist.«

Meine Stimme klingt heiser und gekränkt und bei weitem nicht so selbstbewusst, wie ich es mir wünsche.

»O. k.«, sagt er langsam und wirkt nicht weniger verwundert als zuvor. Er verschränkt die Arme vor der Brust und zieht seine Schultern hoch, als wäre ihm kalt. »Deswegen kommst du mitten in der Nacht hierher?«

»Ja«, antworte ich trotzig und zwinge mich zu einem überzeugten Blick. »Ich wollte dir das vorhin schon sagen. Auf dem Balkon, als …«

»Als …?«, fragt er, und seine Augen funkeln. Er macht einen Schritt auf mich zu, und ich spüre, wie sich die Luft zwischen uns wieder auflädt. Meine Augen gleiten seinen Oberkörper hinab, und ich fühle mich genauso willenlos wie auf dem Balkon.

»Ich muss jetzt los«, sage ich mit einem Räuspern. Ich lasse einen Augenblick verstreichen. Dann drehe ich mich langsam um und gehe in schnellen Schritten zur Tür. Moritz folgt mir, ohne ein Wort zu sagen. Ich höre seine Schritte hinter mir, spüre seinen bohrenden Blick in meinem Rücken.

»Tut mir leid, dass ich dich geweckt habe«, murmle ich, als ich die Tür öffne und hindurchgehe.

»Ich konnte sowieso nicht schlafen«, sagt Moritz und sieht mir tief in die Augen. In diesem Moment brechen alle Dämme in mir. Ich stoße ihn zurück in seine Wohnung, schließe die Tür mit meinem Fuß und drücke ihn energisch gegen die Wand. Mein Körper presst sich gegen seinen, spürt die Hitze seiner nackten Haut, die Muskeln, die sich anspannen. Ich schlinge meine Arme um seinen Hals, meine Lippen finden seine. Es ist ein harter, intensiver Kuss, und für einen Augenblick stockt mir der Atem. Meine Finger vergraben sich in seinem Haar, während seine Hände meinen Rücken entlangwandern, auf meinen Hüften zur Ruhe kommen und mich wie eine Feder hochheben. Ich spüre, wie mir das Blut durch den Körper rauscht, schlinge die Beine fest um seine Taille und genieße seinen heißen Atem auf meinem Hals, der Stromstöße durch mich hindurchjagt.

Oh mein Gott. Was passiert hier gerade?

Er stöhnt leise auf und drückt meine Lippen fester auf seine, während wir ins Schlafzimmer stolpern. Seine warmen Hände umspannen meine Hüften. Ich zittere am ganzen Körper, als er mich auf sein Bett wirft und mich mit seinem ganzen Gewicht in die Matratze drückt. Seine Hände sind plötzlich überall – ein elektrisierendes Gefühl, das kaum auszuhalten ist. Ich versuche, meinen Atem zu beherrschen, meinen Herzschlag zu kontrollieren, und scheitere kläglich. Das Verlangen in seinen Augen steigert meines um ein Vielfaches. Ich habe das Gefühl, in tausend Teile zu zerspringen, als er den Knopf meiner Jeans öffnet. Es gibt kein Zurück mehr. Und ich will auch nicht zurück.

41.

»Was machst du da?«

Seine Stimme klingt schlaftrunken. Er richtet sich im Bett auf und reibt sich die Augen, während ich in meine Jeans schlüpfe. Durch die Jalousie dringen die ersten Lichtstrahlen des Morgens ins Zimmer, und ich spüre seinen Blick auf meinem halbnackten Körper.

»Tut mir leid. Ich bin eingeschlafen«, murmle ich und suche auf dem Boden nach meinem Pullover.

»Wie spät ist es?«, fragt er und gähnt.

»Kurz nach halb sechs.«

Ich ziehe mir den Pullover in einer flinken Bewegung über den Kopf und fühle mich sogleich wohler. In wenigen Stunden muss ich im *Coffeeshop* stehen, eine Vorstellung, die mich regelrecht anwidert.

»Wolltest du dich einfach so aus dem Staub machen?«

Einen Moment lang bin ich mir unsicher, ob sein Ton scherzhaft oder vorwurfsvoll ist.

»So läuft das doch normalerweise ab, oder?«

Er seufzt und lässt den Kopf wieder ins Kissen sinken.

»Tu nicht so. Das letzte Mal, als ich hier aufgewacht bin, hast *du* dich auch vorher aus dem Staub gemacht«, erinnere ich ihn.

»Ja, weil du komatös-betrunken warst und ich zur Arbeit musste.«

Meine Wangen beginnen zu glühen.

»Ich wünschte, das wäre ich jetzt auch«, seufze ich gequält, während vor meinen Augen die Bilder der vergangenen Nacht durchlaufen. Nackte Haut, feuchte Küsse, Stöhnen. Seine Hände auf meinen Brüsten, auf jedem Quadratmillimeter meines Körpers. Ich schüttle den Kopf, als könnte ich die Szenen dadurch ausblenden. Aber der schale Geschmack in meinem Mund lässt sich nicht vertreiben. Als hätte ich falsche Entscheidungen gegessen.

»Danke für das Kompliment.«

Wieder weiß ich nicht, ob er es scherzhaft oder vorwurfsvoll meint.

»Tut mir leid, aber ich fühle mich wirklich grauenhaft … Wegen Julian und …«

»Julian?«

»Vergiss es«, murmle ich.

»Heißt so dein Brieffreund?«

Seine Mundwinkel schnellen nach oben.

»Er ist nicht …«, setze ich an.

»Ja, ja, ich weiß. Von mir erfährt jedenfalls niemand was.«

»Warum wundert mich das nicht«, erwidere ich spöttisch.

Moritz verschränkt die Arme hinter seinem Kopf und mustert mich nachdenklich.

»Du glaubst echt, ich zieh so was hier jede Nacht ab, oder?«

»Nicht jede, aber jede zweite …«

Seine Augen flackern.

»Abgesehen davon, dass ich Single bin und jedes Recht der Welt auf meinen Spaß habe, kommt es *nicht* jeden Tag – verzeihe, jeden zweiten Tag – vor, dass mich attraktive Frauen mitten in der Nacht aus dem Bett klingeln, um dann über mich herzufallen.«

Einen Moment lang möchte ich empört widersprechen, als er »herfallen« sagt. Im gleichen Augenblick schmeichelt es mir, »attraktiv« genannt zu werden.

»Ich dachte, du findest mich spießig und prüde und überhaupt gar nicht sexy und nicht rothaarig und …«

»Ist gut«, unterbricht er mich, während ich mich auf die Bettkante setze. »Ich finde dich nach wie vor spießig und prüde, aber das heißt ja nicht, dass du hinter deiner Fassade nicht irgendwie … sexy sein kannst. Auf eine ganz … äh … seltsame Weise. Heute Nacht warst du zum Beispiel ziemlich sexy.«

Er grinst schelmisch, und ich vergrabe das Gesicht in den Händen, weil ich einen Moment lang vergessen habe, was sich heute Nacht zwischen uns abgespielt hat und wie sehr ich es genossen habe. Ich hätte nicht erwartet, dass das erste Mal nach Toby so derart berauschend sein würde, dass ich mit einem anderen Mann genauso harmonieren würde – vielleicht sogar besser. Und dann noch mit Moritz. Er hat sich so gut angefühlt. Zu gut, fluche ich innerlich mit glühenden Wangen.

»Warum kannst du nicht immer so sein?«

»Wie?«

»Na so.«

Er hebt die Bettdecke hoch und wirft einen Blick darunter. »Nackt? Kein Problem, kriegen wir hin.«

Ich schenke ihm einen warnenden Blick, der ihn zum Lachen bringt.

»So normal. Nicht so zynisch … und launisch.«

»Tja, dafür musstest du erst mit mir schlafen«, tönt Moritz.

Noch ein warnender Blick.

»Ich war ganz normal zu dir«, sagt er schließlich. »So, wie ich eben bin.«

Er zieht sich die Bettdecke ans Kinn, dieselbe, unter der wir kurz zuvor noch zusammen lagen. Körper an Körper, nackte Haut an nackte Haut. Der Gedanke daran löst Gänsehaut bei mir aus und ein unangenehmes Zwicken in der Magengegend. All das hätte nicht passieren dürfen. All das hätte *mir* nicht passieren dürfen. *Aber es war so gut.*

»Nein. Du hast mir ziemlich deutlich gezeigt, dass du mich nicht leiden kannst. Und das machst du spätestens morgen wieder so.«

Es klingt vorwurfsvoller als beabsichtigt.

»Das hat nichts mit leiden können zu tun«, sagt er. »Du und ich wir leben einfach in völlig verschiedenen Welten. Und wir haben völlig verschiedene Vorstellungen von unserem Leben. Ich verstehe dich nicht und du mich nicht. Das führt dann eben manchmal zu Reibungen.«

»Ja, das hatten wir bereits«, murmle ich genervt und stehe vom Bett auf, um der Unterhaltung ein demonstratives Ende zu bereiten. »Ich werd dann mal gehen. Wir sehen uns ja später.«

Er nickt und hebt die Hand zu einem stummen »Auf Wiedersehen«.

Wir sehen uns einen Augenblick lang an, ohne etwas zu sagen. Dann drehe ich mich um und gehe aus dem Zimmer, laufe an den Partyüberbleibseln im Flur vorbei und schließe die Tür leise hinter mir. Im Treppenhaus ist es mucksmäuschenstill, nur meine Schritte klacken auf dem Boden. Als ich aus der Tür trete, fühle ich mich beobachtet, was absurd ist, weil die meisten Menschen noch in ihren Betten schlummern. Aber das schlechte Gewissen und das Chaos in meinem Herzen sorgen dafür, dass ich mit geducktem Kopf zu meinem Fahrrad gehe und im Eiltempo aufsteige und davonfahre. Weg vom Ort des Grauens – das sich so gut angefühlt hat.

Zu Hause springe ich sofort unter die Dusche, als könnte ich mir auf diese Weise die Fehler der vergangenen Nacht vom Leib spülen. Fehler, die sich so gut angefühlt haben. Die Nacht mit Moritz war ein einziges Feuerwerk der Gefühle. Die Küsse zwischen uns waren nicht sanft, auch nicht zärtlich, sondern explosiv und leidenschaftlich. Sie haben ein Rauschgefühl in mir ausgelöst, das mir noch immer Angst macht.

42.

Meine Vorsätze, die Nacht mit Moritz als »einmalige Sache« in die hinterste Schublade meines Gedächtnisses zu verbannen und sie als Trotzreaktion auf verletzte Eitelkeiten zu interpretieren, vertragen sich nur leidlich mit einer Erinnerung von Michael Kiefernbacher, dass ich den Artikel über die Band bis Mitte der Woche an ihn schicken sollte.

»Mittiger als Mittwoch geht wohl kaum«, murmle ich laut vor mich hin und beiße mir zerknirscht auf die Unterlippe, die noch wenige Stunden zuvor über Moritz' Körper gefahren ist. Seufzend schließe ich die Augen. Wie soll ich Moritz aus meinem Kopf kriegen, wenn ich meinen Abend damit verbringen muss, Attribute zu finden, die ihn am besten beschreiben? Launisch. Mürrisch. Zynisch. Sarkastisch. Sexy. *Sexy? Ja, sexy. Irgendwie.*

Als ich Baguettes und Bagels belege und mir Tobys Gesicht mal wieder von der Wurstpackung entgegengrinst, grinse ich zurück, weil mir bewusst wird, dass ich in der vergangenen Nacht kein einziges Mal an ihn denken musste. Nicht als Moritz mich geküsst hat, nicht als unsere Körper miteinander verschmolzen sind. Ich habe nicht mal alberne Vergleiche zwischen ihm und Moritz angestellt. *Vielleicht ist die Wurst endgültig gegessen, Toby.* Genugtuung macht sich in mir breit.

Sie hält allerdings nicht lange an, denn just in diesem Moment sehe ich Tessa über den Marktplatz laufen. Ihr Outfit spricht nicht dafür, dass sie auf dem Weg zur Arbeit ist. Sie trägt helle Jeans, Ballerinas und einen flauschig wirkenden dunkelblauen Wollpullover, der ihr in Kombination mit dem blonden Haar etwas Nordisches verleiht.

Als sie durch die Tür kommt, ist es, als würde ein Schwall guter Laune sie begleiten, und ich bin, wie so oft in ihrer Gegenwart, beeindruckt von so viel Präsenz. Sie erzählt mir gut gelaunt, dass sie sich einen Tag frei genommen hat, um erste Besorgungen für ihre Hochzeit zu machen. Die Selbstverständlichkeit in ihrer Stimme lässt mich vermuten, dass sie davon ausgeht, ich wüsste längst von ihren Plänen. Vielleicht eignet man sich dieses Selbstbewusstsein an, wenn man eine Person des öffentlichen – oder Altberger – Interesses ist, denke ich spöttisch.

»Warum ich eigentlich hier bin«, sagt sie irgendwann. »Hättest du Lust, heute Abend auf ein Glas Wein zu uns zu kommen?«

Uns?!

Wenn mein Herz eine Alarmanlage hätte, würden in diesem Moment sämtliche Sirenen ertönen. Ich schlucke.

»Ich wollte dir längst mal meinen Verlobten vorstellen«, erzählt sie. »Tobias hat mal eine Weile in Hamburg studiert. Er schwärmt immer so von dieser Zeit. Ihr hättet euch sicher einiges zu erzählen.«

Darauf kannst du Gift nehmen.

»Sorry, aber ich muss heute Abend echt mal meinen Artikel für die Zeitung schreiben. Den soll ich eigentlich morgen abgeben«, antworte ich und versuche, nicht allzu erleichtert zu klingen.

»Und wenn du danach noch kommst?«

»Ich werde den ganzen Abend damit beschäftigt sein, fürchte ich.«

Ich setze ein bedauerndes Gesicht auf, und Tessa zieht die Mundwinkel nach unten.

»Schade. Na ja, vielleicht bringe ich ihn dann doch einfach mal mit hierher.«

Ich möchte am liebsten wild mit dem Kopf schütteln und »nein, nein, nein« schreien.

»Jetzt bekomme ich jedenfalls einen großen Latte Macchiato zum Mitnehmen.«

Ich bin dankbar, dass sie vorerst nachgibt. Die Wurst mag gegessen sein, aber sie stößt mir trotzdem noch auf.

»Wie läuft es eigentlich mit dem Job bei der Zeitung?«, fragt sie, als ich Milch schäume.

»Gut. Ich bekomme immer wieder kleine Aufträge, je nachdem, was eben so los ist. Es macht mir Spaß.«

Das ist keine Lüge. Auch wenn Konzertabende mit den Barmherzigen Schwestern und Provinz-Heavy-Metal-Events nicht unbedingt das sind, was ich der Welt mitteilen möchte, so macht es mir durchaus Spaß, mich mit Worten auszutoben und das Gefühl zu haben, etwas zu tun, was ich kann.

»Großartig. Dann werde ich morgen gleich mal Michael Kiefernbacher anrufen und ihn bitten, dich in drei Wochen zur Einweihung unserer neuen Lagerhalle zu schicken. Ich hab gestern die Einladung an die Presse verschickt.«

Wieder wird mir fast schlecht vor Schreck. Ich bin kurz davor »Da kann ich nicht« zu antworten, als mir klar wird, dass sie mir nicht einmal ein genaues Datum genannt hat.

In diesem Moment kommt Moritz in den *Coffeshop* und löst einen zweiten kleinen Herzanfall bei mir aus. Er winkt den beiden älteren Damen an Tisch eins zu, die wie kleine Mädchen zurückwinken und sich anschließend etwas zuflüstern.

»Tessa«, sagt er übertrieben laut, und es klingt wie eine Feststellung.

»Moritz«, entgegnet sie mindestens genauso laut und mit einem ironischen Unterton. »Du siehst aus, als wäre die Party noch ein Weilchen gegangen.«

Sie hat recht. Moritz' Gesicht ist von Müdigkeit gezeichnet, und sein knittriges Shirt und die verwuschelten Haare unterstützen diesen Eindruck noch. An jedem anderen Tag würde ich innerlich spotten, an diesem Morgen hingegen zieht mich dieser Look auf eine merkwürdige Weise an. *Alarmstufe rot.*

»War eine kurze Nacht«, bemerkt er, ohne mich dabei anzusehen, und lässt sich einen Espresso aus der Maschine.

»Ich möchte nicht wissen, wer daran schuld ist«, säuselt sie und schmunzelt süffisant, während ich sowohl ihren als auch Moritz' Blick meide. Wie sie wohl reagieren würde, wenn sie wüsste, dass …? Nein, besser nicht darüber nachdenken.

Als sich zwei Schülerinnen hinter ihr anstellen, schnappt sich Tessa ihren Becher und verabschiedet sich hastig. Sie ruft mir noch zu, dass wir unseren Weinabend auf einen anderen Tag verschieben, und stößt dabei mit Daniel zusammen, der unverschwitzt, aber mit orangefarbenem Trainingsanzug in den Laden kommt. Die beiden entschuldigen sich kurz beieinander, dann ist Tessa auch schon weg.

»War das nicht ... die von ... du weißt schon wem?«, fragt Daniel vorsichtig, während sich Moritz um die beiden Mädchen kümmert, die darüber sichtlich begeistert sind.

»Er ist nicht Voldemort«, brumme ich und rolle mit den Augen.

Daniel zieht eine Augenbraue hoch und sieht mich fragend an.

»Na, du kannst ruhig seinen Namen sagen«, erkläre ich, aber Daniel versteht immer noch nicht. Er trinkt seinen Espresso in einem Zug und verabschiedet sich wieder.

»Und, hast du deine Wohnung schon aufgeräumt?«

Ein blöderer Satz hätte mir definitiv nicht einfallen können, um die Stimmung zwischen uns zu checken. *Hast du deine Wohnung schon aufgeräumt?* Das fragen nur Mütter, Großmütter, vielleicht Mitbewohner, und wenn es blöd läuft, Vermieter.

»Mach ich heute Abend. Ich hab bis neun geschlafen«, sagt er und gähnt, als wolle er es zusätzlich unterstreichen.

»Ich muss heute den Artikel über euch schreiben. Fertig schreiben.«

Er muss ja nicht wissen, dass ich noch keinen einzigen Satz zustande bekommen habe.

»Kannst du mir noch ein bisschen Milch draufgießen?«, fragt eine der Schülerinnen und streckt Moritz ihre Tasse entgegen, während sie ihn engelsgleich anstrahlt. »Die ist etwas süß.«

»Na, dann passt sie doch perfekt zu dir«, antwortet er charmant. Ihre Wangen färben sich rosa, und ich rolle mit den Augen. Sie ist niedlich mit ihren braunen Locken und den Sommersprossen auf der Nase, aber nicht älter als 17.

Als Moritz die Milch in ihre Tasse gegossen hat, trägt sie sie sichtlich beflügelt zurück zu ihrer Freundin und flüstert ihr etwas ins Ohr, das ein Kichern nach sich zieht. Die beiden älteren Damen, die noch immer ihren Cappuccino Tiramisu schlürfen, winken Moritz indessen erneut zu.

»Wahnsinn. Deine Masche ist generationenverbindend«, spotte ich, während ich Geschirr in die Maschine staple.

»Das ist keine Masche«, protestiert er.

»Doch, ist es. Und sie fallen alle darauf rein.«

»Gott sei Dank bist du da keine Ausnahme«, murmelt er in meine Richtung, und ich lasse es mit einem gequälten Grinsen über mich ergehen.

43.

Als ich vor seiner Haustür stehe und auf die Klingel drücke – zum dritten Mal in zwei Tagen –, dringt das Läuten der Kirchenglocken durch die Nacht. Ich weiß in dem Moment, in dem mein Finger auf den Knopf drückt, dass es ein Fehler ist, aber das Gefühl, ihn absichtlich zu begehen, lässt meinen Adrenalinspiegel rasant in die Höhe schießen.

Moritz ist zweifelsohne überrascht und begrüßt mich mit einem Stirnrunzeln. Seine Augen wandern von meinem Gesicht zu dem Laptop, den ich unter meinem Arm trage.

»Kein Schokokuchen«, sagt er und deutet mit dem Finger darauf. Er trägt eine graue Jogginghose und eines seiner verwaschenen Shirts und wirkt, als wäre er just in diesem Moment von seiner Wohnzimmercouch aufgestanden.

»Nein, das ist mein Laptop«, platzt es aus mir heraus, bevor mir klar wird, dass diese Erklärung eine Beleidigung an seine Intelligenz ist. »Ich hab den Artikel über euch fertig«, ergänze ich hastig.

Er sagt nichts. Wieder das Stirnrunzeln. Ich drücke meinen Arm fester gegen den Laptop und hoffe, dass er mir nicht ansieht, dass ich mir eine andere Reaktion als keine erhofft hatte.

»Ich dachte, du willst ihn vielleicht noch mal lesen, bevor ich …«, fasle ich, weil ich die Stille im Treppenhaus in Kombination mit seinem Schweigen nicht ertrage. »Aber ich kann ihn dir ja morgen früh noch … ausdrucken.«

Seine Lippen verziehen sich zu einem Schmunzeln, und ich fühle mich noch idiotischer als zuvor. Ich habe vier Stunden durchgeschrieben, vier Stunden lang die Tasten meines Laptops malträtiert, Synonyme für Wörter wie »dröhnen« und »metallisch« gesucht, Sätze gebaut und wieder umgebaut. Vier Stunden lang sämtliche Erinnerungen an den grauenhaften Abend in Großbärenbach rekapituliert. Vier Stunden, in denen ich immer wieder abgeschweift und bei Moritz gelandet bin.

»Komm rein«, sagt er plötzlich und deutet mit dem Daumen hinter sich. Für einen Augenblick kämpft mein Stolz gegen das Kribbeln in meinem Bauch. Für eine Sekunde möchte ich stark genug sein, um unbeeindruckt abzulehnen. Aber Stolz und Stärke sind wohl schon im Schlafmodus.

Ich folge ihm durch den Flur ins Wohnzimmer, wo er sich lässig in seine Couch fallen lässt und mich mit einer Handbewegung auffordert, mich ebenfalls zu setzen. Im Fernseher läuft ein Film mit Bruce Willis, auf dem Tisch entdecke ich eine angerissene Tüte Chips und eine Flasche Cola. Ich scheine mitten in einen gemütlichen Fernsehabend geplatzt zu sein, und für einen Augenblick bin ich darüber verwundert. Moritz verbinde ich eher mit Kneipen und Partys, mit Frauen und Kumpels.

»Hast du gedacht, hier liegt eine nackte Blondine auf der Couch?«

Er grinst diebisch, und ich fühle mich ertappt.

»Bis vor einer halben Stunde war sie noch da«, bemerkt er und zieht eine Grimasse. Dann deutet er auf die Flasche

Cola. Ich schüttle den Kopf. Um meinen Schlaf steht es schon ohne Koffein miserabel. Ich klappe sogleich meinen Laptop auf, um ihm zu demonstrieren, dass meine Arbeit der Grund ist, warum ich mitten in der Nacht bei ihm aufkreuze. Die Zeit, bis der Computer hochfährt, kommt mir ewig vor, auch wenn die Buchstaben regelrecht über den Bildschirm rasen. »Eigentlich kümmert sich ja Alex um dieses Pressezeugs«, sagt Moritz beiläufig, während ich mein Passwort eingebe.

»Ich weiß nicht, wo der wohnt«, entgegne ich gedankenverloren und Moritz lacht auf, weil er denkt, ich hätte einen Witz gemacht. Als der Laptop hochgefahren ist und eine jüngere Marit vom Bildschirm entgegenlacht, legt er die Stirn in Falten. »Da siehst du vollkommen anders aus«, stellt er fest. »So jung. Und ausgelassen und irgendwie …«

»Danke für die Komplimente«, schneide ich ihm das Wort ab.

Auf dem Bild bin ich zwei Jahre jünger, stehe mitten im Studium und bin Lichtjahre davon entfernt, einem Mann zu begegnen, der mein Herz bricht. Die Marit auf diesem Bild plant gerade ihre Weltreise, schmiedet Pläne für die Zukunft, ist heiß auf alles, was das Leben für sie bereithält. Sie glaubt daran, Großes erreichen zu können, wenn sie hart genug dafür arbeitet. Sie würde Altberg für einen Fluss halten und ihn zwei Sekunden später vergessen haben.

Ich öffne das Dokument und drehe den Laptop in seine Richtung, damit er den Artikel lesen kann. Während seine Augen angestrengt über den Bildschirm wandern, Zeile für Zeile abhaken, spüre ich Nervosität aufkommen, und das, obwohl ich mit meinem Text zufrieden bin. Ich wünschte, ich könnte in seinem Gesicht lesen, was er denkt, aber je länger ich ihn beobachte, desto schneller geht mein Puls. Als er fertig ist, rümpft er kurz die Nase und nickt. Mein Herz hämmert wild in meiner Brust.

»Man merkt zwar, dass du Heavy Metal ziemlich scheiße findest, aber wenn man das mal außen vor lässt, ist er o. k.« Seine Worte treffen mich wie ein Hammerschlag auf den Kopf.

O. k.? Vier Stunden Arbeit und ein »o. k.«?

In meinem Bauch braut sich ein kleines Gewitter zusammen. »Woran merkst du das?«, frage ich und bemühe mich, professionell statt gekränkt zu klingen.

»Na ja,«, beginnt er und scannt den Text noch einmal mit den Augen. »Das liest man einfach heraus. Deine Beschreibung der Menschen auf dem Konzert zum Beispiel erweckt den Eindruck, das wären alles verschwitzte Teufelsanbeter mit schwarzen langen Haaren, die Kinder zum Frühstück essen.«

Ich muss kichern, weil er damit nicht ganz unrecht hat.

»Dieser Abend war echt die Hölle für dich, oder?«

»Ich hatte einfach einen schlechten Tag«, brumme ich und rümpfe die Nase. »Erst der Stress im Laden, dann abends noch das Konzert, und dann warst da auch noch du … und Ela, die mich den ganzen Abend mit Blicken getötet hat.«

Meine Offenheit bringt Moritz zum Lachen.

»Ela hat dich so eingeschüchtert?«

»Du hättest mal sehen sollen, wie sie mich gemustert hat«, protestiere ich. »Und diese ständigen Kommentare, sobald ich auch nur irgendwie in deiner Nähe war. Das war unglaublich anstrengend.«

»Ja, Ela ist manchmal ein bisschen, na ja, stutenbissig, wenn es um Männer geht.«

»Männer? Ich glaube, es ging da hauptsächlich um dich.«

Er streicht sich nachdenklich über das leicht stoppelige Kinn, und ich muss daran denken, wie glatt es sich am Abend zuvor angefühlt hat.

»Ela ist nur eine gute Freundin, mehr nicht. Sie ist 23.«

»Nicht deine Zielgruppe«, kommentiere ich, aber mein ironischer Unterton scheint an ihm vorbeizugehen.

»Sie steht auf unsere Musik und ist seit Jahren mit uns unterwegs. Eher wie ein guter Kumpel. Außerdem ist sie Alex' Schwester.«

»Das lässt du sie besser nicht hören.«

Er lacht und trinkt einen Schluck Cola. Ich beobachte ihn von der Seite und muss automatisch an die Momente denken, in denen diese Lippen meine berührt haben. Meine Haut beginnt zu kribbeln.

»Auch nicht schlimmer als die Tatsache, dass du mitten in der Nacht auf meiner Couch sitzt«, bemerkt er und grinst. Ich werfe einen Blick auf die Uhr und stelle erschrocken fest, dass es weit nach Mitternacht ist.

»Ich geh dann mal«, murmle ich und klappe den Laptop zu.

»So war das jetzt nicht gemeint.«

»Ich weiß, aber es ist schon ziemlich spät und …«

»Könnte daran liegen, dass du dich immer mitten in der Nacht dazu entschließt vorbeizukommen«, entgegnet Moritz.

Er stützt den Kopf seitlich auf seiner Hand ab.

»Tja, du hast keine E-Mail-Adresse.«

Seine Mundwinkel heben sich.

»Den Artikel werde ich dann wohl noch mal umschreiben. Vielleicht noch ein paar positive Adjektive einbauen.«

Er grinst, und ich spüre, wie ich immer mehr die Kontrolle verliere. *Wie macht er das nur? Was hat er an sich, das mich so willenlos werden lässt? Warum ist die Atmosphäre schon wieder so aufgeladen zwischen uns?*

Ich erhebe mich vom Sofa und nehme den Laptop wie eine Aktentasche unter den Arm.

»Du bist mir ein Rätsel, Marit«, seufzt er schmunzelnd, und ich spüre, wie sich sämtliche kleine Härchen auf meinen Armen aufstellen.

Unsere Blicke begegnen sich, und ich bin unfähig, etwas zu sagen.

»Irgendetwas hast du an dir, das mich wahnsinnig macht«, flüstert er nachdenklich. »In jeder Hinsicht.«

Ich schlucke und drücke den Laptop fester an mich. Mein Herz schlägt so laut, dass ich Angst habe, er könnte es hören.

»Letzte Nacht …«, sage ich zögerlich.

»… war unglaublich«, platzt es aus ihm heraus.

Unglaublich? Klingt schon mal besser als »Fehler«.

»Oh ja«, hauche ich und erröte sogleich, weil ich für meinen Geschmack zu viel Sehnsucht in dieses Wort gepackt habe.

Moritz grinst. Dann steht er auf und begleitet mich wortlos zur Tür. Es ist wie ein Déjà-vu, wie ein Theaterstück, das ich zum zweiten Mal sehe. Auf wackeligen Beinen tapse ich hinter ihm her, bewege ich mich auf die Tür zu, unfähig zu entscheiden, was ich will, unfähig zu beurteilen, was sich in mir abspielt. Mein Puls rast, mein Herz hämmert in der Brust, und ich habe das Gefühl, kaum atmen zu können.

»Was machst du, wenn ich in zwei Stunden vor deiner Tür stehe?«

Er lacht nicht, als er mich fragt. Er schmunzelt nicht einmal, sieht mir nur tief in die Augen mit diesem Blick, der mich innerlich erschaudern lässt.

»Dich reinlassen«, antworte ich, ohne zu zögern.

Er seufzt und beißt sich auf die Oberlippe.

»Mist, ich dachte jetzt, du sagst ›schlafen‹«, murmelt Moritz und zieht mich in einer flinken Bewegung an sich. Ehe ich weiß, wie mir geschieht, gleiten seine Lippen über meine, während seine Hand in meinem Nacken wandert. Er fährt mit seinem Daumen über mein Schlüsselbein und lässt meinen Körper innerlich erbeben. Unsere Körper pressen sich so fest aneinander, dass ich seine Hüftknochen spüre, sein Brustbein, seine Rippen. Die geballte Härte seines Körpers.

Das Stolpern ins Schlafzimmer, die weiche Matratze, der Duft der Bettwäsche, der Blick auf die weiße Zimmerdecke fühlen sich wie ein endloses Déjà-vu an. Nur dass ich diesmal bewusster wahrnehme, was um mich herum geschieht, weniger überrascht bin von der Intensität dieses Moments. Ich kann es doppelt genießen, seinen heißen Atem auf meiner Haut, seine Lippen auf meinem Körper, das Begehren in seinen Augen, als er sich das T-Shirt über den Kopf streift. Nie zuvor hat mich jemand so angesehen, nie zuvor habe ich so viel Lust empfunden. Berauscht schlinge ich meine Arme um seinen Hals und ziehe ihn an mich, als würden uns noch immer zu viele Millimeter trennen. Ein Keuchen dringt tief aus seiner Kehle, als sich meine Finger in seinen Rücken graben.

Was passiert hier nur? Warum passiert es schon wieder? Nicht denken. Nicht denken.

Als ich die Augen öffne, liege ich allein in seinem Bett, nackt unter weißen zerknitterten Laken. Der Raum ist wie aufgeladen, die Hitze unserer Körper liegt noch in der Luft. Ein flüchtiger Blick auf die Uhr lässt mich aufstöhnen. Es ist kurz nach zwei Uhr nachts. Helles Mondlicht dringt durch die Ritzen der Jalousie. Ich knipse die Nachttischlampe an, als Moritz ins Zimmer kommt. Er trägt nur seine graue Jogginghose und balanciert einen Teller vor sich.

»Gut geschlafen?«, gluckst er und lässt sich mitsamt seinem Teller ins Bett fallen. Ein Hauch von Basilikum dringt an meine Nase. Und ein Hauch von Moritz.

»Ich schlaf immer ein. Danach«, murmle ich verlegen.

»Dann kann ich ja froh sein, dass es nicht an mir liegt«, erwidert Moritz und grinst. »Ich hab immer Hunger. Danach.«

Er zieht ein Stück Pizza vom Teller, das aussieht, als wäre es zwei Tage alt, aber köstlich duftet, und hält es mir hin.

»Ich bin Vegetarierin.«

Ich deute auf die Salami, die sich aus der Käsedecke gelöst hat.

Moritz beginnt zu lachen und beißt genüsslich hinein.

»Und da wunderst du dich, dass es mit dir und deinem … Salami-Prinzen nicht geklappt hat?«

Noch vor ein paar Wochen hätte mich seine Bemerkung getroffen. In diesem Moment macht sie mir nichts aus.

»Wurstkönig«, verbessere ich ihn zwinkernd.

»Sag ich doch … irgendwas mit Arschloch am Ende.«

Wir müssen beide lachen. Seine nackte Brust hebt und

senkt sich. Etwas in mir will sie berühren, mit den Fingerkuppen über die Haut streichen, den Kopf auf ihr ablegen.

»Du magst ihn nicht sonderlich.«

Es ist keine Feststellung, die ich erst heute Nacht gemacht habe. Immer wenn es um Toby geht, runzelt Moritz die Stirn, rümpft die Nase, verzieht das Gesicht.

»Wir waren zusammen in der Schule. Wir alle. Tessa, Toby, Tom, Evelynn.«

Mir fällt auf, dass er Evelynns Namen noch nie in meiner Gegenwart ausgesprochen hat.

»Ich weiß. Hat Tessa mir erzählt.«

Es scheint ihn nicht zu überraschen.

»Dann hat sie dir sicher auch gesagt, dass Toby und ich nicht gerade Poesiealben getauscht haben.«

»Nein. Nur dass es eine Zeit gab, in der du anders warst als heute. In der du keiner Frau außer Evelynn nachgesehen hättest.«

Ich bereue es in dem Moment, in dem ich es sage, und halte einen Moment lang die Luft an, weil ich nicht abschätzen kann, wie er reagiert.

»Kann sein. Aber das lag nicht allein an Lynnie«, antwortet er unbeeindruckt. »Ich glaube, es lag eher daran, dass ich festgestellt habe, dass ich anders bin als die anderen.«

Ich stütze meinen Ellbogen seitlich auf der Matratze ab und lege den Kopf in die Hand.

»Wie anders?«

»Die anderen wollten irgendwann alle weg von hier. Raus aus Altberg, Karriere machen. Ich nicht. Mir hat es hier immer gefallen. Für mich hätte es ewig so weitergehen können.«

Ich frage mich, ob er in diesem Moment von sich und Evelynn spricht.

»Lynnie hatte keine Lust mehr auf Kleinstadt, als sie studiert hat. Sie, Tessa und Tom waren nur noch an den Wochenenden da, und Tobys Weg war ja eh in Wurst gemeißelt.«

Wir lachen beide, und Moritz zieht das zweite Stück Pizza vom Teller. Ich beobachte die Regungen in seinem Gesicht, frage mich, wie es sein kann, dass sich die Nächte mit ihm so großartig, die Tage hingegen so aufreibend anfühlen. Frage mich, warum es sich plötzlich so gut anfühlt, in seiner Nähe zu sein, neben ihm in seinem Bett zu liegen.

»Magst du ihn deswegen nicht?«, frage ich – vor allem, um mich selbst abzulenken. »Weil er aus einer reichen Familie kommt?«

»Nein, wir sind nur einfach total unterschiedliche Menschen. Abgesehen von unserem Frauengeschmack.«

Er gluckst, und ich stimme mit ein. In diesem Moment gibt mein Magen knurrende Geräusche von sich, die so laut sind, dass Moritz sie hört. Mir schießt die Röte ins Gesicht.

»Also, ich hab sicher auch was im Kühlschrank, was vorher nicht auf einer Wiese herumgesprungen ist.«

»Danke, aber ich sollte mal langsam gehen«, murmle ich und werfe demonstrativ einen Blick auf die Uhr.

»Weil dein Brieffreund auf eine E-Mail wartet?«

»Haha.«

»Dann bleib hier.«

Bleib hier?

Ohne den Blick von mir zu wenden, stellt Moritz den Teller auf dem Nachttisch ab, beugt sich vor und streicht mir eine Haarsträhne aus dem Gesicht. Seine Fingerkuppen streifen sanft über meine Wangen, während ich mich im tiefen Braun seiner Augen verliere. Etwas in mir zerspringt wie Glas. Und etwas in mir beginnt, sich zu fragen, ob Haarsträhnen aus dem Gesicht streichen bei One-Night-Stands erlaubt ist. Ob er jeder Frau, mit der er schläft, Haarsträhnen aus dem Gesicht streicht.

Bleib hier.

Es kommt so gewöhnlich und unbekümmert aus seinem Mund. So routiniert. Als wäre nichts dabei. Ein unverbindliches Angebot.

»Ich geh jetzt lieber nach Hause.«

Meine Gesichtszüge verhärten sich und vertreiben die Verträumtheit aus meinen Augen, die sich kurzzeitig hineingeschlichen hat. Eine Spur zu eilig schwinge ich mich aus dem Bett und greife nach meiner Unterwäsche, in die ich ebenso eilig schlüpfe. Während ich seinen Blick brennend auf mir spüre, steige ich in meine Jeans.

»Du fühlst dich nicht wohl mit dieser Sache, oder?«

Er legt den Kopf schief und mustert mich aus zusammengekniffenen Augen. Trotzdem fühlt es sich an, als wären seine Augen offener denn je, als würden sie tief in mich hineinsehen und all die Unsicherheit erkennen, die ich zu verbergen versuche. Den Zweifel, die Verunsicherung, die Beklommenheit.

»Ich glaube, ich bin nicht für so was gemacht«, antworte ich und male mit dem Zeigefinger einen symbolischen Kreis in die Luft. »Und das ist auch nicht das, was ich suche.«

Er beobachtet mich schweigend.

»Vielleicht solltest du einfach aufhören zu suchen.«

Unsere Blicke treffen sich, und ich zucke innerlich zusammen. Ein Bild von uns beiden flammt vor mir auf, und die Luft um uns herum ist im Nu wieder so elektrisch aufgeladen, dass ich mir meine Kleider vom Leib reißen und zurück zu ihm ins Bett steigen will, um dort weiterzumachen, wo wir aufgehört haben. Ich schließe die Augen und schlucke. Dann ziehe ich mir meinen Pullover über den Kopf.

»Vielleicht«, beginne ich mit bebender Stimme, »solltest du irgendwann wieder anfangen, danach zu suchen.«

Ein bitteres Lächeln erscheint auf seinem Gesicht.

»Vielleicht. Irgendwann«, sagt er, ohne den Blick von mir abzuwenden.

44.

Von: j.a.@t-online.de
An: marit.jansen@web.de

Hallo Marit,

sorry, dass ich mich erst heute bei dir melde, und ich kann verstehen, wenn du dir inzwischen mindestens fünf Spitznamen für mich ausgedacht hast, die in deinen Augen besser zu mir passen als mein Vorname.
Ich hatte in den vergangenen Tagen leider wahnsinnig viel um die Ohren und musste ein paar Dinge abklären. Würde mich trotzdem freuen, wenn wir noch unser Glas Rotwein trinken gehen. Hättest du Freitagabend Zeit? Ich habe nachmittags einen Termin in der Gegend und könnte um 20 Uhr im *Ludwig* sein.

VG
Julian

Für eine Nacht lang jemand zu sein, der man nicht ist, fühlt sich genau so lange aufregend an, bis die Nacht vorbei ist und die Kutsche wieder zum Kürbis, der Glasschuh zum Sneaker wird. Und bis sich der Traummann, dessen USB-Stick du gefunden hast, wie aus dem Nichts meldet und eine gute Erklärung dafür liefert, dass er sich nicht gemeldet hat. Dann prasselt dein schlechtes Gewissen plötzlich wie Hagelkörner auf dich ein – Hagelkörner in Golfballgröße. *Man tanzt nicht auf zwei Hochzeiten gleichzeitig*, flüstert eine Stimme in meinem Kopf, und sie hat verdammt große Ähnlichkeit mit der von meiner Mutter. Dates mit Julian zu vereinbaren und gleichzeitig Sex mit Moritz zu haben, fühlt sich falsch an – auch wenn dieser Sex untertrieben formuliert gigantisch war. Es passt nicht zu mir, zu meiner Einstellung. Ich bin keine Frau für eine Nacht, auch keine für zwei Nächte, und ich passe nicht zu jemandem wie Moritz – das hat er mir selbst gesagt. *Du und ich wir leben einfach in völlig verschiedenen Welten. Ich verstehe dich nicht und du mich nicht.* Aber die Haarsträhne. Dieser Moment. Dieser winzig kleine Moment.

»Ich muss mich entscheiden«, murmle ich laut vor mich hin. Unverbindlicher Sex mit einem Mann, der für alles steht, was ich ablehne, oder romantische Dates mit jemandem, auf dessen Stirn »Traumtyp« prangt.

Von: marit.jansen@web.de
An: j.a.@t-online.de

Nur, wenn du mir endlich mal erzählst, was das für dubiose Termine sind. Freitag passt gut. Ich freue mich.

LG
Marit

Ich drücke auf »Senden« und nicke zufrieden. Entscheidung getroffen.

45.

»Unangenehme Begegnung danach, Teil 3« bleibt mir erspart, weil mich Heike morgens mit einem energischen Klopfen aus dem Bett schmeißt, um mich zu bitten, die Frühschicht im *Coffeeshop* zu übernehmen. Ich reagiere mit der typischen Verwirrtheit übermüdeter Menschen und starre ihr stillschweigend ins Gesicht.

»Ist alles o. k. mit dir?«

Ich habe kaum geschlafen. Ich habe stattdessen mit Moritz geschlafen.

Außer einem schwachen Nicken bringe ich nichts zustande.

»Ich kann ab elf Uhr zu dir stoßen, aber vorher habe ich einen Arzttermin. Bekommst du es allein hin?«

»Was ist denn überhaupt los?«, frage ich, während das Gähnen die letzte Silbe meines Satzes verschluckt.

»Moritz hat sich entschuldigt. Er kommt heute nicht.«

»Er hat sich entschuldigt?«, frage ich sichtlich überrascht und bin plötzlich hellwach.

Dann berichtet mir Heike mit sorgenvoller Stimme, dass Moritz' Großvater ins Krankenhaus eingeliefert wurde, und ich schäme mich, dass ich für einen Augenblick angenommen hatte, es könne etwas mit mir und der letzten Nacht zu tun haben, dass Moritz sich abgemeldet hat. Sichtlich überrascht, dass ich Moritz' Großvater kenne, gibt Heike ihr kurzes Telefonat mit Moritz wieder, das erst ein paar Minuten zurückliegt. Der alte Mann hatte am Morgen über Schmerzen in der Brust geklagt und sofort seinen Enkel angerufen.

»Er ist mit ihm ins Krankenhaus gefahren, mehr weiß ich leider noch nicht. Ich habe ihm gesagt, dass ich seine Schicht übernehme und dich bitte, den Laden aufzuschließen.«

Eine Mischung aus Unruhe und Sorge vertreibt die Morgenmüdigkeit aus meinen Gliedern. Auch wenn ich Emil erste wenige Wochen kenne, ist er mir mit seiner sanftmütigen Art ans Herz gewachsen. Nachdenklich kaue ich auf meiner Unterlippe, bevor ich bemerke, dass Heike mich erwartungsvoll ansieht.

»Klar, kein Problem. Ich beeile mich.«

Es fällt mir schwer, mich an diesem Tag zu konzentrieren und nicht pausenlos an Emil und Moritz zu denken. Der übliche Small Talk mit Kunden kommt mir nur schleppend über die Lippen, und jeder Handgriff ist mit einem inneren Widerwillen verbunden.

Ich fühle mich erst besser, als ich mich am späten Nachmittag aufs Fahrrad schwingen und ins Krankenhaus fahren kann. Emils Zimmer ausfindig zu machen ist nicht schwer, da die ältere Dame an der Pforte sofort eine Zahlenkombination nennt, als ich den Namen Tischbein ausspreche.

Ich will gerade an die eierschalenfarbene Tür klopfen, als Moritz mit einem Strauß Blumen und einer Vase auf dem Flur auftaucht.

»Hey«, sagt er, sichtlich überrascht, mich zu sehen. Sein Gesicht ist von Müdigkeit gezeichnet, was womöglich nicht nur an der Sorge um Emil liegt. Die Bilder der vergangenen Nacht tauchen vor meinen Augen auf, und ich spüre, wie mir die Hitze ins Gesicht steigt, was in diesem Moment vollkommen unangebracht ist. »Was machst du hier?«

Was machst du hier?!

»Wie geht es Emil?«, entgegne ich, ohne seine Frage zu beantworten.

»Ganz o. k. Es sieht so aus, als hätte er seine Herzmedikamente in letzter Zeit nicht richtig dosiert. Sie behalten ihn über Nacht hier, und morgen kann er wieder nach Hause.«

Erleichterung schwingt in seiner Stimme mit. Aber da ist auch noch etwas anderes.

»Schöne Blumen«, bemerke ich nach einem Moment des Schweigens und deute auf den Strauß orangefarbener Gerbera. Ich ärgere mich sogleich, nicht selbst an ein kleines Geschenk gedacht zu haben.

»Ist er wach? Also kann ich rein?«

Moritz' Augen verraten seine Irritation.

»Äh, ja … aber …«, zögert er und erntet einen fragenden Blick von mir. »Was machst du hier, Marit?«

»Was ich hier mache? Ich … besuche deinen Großvater.«

»Ja, aber … warum?«

»Warum?«

»Hat das was mit letzter Nacht zu tun?«

»Bitte?«, stammle ich perplex.

Angespanntes Schweigen breitet sich zwischen uns aus.

»Na ja, ich will nur sichergehen, dass … dass die Dinge zwischen uns klar sind.«

Ich zucke zurück, als hätte er mich geschlagen.

»Dass die Dinge zwischen uns klar sind?«, wiederhole ich

ungläubig und spüre, wie sich mein Brustkorb zusammenschnürt. Dann geht mir ein Licht auf. Der distanzierte Blick, die Irritation in seinen Augen.

»Du glaubst, ich besuche deinen Großvater, weil ich verliebt in dich bin«, sprudelt es aus mir heraus. »Du glaubst, ich will dich damit beeindrucken.«

Ich lache schrill, während mich Scham wie eine Welle überflutet.

»So hab ich das nicht gemeint.«

Für einen Moment lang rutscht ihm die finstere Maske vom Gesicht, und ein Funken von Reue blitzt in seinen Augen auf. Er senkt den Blick.

»Ich will nur nicht, dass du denkst, dass daraus … mehr werden könnte.«

Wie eine Schlange kriecht die Wut in mir hoch, als er diese Worte ausspricht. Mein Verstand will nicht wahrhaben, was meine Ohren gehört haben.

»Gott, bist du ein selbstverliebtes Arschloch«, schnaube ich und verziehe angewidert das Gesicht. Gemessen an seiner perplexen Miene haben meine Worte eine gewisse Wirkung auf ihn. »Dass ich hier bin, hat absolut nichts mit dir zu tun. Ich wollte einfach nur deinen Großvater besuchen. Weil ich ihn gernhab. Und weil ich selbst nie einen Großvater hatte.«

»Du hast mich falsch verstanden«, murmelt Moritz. »Ich wollte nur …«

»Sichergehen, dass ich mich nicht unsterblich in den *Coffeeshop*-Casanova verliebt habe, schon klar«, spotte ich. »Aber keine Sorge, so gut war der Sex mit dir auch wieder nicht.«

Über die Heftigkeit meiner Stimme bin ich einen Moment

lang überrascht. Sein Mund öffnet sich, doch bevor er etwas sagen kann, lasse ich ihn stehen und dränge mich an ihm vorbei zur Tür. Nach einem kurzen Klopfen trete ich ohne abzuwarten ein. Als ich die Tür hinter mir zuziehe, kämpfe ich gegen meine bebenden Lippen. So wie ich mich in diesem Moment fühle, muss mein Gesicht rot vor Wut sein. Aber all die Wut über Moritz' Hochmut ist plötzlich wie weggeblasen, als Emils warmherzige Stimme an mein Ohr dringt.

»Hallo, meine Liebe.«

Seine Worte durchbrechen die Mauer aus Zorn, die sich um mich aufgebaut hat. Er sitzt aufrecht in seinem Bett und wirkt blass zwischen all den weißen Laken und Kissen. Das Zimmer ist klein und hell mit einem großen Fenster und senfgelben Vorhängen. Neben Emils Bett steht ein zweites, dessen Bettdecke faltenfrei und unbenutzt wirkt.

»Ich fühle mich wie ein Privatpatient«, sagt er schmunzelnd, als er meinen Blick auffängt. Mein Puls ist noch immer auf 180, aber je länger ich in Emils faltiges Gesicht blicke, desto ruhiger werde ich.

»Wie schön, dass Sie mich besuchen, Marit. Mein Enkel ist auch gerade hier. Er holt nur eine Vase bei den Schwestern.«

Ja, und wenn er schlau ist, ist er damit auch noch eine ganze Weile beschäftigt.

»Wie geht es Ihnen denn? Sie haben mir einen ganz schönen Schrecken eingejagt.«

»Ach, alles halb so wild. Ich hab das mit den Tabletten ein bisschen durcheinandergebracht. Aber der Doktor sagt, ich darf morgen schon wieder nach Hause. Ein netter Mann, aber er guckt ein bisschen zu ernst.«

Er lächelt mit der Unbekümmertheit älterer Menschen, die zu viel erlebt haben, um sich von Banalitäten beeindrucken zu lassen. Ich ziehe mir einen Stuhl an sein Bett und setze mich neben ihn. Auf seinem Nachttisch liegen ein paar Zeitungen und Magazine, außerdem eine angebrochene Schachtel Pralinen.

»Ich habe es leider nicht geschafft, Ihnen etwas mitzubringen, weil ich direkt von der Arbeit komme.«

»Ach, das macht doch nichts. Ich freue mich viel mehr über Ihren Besuch.«

Sein Haar ist genauso weiß wie das Kopfkissen, auf dem er diese Nacht schlafen wird.

»Ich wollte Sie diese Woche sowieso besuchen. Schließlich müssen Sie mir unbedingt noch erzählen, wie es weitergegangen ist.«

Seine schmalen Lippen formen sich zu einem schwachen Lächeln.

»Was wollen Sie denn wissen?«

»Alles«, platzt es aus mir heraus, und wir lachen beide.

»Sind Sie und Marie-Luise noch ein Paar geworden?«

Emil denkt einen Moment lang nach, als müsse er die Antwort auf diese Frage erst suchen, als hätte er sie womöglich nie gefunden.

»Wir haben uns geliebt«, antwortet er schließlich. »Aber ein Liebespaar waren wir nie.«

Die Stille, die sich zwischen uns ausbreitet, hat etwas Melancholisches.

»Sie war verlobt«, fährt er fort. »Er arbeitete in der Kanzlei ihres Vaters, und sie mochte ihn. Zumindest hat sie nie ein schlechtes Wort über ihn verloren. Ludwig hieß er, glaube ich.«

Ich muss schmunzeln beim Gedanken daran, dass Marie-Luise ihren Verlobten »gemocht« hat, aber in der damaligen Zeit war das womöglich keine Selbstverständlichkeit. Und so wie Emil sie beschrieb, war Marie-Luise auch keine Frau, deren Herz man allzu leicht eroberte.

»Dann ist zwischen Ihnen nie etwas passiert?«, frage ich vorsichtig, woraufhin Emil zu lachen beginnt.

»Wie kommen Sie denn darauf?«

»Na, weil sie doch verlobt war.«

Die Röte schießt mir in die Wangen, als ich begreife, wie naiv mein Satz klingt.

»Das war damals so wenig ein Hindernis wie heute«, bemerkt Emil schelmisch. »Es durfte nur keiner wissen, vor allem nicht ihr Onkel.«

»Weil er Sie mit dem Nudelholz verjagt hätte?«

Emil schüttelt schmunzelnd den Kopf.

»Weil er sie enterbt hätte. Der Bäckermeister war ein guter Mann, aber auch ein strenger Katholik. Er hatte seine moralischen Grundsätze, und Treue gehörte da nun einmal dazu. Er und seine Frau hatten keine Kinder, Marie-Luise war sein Patenkind und die Alleinerbin seines Vermögens.«

»Und ... war das so groß, das Vermögen?«, frage ich erstaunt.

Ein wissendes Lachen umspielt seine Lippen.

»Das Vermögen nicht unbedingt, aber das Haus.«

»Das Haus, in dem auch die Backstube war?«, hake ich nach, und Emil nickt abwartend, als hätte ich die Zusammenhänge noch nicht verstanden. Dann geht mir ein Licht auf.

»Das Haus, in dem die Backstube war ... ist doch dasselbe Haus ...«

»… in dem heute Ihr Kaffeeshop ist«, vollendet Emil den Satz. »Richtig.«

»Dann gehört das Haus … Marie-Luise?«

»Gehörte«, korrigiert Emil. »Sie ist schon vor sehr langer Zeit gestorben.«

Der Schmerz in seiner Stimme geht mir nahe. Ich würde den alten Mann gerne umarmen. Stattdessen nehme ich seine knochige Hand und drücke sie fest. Sie fühlt sich angenehm warm an.

»Sie haben mir erzählt, Marie-Luise kam immer im Sommer. Was war das restliche Jahr über?«

»Das restliche Jahr?«

»Na ja, wie haben Sie Kontakt gehalten? Haben Sie sich Briefe geschrieben? Sich heimlich getroffen?«

Emil schüttelt den Kopf und seufzt.

»Sie haben zu viele Filme gesehen, junge Dame. So einfach war das damals nicht. Marie-Luise hat bei ihren Eltern gewohnt. Sie war verlobt. Briefe von mir hätten sie ins Unglück gestürzt.«

»Dann haben Sie nie etwas von ihr gehört? Das ganze Jahr nicht?«

»Für Sie mag das heute unvorstellbar sein, aber damals …«, antwortet Emil und zuckt mit den Schultern. »Ich habe auf sie gewartet. Jahr für Jahr. Und wenn sie da war, hatten wir die schönste Zeit unseres Lebens. Wir haben Fahrradtouren unternommen, uns heimlich am Fluss getroffen, Picknicks gemacht, uns gegenseitig vorgelesen, uns Briefe geschrieben.«

»Das *ist* wie im Film«, bemerke ich schmunzelnd. »Warum hat sie die Verlobung nicht einfach gelöst? Sie hätte doch zu Ihnen ziehen können.«

Ein wehmütiges Lächeln tritt auf sein altes Gesicht.

»Ich war nur ein kleiner Postbote vom Land. Und sie wäre hier nie glücklich geworden. Marie-Luise liebte die Großstadt, hat mir vom Theater vorgeschwärmt, von Konzerten, vom Kino, von Kostümbällen. Das hier«, sagt Emil und deutet einen Kreis mit dem Zeigefinger an, »war nicht ihre Welt.«

»Was war danach? Nach den fünf Jahren?«

»Danach?«, fragt er irritiert, als läge die Antwort auf diese Frage auf der Hand. »Sie hat geheiratet.«

»Und Sie haben sie nie wiedergesehen?«

Emil schüttelt den Kopf.

»Nie wieder. Ich habe selbst eine nette Frau gefunden und geheiratet, Kinder bekommen, ein Haus gebaut. Wie das Leben so spielt.«

Das Hochzeitsbild in Emils Wohnzimmer taucht vor meinen Augen auf.

»Sie hatten nie das Bedürfnis, sie zu kontaktieren, mal anzurufen, einen Brief zu schreiben?«

Ein tiefes Seufzen entfährt ihm.

»Als ich jung war, gab es noch kein Internet oder dieses Facebuch. Und wir waren ja auch beide verheiratet, hatten Kinder, eine Familie. Da kann man nicht einfach plötzlich vor der Tür stehen und einen Kaffee trinken gehen. Das hätte ihr Leben zerstört. Und das wollte ich nicht. Schließlich habe ich sie geliebt.«

Er zuckt mit den Schultern und lächelt bitter, während aus meinem Auge eine fette einsame Träne kullert.

»Und Sie haben es nie bereut? Dass Sie sich nicht bei ihr gemeldet haben? Dass Sie nicht versucht haben, sie zu überzeugen, mit Ihnen glücklich zu werden?«

Wieder spielt ein bittersüßes Lächeln um seine Lippen.

»Es geht im Leben nicht immer darum, die richtigen Entscheidungen zu treffen. Aber es sollten Entscheidungen sein, die man nicht bereut. Und das habe ich nie. Marie-Luise war ein Kapitel meines Lebens. Und ich wusste immer, dass es eine letzte Seite haben würde. Und sie wusste das auch.«

46.

»Der Krieg ist also wieder ausgebrochen?«

Heike beobachtet uns über den Rand ihrer Tasse.

»Was ist es diesmal? Dein Gesicht sieht so verkniffen aus wie Saurons Auge.«

Der finstere Blick, den ich ihr daraufhin zuwerfe, lässt ihr Lächeln eingehen wie eine Primel, die kein Wasser bekommt. Schweigend räumen Moritz und ich die Geschirrspülmaschine aus.

Dass ausgerechnet an diesem Vormittag gähnende Leere im *Coffeeshop* herrscht, kann ich nur als schlechten Scherz des Schicksals interpretieren. Sich auf ein paar Quadratmetern aus dem Weg zu gehen, Berührungen und Gespräche zu vermeiden, ist schon nach einer Stunde anstrengender, als einen Roman von Kafka zu Ende zu lesen.

»Wie geht es Emil?«

Moritz sieht auf. Unsere Blicke treffen sich kurz, bevor seiner weiter zu Heike wandert, die dieser Szene ein Stirnrunzeln folgen lässt.

»Er ist wieder zu Hause. Sie haben ihn heute Morgen entlassen. Ich habe den Eindruck, es geht ihm ganz gut.«

»Na, Gott sei Dank.«

Wieder breitet sich eine unangenehme Stille zwischen uns aus, die erst unterbrochen wird, als Heike geräuschvoll ihre Tasse über den Tresen schiebt, obwohl sie noch fast voll ist und dampft.

»Ich muss dann mal wieder«, sagt sie mit einem skeptischen Blick in unsere Richtung. »Obwohl ich mir gerade nicht sicher bin, ob man euch beide allein lassen sollte.«

Keiner von uns lacht. *Ich will nur sichergehen, dass die Dinge zwischen uns klar sind,* hallt es in meinem Kopf. *Ich will nur nicht, dass du denkst, dass daraus … mehr werden könnte.*

Ein kollektives Raunen geht durch den *Coffeeshop* und reißt mich aus meinen Gedanken. Einen Moment lang habe ich die völlig absurde Befürchtung, laut gedacht zu haben, dann wird mir klar, was der eigentliche Grund dafür ist. Ein riesiger Lkw bahnt sich seinen Weg über den Altberger Marktplatz, vorbei an Markständen und Passanten. Die wenigen Kunden, die wir an diesem Morgen haben, blicken neugierig aus dem Fenster, stehen vereinzelt sogar auf, um zu verfolgen, was sich dort abspielt.

Als das wuchtige Fahrzeug in der Mitte des Marktplatzes zum Stehen kommt, starren meine Augen perplex auf neun signalrote Buchstaben, unter denen mindestens drei Quadratmeter groß Tobys Gesicht prangt. Dasselbe Gesicht, das mir jeden Morgen von der Wurstpackung entgegenlacht – diesmal in XXL.

»Das ist dieses neue Schindler-Mobil aus der Zeitung«, höre ich jemanden flüstern, während sich der Lkw auf dem Marktplatz wie ein Transformer zu einem gigantischen Verkaufsstand verwandelt und eine ganze Herde von Promotion-Menschen damit beschäftigt ist, Werbebanner und Stände aufzubauen. Ungläubig blase ich die Backen auf, bis ich Tessa entdecke, die in ihrem feuerroten Blazer aus der

Menge an Mitarbeitern und Passanten heraussticht und selbstbewusst dirigiert, wo welches Werbebanner aufgestellt wird. Zwischendrin schüttelt sie fleißig Hände, begrüßt bekannte Gesichter und verteilt bunte Luftballons an Kinder. *Der Schindler-Zirkus und seine Direktorin.* Meine Lippen formen sich zu einem schwachen Lächeln. Ganze Menschentrauben haben sich inzwischen um das Fleisch-Mobil herum gebildet, das den halben Marktplatz einnimmt.

Nur wenige Minuten später stöckelt Tessa auf hohen schwarzen Pumps herein und sorgt dafür, dass die Luft binnen weniger Sekunden von Grill- und Brataromen getränkt ist. Ihr Blazer hat die gleiche Farbe wie ihr Lippenstift, stelle ich fest, als sie vor mir steht. Sie wirkt nicht annähernd gestresst, sogar beneidenswert entspannt und winkt uns zur Begrüßung.

»Ich brauche eine Riesenladung Kaffee für unser Team. Fünfmal Cappuccino, dreimal Latte Macchiato, alles groß.«

Sie lacht vergnügt, und ihre Zähne kommen mir dabei noch weißer vor als sonst, was womöglich an ihrem Lippenstift liegt. Um ihren Hals baumelt ein Schlüsselband mit einem Namensschild. »Therese Auth, Public Relations«, steht darauf. Nächstes Jahr um diese Zeit würde sie einen anderen Nachnamen haben. Seinen.

»Ganz schön was los da draußen«, brummt Moritz und dreht die Düse zischend auf, während ich acht Becher vom Stapel ziehe und sie auf den Tresen stelle, als wäre ich einer dieser Hütchenspieler auf Gran Canaria.

»Wir promoten unser neues Fleisch-Mobil«, erklärt Tessa euphorisch. »Kommt doch mal raus, und seht es euch an. Gibt auch gratis Würstchen für alle.«

Sie zwinkert uns zu, aber weder Moritz noch ich gehen darauf ein. Tessa scheint es nicht zu bemerken und reicht mir 30 Euro mit den Worten »Stimmt so«, während Moritz einen Becher nach dem anderen füllt.

»Ah, da ist ja Tobias«, sagt Tessa plötzlich mehr zu sich selbst als zu uns. Ich zucke zusammen und kann nicht verhindern, wie ein Roboter ihren Augen zu folgen, die einen Mann auf dem Marktplatz fixieren. Er ist zu weit entfernt, um sein Gesicht zu sehen, aber das blonde Haar und die Statur lassen meinen Herzschlag kurz aussetzen. Er steht zwischen zwei Maskottchen und unterhält sich mit einem Ehepaar und seinen Kindern. Sie lachen. Mein Magen zieht sich krampfhaft zusammen. Ich wusste immer, dass dieser Tag kommen würde, dieser Moment – auch wenn ich nicht gerade damit gerechnet habe, dass zwei lächerliche Wurstmaskottchen dabei eine Rolle spielen würden.

»Marit?«

Ich zucke zusammen und wende meinen Blick von Toby ab. Tessas Augen mustern mich eindringlich.

»Ob du mir helfen kannst?«

»Helfen?«

»Mit den Bechern.«

Sie deutet auf die acht vollen Becher vor mir.

»Ich kann sie nicht allein tragen.«

Sie klimpert wieder mit den Wimpern, und mir bricht der Schweiß aus. Toby aus der Ferne zu beobachten, im Verborgenen, ist eine Sache, ihm Kaffee zu servieren eine vollkommen andere.

»Äh …«, gackse ich hilflos vor mich hin und suche nach einer Ausrede.

»Ich helfe dir«, wirft Moritz ein und streift mich mit einem Blick. »Hab eh Hunger.«

Er grinst, und Tessa nickt zufrieden, während ich verzweifelt versuche, einen klaren Gedanken zu fassen. Apathisch beobachte ich, wie Moritz die Becher zusammen mit einer Handvoll Zuckertütchen und Schokoladentäfelchen auf zwei kleine Tabletts stellt und sie mit Tessa heraussträgt. Meine Augen blicken stumpf aus dem Fenster, folgen den beiden zum Fleisch-Mobil, wo Tessa die Becher sogleich an ihre Mitarbeiter verteilt. Einen reicht sie Toby, der ihr zur Begrüßung einen Kuss auf den Mund gibt. Ich schlucke, aber der erwartete Stich ins Herz bleibt aus. Die beiden zusammen zu sehen ist bei weitem nicht so schmerzhaft wie angenommen – vielleicht weil ich mir dieses Bild bereits tausendmal in Gedanken vorgestellt habe. Vielleicht aber auch, weil Toby nicht mehr der Mann ist, der mein Herz zum Klopfen bringt.

Mit einem angebissenen Würstchen in der Hand kommt Moritz zurück.

»Ich hab was gut bei dir«, schmatzt er, während das Fett aus der Wurst auf seinen Finger tropft.

»Weil du dir ein Würstchen geholt hast?«, spotte ich, und meine Augen verengen sich zu Schlitzen. »Ich schenk dir mein Like auf Facebook.«

»Nein, weil ich dich vor einer extrem unangenehmen Begegnung mit deinem Ex bewahrt habe.«

»Ein Grund mehr, mich abgöttisch in dich zu verlieben. Du solltest besser aufpassen«, entgegne ich hämisch.

Moritz rollt mit den Augen.

»Du hast das total falsch …«

»Lass gut sein, ich schreibe deinem Arschloch-Konto fünf Punkte gut, wenn du mich jetzt in Ruhe lässt.«

»Marit ...«

»Du hast gar nichts gut bei mir. Gar nichts«, zische ich und bin kurz davor, »Punkt« hinzuzufügen, aber Moritz scheint auch so zu verstehen, dass ich die Diskussion für beendet erachte – und alles andere auch.

Wütend schnappe ich mir die nicht mal halbvolle Kiste mit Leergut und stapfe ins Lager. Als ich die Tür hinter mir schließe, bin ich den Tränen nahe. Meine Wut auf Moritz ist grenzenlos und dominiert alle Emotionen, die die überraschende Konfrontation mit Toby in mir ausgelöst hat. *Ich hab was gut bei dir.* Dass ich nicht lache. Dieser arrogante Mistkerl behandelt mich wie ein lästiges Groupie und bildet sich ein, etwas gut bei mir zu haben, weil er Tessa beim Kaffeetragen hilft. Ich atme tief ein und aus, als könnte ich meinen Zorn dadurch in den Griff kriegen. Als könnte ich den Haarsträhnen-Moment aus meinem Gedächtnis verbannen.

Als ich das Lager wieder verlasse, die Tür hinter mir schließe und auf den Tresen zulaufe, traue ich meinen Augen nicht.

47.

»Was machst *du* denn hier?«, platzt es aus mir heraus, als ich in Julians Gesicht blicke. Die ehrliche Überraschung in meinen Augen scheint ihn zu amüsieren.

»Ich bin einen Tag früher angereist«, antwortet er. »Gott sei Dank, sonst hätte ich dieses Spektakel da draußen verpasst.« Sein charmantes Lächeln verwandelt sich in ein breites Grinsen, und einen Moment lang bin ich so hingerissen, dass ich vergesse, wo wir sind.

»Willst du … ähm … Willst du was trinken?«

»Ich bekomm schon«, erwidert er und deutet auf Moritz, der gerade Milch schäumt und vorgibt, zu konzentriert zu sein, um uns Beachtung zu schenken. Moritz zu demonstrieren, dass es in meinem Leben durchaus andere Männer gibt und meine Gedanken sich nicht um ihn drehen, schenkt mir ein Gefühl der Genugtuung.

»Heißt das, du bist heute statt morgen Abend hier?«

Wieder dieses Grinsen.

»Das heißt, dass ich heute *und* morgen Abend hier bin.«

Es kostet mich einige Mühe, nicht kindisch zu kichern, aber die Aussicht, gleich zwei Abende mit Julian zu verbringen, tröstet über alles hinweg, was an diesem Tag – und an sämtlichen Tagen zuvor – schiefgelaufen ist.

Moritz schiebt Julian einen großen Becher über den Tresen. Er setzt den Zuckerstreuer an und rührt mit einem Löffel in der Brühe, während meine Augen die Zeit nutzen, um an ihm hoch und runter zu wandern, vorbei an den welligen blonden Haaren, dem grauen Mantel, der dunklen Jeans und den blauen Schnürschuhen aus Wildleder. Dieser Mann ist der Inbegriff von Ästhetik.

»Wann hast du Feierabend?«

Ich werfe einen schnellen Blick auf die Uhr, obwohl ich genau weiß, wie spät es ist.

»In ziemlich genau einer Stunde.«

»Hast du Lust, was essen zu gehen? Ich könnte dich in einer Stunde hier abholen …«

Mit gerunzelter Stirn senke ich den Blick und wende an mir selbst den gleichen Scanner an, mit dem ich wenige Sekunden zuvor Julian gemustert habe. Mit meiner bequemen Jeans und den sportlichen Sneakers passe ich weder an seine Seite noch in ein Restaurant. Plötzlich fühle ich mich unzulänglich.

»Lust schon, aber …«

»Aber?«, hakt Julian nach.

»Na ja, ich glaube, ich sollte mich vorher umziehen. Das ist nicht gerade mein … Restaurant-Outfit.«

Er zuckt gelassen mit den Schultern.

»Wir müssen doch in kein Sternerestaurant gehen.«

Sternerestaurant in Altberg? Guter Witz.

»O.k. … Wenn es dich nicht stört, dass du noch eine Stunde auf dein Essen warten musst.«

»Ganz und gar nicht. Ich muss eh noch mal kurz ins Hotel.« Er greift nach dem Kaffeebecher und trinkt einen Schluck. »Dann sehen wir uns in einer Stunde.«

Ich antworte mit einem Nicken, das ein wenig zu eifrig ausfällt.

Als er schließlich gegangen ist und ich zufrieden ins Leere grinse, rechne ich fest mit einem Kommentar von Moritz, aber zu meiner Überraschung bleibt auch der aus, was nur noch mehr zu diesem verrückten Tag passt.

48.

»Ist es bei euch im *Coffeeshop* immer so ruhig wie heute?«, fragt Julian, während er sich ein letztes Stück Saltimbocca mit der Gabel in den Mund schiebt.

»Mal so, mal so«, antworte ich. »Altberg hat nur diesen einen Coffeeshop.«

»Ziemlich unvorstellbar …«

»Wenn man aus Berlin oder Hamburg kommt, ja. Aber die Menschen hier kennen es ja nicht anders. Denen reicht ein Coffeeshop – wenn er gut ist.«

Ich drehe mühsam meine Spaghetti Gorgonzola auf die Gabel und bin einmal mehr froh darüber, ein Nudelgericht mit heller Soße gewählt zu haben.

»Ist er das? Gut?«

»Selbstverständlich«, erwidere ich grinsend und greife nach meinem Glas. Der Rotwein schmeckt leicht und fruchtig und lässt mich an Sonne und Strand denken.

»Ich kann mir nicht vorstellen, dass so ein Coffeeshop viel abwirft.«

Weil ich nicht weiß, was ich dazu sagen soll, zucke ich mit den Schultern.

»Ich meine, das sind doch nur Minibeträge. Ein paar Euro hier, ein paar Euro da«, gibt er zu bedenken. »Kann man davon wirklich leben?«

»Na ja, ich glaube nicht, dass Heike auf das Geld angewiesen ist. Finanziell geht es ihr und Daniel – das ist ihr Lebensgefährte – ziemlich gut. Der Laden ist einfach ihr Baby, eher ein Hobby als ein Job.«

Er nickt einsichtig.

»Das Leben in der Kleinstadt wäre nichts für mich. Mir würde zu viel fehlen, die kulturellen Möglichkeiten, nette Bars, gute Restaurants.«

»Willst du damit etwa andeuten, wir wären hier in keinem guten Restaurant?«, necke ich ihn und trinke noch einen Schluck Wein.

Das kleine italienische Lokal, das wir uns ausgesucht haben, ist gut besucht für einen Werktag. Die sieben Tische aus dunklem Holz sind alle besetzt und verleihen dem Raum mit ihren rotweißen Tischdecken ein rustikales Ambiente. Der wild gestikulierende südländische Kellner weckt Erinnerungen an den letzten Italien-Urlaub mit meinen Eltern, der mehr als 15 Jahre zurückliegen muss.

»Ich verstehe, was du meinst. Das fehlt mir hier auch sehr.«

»Was hält dich dann?«

Seine tiefblauen Augen mustern mich eindringlich, und ich spüre die Hitze in mir aufsteigen, was nicht allein am Wein liegen kann.

»Nichts.«

Die Antwort kommt nicht sofort, und ich bin mir auch nicht sicher, ob sie der vollen Wahrheit entspricht. Es gibt Menschen in dieser Stadt, die ich liebgewonnen habe, die mir etwas bedeuten, aber stark genug, um mich hier zu halten, sind diese Bindungen nicht.

»Nichts?«

Ich schüttle den Kopf.

»Komm doch nach Berlin. Ich bin mir sicher, da gäbe es genug Stellen für jemanden mit deinen Qualifikationen. Du versauerst doch hier.«

Ich muss schlucken und erröte leicht, wobei ich nicht weiß, ob es an seinem Vorschlag liegt, in seine Stadt zu ziehen, oder daran, wie er meine angeblichen Qualifikationen betont.

»Eigentlich wollte ich wieder zurück nach Hamburg. Dort sind meine Freunde, meine Familie. Aber auf der anderen Seite habe ich noch keine Ahnung, in welche Richtung es beruflich gehen soll. Zurück an den Lehrstuhl oder was in die Medien-Richtung. Oder was ganz anderes.«

Unschlüssig drehe ich die letzten Spaghetti auf meine Gabel.

»Was wolltest du ursprünglich machen? Bevor du nach Altberg gezogen bist?«

Diese Phase meines Lebens erscheint mir in diesem Moment so weit weg, dass ich nicht sofort antworte.

»Promovieren. Ich wollte immer promovieren und an der Uni lehren.«

Er lauscht interessiert, und ich verliere mich kurz im Blau seiner Augen.

»Ich habe während meiner Studienzeit als wissenschaftliche Hilfskraft gearbeitet. Am Lehrstuhl für Neuere Deutsche Literaturwissenschaft. Meine Professorin hat mir dann angeboten, zu promovieren und parallel dazu erste Lehrveranstaltungen zu halten.«

Das Bild einer ergrauten Mittfünfzigerin taucht vor meinem geistigen Auge auf.

»Woran ist es gescheitert?«

Ich lache kurz auf, obwohl diese Frage nicht komisch ist.

»An Toby. Oder an mir selbst. Ich hätte für den Job in Hamburg bleiben müssen – zumindest in Norddeutschland. Aber Toby war beruflich an seine Heimat gebunden. Seine Familie hat eine Firma, die hier angesiedelt ist.« Einen Moment lang, fürchte ich, er könnte mich nach dem Namen fragen, aber Julian hakt nicht weiter nach. »Wir hätten eine Fernbeziehung führen müssen, aber das konnten wir uns beide nicht vorstellen.«

Ich mache eine Pause und atme kurz ein und aus, als müsste ich Kraft tanken für den Rest der Geschichte.

»Also hast du alles für ihn aufgegeben?«, folgert Julian mit einem Stirnrunzeln.

»Ja«, flüstere ich nachdenklich. »Auch wenn mir das damals nicht so vorgekommen ist. Er war einfach … die Liebe meines Lebens. Ich wäre überall mit ihm hingegangen. Das klingt vielleicht bescheuert, aber so war es.«

Ich greife nach meinem Glas und trinke einen letzten Schluck Wein, als könne ich auf diese Weise den bitteren Geschmack in meinem Mund hinunterspülen.

»Ich würde das nie wieder machen«, kommt es entschlossen aus meinem Mund. »Einem Mann blind zu folgen. Das war der größte Fehler meines Lebens.«

Zu meiner Überraschung beginnt Julian zu lachen. Um seine Augen bilden sich kleine Falten.

»Na, dann habe ich mir mit meinem Vorschlag, nach Berlin zu ziehen, ja ein wunderbares Eigentor geschossen.«

Ich muss ebenfalls lachen. Dann kommt unser Kellner an

den Tisch, um die beiden leeren Teller abzutragen, und fragt, ob wir noch etwas wünschen.

»Die Rechnung?«, sagt Julian und sieht mich dabei fragend an. Ich nicke zustimmend, ohne einordnen zu können, was das für den restlichen Abend zu bedeuten hat. Es ist erst kurz nach 20 Uhr, und selbst, wenn Julian morgen einen Termin am frühen Morgen haben sollte, gehe ich nicht davon aus, dass er um diese Zeit ins Bett schlüpft.

Er übernimmt auch diesmal die Rechnung, die für seine Gewohnheiten wahrscheinlich äußerst niedrig ausfällt, und hilft mir in die Jacke, als wir an der Garderobe stehen. Für die anderen Gäste müssen wir ein ungleiches Paar abgeben. Julian in seinem schicken grauen Mantel und den Wildlederschuhen und ich in Jeans und Sneakers.

»Ich würde ja anbieten, dich noch nach Hause zu bringen«, sagt er, als wir draußen sind und uns die kühle Herbstluft über das Gesicht streicht, »aber …« Er deutet auf mein Fahrrad, das ich vor dem Italiener abgestellt habe.

Er will wirklich um diese Zeit ins Bett!

Ich schmunzle und verkneife mir die Bemerkung, dass man Fahrräder auch schieben kann. Dass der Abend bereits um diese Uhrzeit enden soll, ist eine Enttäuschung, aber ich hoffe, dass sie mir nicht allzu deutlich ins Gesicht geschrieben steht.

»Vielleicht … hab ich ja Glück, und *du* bringst *mich* noch zum Hotel?«

Sein Hotel ist nur etwa drei Minuten zu Fuß entfernt, aber ich nicke lächelnd, und so laufen wir nebeneinanderher durch die Altberger Innenstadt, der die Dunkelheit das Leben ausgeblasen hat.

»Ich habe morgen einen wichtigen Termin und muss mich noch ein wenig einlesen. Sonst hätte ich dich noch auf ein Glas Wein eingeladen.«

Auch wenn seine Stimme aufrichtig klingt, habe ich nicht das Gefühl, dass ihn dieser Umstand allzu sehr betrübt – und das betrübt wiederum mich.

»Was ist das für ein Termin?«

»Ach, diese Immobilien-Sache, von der ich dir schon mal erzählt habe.

Ich nicke und hauche in die kalte, klare Oktoberluft.

Als wir um die Ecke biegen, vorbei an der Apotheke, der Gärtnerei und dem Drogeriemarkt, taucht das historische Schild mit dem Schwan im Schein der Straßenlaterne auf. Das denkmalgeschützte Gebäude strahlt etwas Gemütliches und zugleich Würdevolles aus.

»Hier sind wir«, murmle ich schließlich und räuspere mich verlegen. »Danke für den Wein und das Essen.«

Meine Stimme klingt ungewollt förmlich, und er scheint es zu bemerken. Seine Augen wandern forschend über mein Gesicht, und ich hoffe, dass die Nacht mein Erröten kaschiert.

»Danke, dass du so spontan warst und deine Zeit mit mir verbracht hast.«

Eine unangenehme Stille breitet sich zwischen uns aus. Ich trete von einem Fuß auf den anderen.

»Tja, dann gute Nacht«, beende ich die Farce schließlich und umarme ihn. Als ich mich von ihm lösen möchte, hält er mich fest, beugt sich zu mir und küsst mich. Seine Lippen sind weich und sanft, genauso wie sein Kuss. Der Duft seines Aftershaves dringt an meine Nase, der Geruch seiner

Haut. Ich warte darauf, dass mein Herzschlag beschleunigt. Doch nichts passiert. Als er sich schließlich von mir löst, lacht er verlegen.

»Gott sei Dank hab ich mich gegen Spaghetti aglio e olio entschieden.«

Er küsst mich ein zweites Mal, ebenso sanft wie zuvor. Ein scheuer Kuss. Und wieder so anders als die Küsse zwischen Moritz und mir, die Hitze und das Begehren zwischen unseren Lippen. Und als er schließlich eine Haarsträhne zwischen die Finger nimmt und sie hinter mein Ohr streicht, trifft mich die Erkenntnis wie ein Schlag.

49.

Von: j.a.@t-online.de
An: marit.jansen@web.de

Hoffe, du hast genauso gut geschlafen wie ich. Heute Abend um 20.30 Uhr vor dem *Goldenen Schwan*? Die haben da ein hervorragendes Rindersteak – und sicherlich auch hervorragendes Gemüse. ☺

Julian

Nein, habe ich nicht. Ich habe nicht gut geschlafen. Nur Beulen in mein Kissen geboxt, Löcher ins Dunkel gestarrt und mit der Erkenntnis gekämpft, dass du nur schriftlich mein Traummann bist. Dass du mein Herz nur durch geschriebene Worte höherschlagen lässt. Dass du Haarsträhnen aus dem Gesicht streichen nicht annähernd so gut beherrschst wie Moritz. Moritz, dieser Vollidiot. Dieser arrogante Mistkerl. Dieser selbstverliebte Blödmann. Dass du zu wenig Vollidiot, Mistkerl und Blödmann bist. Dass du zu perfekt bist. Dass ich mich nicht an dir reiben kann. Dass es keine Wärme ohne Reibung gibt. Keine Liebe ohne Wärme. Dass ich dir all das sagen sollte.

Von: marit.jansen@web.de
An: j.a.@t-online.de

20.30 Uhr passt gut. Bis dann!
Marit

Meiner Übermüdung – und meiner erkenntnisreichen Nacht – geschuldet, reiße ich zu schwungvoll die Tür zum *Coffeeshop* auf und stoße mit Heike zusammen, die mich anstarrt, als hätte sie einen Geist gesehen. Etwas in ihrem Gesicht ist anders, erregt meine Aufmerksamkeit, aber ehe ich sagen kann, was es ist, hat sie ein »Tschuldigung« gemurmelt und sich verabschiedet. Die Augen. Es waren ihre Augen, die mich irritiert haben. Irgendwie klein und verquollen, als hätte sie geweint.

»Was ist denn mit Heike los?«, frage ich Moritz und klippe mir mein Namensschild an.

Statt einer Antwort mustert er mich mit einem Blick, den ich nicht deuten kann. Auch nach über einem Monat – und zweieinhalb gemeinsamen Nächten – ist Moritz' Gesicht für mich wie ein Land, das ich nur zu einem Zehntel bereist habe.

»Was ist los?«, frage ich noch einmal.

Er seufzt und lächelt spöttisch.

»Lustig, dass ausgerechnet du das fragst«, murmelt er laut genug, dass ich es hören kann, und wendet sich ab, um Milch aus dem Kühlschrank zu holen.

»Was meinst du damit?«

»Vergiss es«, brummt Moritz.

Mit seiner flapsigen Reaktion kann ich nicht umgehen. Binnen weniger Sekunden flammt Wut in mir auf.

»Hab ich hier irgendwas verpasst?«

Ich stoße auf eine Mauer aus Ignoranz und Schweigen.

»Heike sah aus, als hätte sie geweint.«

»Sie sah nicht nur so aus«, schnaubt Moritz und setzt einen düsteren Blick auf.

»Ist was mit Daniel?«

Moritz rollt genervt mit den Augen.

»Nein, es ist nichts mit Daniel. Frag doch am besten mal deinen neuen Freund. Verzeihe, Brieffreund.«

Die Art, wie er »Freund« betont, lässt mich zusammenzucken, ehe mich im selben Moment das Gefühl beschleicht, dass ich mich im freien Fall befinde und in wenigen Sekunden auf Beton aufschlagen werde.

»Meinen …?«, stammle ich und spüre, wie sich mein Körper versteift.

Moritz seufzt und schüttelt den Kopf, als hätte er bereits zu viel verraten. Dann schnappt er sich den Kasten mit Leergut und stapft in Richtung Lager davon. Entschlossen gehe ich ihm hinterher.

»Sag mal, spinnst du?«, knurrt er, als ich die Tür zum Lager aufreiße. »Die Kasse steht da vorne vollkommen unbewacht.«

»Was meinst du damit? Warum soll ich Julian …? Was ist denn hier los?«

Ich höre die Verzweiflung in meiner Stimme, die Ratlosigkeit in jeder Silbe. Und immer noch quält mich dieses Gefühl zu fallen, auf etwas zuzurasen.

»Geh jetzt wieder nach vorne«, herrscht Moritz mich an.

»Erst wenn du mir sagst, was hier los ist.«

Er bläst die Backen auf, als müsse er sich beherrschen, mir nicht an die Gurgel zu gehen.

»Na schön. Wir … also Heike muss aus dem Laden raus.«

»Aus … diesem …?«, stottere ich und deute mit meinem Zeigefinger auf den Boden.

»Ja, aus diesem«, wiederholt Moritz, als wäre er es leid.

»Warum … wann? Ich …«

»Heike hat den Laden, wie du hoffentlich weißt, nur gepachtet. Das Haus gehört ihr nicht, und der eigentliche Eigentümer will es jetzt verkaufen. Das heißt, wir müssen raus – und schließen.«

Moritz bückt sich, hebt den leeren Kasten hoch und macht Anstalten, das Lager zu verlassen, doch ich versperre ihm den Weg.

»Was hat Julian damit zu tun?«

Ich bin so überfordert mit der Situation, dass ich nur mit Mühe die richtigen Worte finde, und Moritz macht es noch schlimmer, indem er ein spöttisches Lachen von sich gibt. Eines, das mir das Blut in den Adern gefrieren lässt.

»Dein Julian«, beginnt er, »*ist* der Eigentümer dieses Hauses.«

Eine unsichtbare Faust rammt sich in meine Magengrube. Alles um mich herum fängt an, sich zu drehen.

»Was?«

»Hast du dich nie gefragt, was einen Anwalt aus Berlin geschäftlich in die Provinz verschlägt? Hast du ihn das nie gefragt?«

Seine Stimme klingt gereizt und müde.

»Er hat einen Klienten in der Gegend, der eine Immobilie geerbt hat«, murmle ich, als hätte ich es auswendig gelernt. »Er muss … sich darum kümmern.«

Ein bitteres Lachen entfährt Moritz.

»Ja, so könnte man das auch sagen. Nur dass es keinen Klienten gibt. Weil er selbst der Klient ist.«

Aufprall. Beton.

50.

»Er war schon einmal da. Vor etwa drei Monaten, als du noch nicht hier gearbeitet hast.«

Als ich den Kopf hebe, sehe ich Moritz in der Tür stehen. Seine dunklen Augen beobachten mich eindringlich, während ich auf dem Boden knie, vor mir ein Putzlappen, neben mir ein Eimer mit brauner Brühe, und mich wie Aschenputtel im falschen Märchen fühle. Vor etwa zehn Minuten habe ich den letzten Kunden für heute bedient und mit einem Becher Kaffee durch die Tür gehen sehen.

»Er hat Heike um einen Termin gebeten und sich als Erbe dieses Hauses vorgestellt. Als ich dich mit ihm im *Ludwig* gesehen habe, habe ich die ganze Zeit überlegt, woher ich ihn kenne, aber es ist mir nicht eingefallen. Irgendwann habe ich mich dann erinnert.«

Kalte Herbstluft dringt durch die Tür und lässt mich frösteln. Als könnte er meine Gedanken lesen, macht er einen Schritt auf mich zu und schließt die Tür hinter sich. Eine unangenehme Stille breitet sich zwischen uns aus. Ich lasse den Kopf sinken und starre auf den Putzlappen vor mir. Ein zusammengeknüllter Stoffklumpen. In etwa so fühle auch ich mich.

»Sie saßen da drüben und haben sich fast eine Stunde lang unterhalten«, fährt Moritz in ruhigem Tonfall fort und deutet auf einen der Tische. »Dabei muss er den USB-Stick verloren haben, den du gefunden hast.«

Ich schlucke und bin nicht fähig, etwas zu sagen.

»Heike hat ihn gebeten, sich das Ganze noch einmal zu überlegen, sogar eine Mieterhöhung vorgeschlagen. Sie hängt an dem Laden. Weißt du ja. Seitdem kam nichts mehr von ihm. Bis ...«

»... ich den Stick gefunden und ihn kontaktiert habe«, folgere ich mit bitterer Stimme.

Moritz' Schweigen trifft mich bis ins Mark.

Ich habe den Dschinni aus der Flasche gelassen.

»Na ja, du konntest nicht wissen, dass es ... alte Pläne in ihm wecken würde.«

Ein schrilles Lachen kommt aus meinem Mund, und ich erschrecke selbst ein wenig darüber.

Moritz fährt sich mit der Hand durch das dunkle strubbelige Haar, das sich so viel weicher anfühlt, als es aussieht.

»Heute Morgen war er bei Heike, um ihr das Kündigungsschreiben zu geben.«

Mein Magen verkrampft sich. Ich habe Julian gegenüber nie erwähnt, wo ich wohne.

Du warst heute ganz in meiner Nähe, ohne es zu wissen. Wahrscheinlich habe ich noch geschlafen.

»Darf er das so einfach?«

»Er ist Anwalt, Marit. Ich glaube, er weiß, was er darf.«

Wortlos nicke ich.

»Wie lange noch?«

»Drei Monate. Eigentlich. Aber er gibt ihr vier. Aus ... Kulanz«, sagt Moritz spöttisch und zeichnet imaginäre Anführungszeichen in die Luft.

»Weiß Heike, dass ich …«, beginne ich und breche sogleich ab.

»Von mir nicht. Sie muss es auch nicht erfahren, ändert ja sowieso nichts mehr.«

Die Bitterkeit in seiner Stimme fühlt sich wie ein Nadelstich an, und in diesem Moment wird mir bewusst, dass auch seine Zukunft auf dem Spiel steht. Der *Coffeeshop* ist sein Job, sein Leben. Der Nadelstich wird zum Messerstich.

»Er hat mich benutzt«, murmle ich apathisch. »Hat mich ausgefragt. All diese Mails. Unsere … Gespräche. Wir waren uns so ähnlich.« Bestürzung umnebelt meinen Verstand und lässt mich faseln. »Das war alles nicht echt. Und ich hab's nicht gemerkt.«

Bedrücktes Schweigen macht sich zwischen uns breit.

»Ach, Fischköpfchen«, seufzt Moritz. »Du verschenkst dein Herz zu leichtfertig.«

Tränen brennen mir in den Augen, und ich richte den Blick auf den Putzlappen, der immer mehr verschwimmt. *Mein Herz. Habe ich es kurzzeitig Julian geschenkt? Ist es noch bei Toby? Oder wollte ich es eine Sekunde lang dir schenken?*

»Immerhin hab ich eins.«

Es kommt leise aus meinem Mund. Mit einem Anflug von Spott, den Moritz schweigend über sich ergehen lässt.

»Ich werde Heike erzählen, was passiert ist«, sage ich schließlich entschlossen. »Heute noch. Alles andere wäre nicht fair.«

Moritz nickt nachdenklich. Eine Weile sagt keiner von uns beiden etwas.

Dann dreht er sich um und macht einen Schritt auf die

Tür zu. Etwas hält ihn davon ab, die Klinke nach unten zu drücken.

»Ich hab ein Herz, Marit«, sagt er, ohne sich umzudrehen. »Das Problem ist, dass du nur Herzen akzeptierst, die in deinem Takt schlagen.«

Er geht durch die Tür und verschwindet aus meinem Blickfeld, während ich auf dem Boden zurückbleibe und Tränen des Verrats aus meinen Augen kullern.

51.

Wenn etwas zu schön ist, um wahr zu sein, dann ist es meistens auch nicht wahr. Ich weiß nicht, wer diesen klugen Satz gesagt hat. Shakespeare vielleicht. Bob Dylan. Oder der Erzähler in *How I met your mother.* Aber er hallt mir durch den Kopf, als ich die wenigen Schritte vom *Coffeeshop* zu Julians Hotel gehe – unter einem Sternenhimmel, der nahezu kitschig-romantisch ist und nicht annähernd zu meiner Gefühlslage passt. Wie wenn man auf einer Beerdigung ist und die Vögel zwitschern oder man am Strand liegt und schlechte Nachrichten bekommt. Müsste es jetzt nicht donnern? Blitzen? Wenigstens regnen?

An Julians Zimmertür zu klopfen erweist sich in etwa als so leicht, wie in ein Löwengehege zu klettern. Bereits in der Lobby des Hotels kommt eine rotblonde Rezeptionistin mit blauem Rock und blütenweißer Bluse auf mich zu und fragt, ob sie mir helfen kann. Ich weiß nicht, ob es an meinen verheulten Augen liegt oder daran, dass ich offensichtlich kein Gast des Hauses bin. Als ich ihr erkläre, zu wem ich möchte, zögert sie. Sie dürfe mir nicht ohne weiteres die Hotelzimmernummer verraten, bedauert die Frau, auf deren Namensschild »Tanja Becker« steht. Wir einigen uns darauf, dass sie Julian in seinem Zimmer anruft und fragt, ob er mich empfangen möchte. Er möchte.

Auf wackeligen Beinen laufe ich die Treppe in den ersten Stock hinauf. Der rote Teppich unter meinen Füßen fühlt sich weich und flauschig an. An den Wänden entdecke ich Ölgemälde in opulenten Goldrahmen und historische Fotografien der Stadt. Genauso hatte ich mir dieses Hotel von außen vorgestellt. Eine Mischung aus Nostalgie und gehobenem Standard.

Als ich vor der Tür mit der Nummer 13 stehe, eine Zahl, die mir äußerst passend erscheint, zittern meine Hände. Ich atme tief ein und aus und klopfe. Es dauert keine drei Sekunden, bis sich die Tür öffnet und Julian mit einem smarten Lächeln vor mir steht. Ein Lächeln, das Gletscher zum Schmelzen bringen könnte.

»Du bist früher da«, begrüßt er mich gut gelaunt und lässt sich nicht anmerken, ob ich sein Zeitmanagement durcheinanderbringe. Verabredet waren wir für 20.30 Uhr, doch es ist noch nicht einmal 20 Uhr. In seiner cremefarbenen Hose und dem dunkelbraunen Hemd sieht Julian allerdings aus, als könne er just in diesem Moment in ein Sternerestaurant schlendern und, ohne darum zu bitten, den besten Tisch absahnen.

»Wann wolltest du mir sagen, dass du den *Coffeeshop* dichtmachst?«, sprudelt es forsch aus mir heraus. In seinen Augen blitzt etwas auf. Überraschung? Verlegenheit? Ich kann es nicht deuten, aber das charmante Lächeln ist wie weggewischt.

»Ich mache ihn nicht …«, beginnt er, bricht dann aber ab und seufzt. »Ich wollte es dir sagen. Ehrlich.«

»Klar«, spotte ich.

Er fährt sich mit der Hand durch das kräftige blonde Haar und wirkt unschlüssig.

»Willst du …?«, fragt er und macht eine Geste in Richtung Zimmer. »Ich würde es dir gerne in Ruhe erklären.«

Der Gedanke, sein Hotelzimmer zu betreten, das Zimmer, in dem ich zu einer anderen Zeit durchaus hätte landen können, missfällt mir, aber noch weniger möchte ich dieses Gespräch auf einem hellhörigen Flur zwischen Ölgemälden und antiken Vasen führen. Mit finsterem Blick schiebe ich mich an ihm vorbei. Sein Zimmer ist groß und hell und mit seinem Deckenstuck und den Leuchtern auf eine altmodische Weise hübsch. Tapete und Möbel lassen an längst vergangene Zeiten denken, wäre da nicht ein großer Flatscreen an der Wand und Julians Notebook auf dem Sekretär im Barock-Stil.

»Nett«, bemerke ich zynisch.

»Du bist sauer.«

Ein schrilles Lachen entfährt mir.

»Sauer? Das trifft es nicht mal ansatzweise. Du hast mich von vorne bis hinten verarscht.«

»So war das nicht, Marit«, erwidert er betreten und lässt seinen Blick unschlüssig durch das Zimmer wandern, als könnte er dort eine maßgeschneiderte Erklärung finden.

»Du hast mich die ganze Zeit nur benutzt, um … Insiderwissen zu bekommen.«

»Insiderwissen? Marit, jetzt übertreibst du aber. Dieses Haus ist nicht die EZB. Und anfangs wusste ich auch nicht, dass du dort arbeitest. Das war einfach ein blöder Zufall.«

»Oder auch nicht«, werfe ich bissig ein.

»Zufälle kommen vor, Marit. Sonst gäbe es dieses Wort nicht. Glaubst du, ich habe absichtlich meinen USB-Stick verloren, damit irgendeine Angestellte sich bei mir meldet und Infos ausplaudert?«

Seine Miene verrät im selben Moment, wie unklug diese Formulierung war. Ein angespanntes Schweigen breitet sich zwischen uns aus.

»Ich verliere dadurch meinen Job.«

»Ich habe dich doch gestern gefragt, ob dich hier irgendetwas hält, und du hast mir versichert, dass dies nicht der Fall ist und du ohnehin nicht mehr lange hier bist.«

»Aber es geht doch nicht nur um mich! Da hängen Existenzen dran.«

»Marit, das ist ein Coffeeshop, kein Kreditunternehmen!«

»Nicht für jeden.«

Er schüttelt den Kopf.

»Du hast gesagt, sie wäre nicht darauf angewiesen. Und dass …«

»Das war ein Gespräch zwischen dir und mir«, unterbreche ich ihn scharf, und meine Augen verengen sich. »Ich konnte doch nicht wissen, dass du davon eine so wichtige Entscheidung abhängig machst.«

»Mache ich auch nicht«, erwidert Julian sogleich. »Aber es war eine zusätzliche Bestätigung.«

Ich schlucke, und Julian setzt sich auf die Kante seines Bettes, das noch frisch gemacht ist. Die Decke ist blütenweiß und hebt sich von seiner cremefarbenen Hose ab.

»Es ist nun mal mein Haus, Marit«, sagt er sanft. »Seit über einem Jahrhundert ist es im Besitz meiner Familie.«

»Das kann gar nicht sein«, knurre ich und erinnere mich sogleich an Emils Erzählungen. Die Backstube, Bäckermeister Engel, Marie-Luise, Zimtschnecken.

»Ich habe das Haus von meiner Großmutter geerbt«, antwortet er geduldig. »Und meine Großmutter hat es von …«

»Deine Großmutter?«

Er nickt. Wir sprechen den Namen gleichzeitig aus: »Marie-Luise.«

»Woher …?«, fragt Julian verblüfft und hebt eine Braue.

»Lange Geschichte«, murmle ich und denke an einen jungen Postboten und seine Liebe zu einem Mädchen aus Berlin. *Auf diese Weise kehrst du zurück, Marie-Luise? Ob du das gewollt hättest …*

»Warum kannst du den Mietvertrag nicht einfach weiterlaufen lassen? Geht es um Geld? Ich bin mir sicher, Heike würde …«

»Das Haus wird ein Hotel«, unterbricht er mich und sucht meinen Blick.

Für einen Moment bin ich sprachlos, dann schreie ich fast. »Ein Hotel?!«

»Gute Hotels gibt es hier kaum. Das hast du selbst gesagt. Die Stadt könnte ein weiteres gebrauchen, vor allem, um den Tourismus auszubauen. Die Region ist die reinste Idylle für Menschen aus der Großstadt. Und ich habe eine große Hotelkette an Land gezogen, die investieren möchte.«

Hotelkette. Investieren. Der Wunsch, ihm ins Gesicht zu schreien, wird mächtiger und mächtiger.

»Na prima, dann können sich die Leute hier ja in Zukunft ihren Coffee to go in der Hotellobby holen«, spotte ich, während sich meine Augen zu Schlitzen verengen.

»Ich weiß, ich hätte dir von Anfang an sagen müssen, wer ich bin. Aber irgendwann war es zu spät dafür.«

Seine tiefblauen Augen sehen mich eindringlich an, und in meinem Magen zieht sich etwas zusammen.

»Es ist nie zu spät für die Wahrheit.«

Ich hasse mich dafür, dass ich etwas derart Abgedroschenes aus der Phrasenkiste ziehe.

»Und dann? Was wäre dann gewesen? Hätte es was geändert?«

Ich schweige.

»Komm mit mir nach Berlin«, flüstert er.

Ungläubig starre ich ihn an.

»Was?«, spucke ich ihm fast ins Gesicht.

»Komm mit nach Berlin. Ich habe eine Menge Kontakte, die dir nützlich wären. Wir könnten von vorne anfangen, uns richtig kennenlernen, ohne all das hier. Du würdest dort alles finden, was du suchst, das verspreche ich dir.«

Seine Worte kommen sanft aus seinem Mund, aber sie fahren wie Nadeln in mein Herz.

»Das hat mir schon mal jemand versprochen«, flüstere ich.

Dann wende ich den Blick von ihm ab und nähere mich der Tür. Meine Hand drückt die goldene Klinke langsam, aber entschlossen nach unten. »Leb wohl, Julian. Ich hoffe, wir sehen uns nicht wieder, vor allem nicht in dieser Stadt«, sage ich leise, ohne mich umzudrehen. Ich spüre seinen Blick auf mir, als ich die Tür öffne. Eine Tür, die für immer geschlossen bleiben wird.

52.

Lieber Emil,

da ich mich nicht mehr persönlich von Ihnen verabschieden konnte, schreibe ich Ihnen diesen Brief aus einem Flugzeug, das mich in etwa drei Stunden in Buenos Aires absetzen wird, ein Ort, der kaum weiter weg von Ihnen sein könnte. Sie haben mir einmal gesagt, dass es im Leben nicht nur darum geht, die richtigen Entscheidungen zu treffen, sondern Entscheidungen zu treffen, die man nicht bereut. Ich habe viele Entscheidungen getroffen, die ich bereut habe, und aus diesem Grund sitze ich auch in diesem Flieger. Vielleicht bringt mich diese Reise wieder auf den rechten Weg, vielleicht macht sie mich wieder zu einem Menschen, der seine Entscheidungen nicht bereut.

Ich wünsche Ihnen nur das Beste, Emil, und ich bin sehr froh, Sie kennengelernt zu haben. Durch Sie habe ich begriffen, dass es in der Liebe nicht darum geht, einen Menschen zu etwas zu machen, das er nicht ist, sondern ihn so zu lieben – und leben zu lassen –, wie er ist, auch wenn es manchmal weh tut.

Alles Liebe
Marit

PS: Denken Sie an Ihre Herzmedikamente! ☺ Was wären wir Menschen ohne ein laut schlagendes Herz …

53.

Sechs Monate später

Ein rotweißes Absperrband trennt die Baustelle vom Marktplatz ab. Dahinter ragt ein gewaltiges Baugerüst in die Höhe, das sich wie ein Käfig um das alte Fachwerkhaus geschlossen hat. Vier Männer in Blaumännern und weißen Helmen bewegen sich routiniert darauf hin und her, scheinbar unempfindlich gegen das hochtönige Kreischen der Sägen. Aus meiner Perspektive sehen sie wie kleine Legomännchen aus. Sämtliche Fenster sind mit einer milchigen Folie verklebt, die einen Blick ins Innere des Hauses nicht zulässt, doch ich muss nur einen Moment lang die Augen schließen und sehe es vor mir, als wäre es gestern gewesen. Die schnörkelige Tapete, die durchgesessenen Sessel, die alte Uhr, die Theke mit der Kaffeemaschine – Bilder, die Erinnerungen heraufbeschwören wie den Duft frischgemahlener Bohnen, das Aroma süßer Coffeeflavours, die auf heißen Espresso treffen, einen Hauch von Zimt und Zucker. Ich sehe mich hinter der Theke stehen, ein Milchkännchen in der rechten Hand, den Blick auf die Tür gerichtet, als würde dort jeden Moment jemand hindurchtreten und mein Leben verändern.

Eine ganze Weile beobachte ich das Treiben auf der Baustelle, während mir die kräftigen Strahlen der Aprilsonne angenehm warm die Nase kitzeln. Es ist ein herrlicher Frühlingstag mit einem tiefblauen, wolkenlosen Himmel. Männer und Frauen mit Sonnenbrillen flanieren über den Marktplatz, vorbei an anderen, die genüsslich ein Eis schlecken oder ihren Kindern dabei zusehen, wie sie am Springbrunnen spielen und sich gegenseitig mit Wasser nass spritzen. Wie idyllisch mir all das plötzlich erscheint, wie bunt und farbenfroh. Wo ist die Tristesse, die dieser Marktplatz einst auf mich ausgestrahlt hat? Wo die Trostlosigkeit?

Ich lasse die Baustelle hinter mir und schlendere über den Platz, bis ich vor einem weißen Eckhaus stehen bleibe, vor dem mindestens zehn Menschen an kleinen, runden Holztischen sitzen und ihre Köpfe wie Sonnenanbeter in den Himmel recken. Vor ihnen stehen große und kleine Tassen, volle und leere Gläser, Wasserflaschen und Teller mit tiefbraunen Schokoladenmuffins, die so köstlich aussehen, dass mein Magen anfängt zu knurren. Eine junge Frau mit einem blonden Fischgrätzopf und einer weinroten Schürze über ihrer hellen Jeans stapelt gerade Geschirr auf ihr Tablett und trägt es anschließend ins Haus, über dessen Tür ein Holzschild im Vintage-Stil mit der Aufschrift *Kaffee-Bar* angebracht ist. *Kaffee-Bar. So heißt sein Laden also.*

Ich folge ihr hinein, und auch drinnen sind alle Tische besetzt. Gemurmel und Gelächter füllen den Raum, Stühle werden über den Boden geschoben, Tassen klirren auf Untertassen. Ich mache ein paar Schritte auf die Theke zu, die meinen Augen so vertraut ist wie die Geräusche meinen Ohren, entdecke den Kakaostreuer, den ich so oft in der Hand hatte, die Zuckerdose, die ich befüllt habe, den Becherstapel, der mir die Sicht genommen hat. Erinnerungen.

»Was darf's sein?«, holt mich eine Frauenstimme zurück ins Jetzt.

Von nahem sieht sie deutlich jünger aus, fast wie ein Schulmädchen, was ihr blonder Zopf noch unterstreicht. Sie setzt ein höfliches Lächeln auf, als sich unsere Blicke treffen. Meine Augen wandern zu einer mir bekannten Tafel an der Wand, die ich allerdings nur auf den ersten Blick in- und auswendig kenne. »Frappuccino« und »Moccachino« sind neu hinzugekommen, außerdem »Chai Latte« und »Schokoladen-Frappé«. Auch die Kühltheke ist anders bestückt. Ich entdecke verschiedene Sorten von Muffins und Donuts, die bunt glasiert und mit Streuseln verziert neben frisch belegten Bagels auf einem Tablett drapiert sind. Die Verlockung, in die Theke zu greifen und in eine dieser Leckereien zu beißen, ist plötzlich überwältigend.

»Ist … Moritz zufällig hier?«, frage ich sie und bemerke die Unsicherheit in meiner Stimme. Einen Augenblick wollte ich »Chef« sagen, doch ich kann mich noch immer nicht an den Gedanken gewöhnen, dass Moritz nun seinen eigenen Laden hat, seine eigenen Angestellten.

Sein Name zaubert unübersehbar ein kleines Lächeln auf ihr sommersprossiges Gesicht, doch es verwandelt sich nur wenige Sekunden später in Bedauern.

»Er ist vor einer halben Stunde gegangen und kommt erst morgen wieder.«

»Morgen«, murmle ich und versuche, nicht allzu enttäuscht zu wirken. »O. k., vielleicht könnten Sie ihm ja einen Gruß von mir ausrichten? Von Marit?«

Einen Gruß. Wie bescheuert, verfluche ich mich selbst, doch die junge Frau lässt ein Nicken folgen.

»Und«, fahre ich fort, »sagen Sie ihm bitte, dass ich mich sehr für ihn freue.«

Noch ein Nicken, diesmal verbunden mit einer Spur Neugier im Gesicht.

»Und dann hätte ich gerne noch einen kleinen Frappuccino.«

»Für hier oder zum Mitnehmen?«

Einen Moment zögere ich.

»Zum Mitnehmen.«

Mit einem merkwürdigen Anflug von Wehmut sehe ich ihr dabei zu, wie sie Eiswürfel in den Mixer schaufelt, Milch darauf gießt und einen Espresso und weiße Schokolade dazugibt. Krachend zermalmt der Mixer das Gemenge zu einer dickflüssigen karamellfarbenen Pampe, die sie in einen durchsichtigen Plastikbecher füllt und zusammen mit einem Keks über den Tresen schiebt. Ich lasse einen letzten, vielleicht zu langen, Blick durch den Laden wandern, ohne dabei an einem bekannten Gesicht haftenzubleiben, und verabschiede mich von ihr.

Mit einer unausgewogenen Mischung aus Enttäuschung, Freude, Schwermut und Nostalgie trete ich in die Sonne. Als wären die Dinge so, wie sie sein sollten, nur eben nicht so, wie ich sie mir wünsche. Und nicht so, wie ich sie mir vorgestellt hatte. Aber was hatte ich erwartet?

Seufzend lasse ich den Strohhalm in den Becher gleiten. Der Frappuccino schmeckt köstlich. Süß, aber nicht künstlich, herb, aber nicht bitter. Die perfekte Konsistenz. Mit meinem Becher in der Hand entferne ich mich langsamen Schrittes von der *Kaffee-Bar*, als ich eine vertraute Stimme hinter mir höre.

»Genügt er deinen hohen Ansprüchen?«

Meine Lippen verziehen sich zu einem Lächeln, ehe ich mich umdrehe und Moritz vor mir stehen sehe. Er deutet auf den Becher in meiner Hand und grinst herausfordernd. Sein dunkles Haar ist kürzer, als ich es in Erinnerung habe, und das glattrasierte Kinn lässt sein Gesicht schmaler erscheinen. Wie er so vor mir steht, die Hände lässig in den Hosentaschen, frage ich mich, wie ich diesen Mann jemals nicht attraktiv finden konnte.

»Perfekt«, antworte ich schmunzelnd und trinke demonstrativ einen Schluck, als müsste ich es ihm beweisen. Das Grinsen auf seinem Gesicht wird breiter.

»Mir wurden … Grüße von dir ausgerichtet.«

Die Art, wie er »Grüße« betont, lässt mich kurz aufhorchen.

»Sie hat gesagt, du wärst schon weg und würdest erst morgen wiederkommen.«

Er nickt und blinzelt gegen die Sonne an.

»Ich war auch schon weg. Aber ich habe meinen Schlüssel in der *Kaffee-Bar* liegen lassen.«

»Zum Glück.«

Es rutscht mir einfach so heraus und zieht rote Wangen nach sich.

»Weil … ich ja morgen wieder weg bin«, füge ich hastig hinzu, bevor ich ein amüsiertes Funkeln in seinen Augen bemerke.

»Dann fährst du heute also wieder?«

»Nein, nein, erst morgen. Ich bin gestern Abend gekommen und übers Wochenende zu Besuch bei Heike und Daniel.«

Ich streiche mir eine Haarsträhne aus dem Gesicht und spüre seinen Blick auf mir.

»Du hast eine andere Frisur.«

Ich zucke lächelnd mit den Schultern, aber gleichzeitig freut es mich, dass ihm die Veränderung auffällt. Nachdem Caro und ich noch vier Wochen gemeinsam durch Lateinamerika gereist sind und meine langen Haare von Sonne und Meer strohig und trocken waren, habe ich sie mir auf Schulterlänge schneiden lassen. Irgendwie zähle ich wohl auch zu den Frauen, die einen neuen Lebensabschnitt mit einem neuen Haarschnitt ausdrücken.

»Es ist toll geworden«, sage ich schließlich und deute in Richtung *Kaffee-Bar*. »Wirklich toll. Wie unser alter *Coffeeshop* und trotzdem ganz anders.«

Unser Coffeeshop. So bald ich die Worte ausgesprochen habe, bereue ich sie, und auch wenn Moritz keine Regung zeigt, spüre ich, dass er sie registriert hat.

»Seit wann …?«, unterbreche ich das unangenehme Schweigen.

»Die Eröffnung war vor zwei Monaten. Es musste ziemlich schnell gehen, als die Immobilie frei wurde. Wir haben alle zusammen geholfen. Heike, Daniel, Tom, die Jungs von der Band, die halbe Crew aus dem *Ludwig*. Sogar Emil. Einen Teil des Inventars konnte ich von Heike übernehmen. Aber was Stühle und Tische betrifft, hatte ich andere … Vorstellungen.« Er grinst und fährt sich durchs Haar. »Ich hätte dich ja gerne zur Einweihungsfeier eingeladen, aber … ich hatte deine E-Mail-Adresse nicht.«

Auf seinen Seitenhieb antworte ich mit einer Grimasse. »Die Musik auf dieser Feier hätte mir eh nicht gefallen.«

Seine Mundwinkel zucken amüsiert.

»Wie geht es Emil?«, frage ich, um unser Gespräch auf einen anderen Kurs zu lenken. Einen, der keine alten Wunden aufreißt.

»Emil? Dem geht's super ... Nimmt brav seine Herztabletten und schmachtet nach wie vor sein Pin-up-Girl an.«

Ich gebe ihm einen leichten Klaps auf den Arm und werfe ihm einen tadelnden Blick zu.

»Schade, dass du nur heute da bist. Er hätte sich sicher gefreut, wenn du länger geblieben wärst und ihn besucht hättest.«

»Ja, das ist wirklich schade. Aber ich muss zurück ... an die Uni.«

»Ja, Heike hat mal was erzählt ...«

Dass er mit Heike über mich gesprochen hat, löst gemischte Gefühle in mir aus. Freude, dass ich noch nicht ganz in Vergessenheit geraten bin, und gleichzeitig Unsicherheit darüber, was der Wortlaut dieses Gesprächs war.

»Ich promoviere jetzt doch noch«, sage ich, und sein Nicken und die Tatsache, dass er keine Fragen stellt, bestätigen mir, dass er es bereits wusste.

»Passt besser zu dir.«

Er tritt von einem Bein auf das andere.

Wie ich diesen Satz deuten soll, weiß ich nicht, aber ich habe meine Entscheidung, zurück an die Uni zu gehen, keine Sekunde lang bereut. Mit Unterstützung meiner Professorin habe ich ein Stipendium bekommen, das mir einen mühseligen Nebenjob erspart und mir mehr Zeit für die Forschung lässt. Ich teile mir ein kleines Büro mit einer weiteren Doktorandin und gebe zweimal pro Woche Einführungsseminare für Erstsemester. Vor diesen teils gelangweilten, teils wissbegierigen Gesichtern zu stehen erfüllt mich mit einer merkwürdigen Form von Angekommensein – auch wenn ich mich ab und an mit dem Gedanken beschäftige, welchen Kaffee sie wohl bestellen würden.

»Wenn du heute Abend noch da bist, komm doch vorbei«, durchschneidet Moritz' Stimme das Schweigen und lässt mich ertappt zu ihm aufsehen. Mein Herz stolpert.

»Zu dir?«

Und meine Stimme auch.

»In die *Kaffee-Bar*«, antwortet er mit einem Schmunzeln und deutet mit dem Daumen hinter sich. »Wir haben am Wochenende auch abends geöffnet. Deswegen das *Bar* in *Kaffee-Bar.*«

Einen Moment lang möchte ich vor Scham im Erdboden versinken. *Zu dir? Peinlich.*

»Ja, vielleicht schau ich vorbei«, murmle ich betreten und senke den Blick, weil meine Wangen wie Feuer brennen. Ich trinke einen Schluck Frappuccino und hoffe auf die kühlende Wirkung.

»Tja … dann bis heute Abend. Ich muss jetzt leider los. Emil hat nachher noch einen Arzttermin, und ich muss ihn fahren.«

Ich nicke verständnisvoll und zwinge mich zu einem selbstbewussten Lächeln. Moritz hebt zum Abschied kurz die Hand, dreht sich um und läuft in Richtung Parkplatz. Und ich bin kurz davor, auf das Baugerüst zu steigen und herunterzuspringen.

54.

Die Begegnung mit Moritz hat mich so aufgewühlt, dass ich am liebsten wieder umdrehen würde, als ich mich am selben Abend in zögerlichen Schritten der *Kaffee-Bar* nähere. Ich habe dieses Szenario in den vergangenen Wochen – sogar Monaten – immer und immer wieder durchgespielt, und trotzdem hat es mich unvorbereitet getroffen. Nur ein weiterer Beleg dafür, dass das Leben seinen eigenen Weg geht, seine ganz eigenen Kurven nimmt. Kurven, die manchmal ins Nichts zu führen scheinen. Aber am Ende kann auch das Nichts alles sein. Als würde man sich mit dem Auto verfahren und dabei einen wunderschönen Flecken Erde entdecken, der einem sonst verborgen geblieben wäre.

Obwohl es noch frühlingshaft frisch ist, sitzen vereinzelt Menschen an den Tischen vor der *Kaffee-Bar* und ziehen an ihren Zigaretten, die wie Glühwürmchen in der Nacht leuchten. Von innen dringen Lichter, Stimmen, Gelächter und Musik nach außen. Als ich mich der Tür nähere, richten sich ein paar neugierige Augen auf mich. Vielleicht liegt es auch an den Absätzen meiner Schuhe, die auf dem Kopfsteinpflaster klackern.

In der *Kaffee-Bar* ist es gerammelt voll, so dass ich mir nur schwer einen Weg durch die Menge bahnen kann. Laute Musik dröhnt aus den Boxen. Hinter der Theke entdecke ich sogleich ein bekanntes Gesicht. Moritz' bester Freund Tom schüttelt einen Cocktailshaker mit der rechten Hand und unterhält sich dabei mit einer jungen Frau, die ihm bewundernd zusieht. Ich will gerade einen Schritt auf ihn zumachen, als sich ein paar Finger um mein Handgelenk schließen.

»Marit!«, johlt Tessa erfreut und drückt mich sogleich an sich. Ein süßlicher Duft dringt in hochkonzentrierter Form an meine Nase und raubt mir einen Moment lang den Atem. »Was machst du denn hier?«

Das blonde Haar fällt ihr in perfekten Wellen über die schmalen Schultern, und ihr wohlgeformter Körper steckt in engen Jeans und einem schwarzen Bandeau-Top, das jeden Quadratmillimeter ihres Körpers perfekt zur Geltung bringt. Dass sie genauso bezaubernd ist wie in meiner Erinnerung, ringt mir ein schwaches Lächeln ab.

»Du siehst super aus«, bemerkt sie und deutet auf meine Haare. »Steht dir gut, der Schnitt.«

Ich bedanke mich und gebe das Kompliment zurück.

»Seit wann bist du wieder in der Stadt?«

»Ich bin nur zu Besuch hier«, schreie ich gegen die Musik an, die zu meiner Freude nichts mit Heavy Metal zu tun hat. »It started out with a kiss, how did it end up like this«, ertönen die Klänge von »Mr. Brightside« aus den Lautsprechern, als würden sie in diesem Moment nur zu mir sprechen.

»Schade«, schreit sie zurück und zieht die Mundwinkel übertrieben weit nach unten, was das Gesicht anderer Menschen verzerrt hätte, ihres aber nicht weniger engelsgleich wirken lässt.

»Wollen wir …?«

Sie imitiert eine Trinkbewegung und deutet in Richtung Bar; ich nicke zustimmend. Wir drängeln uns gemeinsam durch die Menge, wobei ich immer wieder nach Moritz Ausschau halte, ihn aber nirgendwo entdecke. Als wir schließlich an der Theke ankommen, steht nicht mehr Tom dahinter, sondern die junge Frau mit der weinroten Schürze, die mir am Nachmittag einen Frappuccino verkauft hat. In ihren Augen blitzt Überraschung auf, als sie mich sieht. Tessa bestellt uns zwei Gläser Sekt, die sie wenige Sekunden später über den Tresen schiebt, nicht ohne mich ein weiteres Mal neugierig zu mustern.

»Du warst damals einfach weg. Von heute auf morgen.«

Etwas Vorwurfsvolles haftet ihrer Stimme an.

»Nicht mal Moritz konnte mir sagen, warum du gegangen bist.«

Meine überraschte Miene ruft sie auf den Plan.

»Na ja, ich dachte immer, da wäre was zwischen euch. Aber … Er schien mir genauso überrascht zu sein wie ich.«

Hitze breitet sich in meinem Brustkorb aus.

»Nein, da war … Das war nur … Also ich hatte die Möglichkeit, wieder nach Hause zu fahren, und hab sie ergriffen.«

Ich rechne es ihr hoch an, dass sie an ihrem Glas nippt, statt nachzuhaken, aber zehn Sekunden später bricht sie das Schweigen.

»Du hättest dich wenigstens verabschieden können.«

Mein Magen verkrampft sich, als ich an meinen überstürzten Weggang aus Altberg denke, mein Leben in dieser Stadt, das ich wie einen Faden abgeschnitten habe.

»Ja, hätte ich machen sollen. Tut mir wirklich leid.«

Sie nickt nachdenklich.

»Ich glaube, das hat ihn ganz schön getroffen. Moritz. Erst warst du weg, dann hat plötzlich der *Coffeeshop* dichtgemacht.«

»Hast du ihn gesehen?«, frage ich, ohne auf ihre Bemerkung einzugehen.

Sie schüttelt den Kopf. In diesem Moment schlingen sich zwei kräftige Männerarme von hinten um ihre schmale Taille, und ich erstarre zur Salzsäure, als ich das dazugehörige Gesicht sehe.

»Ah, da bist du ja«, schreit Tessa und strahlt über das ganze Gesicht. »Marit, jetzt lernst du endlich mal meinen Verlobten kennen. Ihr habt euch ja immer verpasst. Tobias, das ist Marit. Marit, das ist Tobias.«

Für einen Moment ist die Welt für uns beide wie eingefroren. Wir starren uns mit weit aufgerissenen Augen an, unfähig, einen Laut von uns zu geben.

»Ist alles in Ordnung?«, schreit Tessa gegen den Bass an und lässt ihren Blick zwischen mir und ihrem Verlobten hin- und herwandern, dessen Hautfarbe immer mehr den Ton der weißen Wand annimmt. Um die sich anbahnende Katastrophe zu verhindern, reiße ich mich zusammen, auch wenn mich der Anblick von Toby aus der Bahn wirft.

»Ach, wir kennen uns doch schon«, rufe ich vergnügt und zwinge mich zu einem breiten Lachen. »Du hast mir doch mal geholfen … an der Tankstelle.«

»An der Tankstelle?«, fragt Tessa irritiert und sieht Toby fragend an.

»Ja, an der Tankstelle«, wiederhole ich und gebe ihm mit einem Blick zu verstehen, dass er besser auf den Zug aufspringt, der sonst ohne ihn abfährt. Und ohne Tessa. »Ich …

ähm … hatte mir Heikes Wagen ausgeliehen und wusste nicht, was ich tanken musste, und … ähm … er«, ich deute auf Toby, »hat mir geholfen.«

Mit einem Nicken kehrt Toby wieder unter die Ansprechbaren zurück, aber sein Gesicht ist maskenhaft.

»Stimmt, genau, jetzt erinnere ich mich.«

Es fühlt sich merkwürdig an, nach so langer Zeit seine Stimme zu hören. »Was für ein Zufall«, fügt er hinzu und lächelt übertrieben.

»Na ja, diese Stadt ist ein Dorf«, bemerkt Tessa belustigt und zuckt mit den Schultern. Dann trinkt sie ihr Glas aus und stellt es auf die Theke. »Marit kommt aus Hamburg, hab ich dir doch erzählt«, sagt sie zu Toby, der ihr mit einem Nicken zu verstehen gibt, dass er sich erinnert. »Du schwärmst doch auch immer so von dieser Stadt.«

Ohne es zu wollen und ohne es zu bemerken, klatscht mir Tessa eine verbale Ohrfeige nach der anderen ins Gesicht, und mir wird schlecht von all den Emotionen, die mich in diesem Moment überrennen.

»Kann ich euch mal kurz allein lassen?«, schreit sie. »Da drüben steht Katja, die wollte ich noch fragen, ob sie an unserer Hochzeit ein Solo in der Kirche singt.«

Tobys Gesicht nimmt erneut die Farbe der Wand an, und ich habe das Gefühl, mein Brustkorb schnürt sich so eng zusammen, dass ich keine Luft bekomme. Tessa wartet unsere Antwort nicht ab. Zurück lässt sie zwei Menschen, die aussehen, als wären sie einem Geist begegnet.

»Ich muss hier raus«, murmle ich überfordert, kehre ihm den Rücken zu und schiebe mich durch die Menge in Richtung Ausgang.

55.

»Marit, warte«, ruft Toby mir nach, als ich mich in schnellen Schritten von der *Kaffee-Bar* entferne und meine Augen sich mit Wasser füllen, als wären sie ein Swimmingpool. »Warte doch mal.«

Die kühle Aprilluft bläst mir entgegen, dringt tief in meinen Brustkorb ein, der sich anfühlt, als läge er in Ketten.

»Marit, bitte«, höre ich seine Stimme hinter mir, bis sich eine Hand um meinen Oberarm schließt.

»Lass mich«, fauche ich und entreiße ihm meinen Arm. Erschrocken über die Härte in meiner Stimme, lässt er von mir ab und murmelt etwas, das wie »Tut mir leid« klingt. Dann sagt niemand von uns etwas. Eine ganze Weile stehen wir uns auf dem menschenleeren Marktplatz gegenüber.

»Danke«, unterbricht Toby irgendwann die Stille. Es klingt demütig und lässt mich aufhorchen. »Danke, dass du nichts gesagt hast. Die ganze Zeit über.«

Die ganze Zeit über?

»Sie hat oft von dir erzählt, weißt du. Von dieser jungen Frau aus dem *Coffeeshop*. Marit aus Hamburg. Ich wusste, dass das nur du sein kannst.«

Toby fährt sich mit der Hand durch das blonde Haar, das ich kürzer in Erinnerung habe, und seufzt.

»Ich habe mich die ganze Zeit gefragt, warum du noch da

bist, warum du nicht gegangen bist. Und die einzige Erklärung, die mir in den Sinn kam, war, dass du dich rächen willst. Dass du ihr alles erzählen würdest.«

Er senkt den Blick.

»Deine Anrufe auf meinem Handy«, beginnt er. »Es hat alles zusammengepasst. Du warst wie eine tickende Zeitbombe für mich. Und ich hätte es sogar verstanden. Ich hätte es auch verdient. Das wäre nur die gerechte Strafe gewesen für all das Chaos, das ich verursacht habe.«

Er vergräbt den Kopf in den Händen. Ich öffne den Mund, aber es kommen keine Worte heraus, so tief sitzt der Schock über diese Begegnung, so überrascht bin ich von diesem Geständnis.

»Warum hast du mir nie von ihr erzählt?«, frage ich ihn und bin überrascht, wie unaufgeregt diese Worte aus meinem Mund kommen.

»Als ich dich kennengelernt habe, lief es schlecht zwischen uns. Tessa kam mit der Fernbeziehung nicht klar. Wir haben viel gestritten und beschlossen, eine Pause einzulegen.«

»Hattet ihr Kontakt, als wir ... zusammenkamen?«

»Ja«, antwortet Toby, als er meinem Blick begegnet.

»Und als wir zusammen *waren*?«

»Auch.«

Seine Stimme klingt beschämt.

»Und du hast mich ihr gegenüber nie erwähnt? Nie erwähnt, dass du eine ... Freundin hast? Mit einer anderen schläfst?«, kommt es mir hämisch über die Lippen.

»Das hätte ihr das Herz gebrochen.«

»Meins zu brechen hat dir weniger Sorgen bereitet.«

Ein bitteres Lachen dringt aus meinem Mund, und er senkt betreten den Blick. Minuten des Schweigens vergehen, bis mir klar wird, dass ich dieses Gespräch beenden möchte.

»Ich werde Tessa nichts sagen. Nicht heute, nicht morgen«, sage ich mit kühler, ruhiger Stimme.

»Warum … Warum bist du dann hier?«

»Ich besuche Freunde«, antworte ich gelassen. »Menschen, die für mich da waren, als du mich verlassen hast.«

Toby stiert ins Leere.

»Morgen fahre ich wieder zurück nach Hamburg, und wenn du Glück hast, siehst du mich nie wieder.«

Erleichterung blitzt in den Augen auf, in denen ich mich einmal verloren habe.

»Ich lasse eure Hochzeit nicht platzen«, murmle ich spöttisch, und ein hämischer Zug zuckt um meine Mundwinkel. Dann drehe ich mich um und gehe davon. Zwei Schritte, drei Schritte, vier Schritte.

»Ich habe dich geliebt.«

Seine Worte hallen über den Marktplatz, lassen mich erstarren.

»Ich habe dich wirklich geliebt, Marit.«

Einen Moment lang sagt niemand etwas.

»Warum hast du mich dann verlassen?«, frage ich, ohne mich umzudrehen.

»Weil ich sie noch mehr geliebt habe.«

Vor sechs Monaten hätte dieser Satz meine Welt in sich zusammenstürzen lassen.

»Ich wollte mit dir ein neues Leben anfangen. Das wollte ich wirklich. Ich hatte vor, mich von Tessa zu trennen, ihr alles zu erzählen. Aber dann … kam ich wieder nach Hause.

Ohne dich. Und dieses Leben hier hat mich eingeholt. Tessa hat mich eingeholt. Sie ist die Liebe meines Lebens. Mein Schicksal.«

Seine Worte müssten mich wie Messerstiche treffen, aber sie tun es nicht. Sie prallen an mir ab und fallen stumpf zu Boden.

»Ich wollte dich anrufen, dir all das sagen. Aber dann …«

»… stand ich vor deiner Tür«, vollende ich seinen Satz. »Zu früh.«

Toby schweigt und räuspert sich.

»Ich wollte dir nie weh tun, das musst du mir glauben. Niemals. Und ich hasse mich jeden Tag dafür, wie alles gekommen ist. Ich hätte dich nicht so abfertigen dürfen, als du vor meiner Tür standest. Ich hätte … mich melden müssen, als ich aus Zürich zurück war. Aber ich hatte einfach Angst.«

Widersprüchliche Emotionen kämpfen in meiner Brust gegeneinander an. Schadenfreude gegen Mitleid, Wut gegen Verständnis. Dieses Häufchen Elend vor meinen Augen hat nichts mehr gemein mit dem Mann, der damals in die *Kaffeebohne* gekommen ist, der selbstbewusste, charmante Typ mit dem markanten Kinn und den stahlblauen Augen.

Ich seufze schwach und kehre ihm erneut den Rücken zu.

»Du hattest alles in der Hand, um mein Leben zu zerstören. Warum hast du es nicht gemacht?«, hallt seine Stimme bebend durch die Nacht.

»Ich habe dich geliebt. Wie hätte ich dich da zerstören können?«

Mit gequälter Miene senkt er seinen Blick.

»Und wie hätte ich das Tessa antun können?«, fahre ich

fort. »Denn du hast nicht nur mich belogen, falls du das vergessen hast.«

»Ich weiß«, erwidert er betreten. »Und es tut mir unendlich leid.«

»Geh wieder rein, Toby«, sage ich irgendwann und deute auf die *Kaffee-Bar*, die keine 50 Meter hinter uns liegt. »Geh zu ihr, sag ihr, dass ich mich nicht wohl gefühlt habe und nach Hause gegangen bin. Und dass ich hoffe, dass wir uns bald wiedersehen.«

Ich weiß nicht, ob das wirklich die Wahrheit ist, ob ich Tessa jemals wiedersehen werde, aber Toby nickt.

»Danke«, flüstert er, bevor er sich umdreht und davongeht.

56.

»Marit?«

Jemand flüstert meinen Namen und berührt meinen Arm. Sachte.

»Hey, aufwachen.«

Die Stimme wird lauter, die Berührung zu einem sanften Rütteln, das mich schließlich die Augen aufschlagen lässt. Ich brauche einen Moment, bevor ich einordnen kann, wo ich mich in diesem Moment befinde, warum mein Rücken so steif und mein Hintern so kalt ist. Ich blicke in ein paar unfassbar dunkle Augen, in die sich kleine goldene Punkte verirrt haben, die mir noch nie zuvor aufgefallen sind. Sein Blick strahlt etwas aus, das sich angenehm um mein Herz legt.

»Ich weiß ja, dass du gerne unangemeldet vor meiner Tür stehst, aber bisher bist du noch nie dabei eingeschlafen.«

Stirnrunzelnd sieht Moritz auf mich herab, und ich glaube ein Schmunzeln auf seinem Gesicht zu entdecken.

»Wie spät ist es?«, murmle ich schlaftrunken.

»Kurz vor drei.«

»Kurz vor drei«, wiederhole ich schläfrig.

»Wie lange sitzt du schon hier, kleiner Papagei?«

»Seit ... zehn, halb elf?«

Nur mühsam gelingt es mir, mich zu erinnern, wie ich in diesen Flur gekommen bin und warum. Ich hatte den

Schlüssel bereits in das Schloss von Heikes Haustür gesteckt, bereit, die Begegnung mit Toby und all die unerfüllten Erwartungen an den Abend auszusperren, als mich von einem Moment auf den anderen die gleiche Unruhe überfallen hatte wie damals in der Nacht von Moritz' Geburtstag. *Der* Nacht.

»Wenn du mich hättest sehen wollen, hättest du auch in die *Kaffee-Bar* kommen können.«

»Ich war da«, entgegne ich sofort und versuche aufzustehen. Meine Füße sind eingeschlafen, und mein Rücken fühlt sich an, als wären drei Kleinkinder Trampolin darauf gesprungen.

»Ja, ich weiß. Tessa hat mir gesagt, du wärst nach Hause gegangen, weil du dich nicht wohl gefühlt hättest. Aber ich gehe mal davon aus, das hatte eher was mit Tessas Begleitung zu tun?«

Moritz reicht mir seine Hand, um mich hochzuziehen. Sein Griff ist stark, seine Hand warm, und mein Herz nimmt bei seiner Berührung an Gewicht zu.

»Du bist ja eiskalt.«

Er runzelt die Stirn. Dass er nicht von mir wissen will, was ich vor seiner Haustür suche, überrascht und beruhigt mich zugleich.

»O. k., so schön der Flurfunk mit dir ist, ich würde vorschlagen, wir verlegen ihn in meine Wohnung.«

Ich zögere kurz, und er sieht es mir sofort an. Ein spöttisches Lächeln spielt um seine Lippen.

»Du kannst auch gerne hier draußen weiterschlafen.«

Er zieht einen Schlüsselbund aus seiner dünnen Jacke und öffnet die Tür, an der mein Kopf die letzten Stunden über gelehnt hat. Nachdem er auf den Lichtschalter gedrückt hat, zieht er seine Jacke aus und hängt sie an die Garderobe. Ohne mich vom Fleck zu bewegen, beobachte ich ihn dabei. Dass ich ihm nicht folge, scheint Moritz nicht zu interessieren. Er geht seelenruhig in Richtung Küche, und ich höre, wie sich der Kühlschrank knarrend öffnet und Glas klirrt. Vorsichtig trete ich über die Schwelle.

Die Wohnung hat sich nicht verändert, sofern man diese Einschätzung abgeben darf, wenn man nur dreimal zuvor dort war. Die wenigen Bilder an den Wänden, die Möbel, der Boden – alles ist so, wie ich es in Erinnerung habe.

»Willst du was trinken?«, ruft Moritz aus der Küche.

Ich möchte *nein* antworten, aber die unangenehme Kälte, die in jeden Winkel meines Körpers gekrochen ist, sieht das anders.

»Hast du was Warmes?«

»Kaffee? Tee? Milch?«

»Tee«, antworte ich, während ich ins Wohnzimmer gehe und mich auf die Couch setze. Ohne zu zögern, schnappe ich mir die Baumwolldecke, die zusammengelegt auf dem Sofa liegt, und ziehe die Knie fest an meinem Körper. Es fühlt sich merkwürdig an, hier zu sitzen. Vertraut und fremd zugleich. Richtig und falsch zugleich.

»Hab nur Pfefferminze«, sagt Moritz, als er kurz darauf eine dampfende Tasse auf den Tisch stellt und sich mit etwas Abstand neben mich auf die Couch setzt.

»Danke.«

Ich greife nach der Tasse, obwohl ich weiß, dass der Tee noch viel zu heiß für meine Zunge ist. Aber die Wärme tut meinen Händen gut.

»War es sehr schlimm, ihn wiederzusehen?«, fragt Moritz, nachdem wir uns fast eine Minute lang angeschwiegen haben.

»Nein … eigentlich nicht. Es war ein Schock, weil ich nicht damit gerechnet habe, ihn zu sehen. Aber weh getan hat es nicht. Nicht mehr.«

Dann erzähle ich Moritz, was Toby vor der *Kaffee-Bar* zu mir gesagt hat, wie er sich entschuldigt hat. Er hört aufmerksam zu und hakt nicht nach, als ich das Thema beende.

»Hast du dir mal das …«, er malt Anführungszeichen in die Luft, »… ›Hotel‹ angesehen?«, fragt er irgendwann, und ich nicke schwach.

»Nur ganz kurz. Viel ist ja noch nicht zu sehen.«

»Hast du noch Kontakt zu ihm?«

Julians Gesicht taucht vor meinem inneren Auge auf, aber es löst nichts aus. Gleichgültig schüttle ich den Kopf.

»Nach diesem einen Abend habe ich ihn nie wieder gesehen und auch nichts von ihm gehört.«

Moritz nickt mit undurchschaubarer Miene, und ich frage mich, ob er eine andere Antwort erwartet hat.

»Und, vermisst du eure E-Mails?«

Er lässt es ironisch klingen, aber da ist noch etwas anderes in seiner Stimme. Bitterkeit.

»Manchmal schon«, antworte ich zu Moritz' Überraschung. »Aber das hat nichts mit Julian zu tun. Hatte es damals auch nicht.«

Forschend sieht er mich an.

»Ich war unglücklich und einsam in dieser Stadt. Mein Leben war so monoton und langweilig, dass mich dieses kleine Abenteuer kalt erwischt hat«, fahre ich fort und starre in meine Tasse. »Es war mehr eine Flucht aus der Realität.«

»Ich dachte irgendwie immer, du wärst in ihn verliebt«, sagt Moritz und schickt ein müdes Lächeln hinterher.

»In Julian? Verliebt? Nein. Sicher, da war irgendwas zwischen uns. Aber es war nicht so wie bei …«

Ich breche ab und räuspere mich.

»Er ist ab und zu in der Stadt. Julian. Zumindest habe ich ihn auf der Hotel-Baustelle gesehen«, sagt Moritz, als würde er nicht registrieren, dass ich meine Worte am liebsten zurücknehmen würde. »Ist ja gleich gegenüber von meinem Laden.«

Nickend trinke ich einen Schluck Tee und genieße das Gefühl der Hitze, das durch meinen Körper strömt.

»Warum hast du dich nicht verabschiedet?«

Die Frage kommt aus dem Nichts und lässt mein Herz stolpern.

»Ich habe mich verabschiedet.«

Ein bitteres Lächeln.

»Bei Heike. Bei Daniel. Und bei Emil. Aber nicht bei mir. Du bist einfach abgehauen.«

In seiner Stimme schwingt mehr mit als gekränkte Eitelkeit, und mein Magen verkrampft sich.

»Das ging alles so schnell«, antworte ich ausweichend. »Im einen Moment war ich noch hier, im nächsten im Flieger.«

Es ist eine lahme Erklärung, und das wissen wir beide.

»Aus dem du Emil einen Brief geschrieben hast«, bemerkt Moritz, während seine Miene genug Zeit hat, sich von gekränkt zu verletzt zu verwandeln.

»Hm, wahrscheinlich wollte ich einfach nicht, dass du

denkst, da wäre mehr zwischen uns«, kontere ich mit einem frechen Grinsen, in der Hoffnung, das Gespräch auf diese Weise in eine andere Richtung zu lenken.

»Das wirst du mir auf immer und ewig vorhalten, oder?« Er rollt die Augen.

Ich zucke lachend mit den Schultern, als würde ich dieses Spiel genießen. Aber insgeheim bin ich nur froh, seine vorwurfsvolle Frage nicht beantworten zu müssen.

»Deine Worte.«

»Ich hab dir damals schon gesagt, dass du das falsch verstanden hast, Fischköpfchen.«

»Was kann man da falsch verstehen? Du bist mit mir ins Bett gegangen, und mehr wolltest du eben nicht.«

Dass mir dieser Satz so locker über die Lippen kommt, überrascht mich selbst. Moritz quittiert ihn mit einem Kopfschütteln und schweigt.

»Die Sache mit Julian hat mir endgültig klargemacht, dass sich … dass *ich* etwas ändern muss«, sage ich zu Moritz, weil mir klar wird, dass ich ihm eine Antwort schulde. »Kannst du dich noch erinnern, als du zu mir gesagt hast, dass ich endlich einsehen soll, dass Toby kein Märchenprinz ist, sondern ein Frosch, und ich aufhören soll zu jammern?«

»Ja«, antwortet Moritz lachend. »Das war an meinem Geburtstag.«

»Du hattest recht damit. Ich habe meine kaputte Beziehung als Ausrede verwendet, um mich meinem Leben nicht stellen zu müssen. Um keine Entscheidung treffen zu müssen. Das war idiotisch. Als ich erfahren habe, wer Julian wirklich ist und was ich angerichtet habe, wurde mir klar, dass ich hier nicht weiter herumsitzen und Däumchen drehen kann.«

»Du hättest trotzdem tschüs sagen können«, bemerkt Moritz unnachgiebig.

»Ja, hätte ich, das stimmt.«

Unangenehmes Schweigen breitet sich zwischen uns aus, und ich ziehe meine Beine ein wenig fester an den Körper. Als Moritz ein Gähnen unterdrückt, wird mir bewusst, dass nicht jeder in diesem Raum die letzten Stunden mit Schlafen verbracht hat.

»Du bist müde«, sage ich und stelle die halbvolle Tasse auf den Tisch.

»War ein langer Tag«, murmelt er abgespannt und lächelt ein schwaches Lächeln. »Du kannst auf der Couch schlafen, wenn du nicht mehr zu Heike laufen willst.«

Er deutet auf das Sofa – der Startschuss für den Machtkampf sämtlicher Emotionen in meinem Kopf. Vernünftiger wäre es, an diesem Punkt zu gehen. Aber die Aussicht, raus in die Kälte zu müssen, lässt mich die unvernünftigere Variante wählen.

»Wenn's dir nichts ausmacht.«

»Nimm dir, was du brauchst. Eine zweite Decke ist da drüben in der Schublade.«

Ich nicke und trinke noch einen Schluck Tee, der inzwischen lauwarm ist, aber noch immer wärmt. Er beobachtet mich dabei, und ich erröte unter seinem Blick. Mein Magen beginnt, nervös zu flattern.

»Also dann«, flüstert er schließlich, stemmt sich vom Sofa hoch und streckt sich kurz. Ich folge ihm mit meinen Augen und fühle mich, als würde ein Buch mitten im Kapitel zu

Ende gehen. Ein Buch, das ich weiterlesen möchte. Er ist schon fast aus meinem Blickfeld verschwunden, als er sich noch einmal umdreht und mich unschlüssig ansieht, als würde er über etwas nachdenken. Zögern flackert in seinen dunklen Augen.

»Ich wollte mehr.«

Fragend sehe ich ihn an, auch wenn die Worte mit einer Eindringlichkeit aus seinem Mund kommen, die mich frösteln lässt.

»Damals. Ich wollte mehr.«

Es ist, als würde die Luft dünner werden. Als würde Sauerstoff aus dem Raum weichen.

»Aber …«

»Ich weiß, was ich gesagt habe. Aber du hast es falsch verstanden. Dass ich dir keine falschen Hoffnungen machen wollte, hatte nichts damit zu tun, dass ich keine Gefühle für dich hatte. Ich wollte nicht, dass du denkst, da wäre mehr zwischen uns, weil ich genau wusste, dass ich niemals das sein könnte, was du suchst, und weil du niemals das sein könntest, was ich brauche.«

Ich muss schlucken, so unvorbereitet treffen mich seine Worte.

»Du und ich, wir waren einfach zu verschieden. Das hätte keinen von uns weitergebracht. Nur das Herz gebrochen, das ich deiner Meinung nach ja nicht habe«, sagt Moritz und schiebt ein bittersüßes Lächeln nach. »Aber das heißt nicht, dass ich nicht mehr wollte.«

Ich bin unfähig, etwas zu erwidern. Meine Gefühle, meine Emotionen fahren Achterbahn in diesem Moment, hoch und wieder runter.

»Gute Nacht, Fischköpfchen.«

Er ist verschwunden, ehe ich reagieren kann, und für ein paar Minuten, die sich wie Stunden anfühlen, starre ich genau dorthin, wo er gestanden hat, wo sich seine Hüfte gegen den Türrahmen gelehnt hat. Seine Worte hallen in meinem Kopf. *Ich wollte mehr.* Wut flammt in mir auf. Wut, die sich wie Gift in meinem Körper ausbreitet, wie eine Schlange meinen Hals hinaufkriecht. *Warum jetzt? Warum dieses späte Geständnis? Wie anders könnte alles sein, wenn … wenn …*

Bis zu seinem Schlafzimmer sind es nur ein paar Meter, aber ich gehe sie unsicheren Schrittes. Meine Hand klopft an die Tür, durch deren Spalt noch Licht dringt. Das Knarren eines Bettes, Füße tapsen über den Boden. Die Tür öffnet sich und gibt den Blick auf einen nackten Oberkörper frei. Als hätte ich diesen noch nie zuvor gesehen, senke ich verlegen den Blick und schlucke. Seine Boxershorts sitzen so tief auf seinen Hüften, dass ich der feinen Haarlinie zwischen Nabel und Bund mit den Augen folge. Einen Moment lang bin ich zu verdutzt, um etwas zu sagen. Dann schnappe ich nach Luft.

»Was sollte das eben?«, fahre ich ihn barsch an, während mein Herz wild in der Brust hämmert.

»Was sollte was?«, erwidert Moritz verdutzt.

»Na, das da eben. ›Ich wollte mehr.‹ Ist das dein beschissener Ernst?«

Lodernde Wut schwingt in meiner Stimme mit.

»Das kannst du mir doch nicht einfach so ins Gesicht sagen! Nicht nach …«

»… nachdem du einfach abgehauen bist und dich sechs Monate nicht gemeldet hast?«

Er verschränkt die Arme vor der Brust, der nackten Brust, und zu meiner Überraschung entdecke ich ehrliche Verletztheit in seinen Augen.

»Und jetzt tauchst du plötzlich hier auf und stehst vor meinem Café? Meiner Wohnung? Meinem …«, seine Stimme wird lauter, »… Schlafzimmer?!«

Betreten blicke ich zu Boden. Seine Empörung trifft mich tief ins Herz, weil mir zum ersten Mal bewusst wird, wie sehr ich ihn mit meinem plötzlichen Verschwinden verletzt habe. Und wie falsch es war, sich nicht von ihm zu verabschieden. Immer wieder habe ich mit dem Gedanken gespielt, ihn anzurufen, ihm eine Nachricht zu schreiben, und jedes Mal war da diese Stimme in meinem Kopf, die mich vom Gegenteil überzeugt hat.

»Marit, was willst du hier überhaupt?«, flüstert Moritz und schiebt mein Kinn mit seinem Zeigefinger nach oben, bis ich gezwungen bin, ihm in die Augen zu sehen. Mein Herz sackt gefühlte zwanzig Zentimeter nach unten. Da ist sie, die Frage, auf die ich gewartet habe. Die Frage, der ich mich selbst stellen muss. Die mich beschäftigt, seit ich das Zugticket in diese Stadt gelöst habe. Am liebsten würde ich die Zeit anhalten, um weiter in Ruhe nach einer Antwort suchen zu können.

»Ich habe an dich gedacht«, sage ich plötzlich.

Er sieht mich schweigend an.

»Als ich im Flieger saß. Und als ich gelandet bin. In Argentinien. In Brasilien. In Chile. Und als ich wieder daheim war. Als ich in meine neue Wohnung gezogen bin, an meinem ersten Arbeitstag. Gestern. Jetzt. Die ganze Zeit. Du gehst mir nicht mehr aus dem Kopf.«

Ich habe die letzte Silbe gerade ausgesprochen, als er seine Hände sachte um meine Wangen legt, mich zu sich heranzieht und küsst. Es ist ein sanfter, zärtlicher Kuss, ganz anders als all die Küsse zuvor, aber er raubt mir nicht weniger den Atem. Ich schließe die Augen und spüre nur noch seine Lippen auf meinen, die Wärme seines Oberkörpers. Als seine Hand langsam meinen Hals hinabwandert, zärtlich über mein Schlüsselbein fährt, habe ich das Gefühl, durch meinen Körper würde Strom fließen. Ich ziehe ihn zu mir heran und presse meinen Körper fester an seinen. Mein Kuss wird fordernder, die Vorfreude, gemeinsam in dieses Zimmer zu stolpern und auf seinem Bett zu landen, größer. Meine Arme schlingen sich um ihn, meine Hände wühlen durch seine Haare. Gierig suchen meine Lippen nach seinen. Was so unschuldig begann, entwickelt plötzlich eine Dynamik, die mich willenlos macht. Als ich meine Finger langsam seinen Bauch hinabwandern lasse, greift er zu meiner Überraschung nach meinen Handgelenken und löst sie bestimmt von seinem Körper. Dann weicht er, zu meiner Enttäuschung, einen kleinen Schritt zurück und drückt mir einen Kuss auf die Stirn. Sanft, liebevoll, aber zu lang. Etwas in mir zieht sich zusammen.

»Du gehst jetzt besser schlafen«, flüstert er und legt seine Stirn auf meine. Er ist mir so nahe, dass ich seinen warmen Atem auf meinem Gesicht spüre, und doch fühlt es sich an, als würde er sich von mir entfernen. Ganz langsam.

»Ich will jetzt aber nicht schlafen.«

Ich möchte ihn wieder küssen, aber eine innere Stimme sagt mir, dass er das nicht zulassen würde. Ich löse mich von ihm und suche in seinem Gesicht nach einer Erklärung.

Doch stattdessen finde ich nur ein Kaleidoskop an Emotionen, die mich so verwirren, dass ich panisch werde.

»Ich kann das nicht«, murmelt er. »Nicht noch einmal.«

»Was?«

»Ich habe mich schon einmal in eine Frau verliebt, der dieses Leben hier nicht gereicht hat, der es nicht gereicht hat, mit mir glücklich zu sein.«

»Ich bin nicht Evelynn.«

Er seufzt leise.

»Nein … aber du bist morgen weg. Soll ich dann wieder sechs Monate warten?« In seiner Stimme schwingt Bitterkeit mit. »Warum hast du dich nicht einfach gemeldet, Marit?«

»Ich dachte, du empfindest nichts für mich.«

Ein spöttischer Seufzer entfährt ihm.

»Dann haben deine Eltern mein volles Mitleid verdient, weil sie ein Kind zur Welt gebracht haben, das gleichzeitig taub *und* blind ist.«

»Und du meinst, weil ich niemanden kenne, der so schlecht im Gefühlezeigen ist«, gebe ich bissig zurück.

Für einen Augenblick schweigen wir uns an.

»Für meine Verhältnisse habe ich dir meine Gefühle ziemlich deutlich gezeigt«, murmelt er schließlich. »Aber du wolltest in mir immer nur das sehen, was zu deinem Bild von mir gepasst hat. Den Weiberhelden, der sein Leben nicht im Griff hat.«

Die letzten Worte spuckt er mir förmlich ins Gesicht, was ich verdient habe, weil es die bittere Wahrheit ist.

»Anfangs schon, aber dann … Ich hab dich falsch eingeschätzt.«

»So wie Toby? Und Julian?«

Sein bitteres Lachen bohrt sich wie ein Pfeil in mein Herz.

»Ja, so wie bei Toby und Julian«, murmle ich geknickt und senke den Blick. »Scheinbar bin ich schlecht darin, Menschen einzuschätzen.«

»Was willst du hier, Marit?«, seufzt Moritz. »Was soll das alles?«

Ich hole tief Luft und nehme meinen ganzen Mut zusammen.

»Ich will mit dir zusammen sein.«

Seine Miene wechselt zwischen verblüfft, überrascht, irritiert und schockiert, während ich große Erleichterung verspüre, endlich ausgesprochen zu haben, was ich längst hätte sagen sollen.

»Du lebst in Hamburg, Marit«, flüstert er, als hätte ich diese Tatsache im Eifer des Gefechts vergessen. »Ich lebe hier.«

»Na und? Es gibt Züge und Flugzeuge und Wochenenden. Hamburg ist doch nicht aus der Welt«, entgegne ich säuerlich.

Seine Augen sehen mich traurig an. Er beugt sich vor und streicht mir sanft eine Strähne aus dem Gesicht. Wie damals.

»Aus meiner schon.«

Es ist, als würde eine eiskalte Hand um mein Herz greifen. In diesem Moment wird mir bewusst, dass die sechs Monate zu lang waren, um sie an einem Abend zu überwinden. Es ist zu spät. Ich bin zu spät.

»Und jetzt?«

»Jetzt gehe ich zurück in meine Welt. Und du in deine.«

57.

Als ich die Haustür leise hinter mir zuziehe, zaubert das erste Licht des Tages rotgelbe Farbtupfer auf das Firmament. Ein zauberhafter Anblick, der so gar nicht zu meiner Gefühlswelt passt, die, würde man sie in Farben beschreiben, an diesem Morgen eher grau und schwarz ist. Ich schiebe mein Fahrrad langsam durch die Straße, die noch im Dornröschenschlaf liegt, weil ich mich zu kraftlos fühle, um in die Pedale zu treten. Eine Kraftlosigkeit, die sich auf meinen ganzen Körper gelegt hat und jeden Muskel, jeden Knochen in mir lähmt. Ich kann nicht mal weinen, denn auch dazu braucht man Kraft. *Jetzt gehe ich zurück in meine Welt. Und du in deine,* hallt es in meinem Kopf, und mit jedem Meter, den ich vorankomme, habe ich das Gefühl, diesen Satz in die Tat umzusetzen, mich von seiner Welt zu entfernen und mich meiner Welt zu nähern. Alles in mir sträubt sich dagegen. Ich möchte umdrehen, stehen bleiben, rückwärtslaufen, aber das Haus, aus dem ich wenige Minuten zuvor gekommen bin, verschwindet immer mehr aus meinem Blickfeld, bis es irgendwann weg ist.

Was hast du erwartet, Marit? Dass du hier nach sechs Monaten aufkreuzt, ihm deine Gefühle gestehst und dein Happy End mit dem Dorf-Cowboy bekommst?, höhnt eine Stimme in meinem Kopf, die ich in diesem Augenblick nicht hören will. *Dachtest du, er lässt alles stehen und liegen und folgt dir ins beschissene Wunderland?*

Als Heikes und Daniels Haus vor meinen Augen auftaucht, ist es kurz nach halb sieben. Die Jalousien sind noch geschlossen. Leise stecke ich den Schlüssel ins Schloss, öffne die Haustür und schleiche ins Wohnzimmer. Erschöpft lasse ich mich auf die Couch fallen und ziehe mir die rote Baumwolldecke bis zum Kinn. Dann schließe ich die Augen.

Als ich sie wieder öffne, scheint mir die Sonne ins Gesicht. Das muntere Vogelgezwitscher dringt durch das leicht geöffnete Fenster an mein Ohr, und in der Küche trällert eine menschliche Drossel einen Robbie-Williams-Song, der parallel dazu im Radio läuft. Der Duft von Kaffee und frischen Brötchen steigt mir in die Nase. Ein flüchtiger Blick auf die Uhr verrät mir, dass es kurz nach halb zehn ist.

»Guten Morgen«, tönt Heike gut gelaunt, als ich in die Küche schlurfe und mir eine Tasse Kaffee einschenke. »Ich wollte dich nicht wecken, aber geht dein Zug nicht um elf Uhr?«

Der Zug in meine Welt.

»11.08 Uhr«, antworte ich mit einem darauffolgenden Gähnen.

»Ist wohl spät geworden?«, sagt Heike mit einem Zwinkern, aber ich gehe nicht darauf ein.

»Daniel musste schon los, aber ich soll dich lieb grüßen und dir ausrichten, dass du uns bald wieder besuchen sollst.«

Sie reicht mir ein Croissant, und ich greife dankbar zu und tunke die Spitze in meinen Kaffee.

»Kommt ihr mich doch erst mal besuchen. In meiner neuen Wohnung habe ich sogar eine Ausziehcouch.«

Mein Vorschlag lässt ihre Mundwinkel nach oben schnellen.

»Soll ich dich nachher zum Bahnhof fahren?«

»Danke, aber ich kann ein bisschen frische Luft ganz gut gebrauchen. Und es ist ja nicht weit«, antworte ich und beiße lustlos ein Stück meines Croissants ab, das herrlich butterig schmeckt, mir aber trotzdem fast im Hals stecken bleibt.

»Schade, dass du nur so kurz zu Besuch warst. Wir hätten dich gerne länger hier gehabt. Und das trifft wahrscheinlich nicht nur auf uns zu.«

Sie macht ein bedauerndes Gesicht, und ich zucke mit den Schultern, als hätte ich diese Anspielung überhört.

»Du bedeutest ihm viel, Marit. Er kann es nur nicht so zeigen.«

Ich muss schlucken. *Jetzt gehe ich zurück in meine Welt. Und du in deine.*

»Ich spring noch mal unter die Dusche, bevor ich mich auf den Weg mache, o. k.?«

Sie nickt nachdenklich und hakt nicht weiter nach, wofür ich ihr dankbar bin. Wenn ich über ein Thema gerade nicht sprechen möchte, dann über Moritz und seine Gefühlswelt.

Eine halbe Stunde später ziehe ich zum zweiten Mal an diesem Morgen eine Haustür hinter mir zu und mache mich mit meiner kleinen Reisetasche auf den Weg zum Bahnhof. Es ist ein herrlicher Aprilmorgen mit einem blauen Himmel und kleinen Federwolken. Die Luft ist kühl und klar. Das letzte Mal, als ich diese Stadt verlassen habe, hat es wie aus Eimern gegossen. Heike und Daniel haben mich mit dem Auto zum Bahnhof gefahren, meine Koffer zum Gleis getragen und gewunken, als der Zug den Bahnhof verlassen hat.

Wie Eltern, die ein Kind verabschieden. Ein Kind, das nur Chaos in ihr Leben gebracht hat. Bis heute bewundere ich Heike für die Fassung, die sie bewahrt hat, als ich ihr von Julian erzählt habe. Für ihre Nachsicht, ihr Verständnis. Sie hat weder geschrien noch geweint und immer wieder betont, dass ich keine Schuld an der ganzen Misere habe. Dass sie im *Coffeeshop* wegen ihrer Schmerzen im Arm ohnehin nicht alt geworden wäre und sie ihren Mann jederzeit in seinem Sportgeschäft unterstützen könne. Wenn es nur eine Lüge war, ein Versuch, meine Verzweiflung klein zu halten, bin ich ihr trotzdem dafür dankbar.

Als ich den Marktplatz überquere, wandern meine Augen wie automatisch zu dem kleinen Eckhaus, vor dem auch am Sonntag zahlreiche Menschen sitzen und ihren Morgenkaffee genießen. Ich verspüre das Bedürfnis, stehen zu bleiben, Moritz zu sehen, wie er gerade ein vollbeladenes Tablett ins Freie trägt. Aber statt Moritz tritt nur das blonde Mädchen mit der roten Schürze durch die Tür. *Wahrscheinlich arbeitet er am Wochenende nicht.* Nicht mehr. In sechs Monaten kann sich viel ändern. Oder gar nichts. *Jetzt gehe ich zurück in meine Welt. Und du in deine. Aber was, wenn ich nicht will?*

58.

In der *Kaffee-Bar* ist es genauso voll wie am Tag zuvor. Gemurmel und Gelächter erfüllen den Raum, und der Duft von Kaffee und Schokoladenmuffins steigt mir angenehm in die Nase, als ich hereingehe. Das Mädchen mit dem blonden Zopf schiebt gerade einer älteren Dame eine Tasse über den Tresen und entschuldigt sich für den nicht vorhandenen Milchschaum. Die Düse sei verstopft und müsse ausgetauscht werden. Als sie sich umdreht, treffen sich unsere Blicke, und ich erkenne das überschminkte Gesicht und die Föhnfrisur. Frau Bogner. Sie lächelt mich gönnerhaft an, bevor sie sich in übertrieben anmutigen Schritten entfernt.

»Was darf's sein?«

»Einen großen Frappuccino, bitte.«

Meine Augen wandern suchend durch den Raum.

»Dann hat er Ihnen also geschmeckt?«, fragt sie mit einem Schmunzeln. Sie hat mich wiedererkannt.

»Ja, sehr sogar. Richten Sie Ihrem Chef aus … dass es der beste Frappuccino ist, den ich je getrunken habe.« Ein bittersüßes Lächeln spielt um meine Lippen. »Sogar in meiner Welt«, füge ich leise hinzu, während sich mein Herz anfühlt, als würde es jemand akupunktieren.

»Sie können es ihm selbst sagen.«

Sie schmunzelt und senkt den Blick. Zu meiner Überraschung taucht Moritz' Kopf im selben Moment neben ihr auf. Er kniet und hat etwas in der Hand, das aussieht wie die Düse einer Kaffeemaschine.

»Hi«, kommt es verlegen aus seinem Mund, aber ich bin zu perplex, um zu antworten. In seinem Gesicht spiegeln sich widersprüchliche Emotionen.

Das Mädchen wirft uns einen neugierigen Blick zu und schnappt sich sogleich das Tablett, als wolle sie kein Statist in dieser Seifenoper sein.

»Hast du nicht gesagt, dein Zug geht vormittags?«

Einen Moment lang bin ich überrascht, dass er sich gerade das gemerkt hat – wann ich wieder weg bin.

»In einer halben Stunde.«

Er nickt, ohne mich anzusehen.

»Äh, ja, dann mach ich schnell deinen Frappuccino. Milchschaum hätte ich dir gerade eh nicht bieten können. Die Düse spinnt.«

Er zieht eine Grimasse und deutet auf das Stück Metall in seiner Hand.

»Groß?«

Ich nicke betreten, und Moritz beginnt, Milch in den Mixer zu gießen. Dunkle Schatten liegen unter seinen Augen. Sie erscheinen mir kleiner an diesem Morgen. *Kleiner als heute Nacht.* Mein Herz verkrampft sich. Dann passiert etwas mit mir. Etwas, das mich so überfällt, dass ich keine Zeit mehr habe, darüber nachzudenken.

»Du irrst dich«, schießt es aus mir heraus, und seine Augen schnellen überrascht zu mir. »Du irrst dich, wenn du denkst, wir würden in verschiedenen Welten leben. Das tun wir nicht. Wir leben in einer Welt, in derselben Welt. Nur unser

Blickwinkel unterscheidet sich. Die Art, wie wir Dinge betrachten.« Meine Stimme klingt plötzlich brüchig. »Aber das macht es doch gerade interessant. Das macht *dich* interessant.« Ich mache eine kurze Pause, als müsste ich Luft holen. »Du bist nicht wie Toby. Du bist nicht wie Julian. Du bist wie kein Mann, für den ich mich jemals interessiert habe.«

»Äh, Komplimente machen geht anders, Marit«, unterbricht er mich mit einem schiefen Lachen, aber ich fahre ihm regelrecht über den Mund.

»Du bist anders, und deswegen habe ich mich in dich verliebt. *Weil* du anders bist. Weil du mich herausforderst, in jeder Sekunde, die wir miteinander verbringen. Und genau das brauche ich. Ich brauche *dich*. Und deswegen bin ich hergekommen. Um dir das zu sagen.«

Die Worte prasseln so aus mir heraus, dass ich sie nicht zurückhalten kann.

»Ich kann dir nicht versprechen, dass ich in diese Stadt ziehen werde. Aber ich weiß, dass ich meine Doktorarbeit von jedem Fleck dieser Welt schreiben kann, selbst wenn dieser Fleck Altberg ist. Ich kann die halbe Woche hier bei dir verbringen und die halbe Woche in Hamburg. Ich kann das alles regeln, wenn du mich lässt. Lass mich … Lass mich das regeln.«

Sein Gesicht ist ein Kaleidoskop der Emotionen, und ich bin unfähig zu deuten, welches Gefühl überwiegt. Skepsis? Rührung? Erstaunen? Überraschung? Angst?

Ohne etwas zu erwidern, richtet er seine Augen wieder auf den Mixer, mischt Milch mit Espresso, Eiswürfeln und weißer Schokolade und drückt auf den Start-Kopf. Der Mixer zermalmt das Eis geräuschvoll, und einen Augenblick habe ich das Gefühl, dass auch mein Herz in diesen Mixer geraten ist.

Das blonde Mädchen kommt um die Ecke und stellt ein Tablett mit leeren Tassen hinter Moritz ab. Dann schnappt sie sich den Mixer und wirft mir einen fragenden Blick zu.

»Für hier oder zum Mitnehmen?«

Meine Augen wandern von ihr zu Moritz. In seinen Augen blitzt etwas auf, das ich nicht deuten kann, aber ich meine, den Anflug eines Lächelns auf seinem Gesicht zu entdecken. Ein schwaches Lächeln, das stärker und stärker wird, je länger ich ihn ansehe. Dann stellt er den Mixer aus und läuft um die Theke herum, bis er schließlich vor mir steht.

»Du bist wie Kaugummi am Schuh, Fischköpfchen.«

Seine Stimme ist weich und sanft.

»Selbst schuld, wenn du immer wieder reintrittst.«

Ein amüsiertes Grinsen macht sich auf seinem Gesicht breit und legt sich warm um mein Herz.

»Du bist eben mein Lieblingskaugummi.«

Mein Herz gerät ins Stolpern.

»Erwarte nicht, dass ich dir jemals E-Mails schreibe.«

Mit gespielter Empörung boxe ich ihm gegen die Brust.

»Das ist mein Herz, das du da schlägst«, flachst er.

»Scheinbar hast du wirklich eins.«

Er legt seine Hand an meine Wange, beugt sich zu mir herab und küsst mich. Seine Lippen streifen sanft über meine und lassen mein Herz für ein paar Schläge aussetzen. Dann löst er sich plötzlich von mir und wendet sich, ehe ich protestieren kann, seiner Angestellten zu.

»Für hier.«

Epilog

Von: moritz.r@t-online.de
An: marit.jansen@web.de

Guten Morgen, Fischköpfchen,

lass jetzt bitte nicht dein Handy fallen, und stoß dir um Gottes willen nicht den Kopf an der Dachschräge über deinem Bett (und falls es dafür schon zu spät ist, halte mir wenigstens zugute, dass ich dich vorgewarnt habe – und dich beeindruckend gut kenne). Ich weiß, ich habe geschworen, dir niemals eine E-Mail zu schreiben, und auch, wenn ich diesen Schwur in diesem Moment breche, schwöre ich dir an dieser Stelle gleich noch etwas. Und zwar, dass es die einzige E-Mail ist, die du jemals von mir bekommen wirst. Aber heute ist es genau ein Jahr her, dass du zu mir in die *Kaffee-Bar* gekommen bist, um mir zu gestehen, wie einzigartig (und besonders und großartig und attraktiv und sexy und intelligent und charismatisch – ach, du weißt es ja noch selbst) ich bin. An diesen Moment musste ich gerade denken. An den Moment, in dem du deine Welt und meine Welt zu einer Welt gemacht hast. Und weil du gerade Hunderte von Kilometern entfernt bist und ich nicht bis zum nächsten Wochenende warten kann, habe ich beschlossen, dass dieser Tag geradezu nach Schwurbruch schreit. Weil du mich verändert hast, Marit. Du hast mich so sein lassen, wie ich bin, und mich dadurch wie kein anderer Mensch zuvor verändert. In jeder Sekunde, die wir zusammen verbracht haben, in jedem einzelnen Moment.

Und dafür liebe ich dich.
Moritz

PS: Diese E-Mail darfst du dir gerne ausdrucken und einrahmen. Sie wird auf ewig eine Rarität bleiben.

Die schönste Liebesgeschichte seit es Onlinedating gibt

Vor drei Jahren stand Marlene vor dem Nichts: Freund weg, Haus weg, Job weg. Seitdem hat sie aus einer Idee, die aus Verzweiflung und einer Menge Cocktails geboren wurde, ein eigenes Unternehmen gemacht: die Onlinedating-Agentur Wolke Sieben. Sie selbst will sich ganz sicher nie wieder verlieben. Lieber spielt sie für andere den Amor. Doch das Schicksal hat eigene Pläne: Der berühmte Sänger Basket, sein rüpelhafter Manager Bruno und ein Spontantrip nach Sardinien bringen Marlenes geordnetes Leben ganz schön durcheinander. Bald merkt sie, dass sie die Liebe nicht so einfach aus ihrem Herzen räumen kann, und vielleicht landet sie dieses Mal ja sogar selbst auf Wolke Sieben ...

Franziska Jebens
Suche Platz auf Wolke Sieben
Roman

Klappenbroschur
Auch als E-Book erhältlich
www.ullstein.de

ullstein